JN183638

万葉集巻別対照分類語彙表

Manyoshu Makibetsu Taisho Bunrui Goihyo

宮島達夫●国立国語研究所名誉所員

笠間書院

目　　次

本書は，万葉集でどの単語が何回使われているかを巻別にしめし，対照できる表としてまとめたものである。表の構成は，宮島達夫・鈴木泰・石井久雄・安部清哉編『日本古典対照分類語彙表』（2014年　笠間書院刊）にしたがう。詳しくは以下の凡例にしめす。

編集にあたって，鈴木・石井・安部３君の協力をえた。

凡　例

〈1〉　資料

作品本文およびその用語の意味解釈は，おおむね，

　古典索引刊行会『万葉集索引』（2003年　塙書房刊）

が採用したものを尊重し，あとの〈2〉本文 などに述べる方針によって調整する。

〈2〉　本文

[1]　歌の部分だけを対象とし，序・詞書・左注などはふくまない。

[2]　本文は索引のよっているものをとり，解釈や漢字の読みも原則として索引にしたがう。

[3]　かけことばは，文脈からみて重要だと思われる意味だけをとる。

〈3〉　範囲

[1]　自立語だけを対象とする。

　[11]　補助動詞的にもちいられた「たまふ，まをす，まうす，ます，まつる，たぶ」は，助動詞なみとする。

　[12]　「な……そ，なへに」は助詞，「る（らる），ごとし」は助動詞とする。

　[13]　「ものから，して」などは自立語＋付属語とする。（それぞれ名詞の「もの」，動詞の「す」に合併。）

　また，「まかす（巻），むすばす（結）」など，および「まけり（巻），むすべり（結）」などは，自立語＋付属語とする。（それぞれ動詞の「まく（巻），むすぶ（結）」に合併。）

　[14]　つぎにあげる接辞は助詞なみにあつかう。

　　み（みたま　みぶくし　みのり　み井）

　　ら（子ら）　ども（子ども）　たち（神たち）

　　なす・のす（真玉なす）

　　み（山高み　負ひみ抱きみ）

　ただし，つぎにあげるような「み」は例外としてつける。

　　みかど　みこ　みやま　みき（酒）

〈4〉　単位のながさ

[1]　動詞の連用形に動詞・形容詞がつづいた，いわゆる複合動詞・複合形容詞は，全体として１語とする。

（例）　とび^あがる　ちり^みだる　さき^がたし

[11]　両者のあいだに助詞などがはいったものも，これらを無視して考える。

（例）　「恋ひは死ぬとも，恋ひも死ねとや」→「恋ひ死ぬ」に合併。

「思ひな侘びそ，散りな紛ひそ」→「思ひ侘ぶ」「散り紛ふ」に合併。

[2]　名詞についた動詞・形容詞・形容動詞は，原則としてきりはなす。

（例）　心/あり　心/なし　くもゐ/なす　目/かる

[21]　ただし，つぎのばあいは，例外としてつづける。

[211]　名詞が被覆形のばあい。

（例）　あま^くだる　ふな^のる

[212]　連濁をおこしたばあい。

[3]　形容詞連用形に動詞がつづいたものは，きりはなす。

（例）　よく/す

[4]　（名詞＋の（が）＋名詞）の形は，原則としてきりはなす。

（例）　くもの/なみ　つかの/ま　わたの/そこ　玉の/を　山の/は　をの/へ

ふじの/たかね　ほづみの/あそ　遠の/国

うめが/はな　あをねが/みね

[41]　ただし，つぎのばあいは，例外としてつづける。

[411]　まえの名詞が被覆形のばあい。

（例）　あまの^白雲　ふなの^へ

[412]　連濁をおこしたばあい。

（例）　日の^ぐれ

[413]　つぎにあげるもの，およびそれに類する少数のばあい。

いきの^を　うの^はな　世の^なか

ありが^ほし　みが^ほし　いはが^ね

[42]　（名詞＋つ＋名詞）はつける。

（例）　沖つ^白玉　国つ^み神

[5]　並列の（名詞＋名詞）を1語とみるかどうかは原則として索引にしたがう。

[51]　（名詞＋数詞）はきりはなす。

（例）　心/ひとつ　人/ふたり

[52]　（数詞＋名詞）はつづける。

（例）　ななつ^を　やつ^を

[6]　（活用語の連体形＋名詞）は，原則としてきりはなす。

（例）　あくる/あした　なる/かみ　いゆ/しし

ただし，　ゆく^へ

[61]　「おなじ」は連体形なみにあつかう。

（例）　おなじ/こと　おなじ/心

[62]　「おほき」は接頭語とする。

（例）　おほき^みかど　おほき^ひじり

[7] その他，連語か1語かが問題になるようなものの例。

あな/みにく

ををりに/ををる（「ををり」は動詞） いや/高に（「高」は名詞）

〈5〉 単位のはば

[1] 原則として，同語別語の認定は金田一京助『辞海』（1952年 三省堂刊）にしたがう。

[2] 品詞や動詞の自他がちがうことだけでは，別語の条件にしない。たとえば，「あはれ」では名詞・形容動詞・感動詞の用例を合併してかぞえてある。

[21] 品詞との関係で問題になるものは，つぎのようにあつかう。

[211] 「いはく」の類は動詞（「いふ」）に。

[212] 「老いもせず」「見にゆく」の類は動詞（「老ゆ」「見る」）に。

ただし，「しにす」「たえす」などは名詞（「しに」「たえ」）に。

[213] 「夜をさむみ」の類は形容詞（「さむし」）に。

[214] 「あなみにく」の類は形容詞（「みにくし」）に。

[22] 枕詞だという理由だけでは特別あつかいしない。

（例） 枕詞「こもりぬの」は名詞「こもりぬ」に，枕詞「芦がちる」は名詞「芦」と動詞「ちる」とに，それぞれ合併。

[3] 意味のちがいに関係しないよみ方・発音のちがいは無視して合併する。

（例） うま～むま

〈6〉 表の構成

表は1単語ごとに1行をもうけ，次の10種類のことがらを左から順に29列でしるす。

- 見出し かな表記。単語はこの五十音順に配列する。
- 順 同音語のなかの順番。同音語がなければ空白。
- 漢字 おおむね索引により，代表的なもの。
- 語種 空白＝和語，漢＝漢語，混＝混種語。外来語はない。
- 品詞 空白＝名詞。他は品詞名の初めの漢字により，動詞には活用の種類を添える。
- 注記 単語のはば，地名，漢字などにつき，必要に応じて。
- 巻数 20巻中のいくつの巻でつかわれたか。
- 合計 20巻で合計何回つかわれたか。
- 巻ごと それぞれの巻で何回つかわれたか。つかわれていなければ空白。20列にわける。
- 意味分類 国立国語研究所編『分類語彙表 増補改訂版』（2004年 大日本図書刊）の意味分類の項目の番号および名称。番号の小数点をはぶく。
  いくつかの意味分類にわたるつかわれかたをしているばあいは，必要なだけしめす。

なお，見やすさのために，アミカケを適宜ほどこした。

〈7〉 集計表および CD の内容について

[1] 表の数値によるいくつかの集計表を，巻末にしめす。

集計表には，どのように集計して，どのようなことを知るかという，解説をくわえる。語彙を計量的に研究するための入門となるであろう。

集計表および解説の編集は，石井君の協力による。

[2]　印刷されたすべてを，コンピュータ・ファイルとしてCDにおさめる。

表はMSエクセル・ファイルである。.xlsxと.xlsとがあるが，同じ内容である。

なお，漢字の字形は，コンピュータのシステムやソフトウエアあるいはプリンタなどによって小異が出る。本書の字形は一例である。

集計表の作成および解説にもちいたファイルも，CDのフォルダ「集計表関係」におさめる。

[3]　CDには，また，PDFファイル「Excelによる『万葉集巻別対照分類語彙表』のデータの活用」（小木曽智信氏監修　笠間書院編集部編）をおさめる。エクセルによるデータ処理の初歩をしるしたものとして，本書のデータの活用のためにも有益である。

万葉集巻別対照分類語彙表

見出し	順	漢字	語種	品詞	注記	巻数	合計	巻1	巻2	巻3	巻4	巻5	巻6	巻7
あ	1	吾				12	43		2		6	2	1	1
あ	2	足				2	3							
あか		垢				1	1							
あが	1	吾				3	3						1	
あが	2	吾		連体		20	406	2	11	6	44	11	12	19
あがき		足掻				4	4		1					
あかぎぬ		赤衣				1	1							
あがく		足掻		動四		1	1							1
あかごま		赤駒				9	11				1	1		1
あかし	1	明石				3	7			3				2
あかし	2	明・赤		形		2	2					1		
あかしう		明得		動下二		1	1							
あかしおほと		明石大門				1	1			1				
あかしがた		明石潟				1	1						1	
あかしかぬ		明不堪		動下二		1	1							
あかしつる		明釣		動四		1	1							
あかす		明		動四		5	7				1		1	
あがた		県				1	1							1
あかちつかはす		分遣		動四		1	1						1	
あかづく		垢付		動四		2	2							
あかとき		暁				11	17						2	1
あかときぐたち		暁降				1	1							
あかときづき		暁月				1	1							
あかときづくよ		暁月夜				1	1							
あかときつゆ		暁露				3	4		1					
あかときやみ		暁闇				2	2							
あかね		茜				3	3				1			
あかねさす		茜刺		枕		8	10	1	2				1	
あかふ		贖		動四		2	2							
あかぼし		明星				1	1					1		
あかみやま		安可見山				1	1							
あかも		赤裳				7	11					1	1	2
あからがしは		赤柏				1	1							
あからたちばな		赤橘				1	1							
あからひく		朱引		枕		3	4				1			
あからをぶね		赤羅小船				1	1							
あかり		赤				1	1							
あかる		赤		動四		1	1							
あがる		上		動四		3	4		1					
あき	1	秋				16	109	3	5	2	4		4	1
あき	2	安騎				1	2	2						
あきかしは		秋柏				1	1							
あきかぜ		秋風				10	55			3				2
あきかへし		商返				1	1							
あきくさ		秋草				2	2							
あきさ		秋沙				1	1							1
あきさりごろも		秋去衣				1	1							
あきじこり						1	1							1
あきた		秋田				3	9							
あきだる		飽足		動四		9	12		1			1	1	
あきづ		秋津				4	6	1					3	1
あきつかみ		明津神				1	1						1	
あきづく		秋付		動四		6	9							
あきづしま		蜻島				4	5	1						
あきづの		秋津野				4	6				1			3
あきつは		秋葉				1	1							
あきづは		蜻羽				1	1			1				
あきづひれ		蜻領巾				1	1							
あきづへ		秋津辺				1	1							
あきつゆ		秋露				1	1							
あきな						1	1							
あきの		秋野				3	5							

巻数 合計 巻1 巻2 巻3 巻4 巻5 巻6 巻7

巻8	巻9	巻10	巻11	巻12	巻13	巻14	巻15	巻16	巻17	巻18	巻19	巻20	意味分類
		1	7	7	2	12			1			1	12010(われ・なれ・かれ)
			1			2							15603(手足・指)
												1	15607(体液・分泌物)
		1							1				12590(固有地名)
18	12	39	60	41	38	14	26	9	16	3	12	13	31010(こそあど・他)
			1			1			1				13392(手足の動作)
				1									14210(衣服)
													23392(手足の動作)
			1	1	1	3					1	1	15501(哺乳類)
							2						12590(固有地名)
												1	33420(人柄)/35010(光)
	1												21635(朝晩)
													12590(固有地名)
													12590(固有地名)
		1											21635(朝晩)
							1						23811(牧畜・漁業・鉱業)
			2	1			2						23330(生活・起臥)/25010(光)
													12550(政治的区画)
													23630(人事)
		1					1						21344(支障・損じ・荒廃)
2	1		1	2			3		1	1	2	1	11635(朝晩)
		1											11635(朝晩)
											1		15210(天体)
		1											11635(朝晩)
1		2											15130(水・乾湿)
			1	1									15010(光)
			1					1					15402(草本)
				1	2		1				1	1	39999(枕詞)
				1					1				23780(貸借)
													15210(天体)
						1							12590(固有地名)
	2		2				1		2				14220(上着・コート)
												1	15401(木本)
										1			15401(木本)
		1	2										39999(枕詞)
								1					14660(乗り物（海上）)
											1		15010(光)
											1		25010(光)
											1	2	21540(上がり・下がり)
21	1	35			3		9	1	7	3	5	5	11624(季節)
													12590(固有地名)
			1										15401(木本)
6	2	26	2				3		3		2	6	15151(風)
								1					13530(約束)
1												1	15402(草本)
													15502(鳥類)
		1											14210(衣服)
													13750(損得)
2	1	6											14700(地類（土地利用）)
		2	1	1	1						3	1	23013(安心・焦燥・満足)
				1									12590(固有地名)
													12030(神仏・精霊)
1		2			1		1			1	3		21630(年)
					2						1	1	12590(固有地名)
		1		1									12590(固有地名)
		1											15410(枝・葉・花・実)
													15605(皮・毛髪・羽毛)
					1								14251(ネクタイ・帯・手袋・靴下など)
	1												12590(固有地名)
1													15130(水・乾湿)
						1							12590(固有地名)
1		1										3	15240(山野)
巻8	巻9	巻10	巻11	巻12	巻13	巻14	巻15	巻16	巻17	巻18	巻19	巻20	

見出し	順	漢字	語種	品詞	注記	巻数	合計	巻1	巻2	巻3	巻4	巻5	巻6	巻7
あきはぎ		秋萩				8	79		3					2
あきへ		秋				1	1						1	
あきもみち		秋紅葉				1	1							
あきやま		秋山				8	19	2	5					1
あきらけし		明		形		2	2							
あきらむ		明		動下二		3	3							
あく	1	飽				1	1							1
あく	2	飽		動四	「あくまで」をふくむ	19	81	4	3	4	5		6	5
あく	3	開・明		動下二	「あくる（朝）」をふくむ	13	50		1	2	2	1		
あぐ		上		動下二		3	8							
あくた		芥				1	1							1
あくら		飽等				1	1							
あけ		朱				2	2			1				
あげ		上				1	1							
あけおく		開置		動四		1	1							
あけく		明来		動カ変		6	9		3				1	
あけぐれ		明闇				2	2				1			
あけさる		明去		動四		4	4			1				1
あけたつ		明立		動四		1	1							
あけまく		開設		動下二		1	1				1			
あけみる		開見		動上一		1	1						1	
あけゆく		明行		動四		1	1							
あご	1	吾子				2	2							
あご	2	網子				1	1			1				
あご	3	吾児・阿胡				4	6				1			2
あごね		阿胡根・阿後尼				2	2	1						
あさ	1	麻				2	2							1
あさ	2	朝				15	34	2	2	4	4		2	5
あさい		朝寝				1	1							
あさか		浅香				1	1		1					
あさかがた		朝香潟				1	1							
あさかげ		朝影				3	6							
あさかしは		朝柏		枕		1	1							
あさがすみ		朝霞				5	8		1					1
あさかぜ		朝風				2	2	1					1	
あさかは		朝川				3	3	1	1	1				
あさがほ		朝顔				3	5							
あさかみ		朝髪				1	1				1			
あさかやま		安積山				1	1							
あさがらす		朝烏				1	1							
あさがり		朝狩				6	6	1		1			1	
あさぎぬ		麻衣				2	2							
あさぎり		朝霧				12	15		1	1	1	1	1	
あさぎりごもり		朝霧隠				4	4				1			
あさくも		朝雲				1	1			1				
あさぐもり		朝曇				1	1		1					
あさけ		朝明				10	20			1				2
あさこぎ		朝漕				1	1							
あさごち		朝東風				2	2							
あさこと		朝言				1	1		1					
あさごろも		麻衣				2	4		1					3
あざさ		阿邪左				1	1							
あさざはをの		浅沢小野				1	1							1
あさし		浅		形		2	2							1
あさじのはら		浅小竹原				1	1							
あさしほみち		朝潮満				1	1							
あさしも		朝霜				4	4		1					1
あさだち		朝立				1	1							
あさだちいぬ		朝立去		動ナ変		3	3							

巻8	巻9	巻10	巻11	巻12	巻13	巻14	巻15	巻16	巻17	巻18	巻19	巻20	意味分類
21	3	44					3				1	2	15401(木本)
													11624(季節)
1													15410(枝・葉・花・実)
2	1	6			1		1						15240(山野)
								1				1	31345(美醜)/33068(詳細・正確・不思議)
										1	1	1	23011(快・喜び)/23062(注意・認知・了解)
													12590(固有地名)
3	5	9	4	3	3	1	6	1	6	4	3	6	23013(安心・焦燥・満足)
4	2	9	10	6	4	1	6			2			21553(開閉・封)/21635(朝晩)
		1	1					6					21540(上がり・下がり)
													14100(資材・ごみ)
			1										12590(固有地名)
					1								15020(色)
				1									14700(地類（土地利用）)
			1										21553(開閉・封)
		1					2		1		1		21635(朝晩)
		1											11635(朝晩)
		1									1		21635(朝晩)
											1		21635(朝晩)
													21553(開閉・封)
													21553(開閉・封)
					1								21635(朝晩)
					1						1		12130(子・子孫)
													12413(農林水産業)
					2		1						12590(固有地名)
					1								12590(固有地名)
	1												15402(草本)
4		1	2	1		1	1		2	1	2		11635(朝晩)
		1											13330(生活・起臥)
													12590(固有地名)
			1										12590(固有地名)
			3	2							1		11800(形・型・姿・構え)
			1										39999(枕詞)
		3		2				1					15152(雲)
													15151(風)
													15250(川・湖)
1		3				1							15402(草本)
													15605(皮・毛髪・羽毛)
								1					12590(固有地名)
				1									15502(鳥類)
						1			1		1		13811(牧畜・漁業・鉱業)
	1				1								14210(衣服)
	1	4	1		1				1		1	1	15152(雲)
		1		1			1						11210(出没)
													15152(雲)
													15154(天気)
4		4	2	3		1			1		1	1	11635(朝晩)
											1		13830(運輸)
		1	1										15151(風)
													13100(言語活動)
													14210(衣服)
					1								15402(草本)
													12590(固有地名)
								1					31911(長短・高低・深浅・厚薄・遠近)
			1										15240(山野)
												1	15155(波・潮)
			1	1									15130(水・乾湿)
	1												11521(移動・発着)
					1				1			1	21521(移動・発着)

見出し	順	漢字	語種	品詞	注記	巻数	合計	巻1	巻2	巻3	巻4	巻5	巻6	巻7
あさだちいゆく		朝立行		動四		1	1		1					
あさだちゆく		朝立行		動四		1	1						1	
あさだつ		朝立		動四		1	1		1					
あさぢ		浅茅				6	17						1	2
あさぢはら		浅茅原				4	6			1				1
あさぢやま		浅茅山				1	1							
あさづくひ		朝月日				2	2							1
あさづくよ		朝月夜				2	2	1						
あさづま		朝妻				1	1							
あさづまやま		朝妻山				1	1							
あさつゆ		朝露				9	14		2					1
あさで		麻手				1	1				1			
あさでこぶすま		麻手小衾				1	2							
あさてづくり		麻手作				1	1							
あさと		朝戸				4	5							
あさどこ		朝床				1	1							
あさとで		朝戸出				3	4							
あさとり		朝鳥				3	4		1	2				
あさな		朝菜				2	2						1	
あさなぎ		朝凪				8	18				1		3	2
あさなさな		朝朝		副		7	15			1		1		
あさなゆふな		朝夕		副		1	1							
あさには		朝庭				1	1							
あさねがみ		朝寝髪				2	2							
あさの		浅野				1	1			1				
あさは		浅葉				1	1							
あさはの		浅葉野				1	1							
あさひ		朝日				6	8		3					
あさひかげ		朝日影				1	1				1			
あさびらき		朝開				6	6			1				
あさぶすま		麻衾				1	1					1		
あさまもり		朝守				1	1							
あさみどり		浅緑				1	1							
あさみや		朝宮				2	2		1					
あざむく		欺		動四		2	2				1	1		
あさもよし		麻裳吉		枕		6	6	1	1		1			1
あさよひ		朝夕				9	14	1		3	1			
あさら		浅		形動		1	1							
あさらか		浅		形動		1	2							
あさり		漁				5	10					1		5
あさる		漁		動四		5	5				1		1	
あさゐで		朝堰				1	1							
あさをら		麻苧				1	1							
あし	1	足・銭				6	6		1			1		
あし	2	芦				5	10		1					2
あし	3	悪		形		6	6					1		
あしうら		足占				2	2				1			
あしかき		芦垣				6	8						1	
あしかきごし		芦垣越				1	2							
あしかざり		足飾				1	1							
あしがに		芦蟹				1	1							
あしがも		芦鴨				2	3							
あしがら		足柄				3	8							1
あしがらやま		足柄山				2	2			1				
あしがらをぶね		足柄小船				1	1							
あしかり		芦刈				1	1							
あしがり		足柄				1	5							
あしき		芦城				1	1							
あしきた		芦北				1	1			1				
あしきの		芦城野				1	1							
あしきやま		芦城山				1	1							
あじくまやま		阿自久麻山				1	1							

巻数 合計 巻1 巻2 巻3 巻4 巻5 巻6 巻7

巻8	巻9	巻10	巻11	巻12	巻13	巻14	巻15	巻16	巻17	巻18	巻19	巻20	意味分類
													21521(移動・発着)
													21521(移動・発着)
													21521(移動・発着)
5		6	1	2									15402(草本)
			2	2									15240(山野)
							1						12590(固有地名)
			1										11635(朝晩)
	1												11635(朝晩)
		1											12590(固有地名)
		1											12590(固有地名)
	1	4	2	1	1		1				1		15130(水・乾湿)
													15402(草本)
						2							14270(寝具)
								1					14201(布・布地・織物)
2		1	1	1									14460(戸・カーテン・敷物・畳など)
											1		14270(寝具)
		1	2									1	11531(出・出し)
	1												15502(鳥類)
						1							15402(草本)
1					4		1		3			3	15154(天気)
		3	5	3					1			1	31612(毎日・毎度)
			1										31612(毎日・毎度)
									1				14700(地類（土地利用）)
			1							1			15605(皮・毛髪・羽毛)
													12590(固有地名)
			1										12590(固有地名)
				1									12590(固有地名)
		1		1	1	1			1				15210(天体)
													15010(光)
	1						1		1	1		1	11521(移動・発着)
													14270(寝具)
										1			13560(攻防)
		1											15020(色)
					1								14400(住居)
													23683(脅迫・中傷・愚弄など)
	1				1								39999(枕詞)
		1			1				2	1	2	2	11635(朝晩)
				1									35020(色)
				2									31910(多少)
	1			1			2						13811(牧畜・漁業・鉱業)
1									1	1			23065(研究・試験・調査・検査など)
		1											14720(その他の土木施設)
						1							14200(衣料・綿・革・糸)
			1	1	1	1							15603(手足・指)
						3			1			3	15402(草本)
1		1				1	1					1	31332(良不良・適不適)
				1									13066(判断・推測・評価)
	1		1		2				2			1	14420(門・塀)
			2										14420(門・塀)
			1										14170(飾り)
								1					15506(その他の動物)
			1						2				15502(鳥類)
						3						4	12590(固有地名)
						1							12590(固有地名)
						1							14660(乗り物（海上）)
												1	13810(農業・林業)
						5							12590(固有地名)
1													12590(固有地名)
													12590(固有地名)
1													12590(固有地名)
				1									12590(固有地名)
						1							12590(固有地名)
巻8	巻9	巻10	巻11	巻12	巻13	巻14	巻15	巻16	巻17	巻18	巻19	巻20	

見出し	順	漢字	語種	品詞	注記	巻数	合計	巻1	巻2	巻3	巻4	巻5	巻6	巻7
あしげ		芦毛				1	2							
あしずり		足摺				1	2							
あした		朝				13	25	2	2	1		1	1	
あしたづ		芦鶴				4	4			1	1		1	
あしだま		足玉				1	1							
あしたゆふへ		朝夕				2	2				1			
あしつき		芦付				1	1							
あしに		芦荷				1	1							
あしのや		芦屋				1	3							
あしはら		芦原				4	5		1					
あしび	1	芦火				1	1							
あしび	2	馬酔木				6	10		1					1
あしひき						1	1			1				
あしひきの				枕		18	111		2	4	4		2	6
あしふ		芦火			東語	1	1							
あしべ		芦辺				9	14	1		1	1		3	
あしほやま		芦穂山				1	1							
あじろ		網代				1	1							1
あじろき		網代木				1	1			1				
あじろひと		網代人				1	1							1
あしわけをぶね		芦別小舟				2	3							
あす	1	明日				16	50		3	2	2	1	3	2
あす	2	浅		動四		1	1							
あす	3	浅		動下二		1	1			1				
あず		崖				1	1							
あすか		飛鳥				8	15	1	4	3	1		2	1
あすかかぜ		飛鳥風				1	1	1						
あすかがは		飛鳥川				10	19		3	2				3
あすかをとこ		飛鳥壮士				1	1							
あすは		足羽			神名	1	1							
あずへ		崖方				1	1							
あせ	1	汗				1	1							
あせ	2	浅				1	1						1	
あぜ		何故		副		1	8							
あせかがた		安斉可潟				1	1							
あそ	1	朝臣				1	3							
あそ	2	安蘇				1	2							
あそそに				副		1	1				1			
あそび		遊				4	4			1		1	1	
あそびあるく		遊歩		動四		2	2					1		
あそびくらす		遊暮		動四		1	1					1		
あそびなぐ		遊慰		動上二		1	1							
あそびのむ		遊飲		動四		1	1						1	
あそぶ		遊		動四		14	31		1	1	2	5	3	2
あそやまつづら		安蘇山葛				1	1							
あた		仇				2	2						1	
あだ		阿太				1	1							
あたかも		恰		副		1	1							
あたし		他		形	シク活	2	2							
あたたけし		暖		形		1	1			1				
あだたら		安達太良				1	1							
あだたらまゆみ		安達太良真弓				2	2							1
あたひ		価				1	1			1				
あだひと		阿太人				1	1							
あたむ		仇・敵		動四		1	1				1			
あたゆまひ						1	1							
あたら		可惜		副		3	3			1				
あたらし		可惜		形		4	5							
あたり		辺				13	35	4	4	2	1			3
あぢ		巴鴨				2	2							
あぢかま		味鎌				2	3							

巻8	巻9	巻10	巻11	巻12	巻13	巻14	巻15	巻16	巻17	巻18	巻19	巻20	意味分類
					2								15020(色)
	2												13392(手足の動作)
4		1	1	4	5		1			1	1		11635(朝晩)
			1										15502(鳥類)
		1											14280(装身具)
							1						11635(朝晩)
									1				15403(隠花植物)
			1										14030(荷・包み)
	3												12590(固有地名)
	1				2					1			15240(山野)
			1										15161(火)
1		3			1							3	15401(木本)
													15240(山野)
8	3	13	10	7	5	2	5	4	12	4	15	5	39999(枕詞)
												1	15161(火)
		2		1	1		3					1	15260(海・島)
						1							12590(固有地名)
													14161(網)
													14120(木・石・金)
													12413(農林水産業)
			1	2									14660(乗り物（海上）)
3	4	8	2	8		3	2	1		4		2	11643(未来)
						1							21583(進歩・衰退)
													21583(進歩・衰退)
						1							15240(山野)
					2			1					12590(固有地名)
													15151(風)
1		2	3	1	1	2					1		12590(固有地名)
								1					12040(男女)
												1	12030(神仏・精霊)
						1							15240(山野)
	1												15607(体液・分泌物)
													15250(川・湖)
						8							41180(理由)
						1							12590(固有地名)
								3					12040(男女)
						2							12590(固有地名)
													33068(詳細・正確・不思議)
		1											13370(遊楽)
1													23370(遊楽)
													23370(遊楽)
										1			23370(遊楽)
													23370(遊楽)
1	3	1			2		1		3	2	4		23370(遊楽)
						1							15402(草本)
												1	12200(相手・仲間)
		1											12590(固有地名)
											1		31130(異同・類似)
		1	1										31130(異同・類似)
													31915(寒暖)
						1							12590(固有地名)
						1							14551(武器)
													13730(価格・費用)
			1										12301(国民・住民)
													23020(好悪・愛憎)
												1	15721(病気・体調)
	1											1	33012(恐れ・怒り・悔しさ)
		1			2						1	1	33012(恐れ・怒り・悔しさ)
1	1	3	5	5		3	2			1			11780(ふち・そば・まわり・沿い)
			1			1							15502(鳥類)
			1			2							12590(固有地名)

見出し	順	漢字	語種	品詞	注記	巻数	合計	巻1	巻2	巻3	巻4	巻5	巻6	巻7
あぢかをし				枕		1	1					1		
あぢさはふ				枕		5	5		1				1	
あぢさゐ		紫陽花				2	2				1			
あぢふ		味経				1	2						2	
あぢまの		味真野				1	1							
あぢむら		巴鴨群				5	7			2	2			1
あづきなし				形		2	3							
あづさ		梓				2	3	2						
あづさゆみ		梓弓				13	31		5	2	1			1
あつし	1	暑		形		2	2							
あつし	2	篤・厚		形	ク活	1	1							
あづま		東				5	8		1	1				
あづまぢ		東路				1	2							
あづまと		東人				1	1		1					
あづまをとこ		東男				1	1							
あづまをのこ		東男				1	1							
あづまをみな		東女				1	1				1			
あつもの		羹				1	1							
あて		足代				1	2							2
あと		跡				7	8			2	1	1		
あど	1	阿渡				1	2							
あど	2			副		2	8							
あどかはなみ		阿渡川波				1	1							
あどかはやなぎ		阿渡川楊				1	2							2
あどしらなみ		阿渡白波				1	1							1
あとどころ		跡所				1	1							1
あどもひたつ		率立		動下二		1	1							
あどもふ		率		動四		6	7		1	1				
あとりかまけり					鳥名	1	1							
あな	1	穴				1	1							
あな	2	鳴呼		感	「あなかま」の「あな」も	8	8			1	1		1	
あなし		痛足				2	2							1
あなしがは		痛足川				1	1							1
あなせ		痛背				1	1				1			
あなに				感		2	2							
あに		豈		副		3	4			2	1			
あにくやしづし				句		1	1							
あの		安努				1	2							
あは	1	粟				3	5			2				
あは	2	安房・阿波				2	3						1	
あば		阿婆				1	1							1
あはしま		粟島				5	6			1	1			1
あはずまに		会		副		1	1							
あはせ		袷				1	1							
あはせやる		会遣		動四		1	1							
あはぢ	1					1	1							
あはぢ	2	淡路				5	7			1	1		3	1
あはぢしま		淡路島				6	7			2			1	1
あはに				副		1	1		1					
あはび		鰒				1	1							
あはびたま		鰒玉				4	5						1	1
あばや		足速		形動		1	1							1
あはれ		哀		形動	感動詞をふくむ	7	8			1	1			2
あはをろ		安波峰				1	1							
あひ		逢				2	2				1			
あひあらそふ		相争		動四		1	1	1						
あひいひそむ		相言始		動下二		2	2							
あひいふ		相言		動四		1	1							
あひうづなふ		相諾		動四		1	1							
あひおもふ		相思		動四		8	19				5			
あひがたし		逢難		形		3	6				2			

巻8	巻9	巻10	巻11	巻12	巻13	巻14	巻15	巻16	巻17	巻18	巻19	巻20	意味分類
													39999(枕詞)
	1		1	1									39999(枕詞)
												1	15401(木本)
													12590(固有地名)
							1						12590(固有地名)
									1			1	15502(鳥類)
			2	1									33012(恐れ・怒り・悔しさ)
						1							15401(木本)
	1	2	4	7	1	3		1		1	2		14551(武器)
	1			1									31915(寒暖)
										1			31911(長短・高低・深浅・厚薄・遠近)
	2			1						3			12590(固有地名)
						2							12590(固有地名)
													12301(国民・住民)
												1	12040(男女)
												1	12040(男女)
													12040(男女)
								1					14310(料理)
													12590(固有地名)
1		1	1				1						11720(範囲・席・跡)
	2												12590(固有地名)
						7	1						41180(理由)
	1												15155(波・潮)
													15401(木本)
													15155(波・潮)
													11720(範囲・席・跡)
	1												21525(連れ・導き・追い・逃げなど)
	2	1							1			1	21525(連れ・導き・追い・逃げなど)
												1	15502(鳥類)
				1									11830(穴・口)
1		1				1	1	1					43010(間投)
				1									12590(固有地名)
													12590(固有地名)
													12590(固有地名)
1								1					43010(間投)
								1					43120(予期)
						1							11527(往復)
						2							12590(固有地名)
						2		1					15402(草本)
	2												12590(固有地名)
													12590(固有地名)
				1			2						12590(固有地名)
							1						33500(交わり)
				1									14210(衣服)
											1		23811(牧畜・漁業・鉱業)
						1							14710(道路・橋)
							1						12590(固有地名)
				1			1		1				12590(固有地名)
													31910(多少)
			1										15506(その他の動物)
					1					2			15606(骨・歯・爪・角・甲)
													31913(速度)
	1		1	1						1			33020(好悪・愛憎)/43000(感動)
						1							12590(固有地名)
						1							13520(応接・送迎)
													23543(争い)
			1	1									23100(言語活動)
			1										23500(交わり)
										1			23532(賛否)
		3	4	2	2		1			1	1		23020(好悪・愛憎)
		1		3									31346(難易・安危)

見出し	順	漢字	語種	品詞	注記	巻数	合計	巻1	巻2	巻3	巻4	巻5	巻6	巻7
あひかつ		逢堪		動下二		1	1		1					
あびき		網引				3	3			1	1			1
あひきほふ		相競		動四		1	1							
あひさかゆ		相栄		動下二		1	1							
あひしる		相知		動四		1	1				1			
あひだ		間				12	34		1	2	4	2	1	
あひだよ		間夜				1	1							
あひづね		会津嶺				1	1							
あひとふ		相問		動四		1	1							
あひとぶらふ		相訪		動四		1	1							
あひとよむ		相響		動四		2	2							
あひぬ		相寝		動下二		2	4							
あひのむ		相飲		動四		2	2						1	
あひまく		相巻		動四		1	1							1
あひみす		相見		動下二		1	1							
あひみそむ		相見初		動下二		2	3				2			
あひみる		逢見		動上一		17	78	1	2	3	12	1		
あひむきたつ		相向立		動四		1	1							
あひよばひ		相結婚				1	1							
あひよる		相寄		動四		2	2							
あひわかる		相別		動下二		3	3					1		
あひゑむ		相笑		動四		1	1							
あふ	1	合・逢		動四	「あふせ」の「あふ」も	20	391	4	13	10	50	3	4	6
あふ	2	合		動下二		1	2							
あふ	3	敢		動下二		6	6		1		1			
あふき		扇				1	1							
あふぎこひのむ		仰乞祈		動四		1	1					1		
あふぎみる		仰見		動上一		1	1		1					
あふぐ		仰		動四		6	6		1	1				
あふさか		逢坂				1	1							
あふさかやま		逢坂山				3	5							
あぶさふ		余		動四		1	1							
あふさわに				副		2	2							
あふち		楝				3	4					1		
あふひ		葵				1	1							
あふみ	1	淡海			普通名詞	1	1							
あふみ	2	近江				7	19	2	1	2				4
あぶみ		鐙				1	1							
あふみぢ		近江路				3	3				1			
あぶらひ		油火				1	1							
あぶりほす		炙干		動四		1	2							
あぶる		溢		動下二		1	1							
あへ		阿倍				2	3			2				
あへがたし		堪難		形		1	1				1			
あへかつ		堪難		動下二		1	1							1
あへく		喘		動四		1	1			1				
あへしまやま		安倍島山				1	1							
あべたちばな		阿倍橘				1	1							
あへて		敢		副		3	3			1				
あへてる		合照		動四		1	1							
あへぬく		相貫		動四		4	5							
あへまく		合巻		動四		1	1							
あほやま		阿保山				1	1							
あま		海人				15	69	1		7		1	5	14
あまかける		天翔		動四		1	1					1		
あまぎらす		天霧		動四		2	3							
あまぎらふ		天霧		動四		4	4						1	1
あまぎり		雨霧				1	1							
あまくだる		天降		動四		1	1							
あまくも		天雲				16	42		4	5	3	1		2
あまごもる		雨隠		動四		3	3						1	

巻数 合計 巻1 巻2 巻3 巻4 巻5 巻6 巻7

巻8	巻9	巻10	巻11	巻12	巻13	巻14	巻15	巻16	巻17	巻18	巻19	巻20	意味分類
													23520(応接・送迎)
													13811(牧畜・漁業・鉱業)
	1												23542(競争)
											1		21583(進歩・衰退)
													23500(交わり)
	2		10	6	1	1	1		3				11600(時間)/11721(境・間)
						1							11652(途中・盛り)
						1							12590(固有地名)
											1		23520(応接・送迎)
	1												23520(応接・送迎)
1		1											25030(音)
				3		1							23330(生活・起臥)
											1		23331(食生活)
													23330(生活・起臥)
		1											23092(見せる)
				1									23520(応接・送迎)
2		9	15	7	1	5	2	2	8	3	1	4	23091(見る)
1													23391(立ち居)
	1												13350(冠婚)
			1			1							21560(接近・接触・隔離)
1												1	23520(応接・送迎)
										1			23030(表情・態度)
13	12	43	63	78	21	24	21	5	5	6	7	3	23520(応接・送迎)/23543(争い)
								2					21550(合体・出会い・集合など)
		1	1				1				1		23040(信念・努力・忍耐)
	1												14541(日用品)
													23360(行事・式典・宗教的行事)
													23091(見る)
	1	1			1					1			23091(見る)
					1								12590(固有地名)
		1			3		1						12590(固有地名)
											1		21931(過不足)
1			1										31346(難易・安危)
		1							2				15401(木本)
								1					15402(草本)
	1												15250(川・湖)
			5	2	3								12590(固有地名)
									1				14540(農工具など)
					1				1				12590(固有地名)
										1			14600(灯火)
	2												25130(水・乾湿)
			1										21580(増減・補充)
						1							12590(固有地名)
													31346(難易・安危)
													21346(難易・安危)
													23393(口・鼻・目の動作)
				1									12590(固有地名)
			1										15401(木本)
	1								1				33040(信念・努力・忍耐)
												1	25010(光)
1									2	1	1		21524(通過・普及など)
												1	21570(成形・変形)
		1											12590(固有地名)
	3		6	6	2	1	12	1	4	3	3		12413(農林水産業)
													21522(走り・飛び・流れなど)
1		2											25152(雲)
		1			1								25152(雲)
				1									15152(雲)
										1			21540(上がり・下がり)
	3	3	4	2	6	1	1	1	1		4	1	15152(雲)
1							1						21532(入り・入れ)
巻8	巻9	巻10	巻11	巻12	巻13	巻14	巻15	巻16	巻17	巻18	巻19	巻20	

見出し	順	漢字	語種	品詞	注記	巻数	合計	巻1	巻2	巻3	巻4	巻5	巻6	巻7
あまさがる		天下		枕		1	1				1			
あまざかる		天離		枕		11	23	1	1	1		1	1	
あまそそる		天聳		動四		1	1							
あまた		数多		副		7	10							1
あまたよ		数多夜				3	3							
あまたらす		天足		動四		1	1		1					
あまぢ		天道				2	3					2		
あまつかみ		天神				1	1					1		
あまつきり		天霧				1	1							1
あまつしるし		天印				1	2							
あまつそら		天空				1	1							
あまづたひく		天伝来		動カ変		1	1			1				
あまづたふ		天伝		動四		4	4		1					1
あまつつみ		雨障				1	1				1			
あまつつむ		雨障		動四		3	3				1			
あまつひれ		天領巾				1	1							
あまつみかど		天御門				1	1		1					
あまつみづ		天水				2	2		1					
あまつみや		天宮				1	1		1					
あまつゆしも		天露霜				1	1							
あまてらす		天照		動四		1	1		1					
あまでらす		天照		動四		1	1							
あまてる		天照		動四		4	4							1
あまとぶ		天飛		動四		7	9		1		1	1		
あまねし		遍		形		1	1							
あまのがは		天河				6	52							
あまのかはぢ		天川路				1	1							
あまのかはづ		天川津				1	2							
あまのかはと		天川門				1	1							
あまのかはら		天河原				4	9		1	1				
あまのさぐめ		天探女				1	1			1				
あまのしらくも		天白雲				2	2							
あまのと		天戸				1	1							
あまのはら		天原				10	15		2	3			1	
あまのひつぎ		天日嗣				3	5							
あまのみそら		天御空				3	3					1		
あまばし		天橋				1	1							
あまばれ		雨晴				1	1							
あまひれがくる		天領巾隠		動四		1	2		2					
あまぶね		海人舟				3	3						1	
あまま		雨間				3	4							
あまめ		海女				1	1			1				
あまゆく		天行		動四		1	1			1				
あまよ		雨夜				1	1							
あまる		余		動四		3	5							
あまをとめ		天処女				10	20	1		1		1	5	3
あまをぶね		海人小舟				3	3							1
あみ	1	網				2	4			1				
あみ	2	網				2	3	2						
あみてづな		網手綱				1	1						1	
あみとり		網取				1	1							
あみめ		網目				1	1							
あむ		編		動四		3	3							1
あむす		浴		動四		1	1							
あめ	1	天				17	55	8	9	5	1	4	4	4
あめ	2	雨				18	85	4		5	5	2	2	5
あめつし		天地			東語	1	2							
あめつち		天地				15	62	1	5	6	5	3	4	
あめひと		天人				2	2							
あも		母			東語	1	1							
あもしし		母父			東語	1	2							
あもとじ		母刀自			東語	1	1							

巻数 合計 巻1 巻2 巻3 巻4 巻5 巻6 巻7

巻8	巻9	巻10	巻11	巻12	巻13	巻14	巻15	巻16	巻17	巻18	巻19	巻20	意味分類
													39999(枕詞)
	1				1		2		10	2	2		39999(枕詞)
									1				21513(固定・傾き・転倒など)
1			2	2	1	2			1				31910(多少)
1						1	1						11635(朝晩)
													21580(増減・補充)
		1											14710(道路・橋)
													12030(神仏・精霊)
													15152(雲)
		2											13114(符号)
				1									15200(宇宙・空)
													21524(通過・普及など)
					1				1				21524(通過・普及など)
													11563(防止・妨害・回避)
1			1										21563(防止・妨害・回避)
		1											14251(ネクタイ・帯・手袋・靴下など)
													12710(政府機関)
										1			15130(水・乾湿)
													14400(住居)
			1										15130(水・乾湿)
													25010(光)
										1			25010(光)
			1				1	1					25010(光)
1		2	2				1						21522(走り・飛び・流れなど)
1													31940(一般・全体・部分)
5	2	41					1			1		2	15210(天体)
		1											14710(道路・橋)
		2											14720(その他の土木施設)
		1											15250(川・湖)
3		4											15250(川・湖)
													12030(神仏・精霊)
							1			1			15152(雲)
												1	14420(門・塀)
	1	2			2	1	1			1	1		15200(宇宙・空)
										3	1	1	13410(身上)
		1		1									15200(宇宙・空)
					1								14710(道路・橋)
		1											15154(天気)
													21210(出没)
			1						1				14660(乗り物（海上）)
2		1		1									11600(時間)
													12040(男女)
													21527(往復)
								1					11635(朝晩)
			2	2						1			21931(過不足)
	1			1	1		4		2				12050(老少)
		1										1	14660(乗り物（海上）)
									3				14161(網)
							1						12590(固有地名)
													14160(コード・縄・綱など)
											1		13811(牧畜・漁業・鉱業)
			1										11840(模様・目)
			1		1								21551(統一・組み合わせ)
								1					21535(包み・覆いなど)
	2	2	1		4		1	1	2	2	2	3	15200(宇宙・空)
11	5	15	5	8	4	1	1	3	2	5		2	15153(雨・雪)
												2	15200(宇宙・空)
1		3	3	1	13		4			2	7	4	15200(宇宙・空)
		1								1			12030(神仏・精霊)
												1	12120(親・先祖)
												2	12120(親・先祖)
												1	12120(親・先祖)

巻8 巻9 巻10 巻11 巻12 巻13 巻14 巻15 巻16 巻17 巻18 巻19 巻20

見出し	順	漢字	語種	品詞	注記	巻数	合計	巻1	巻2	巻3	巻4	巻5	巻6	巻7
あもりつく		天降付		枕		1	2			2				
あもる		天降		動上二		4	4		1					
あや	1	図			もよう	1	1	1						
あや	2	綾			おりもの	1	1							
あやし		怪		形		7	10							2
あやに		奇		副		10	29		5	2		1	3	
あやにあやに		奇奇		副		1	1							
あやは		危		句		1	1							
あやほし		危		形		1	1							
あやまち		過				1	1							
あやむしろ		綾席				1	1							
あやめ		漢女				1	1							1
あやめぐさ		菖蒲草				5	12			1				
あゆ	1	鮎				5	12					4	1	
あゆ	2	東風				3	4							
あゆ	3	落		動下二		3	3							
あゆこ		鮎子				3	3			1		1		
あゆぢ		年魚道				1	1							
あゆちがた		年魚市潟				2	2			1				1
あゆひ		足結				3	3							1
あゆみ		歩				1	1						1	
あゆむ		歩		動四		2	3							1
あよく		動		動四		1	1							
あらか		居所・殿				2	2	1	1					
あらかき		荒垣				1	1							
あらがきまゆみ						1	1							
あらかじめ		予		副		4	6			1	2		2	
あらき	1	荒木				1	1							
あらき	2	新墾				1	1							1
あらきだ		新墾田				1	1							
あらくさだつ		荒草立		動四		1	1							
あらくま		荒熊				1	1							
あらし	1	嵐				6	10	1						2
あらし	2	荒		形		7	9	2		1	2		1	
あらしを		荒男				2	3							
あらす		荒		動四		1	1							
あらそひ		争				1	1							
あらそひかぬ		争不堪		動下二		3	5							
あらそふ		争		動四		7	9	1	2					
あらた		新		形動		1	1							
あらたあらたに		新新		副		1	1							
あらたし		新		形		4	5							
あらたへ		荒妙				6	7	2	1	1		1	1	
あらたま		璞				2	2							
あらたまの		新玉		枕		13	34			2	3	1		
あらたよ	1	新代				3	3	1		1			1	
あらたよ	2	新夜				2	3							
あらちやま		有乳山				1	1							
あらつ		荒津				3	5							
あらとこ		荒床				1	1		1					
あらなみ		荒浪				1	1		1					
あらの		荒野				3	5	1	3					
あらのら		荒野				1	1						1	
あらはす		表		動四		4	4					1		
あらはる		現		動下二		3	3							1
あらひきぬ		洗衣				1	1							
あらひすすぐ		洗濯		動四		1	1							
あらひとがみ		現人神				1	1						1	
あらびゆく		荒行		動四		1	2		2					
あらふ		洗		動四		2	2							
あらぶ		荒		動上二		2	3				1			
あらやま		荒山				1	1							

巻数 合計 巻1 巻2 巻3 巻4 巻5 巻6 巻7

巻8	巻9	巻10	巻11	巻12	巻13	巻14	巻15	巻16	巻17	巻18	巻19	巻20	意味分類
													39999(枕詞)
					1						1	1	21540(上がり・下がり)
													11840(模様・目)
	1												14201(布・布地・織物)
	1		3	1		1			1	1			33068(詳細・正確・不思議)
					2	6			1	3	1	5	31920(程度)
						1							31920(程度)
						1							31346(難易・安危)
						1							31346(難易・安危)
							1						13440(犯罪・罪)
			1										14460(戸・カーテン・敷物・畳など)
													12040(男女)
1		1								5	4		15402(草本)
					4				1		2		15504(魚類)
									2	1	1		15151(風)
1		1								1			21540(上がり・下がり)
											1		15504(魚類)
					1								12590(固有地名)
													12590(固有地名)
			1						1				14251(ネクタイ・帯・手袋・靴下など)
													11522(走り・飛び・流れなど)
						2							21522(走り・飛び・流れなど)
												1	23067(決心・解決・決定・迷い)
													14410(家屋・建物)
			1										14420(門・塀)
						1							13810(農業・林業)
	1												31670(時間的前後)
			1										14120(木・石・金)
													14700(地類（土地利用）)
								1					14700(地類（土地利用）)
						1							25701(生)
			1										15501(哺乳類)
2		1	2		2								15151(風)
							1	1			1		31400(力)/35230(地)
									1			2	12040(男女)
												1	21344(支障・損じ・荒廃)
											1		13542(競争)
	1	3				1							23543(争い)
	1	1	1			1					2		23543(争い)
		1											31660(新旧・遅速)
												1	31660(新旧・遅速)
		1							1		2	1	31660(新旧・遅速)
							1						14201(布・布地・織物)
			1			1							12590(固有地名)
1		4	3	4	3		3		2	2	3	3	39999(枕詞)
													11623(時代)
				2	1								11635(朝晩)
		1											12590(固有地名)
				3			1		1				12590(固有地名)
													14270(寝具)
													15155(波・潮)
						1							15240(山野)
													15240(山野)
						1		1		1			21210(出没)
			1			1							21210(出没)
				1									14210(衣服)
								1					23841(染色・洗濯など)
													12030(神仏・精霊)
													23680(待遇)
			1			1							23841(染色・洗濯など)
			2										23680(待遇)
					1								15240(山野)

巻8 巻9 巻10 巻11 巻12 巻13 巻14 巻15 巻16 巻17 巻18 巻19 巻20

見出し	順	漢字	語種	品詞	注記	巻数	合計	巻1	巻2	巻3	巻4	巻5	巻6	巻7
あらやまなか		荒山中				2	2			1				
あられ		霰				7	10	1	1	1				2
あられまつばら		安良礼松原				1	1	1						
あらゐ		荒藺				1	1							
あらを		荒雄				1	7							
あり	1	有			名詞	1	1					1		
あり	2	有		動ラ変	「あらまほし」をふくむ	20	812	18	45	67	80	38	35	50
ありあけ		有明				2	3							
ありあり		有有		動ラ変		1	1							
ありう		有得		動下二		3	5		2					1
ありがたし		有難		形		1	1							
ありかつ		有堪		動下二		3	7		1		3			
ありかぬ		有不堪		動下二		2	2			1	1			
ありがほし		有欲		形		1	1						1	
ありがよふ		有通		動四		9	18		1	2			4	
ありきぬの		絹衣		枕		3	3							
ありく		有来		動カ変		1	1							
ありさる		有去		動四		2	2				1			
ありそ		荒磯				12	32		5	1	2		1	6
ありそなみ		荒磯浪				1	1							
ありそへ		荒磯辺				1	1							
ありそまつ		荒磯松				1	1							
ありそみ		荒磯廻				1	1							
ありそも		荒磯面				1	1		1					
ありそや		荒磯				1	1							
ありたつ		有立		動四		2	2	1						
ありたもとほる		有回		動四		1	1							
ありちがた		在千潟				1	1							
ありなぐさむ		有慰		動下二		2	2							
ありなみ		有否				1	2							
ありなみう		有否得		動下二		1	1							
ありねよし				枕		1	1	1						
ありますげ		有馬菅				2	2							
ありまつ		有待		動四		7	7				1			1
ありまやま		有馬山				2	2			1				1
ありめぐる		有廻		動四		1	2							
ありよし		有良		形		1	1						1	
ありわたる		有渡		動四		3	3							
ある	1	荒		動下二		9	22	1	6	3			4	2
ある	2	生		動下二		2	2	1					1	
ある	3	或		連体		2	2							
あるき		歩				1	1							
あるく		歩		動四		1	1			1				
あるみ		荒海				3	3							1
あれ	1	吾				18	170	2		4	16	8	1	6
あれ	2	安礼				1	1	1						
あれきたる		生来		動四		1	1			1				
あれつぎく		生継来		動カ変		1	1				1			
あれつく		生付		動四		2	2	1					1	
あれゆく		荒行		動四		1	1						1	
あろじ		主				1	1							
あわゆき		泡雪				3	15							
あわを		沫緒				1	1				1			
あを		英遠				1	1							
あをうなばら		青海原				1	1							
あをうま		青馬・白馬				2	2							
あをかきごもる		青垣隠		動四		1	1						1	
あをかきやま		青垣山				2	2	1						
あをかぐやま		青香具山				1	1	1						
あをくさ		青草				1	1							
あをくむ		青雲			東語	1	1							

巻数 合計 巻1 巻2 巻3 巻4 巻5 巻6 巻7

巻8	巻9	巻10	巻11	巻12	巻13	巻14	巻15	巻16	巻17	巻18	巻19	巻20	意味分類
	1												15240(山野)
		2	1									2	15153(雨・雪)
													12590(固有地名)
				1									12590(固有地名)
								7					12390(固有人名)
													11200(存在)
30	26	59	76	54	35	17	52	22	34	26	21	27	21200(存在)
		2	1										11635(朝晩)
				1									21200(存在)
							2						21200(存在)
									1				31331(特徴)
			3										21200(存在)
													21200(存在)
													33042(欲望・期待・失望)
		1		1	1				5	2	1		21527(往復)
						1	1	1					39999(枕詞)
									1				21200(存在)
									1				21200(存在)
	1	1	3	3	3				5	1			15260(海・島)
					1								15155(波・潮)
	1												15260(海・島)
			1										15401(木本)
				1									11523(巡回など)
													15260(海・島)
						1							15260(海・島)
					1								21513(固定・傾き・転倒など)
									1				21523(巡回など)
				1									12590(固有地名)
			1	1									23013(安心・焦燥・満足)
					2								13532(賛否)
					1								23532(賛否)
													39999(枕詞)
			1	1									15402(草本)
	1	1			1						1	1	23520(応接・送迎)
													12590(固有地名)
												2	21523(巡回など)
													31346(難易・安危)
		1	1							1			21200(存在)
1		2			1							2	21344(支障・損じ・荒廃)/25154(天気)
													25701(生)
	1	1											33068(詳細・正確・不思議)
						1							11523(巡回など)
													21523(巡回など)
1							1						15260(海・島)
6	8	16	31	20	11	10	9		10	3	1	8	12010(われ・なれ・かれ)
													12590(固有地名)
													25701(生)
													25701(生)
													25701(生)
													21344(支障・損じ・荒廃)
												1	12220(主客)
8		6						1					15153(雨・雪)
													14160(コード・縄・綱など)
										1			12590(固有地名)
												1	15260(海・島)
				1								1	15501(哺乳類)
													21210(出没)
				1									15240(山野)
													12590(固有地名)
			1										15152(雲)
												1	15152(雲)

巻8 巻9 巻10 巻11 巻12 巻13 巻14 巻15 巻16 巻17 巻18 巻19 巻20

見出し	順	漢字	語種	品詞	注記	巻数	合計	巻1	巻2	巻3	巻4	巻5	巻6	巻7
あをくも		青雲				4	4		1					
あをこま		青駒				1	1		1					
あをし		青		形		4	4	1						
あをすがやま		青菅山				1	1	1						
あをな		青菜				1	1							
あをなみ		青波				2	2							
あをによし				枕		12	28	5		1		3	2	1
あをね		青根				1	1							1
あをねろ		青嶺				1	2							
あをば		青葉				1	1							
あをはた		青旗				3	3		1		1			
あをぶち		青淵				1	1							
あをみづら		青角髪		枕		1	1							1
あをやぎ		青柳				6	11					2		
あをやなぎ		青柳				1	1					1		
あをやま		青山				6	7			1	1		1	1
い		寝				13	22	2		1	1			
いか		如何		形動	「いかに，いかなる，いかばかり」など	17	68		1	5	9	7		8
いかかる		懸		動四		1	1							
いがき		斎垣				1	1							
いかきわたる		掻渡		動四		1	1							
いかくりゆく		隠行		動四		1	1						1	
いかくる		隠		動四		1	1	1						
いかごやま		伊香山				2	2							
いかさま		如何様		形動		4	7	1	3	2				
いかだ		筏				3	3	1						
いかづち		雷				2	2		1	1				
いかづちやま		雷山				1	1			1				
いかといかと				句		1	1							
いかほ		伊香保				1	2							
いかほかぜ		伊香保風				1	1							
いかほせ		伊香保夫				1	1							
いかほね		伊香保嶺				1	1							
いかほろ		伊香保				1	4							
いかり		碇				1	3							
いかりもちく		刈持来		動カ変		1	2							
いかる		怒		動四		1	1							
いかるが	1	斑鳩			動物名	1	2							
いかるが	2	斑鳩				1	1							
いき	1	生				2	2							
いき	2	息				5	5					1		
いきく		生来		動カ変		1	1				1			
いきしに		生死				1	1							
いきづかし		息		形		2	2							
いきづきあかす		息明		動四		2	3		2			1		
いきづきあまる		息衝余		動四		2	2							1
いきづきわたる		息衝渡		動四		2	2							
いきづきをり		息衝居		動ラ変		3	3					1		
いきづく		息		動四		2	4							
いきづくし		息衝		形	東語	1	1							
いきどほる		憤		動四		1	1							
いきのを		息緒				8	16				2			1
いく	1	行		動四		12	24		2	2	2		2	1
いく	2	生		動四		12	39		3	2	5		2	
いくか		幾日				2	2				1			
いくさ		軍				3	4		2				1	
いぐし		斎串				1	1							
いくだ		幾				3	3		1			1		
いくぢ		活道				1	1			1				
いくぢやま		活道山				1	1			1				

巻数 合計 巻1 巻2 巻3 巻4 巻5 巻6 巻7

巻8	巻9	巻10	巻11	巻12	巻13	巻14	巻15	巻16	巻17	巻18	巻19	巻20	意味分類
					1	1		1					15152(雲)
													15501(哺乳類)
	1				1						1		35020(色)
													15240(山野)
								1					15402(草本)
1												1	15155(波・潮)
1		1			2		3		5	1	3		39999(枕詞)
													12590(固有地名)
						2							15240(山野)
1													15410(枝・葉・花・実)
					1								14580(標章・標識・旗など)
								1					15250(川・湖)
													39999(枕詞)
2		2				2	1				2		15401(木本)
													15401(木本)
			1		2								15240(山野)
2	2	1	1	2	3	1	4		1			1	13003(飢渇・酔い・疲労・睡眠など)
3	1	2	13	2	4	4	4	1	1	2		1	31010(こそあど・他)
						1							21513(固定・傾き・転倒など)
			1										14420(門・塀)
1													21521(移動・発着)
													21210(出没)
													21210(出没)
1					1								12590(固有地名)
					1								31010(こそあど・他)
					1						1		14660(乗り物（海上）)
													15140(天災)
													12590(固有地名)
1													31010(こそあど・他)
						2							12590(固有地名)
						1							15151(風)
						1							12110(夫婦)
						1							12590(固有地名)
						4							12590(固有地名)
			3										14540(農工具など)
					2								21527(往復)
			1										23012(恐れ・怒り・悔しさ)
					2								15502(鳥類)
				1									12590(固有地名)
	1							1					15701(生)
	1					1	1		1				15710(生理)
													25701(生)
								1					15700(生命)
1						1							33014(苦悩・悲哀)
													23393(口・鼻・目の動作)
									1				23393(口・鼻・目の動作)
					1				1				23393(口・鼻・目の動作)
1											1		23393(口・鼻・目の動作)
				2		2							23393(口・鼻・目の動作)
												1	33014(苦悩・悲哀)
											1		23012(恐れ・怒り・悔しさ)
2			3	3	2					1	2		15700(生命)
		2	3	1	3	2			2			2	21527(往復)
	2	1	7	9	4			2		1	1		25701(生)
1													11633(日)
												1	12420(軍人)
					1								14170(飾り)
		1											11960(数記号（一二三）)
													12590(固有地名)
													12590(固有地名)

見出し	順	漢字	語種	品詞	注記	巻数	合計	巻1	巻2	巻3	巻4	巻5	巻6	巻7
いくづく		息		動四		1	1							
いくばく		幾		副		4	4							
いくひ		杭				1	2							
いくびささ		幾久				2	2				1			
いくよ	1	幾世				7	9	1		1			1	
いくよ	2	幾夜				2	2							
いくら		幾				1	1							
いくり	1	暗礁				2	2		1				1	
いくり	2	伊久理				1	1							
いけ		池				12	25		4	3	2			2
いけがみ		池神				1	1							
いけだ		池田				1	1							
いけどり		生取				1	1							
いけなみ		池波				1	2			2				
いけみづ		池水				3	4				1			
いこぎむかふ		漕向		動四		1	1							
いこぎめぐる		漕廻		動四		1	1							
いこぎわたる		漕渡		動四		2	2							
いこぐ		漕		動四		1	1							
いこず		掘		動上二		1	1							
いこま		生駒				1	1							
いこまたかね		生駒高嶺				1	1							
いこまやま		生駒山				4	4						1	
いさ				副		2	2							
いざ				感		13	25	2		3	2	1	1	1
いざかは		率川				1	1							1
いさきめぐる		開廻		動四		1	1						1	
いささか		些		形動		1	1							
いささむらたけ		細群竹				1	1							
いささめに		率爾		副		1	1							1
いさなとり				枕		6	12		4	1			2	
いざなふ		誘		動四		2	2							
いざには		射狭庭				1	1			1				
いざみ						1	1	1						
いさむ	1	勇		動四		1	1							
いさむ	2	諫		動下二		1	1							
いさめをとめ		禁娘子				1	1							
いさやがは		不知哉川				2	2				1			
いさよひ		躊躇				1	1							
いさよふ				動四		5	9			4			1	2
いざり		漁				5	13			2			1	
いざりつる		漁釣		動四		1	1							
いざりひ		漁火				2	3							
いざる		漁		動四		1	1							
いざわ				感		1	1							
いし	1	石				7	11				1	2		2
いし	2	五十師				1	2							
いしうら		石卜				1	1			1				
いしかは		石川				1	2		2					
いしきをる		敷折		動四		1	1							
いしなみ		石並				2	3		2					
いしばし		石橋				6	8		2		1			1
いしまくら		石枕				2	2							
いしまろ		石麻呂				1	1							
いしゐ		石井				2	2							1
いせ		伊勢				6	10		2	1	2			1
いせをとめ		伊勢処女				1	1	1						
いそ		磯				14	52		4	6	1		1	14
いそがくりゐる		磯隠居		動上一		1	1			1				
いそかげ		磯影				1	1							
いそがひ		磯貝				1	1							
いそぎ		急				1	1							

巻数 合計 巻1 巻2 巻3 巻4 巻5 巻6 巻7

巻8	巻9	巻10	巻11	巻12	巻13	巻14	巻15	巻16	巻17	巻18	巻19	巻20	意味分類
						1							23393(口・鼻・目の動作)
1	1		1	1									31920(程度)
					2								14151(ピン・ボタン・くいなど)
			1										11620(期間)
	1		1				2		2				11623(時代)
		1								1			11635(朝晩)
									1				11960(数記号（一二三）)
													15260(海・島)
									1				12590(固有地名)
1		1	1	2	4	1		3				1	15250(川・湖)
								1					12590(固有地名)
								1					12390(固有人名)
								1					13613(捕縛・釈放)
													15155(波・潮)
			1									2	15130(水・乾湿)
	1												21730(方向・方角)
											1		21523(巡回など)
1												1	21521(移動・発着)
											1		23830(運輸)
1													23810(農業・林業)
							1						12590(固有地名)
												1	12590(固有地名)
		1		1			1						12590(固有地名)
			1					1					43100(判断)
1		3				3	3		2		2	1	43200(呼び掛け・指図)
													12590(固有地名)
													25155(波・潮)
											1		31910(多少)
											1		15401(木本)
													31612(毎日・毎度)
					3			1	1				39999(枕詞)
									1	1			23520(応接・送迎)
													12590(固有地名)
													12590(固有地名)
												1	23040(信念・努力・忍耐)
	1												23670(命令・制約・服従)
								1					12050(老少)
			1										12590(固有地名)
						1							13067(決心・解決・決定・迷い)
		1				1							21526(進退)
				1			8		1				13811(牧畜・漁業・鉱業)/14600(灯火)
												1	23811(牧畜・漁業・鉱業)
				2							1		15161(火)
							1						23811(牧畜・漁業・鉱業)
					1								43200(呼び掛け・指図)
					3	1		1			1		15111(鉱物)
					2								12590(固有地名)
													13066(判断・推測・評価)
													12590(固有地名)
											1		21570(成形・変形)
												1	14710(道路・橋)
		1	1		2								14710(道路・橋)
		1			1								14270(寝具)
								1					12390(固有人名)
						1							12590(固有地名)
			2		2								12590(固有地名)
													12050(老少)
	5		1	3	4	1	2		2		2	6	15260(海・島)
													21210(出没)
												1	15010(光)
			1										15506(その他の動物)
												1	13042(欲望・期待・失望)

見出し	順	漢字	語種	品詞	注記	巻数	合計	巻1	巻2	巻3	巻4	巻5	巻6	巻7
いそさき		磯崎				1	1							
いそし		勤		形		1	1				1			
いそのかみ		石上		枕		8	10			1	1		1	1
いそばひをり		戯居		動ラ変		1	1							
いそふ		働		動四		1	1	1						
いそへ		石辺				1	1							
いそまつ		磯松				1	1							
いそみ		磯廻				5	8			2				2
いそもと		磯本				1	1							1
いた				副		7	12			1	2			1
いたし		甚・痛		形	「いたく, いたう」をふくむ	20	64	1	5	5	3	2	2	4
いだす		出		動四		2	2							
いただ		板田				1	1							
いただきもつ		戴持		動四		1	1					1		
いただく		戴		動四		1	1							
いたちなげかふ		立嘆		動四		1	1							
いたつ		立		動四		1	1	1						
いたづら		徒		形動		11	15	1	1		1	1		
いたと		板戸				2	3					1		
いたど		板戸				1	1							
いたどりよる		辿寄		動四		1	1					1		
いたはし		労		形		3	4					1		
いたぶき		板葺				1	1				1			
いたぶらし				形		1	1							
いたぶる				動四		1	1							
いたま		板間				1	1							
いたむ		廻		動上二		1	1							
いため		板目				1	1							
いたる		到		動四		16	32		1	2	1		2	1
いち	1	市				3	3		1	1				1
いち	2	一	漢			1	1							
いちし					草名	1	1							
いちしばはら		市柴原				1	1				1			
いちしろし		著		形		8	20				1			
いちぢ		市道				1	1			1				
いちひ		櫟				1	1							
いちひつ		櫟津				1	1							
いつ		何時			「いつか, いつも」をふくむ	17	85	1	1	8	6	3		5
いづ	1	何処				1	1							
いづ	2	伊豆				1	2							
いづ	3	出		動下二		19	109		2	9	8	1	4	5
いつかし		厳櫃				1	1	1						
いつがりあふ				動四		1	1							
いつがりをり				動ラ変		1	1							
いつき		斎				1	1		1					
いつぎいつぐ		継継		動四		1	1							
いつく		斎		動四		3	5			1				
いつぐ		継		動四		1	1							
いづく		何処				10	21	2		2	2	3		3
いつくし		厳		形		1	1					1		
いつくす		尽		動四		1	1							
いづくへ		何処辺				1	1							
いづし		何方				1	1							
いつしば		厳柴				1	1							
いつしばはら		厳柴原				1	1							
いづち		何方				6	7			1	1	1		1
いづて		伊豆手				1	1							
いづてぶね		伊豆手舟				1	1							
いつとせ		五年				4	4					1		
いつばた		五幡				1	1							

巻数 合計 巻1 巻2 巻3 巻4 巻5 巻6 巻7

巻8	巻9	巻10	巻11	巻12	巻13	巻14	巻15	巻16	巻17	巻18	巻19	巻20	意味分類
				1									12590(固有地名)
													33040(信念・努力・忍耐)
	2	1	1	2									39999(枕詞)
					1								23380(いたずら・騒ぎ)
													23320(労働・作業・休暇)
			1										12590(固有地名)
												1	15401(木本)
				1			1		2				11523(巡回など)/15260(海・島)
													15260(海・島)
				2	4		1		1				31920(程度)
7	1	4	4	1	4	2	3	4	5	2	2	3	31920(程度)/33001(感覚)
							1				1		21210(出没)/21531(出・出し)
			1										12590(固有地名)
													23392(手足の動作)
												1	21535(包み・覆いなど)
	1												23391(立ち居)
													23391(立ち居)
2	1	1	4	1			1		1				31332(良不良・適不適)
			2										14460(戸・カーテン・敷物・畳など)
						1							14460(戸・カーテン・敷物・畳など)
													21560(接近・接触・隔離)
					2						1		33014(苦悩・悲哀)/33020(好悪・愛憎)
													13823(建築)
						1							33013(安心・焦燥・満足)
			1										21511(動揺・回転)
		1											11830(穴・口)
												1	21523(巡回など)
			1										11840(模様・目)
1	2	2	2	3	3	4		4	1	1		2	21521(移動・発着)/21584(限定・優劣)
													12640(事務所・市場・駅など)
								1					11960(数記号（一二三）)
			1										15402(草本)
													15270(地相)
1		7	5	3				1	1		1		33068(詳細・正確・不思議)
													14710(道路・橋)
								1					15401(木本)
								1					12590(固有地名)
6	1	11	8	8	8	1	6		6	2		4	11611(時機・時刻)
						1							11700(空間・場所)
						2							12590(固有地名)
5	8	12	11	12	6	3	4	5	5	3	1	5	21210(出没)/21531(出・出し)
													15401(木本)
										1			21560(接近・接触・隔離)
	1												21560(接近・接触・隔離)
													12410(専門的・技術的職業)
		1											21504(連続・反復)
										1	3		23360(行事・式典・宗教的行事)
						1							21504(連続・反復)
1		4		1	1			2					11700(空間・場所)
													33310(人生・禍福)
										1			21250(消滅)
					1								11700(空間・場所)
						1							11730(方向・方角)
1													15401(木本)
			1										15240(山野)
1						2							11730(方向・方角)
												1	13860(製造・加工・包装)
												1	14660(乗り物（海上）)
			1							1	1		11630(年)
										1			12590(固有地名)

見出し	順	漢字	語種	品詞	注記	巻数	合計	巻1	巻2	巻3	巻4	巻5	巻6	巻7
いつはり		偽				3	3				1			
いつへ		何時				1	1		1					
いづへ		何方				2	2							1
いつま		暇			東語	1	1							
いづみ		和泉				5	7	1			1			
いづみかは		泉川				4	5						2	
いつも		厳藻				2	2				1			
いづも		出雲				1	2			2				
いつもとやなぎ		五株柳				1	1							
いつもる		積		動四		1	1	1						
いづら		何方				2	2			1				
いづれ		何				11	15				2		1	1
いで	1	出				1	1							
いで	2			感		5	7		1		1			
いでいり		出入				1	1							1
いでかつ		出堪		動下二		2	2							1
いでかへる		出帰		動四		1	1							1
いでく		出来		動カ変		10	13			1			2	1
いでたち	1	出立				2	2		1					
いでたち	2	出立				2	2							
いでたちかつ		出立堪		動下二		1	1							
いでたちしのふ		出立偲		動四		1	1			1				
いでたちならす		出立平		動四		1	1							
いでたちみる		出立見		動上一		1	1							
いでたちむかふ		出立向		動四		2	2							
いでたつ		出立		動四		13	26			2	2		1	1
いでぬる		出濡		動下二		1	1							1
いではしる		出走		動四		1	1					1		
いでまし		行幸				3	3	1	1	1				
いでましどころ		行幸処				1	2			2				
いでみ		出見				1	1							1
いでみる		出見		動上一		8	12		1					1
いでむかふ		出向		動四		1	1							
いでゐる		出居		動上一		3	4							
いと	1	糸				4	7				1			2
いと	2	甚		副		7	8			1	1		1	
いとが		糸鹿				1	1							1
いとこ		愛子				1	1							
いとのきて				副		3	4					2		
いとはし		厭		形		2	2							
いとひ		厭				1	1							
いとふ		厭		動四		7	8				1	1		
いとま		暇				9	11			1	1		2	1
いとりく		取来		動カ変		1	1							
いとる		取		動四		1	1							
いな		否		感		7	11		1	2	2			
いなきたつ		嘶立		動下二		1	1							
いなきをとめ		稲寸娘子				1	1							
いなく		嘶		動四		1	1							
いなさほそえ		引佐細江				1	1							
いなだき		頂				1	1			1				
いなのめの				枕		1	1							
いなば		稲葉				1	1							
いなびつま						1	1				1			
いなびの		印南野				1	1			1				
いなみ		印南				1	1			1				
いなみくにはら		印南国原				1	1	1						
いなみつま						2	2						1	
いなみの		稲南野				4	6						2	2
いなむ		印南				1	1							
いなむしろ		稲莚				2	2							
いなら		伊奈良				1	1							

巻8	巻9	巻10	巻11	巻12	巻13	巻14	巻15	巻16	巻17	巻18	巻19	巻20	意味分類
			1	1									13071(論理・証明・偽り・誤り・訂正など)
													11611(時機・時刻)
											1		11730(方向・方角)
												1	11600(時間)
			2		1				2				12590(固有地名)
	1				1				1				12590(固有地名)
		1											15403(隠花植物)
													12590(固有地名)
												1	15401(木本)
													21580(増減・補充)
							1						11730(方向・方角)
	1		2	2			2	1	1	1		1	11010(こそあど・他)
		1											11531(出・出し)
			1	2		2							43010(間投)
													11530(出入り)
						1							21531(出・出し)
													21210(出没)
	1	1	3	1		1		1				1	21210(出没)/21211(発生・復活)
					1								11521(移動・発着)
	1				1								12590(固有地名)
												1	21521(移動・発着)
													23020(好悪・愛憎)
									1				21570(成形・変形)
									1				23091(見る)
		1									1		21730(方向・方角)
2		1		2	2			1	4	1	4	3	21521(移動・発着)/21531(出・出し)
													25130(水・乾湿)
													21522(走り・飛び・流れなど)
													11527(往復)
													11700(空間・場所)
													12590(固有地名)
2		3		2	1		1			1			23091(見る)
												1	21730(方向・方角)
	1			1	2								21200(存在)
		3										1	14200(衣料・綿・革・糸)
1										1	1	2	31920(程度)
													12590(固有地名)
								1					12210(友・なじみ)
				1		1							31331(特徴)
1								1					33020(好悪・愛憎)
		1											13020(好悪・愛憎)
		2	1				1		1	1			23020(好悪・愛憎)
2	1	1					1					1	11600(時間)
					1								23700(取得)
	1												23700(取得)
2						1		2				1	43210(応答)
					1								23031(声)
								1					12390(固有人名)
					1								23031(声)
						1							12590(固有地名)
													15601(頭・目鼻・顔)
		1											39999(枕詞)
		1											15410(枝・葉・花・実)
													12590(固有地名)
													12590(固有地名)
													12590(固有地名)
													12590(固有地名)
							1						12590(固有地名)
	1											1	12590(固有地名)
				1									12590(固有地名)
1			1										14460(戸・カーテン・敷物・畳など)
						1							12590(固有地名)

巻8 巻9 巻10 巻11 巻12 巻13 巻14 巻15 巻16 巻17 巻18 巻19 巻20

見出し	順	漢字	語種	品詞	注記	巻数	合計	巻1	巻2	巻3	巻4	巻5	巻6	巻7
いなをかも				句		2	3							
いにしへ		古				15	55	4	3	8	2		2	6
いにしへびと		古人				1	1							
いにしへをとこ		古壮士				1	1							
いぬ	1	犬				2	2							1
いぬ	2	寝		動下二		9	20		1		1			
いぬ	3	往・去		動ナ変		13	33	1	1	2	3	2		
いぬがみ		犬上				1	1							
いぬじもの		犬				1	1					1		
いね		稲				3	4							
いねかつ		寝堪		動下二		5	9				2			1
いねかぬ		寝不堪		動下二		1	1							
いのち		命				18	78	1	2	3	6	4	3	2
いのる		祈		動四		7	12		1				1	1
いは	1	岩				9	18				2		2	3
いは	2	家			東語	1	3							
いはかきぬま		石垣沼				1	1							
いはかきふち		石垣淵				2	3		1					
いはがくる		岩隠		動四		2	2		1				1	
いはかげ		岩陰				1	1				1			
いはがね		岩根				5	6	1		1				1
いはき	1	石木				2	3				1	2		
いはき	2	石城				1	1							
いはきやま		磐城山				1	1							
いはくえ		岩崩				1	1							
いはぐくる		岩潜		動四		1	1							
いはくにやま		磐国山				1	1				1			
いはくら		岩倉				1	1							1
いはこすげ		岩小菅				1	1							
いはしろ		岩代				3	6	1	4					1
いはせ	1	石瀬			普通名詞	1	1							
いはせ	2	岩瀬				1	3							
いはせの		石瀬野				1	2							
いはた		岩田				3	4							
いはだたみ		磐畳				1	1							1
いはたの		石田野				1	1							
いはつ		泊		動下二		1	1							
いはつつじ		岩躑躅				2	2		1					1
いはつな		石綱				2	2						1	
いはと		岩戸				2	3		1	2				
いはどかしは						1	1							1
いはとこ		岩床				2	3	1						
いはね		岩根				8	14		4	1				1
いはばしる		石走		動四		6	8	2					1	2
いはひく		斎来		動カ変		1	1							
いはひこ		斎児				1	1							
いはひしま		祝島				1	2							
いはひつき		斎槻				1	1							
いはひづま		斎妻				1	1							1
いはびと		家人				1	1							
いはひとどむ		斎留		動下二		1	1				1			
いはひふす		這伏		動四		1	1		1					
いはひへ		斎瓮				5	9			3				
いはひほりすう		斎穿据		動下二		2	3			1				
いはひまつ		斎待		動四		1	3							
いはひもとほる		這廻		動四		2	3		1	2				
いはひわたる		斎渡		動四		1	1							
いはひをろがむ		這拝		動四		1	2			2				
いはふ		祝・斎		動四		14	35				1	1		4
いはぶち		岩淵				1	1							
いはふね		岩船				2	2			1				
いはへ		斎				1	1							

巻数 合計 巻1 巻2 巻3 巻4 巻5 巻6 巻7

巻8	巻9	巻10	巻11	巻12	巻13	巻14	巻15	巻16	巻17	巻18	巻19	巻20	意味分類
			1			2							43100(判断)
	7	3	2		3			2	4	4	4	1	11642(過去)
			1										12210(友・なじみ)
	1												12040(男女)
					1								15501(哺乳類)
2	1	4	3	4	3							1	23003(飢渇・酔い・疲労・睡眠など)
1	3	1	3	9	1	4			2				21527(往復)/21600(時間)
			1										12590(固有地名)
													15501(哺乳類)
		1				2		1					15402(草本)
		2	2	2									23003(飢渇・酔い・疲労・睡眠など)
			1										23003(飢渇・酔い・疲労・睡眠など)
1	4	1	14	15	3		7	2	5		2	3	15700(生命)
	1				3						1	4	23360(行事・式典・宗教的行事)
	4	1	2	1		2			1				15111(鉱物)
												3	12510(家)
			1										15250(川・湖)
			2										15250(川・湖)
													21210(出没)
													15010(光)
					2		1						15111(鉱物)
													15100(物体・物質)
								1					14700(地類（土地利用）)
				1									12590(固有地名)
						1							11572(破壊)
						1							21533(漏れ・吸入など)
													12590(固有地名)
													12590(固有地名)
			1										15402(草本)
													12590(固有地名)
					1								15250(川・湖)
3													12590(固有地名)
											2		12590(固有地名)
	2			1	1								12590(固有地名)
													15240(山野)
							1						12590(固有地名)
										1			21503(終了・中止・停止)
													15401(木本)
				1									15402(草本)
													14460(戸・カーテン・敷物・畳など)
													15401(木本)
					2								15240(山野)
			4				1		1	1		1	15111(鉱物)
1				1			1						21522(走り・飛び・流れなど)
							1						23360(行事・式典・宗教的行事)
	1												12050(老少)
							2						12590(固有地名)
			1										15401(木本)
													12110(夫婦)
												1	12100(家族)
													21503(終了・中止・停止)
													23391(立ち居)
	1				2				1			2	14511(瓶・筒・つぼ・膳など)
					2								21513(固定・傾き・転倒など)
							3						23520(応接・送迎)
													21523(巡回など)
					1								23360(行事・式典・宗教的行事)
													23360(行事・式典・宗教的行事)
1	1	1	2	3	3	1	3		1		5	8	23360(行事・式典・宗教的行事)
			1										15250(川・湖)
											1		14670(乗り物（空中・宇宙）)
												1	13360(行事・式典・宗教的行事)
巻8	巻9	巻10	巻11	巻12	巻13	巻14	巻15	巻16	巻17	巻18	巻19	巻20	

見出し	順	漢字	語種	品詞	注記	巻数	合計	巻1	巻2	巻3	巻4	巻5	巻6	巻7
いはほ		巌				7	12			2			4	
いはほすげ		石穂菅				1	1							
いはほろ		伊波保				1	1							
いはみ		石見				1	6		6					
いはもと		石本			普通名詞	2	2							
いはもとすげ		岩本菅				2	2			1				
いはや		岩屋				1	3			3				
いはやど		石室戸				1	1			1				
いはれ		磐余				2	5			3				
いはろ		家			東語	1	2							
いはゐつら						1	2							
いひ	1	飯				3	4		1			1		
いひ	2	家			東語	1	1							
いひう		言得		動下二		1	2			2				
いひつがふ		言継		動四		1	1					1		
いひつぎ		言継				1	2							
いひつぎきたる		言継来		動四		1	1							
いひつぎく		言継来		動カ変		1	1							
いひつぎゆく		言継行		動四		2	2			1				
いひつぐ		言継		動四		5	8			1		3		
いひつてく		言伝来		動カ変		1	1					1		
いひづらふ		言		動四		1	1							
いひはらふ		言祓		動下二		1	1							
いひやる		言遣		動四		1	1				1			
いひりひもちく		拾持来		動カ変		1	1							
いふ		言		動四	「いはく，いへども」をふくむ	20	314	5	19	21	40	8	10	20
いふかし		訝		形		3	4				1			
いふかる		訝		動四		1	1							
いふきまとはす		吹惑		動四		1	1		1					
いぶせし				形		6	9				2			
いぶせむ				動四		1	1							
いふる		触		動下二		1	1			1				
いへ	1	家				20	146	9	7	17	9	8	7	8
いへ	2	家				1	1				1			
いへかぜ		家風				1	1							
いへごと		家言				1	1							
いへごひし		家恋		形		1	1							
いへざかる		家離		動四		4	5			1		1		1
いへしま		家島				1	2							
いへぢ		家路				6	10			1	2	1		
いへづく		家付		動四		1	2							
いへづと		家苞				3	5			1				
いへつとり		家鳥				1	1							
いへで		家出				1	1							
いへどころ		家所				1	1							
いへどほし		家遠		形		2	2							
いへびと		家人				6	11				1			
いへゐ		家居				2	2							
いほ		庵				2	2							
いほえ		五百枝				2	2			1				
いほさき		廬前				1	1			1				
いほしろをだ		五百代小田				1	1							
いほち		五百箇				1	1							
いほつつどひ		五百集				2	2							
いほつつな		五百綱				1	2							
いほつとり		五百鳥				1	1							
いほとせ		五百歳				1	1						1	
いほな		五百名				1	1				1			
いほはた		五百機				1	1							
いほはら		庵原				1	1			1				
いほへ		五百重				4	4		1		1			

巻8	巻9	巻10	巻11	巻12	巻13	巻14	巻15	巻16	巻17	巻18	巻19	巻20	意味分類
	1		1	1							2	1	15111(鉱物)
			1										15402(草本)
						1							12590(固有地名)
													12590(固有地名)
		1	1										11710(点)
			1										15402(草本)
													15240(山野)
													14460(戸・カーテン・敷物・畳など)
					2								12590(固有地名)
												2	14400(住居)
						2							15402(草本)
								2					14310(料理)
												1	12510(家)
													23100(言語活動)
													23123(伝達・報知)
										2			13123(伝達・報知)
					1								23123(伝達・報知)
									1				23123(伝達・報知)
									1				23123(伝達・報知)
					1					2	1		23123(伝達・報知)
													23123(伝達・報知)
					1								23100(言語活動)
									1				23360(行事・式典・宗教的行事)
													23122(通信)
								1					21527(往復)
9	10	13	36	29	30	15	9	9	4	10	7	10	23100(言語活動)/23102(名)
			2	1									33042(欲望・期待・失望)
	1												23061(思考・意見・疑い)
													25151(風)
2		1	1	2						1			33014(苦悩・悲哀)
	1												23014(苦悩・悲哀)
													21560(接近・接触・隔離)
8	18	7	3	6	7	5	6	2	6	1	4	8	12100(家族)/14400(住居)
													12590(固有地名)
												1	15151(風)
												1	13123(伝達・報知)
							1						33020(好悪・愛憎)
											2		21560(接近・接触・隔離)
							2						12590(固有地名)
		2			3		1						11520(進行・過程・経由)
							2						21560(接近・接触・隔離)
							2					2	14010(持ち物・売り物・土産など)
					1								15502(鳥類)
					1								13311(処世・出処進退)
	1												11700(空間・場所)
			1				1						31911(長短・高低・深浅・厚薄・遠近)
	2		1		1		5					1	12100(家族)/12418(サービス)
		1									1		13333(住生活)
		1						1					14410(家屋・建物)
								1					15410(枝・葉・花・実)
													12590(固有地名)
1													14700(地類（土地利用）)
										1			11960(数記号（一二三）)
		1								1			11951(群・組・対)
											2		14160(コード・縄・綱など)
									1				15502(鳥類)
													11630(年)
													13102(名)
		1											14630(機械・装置)
													12590(固有地名)
1		1											11573(配列・排列)

見出し	順	漢字	語種	品詞	注記	巻数	合計	巻1	巻2	巻3	巻4	巻5	巻6	巻7
いほへなみ		五百重波				3	3				1		1	
いほへやま		五百重山				1	1						1	
いほよ		五百夜				1	1						1	
いほよろづ		五百万				1	1							
いほり		庵				7	16	1		2			2	3
いほる		庵		動四		2	2		1				1	
いま	1	今				19	183	4	3	10	17	8	3	9
いま	2	夢				1	1							
いまき		今木				2	2							
いまきわたる		巻渡		動四		1	1		1					
いまさら		今更		形動		7	16				2			
いまさらさらに		今更更		副		1	1							
いまし		汝				4	5						1	
いましく		今		副		1	1							1
います	1	在		動四		13	45	2	7	8	2	4	2	1
います	2	在		動下二		4	4		1	1				
いまだ		未		副		17	59		3	4	6	4		8
いまのを		今緒				1	1							
いみ		忌				1	1							
いみづかは		射水川				3	6							
いむ	1	妹			東語	1	2							
いむ	2	忌		動四		3	3							
いむかひたつ		向立		動四		1	1							
いむかひだつ		向立		動四		1	1							
いむかひをり		向居		動ラ変		1	1							
いむる		群		動下二		1	1							
いめ	1	射目				3	3						1	
いめ	2	夢				14	101		2		21	3		3
いめ	3	夢				2	2			1				1
いめひと		射目人				1	1							
いも	1	妹				20	509	7	37	26	45	7	8	23
いも	2	妹				2	3							2
いもがり		妹許				5	7							
いもこ		妹子				1	1							
いもせ		妹背				2	3				1			2
いもなね		妹				1	1							
いもなろ		妹				1	1							
いものら		妹				1	1							
いもやま		妹山				1	1							1
いもらがり		妹等許				2	2							1
いもろ		妹				2	2							
いや		弥		副		18	100	2	8	9	4	2	4	2
いやざかりく		弥離来		動カ変		1	1							
いやし		賎		形		4	4					1		
いやひこ		伊夜彦				1	2							
いゆ		射		動下二		3	3							
いゆきあひ		行相				1	1							
いゆきあふ		行遇		動四		1	1							
いゆきいたる		行至		動四		1	1	1						
いゆきかへらふ		往還		動四		1	1							1
いゆきかへる		行帰		動四		1	1							
いゆきさぐくむ		行		動四		2	2				1			
いゆきさくむ		行		動四		1	1						1	
いゆきつどふ		行集		動四		1	1							
いゆきなく		行鳴		動四		1	1							
いゆきのりたつ		行乗立		動四		1	1							
いゆきはばかる		行憚		動四		2	4			3				
いゆきふる		行触		動下二		1	1							
いゆきめぐる		行廻		動四		2	2							
いゆきもとほる		行廻		動四		1	1				1			
いゆきわたる		行渡		動四		1	2							
いゆく		行		動四		6	7		1	1				

巻数 合計 巻1 巻2 巻3 巻4 巻5 巻6 巻7

巻8	巻9	巻10	巻11	巻12	巻13	巻14	巻15	巻16	巻17	巻18	巻19	巻20	意味分類
			1										15155(波・潮)
													15240(山野)
													11635(朝晩)
					1								11960(数記号（一二三）)
	1	4					3						13333(住生活)/14410(家屋・建物)
													23333(住生活)
16	6	28	11	18	6	4	6		13	9	1	11	11641(現在)
									1				13003(飢渇・酔い・疲労・睡眠など)
	1	1											12590(固有地名)
													25151(風)
		3	2	3	3		2	1					31670(時間的前後)
		1											31670(時間的前後)
			2			1		1					12010(われ・なれ・かれ)
													31641(現在)
			3	5	1		2				2	6	21200(存在)/21527(往復)
				1			1						21200(存在)/21527(往復)
5	2	8	4	2	1	2	2		2	2	3	1	31670(時間的前後)
												1	11641(現在)
					1								13360(行事・式典・宗教的行事)
									3	2	1		12590(固有地名)
												2	12110(夫婦)
			1	1				1					23360(行事・式典・宗教的行事)
		1											23391(立ち居)
										1			23391(立ち居)
		1											21730(方向・方角)
											1		21550(合体・出会い・集合など)
1					1								14720(その他の土木施設)
1	2	2	19	27	5	1	6		8		1		13003(飢渇・酔い・疲労・睡眠など)
													12590(固有地名)
	1												12413(農林水産業)
18	16	42	84	72	15	23	48	2	10	5	5	16	12110(夫婦)/12140(兄弟)
					1								12590(固有地名)
1	1	2	1			2							11710(点)
												1	12110(夫婦)
													12590(固有地名)
	1												12110(夫婦)
						1							12110(夫婦)
						1							12110(夫婦)
													12590(固有地名)
	1												11710(点)
						1						1	12110(夫婦)
1		4	5	6	5	4		1	6	13	12	12	31920(程度)
						1							21560(接近・接触・隔離)
1	1										1		31584(限定・優劣)
								2					12590(固有地名)
	1				1			1					23851(練り・塗り・撃ち・録音・撮影)
	1												11550(合体・出会い・集合など)
						1							21550(合体・出会い・集合など)
													21521(移動・発着)
													21527(往復)
1													21527(往復)
												1	21552(分割・分裂・分散)
													21552(分割・分裂・分散)
	1												21550(合体・出会い・集合など)
											1		23031(声)
									1				21541(乗り降り・浮き沈み)
				1									21526(進退)
		1											21560(接近・接触・隔離)
	1								1				21523(巡回など)
													21523(巡回など)
										2			21521(移動・発着)
		2	1	1				1					21527(往復)

巻8 巻9 巻10 巻11 巻12 巻13 巻14 巻15 巻16 巻17 巻18 巻19 巻20

見出し	順	漢字	語種	品詞	注記	巻数	合計	巻1	巻2	巻3	巻4	巻5	巻6	巻7
いよ		伊与・伊予				1	2			2				
いよよ				副		5	5			1	1	1		
いよりたつ		倚立		動四		1	1	1						
いらか		瓦				2	2							
いらご		伊良虞				1	3	3						
いらつこ		郎子				1	1							
いらなし		楚		形		1	1							
いりえ		入江				8	10			1	1			
いりかつ		入堪		動下二		1	1		1					
いりかよひく		入通来		動カ変		1	1							
いりく		入来		動カ変		2	2							
いりそむ		入始		動下二		1	1							1
いりたつ		入立		動四		1	1				1			
いりの		入野				3	3							1
いりひ		入日				3	5	1	3	1				
いりまぢ		入間道				1	1							
いりみだる		入乱		動下二		1	1	1						
いりゆく		入行		動四		1	1		1					
いりゐなげかふ		入居嘆		動四		1	1			1				
いりゐる		入居		動上一		2	3							
いる	1	入・要		動四		12	25	1	1	2			1	2
いる	2	射		動上一		3	3	1		1				
いる	3	入		動下二		2	2				1			
いろ		色				16	33			2	2	1	2	2
いろいろ		色色				1	1							
いろぐはし		色妙		形		1	1							
いろげす		色着		動四		1	1							
いろせ		兄弟				1	1		1					
いろづかふ		色付		動四		1	1							
いろづく		色付		動四		5	28				1		1	
いろどりそむ		色取染		動下二		1	1							1
いろどる		彩		動四		1	1							1
いろは		色葉				1	1							
いろぶかし		色深		形		2	2							
いわかれゆく		別行		動四		1	1							
いわたす		射渡		動四		1	1							
いわたる		渡		動四		3	4							
いをさ		矢				1	1							
う	1	鵜				4	6			1			1	
う	2	座		動上二		1	1							
う	3	得		動下二		6	8		2			1		
うう		植		動下二		12	31			3	1			
うかねらふ		窺狙		動四		2	2							
うかは		鵜川				3	5	1						
うかひ		鵜飼				2	2							
うかびゆく		浮去		動四		1	1							
うかぶ	1	浮		動四		1	1							
うかぶ	2	浮		動下二		3	5					3		
うかべながす		浮流		動四		1	1	1						
うがら		親族				1	1			1				
うがらどち		親族共				1	1							
うかれゆく		浮行		動四		1	1							
うきいづ		浮出		動下二		1	1							
うきた		浮田				1	1							
うきつ		浮津				1	1							
うきぬ		浮沼				1	1							1
うきぬなは		浮蓴				1	1							1
うきね		浮寝				4	7				1			1
うきはし		浮橋				1	1							
うきまなご		浮砂				1	1							
うきゐる		浮居		動上一		2	2	1						1
うきをり		浮居		動ラ変		1	1							

巻数 合計 巻1 巻2 巻3 巻4 巻5 巻6 巻7

巻8	巻9	巻10	巻11	巻12	巻13	巻14	巻15	巻16	巻17	巻18	巻19	巻20	意味分類
													12590(固有地名)
										1		1	31920(程度)
													23391(立ち居)
			1					1					14440(屋根・柱・壁・窓・天井など)
													12590(固有地名)
					1								12040(男女)
									1				33020(好悪・愛憎)
	1		3			1	1		1	1			15260(海・島)
													21532(入り・入れ)
			1										21532(入り・入れ)
				1		1							21532(入り・入れ)
													21532(入り・入れ)
													21532(入り・入れ)
		1				1							12590(固有地名)
													15210(天体)
						1							12590(固有地名)
													21340(調和・混乱)
													21532(入り・入れ)
													23030(表情・態度)
	1				2								21200(存在)
	5	1	2	3	2	4					1		21210(出没)/21532(入り・入れ)
		1											23851(練り・塗り・撃ち・録音・撮影)
							1						21532(入り・入れ)
1	1	3	5	2	2	4	1	2			2	1	15020(色)
											1		15020(色)
		1											31345(美醜)
								1					23841(染色・洗濯など)
													12140(兄弟)
		1											25020(色)
6		19					1						25020(色)
													25020(色)
													25020(色)
		1											15410(枝・葉・花・実)
			1									1	35020(色)
1													23520(応接・送迎)
											1		23851(練り・塗り・撃ち・録音・撮影)
	1	1								2			21521(移動・発着)
												1	14551(武器)
					2						2		15502(鳥類)
		1											23391(立ち居)
					2		1			1		1	23700(取得)
5	2	7	1	1			2		1	2	4	2	23810(農業・林業)
1		1											23091(見る)
									2		2		13811(牧畜・漁業・鉱業)
									1		1		12410(専門的・技術的職業)
1													21541(乗り降り・浮き沈み)
			1										21541(乗り降り・浮き沈み)
1											1		21541(乗り降り・浮き沈み)
													21522(走り・飛び・流れなど)
													12150(親戚)
	1												12150(親戚)
			1										21520(進行・過程・経由)
								1					21541(乗り降り・浮き沈み)
			1										12590(固有地名)
1													14720(その他の土木施設)
													12590(固有地名)
													15402(草本)
			1				4						13330(生活・起臥)
									1				14710(道路・橋)
			1										15111(鉱物)
													21541(乗り降り・浮き沈み)
						1							21541(乗り降り・浮き沈み)

巻8 巻9 巻10 巻11 巻12 巻13 巻14 巻15 巻16 巻17 巻18 巻19 巻20

見出し	順	漢字	語種	品詞	注記	巻数	合計	巻1	巻2	巻3	巻4	巻5	巻6	巻7
うく	1	浮		動四		5	5				1			
うく	2	浮		動下二		5	8	1	1					1
うく	3	受		動下二		2	3							
うぐひす		鶯				9	50					7	4	
うけ		浮				1	1							
うけぐつ		穿沓				1	1					1		
うけすう		浮居		動下二		3	4							
うけひわたる		誓渡		動四		1	1							
うけふ		誓・咀		動四		2	3				1			
うけら		朮				1	4							
うごかす		動		動四		2	2				1			
うごく		動		動四		2	3							
うさかがは		鵜坂川				1	1							
うし	1	牛				1	2							
うし	2	憂		形		6	8					2		
うしなふ		失		動四		1	1							
うしはく		領		動四		6	6					1	1	
うしまど		牛窓				1	1							
うす		失		動下二		6	7		1					2
うず		髻華				2	3							
うすし		薄		形		4	5						1	
うすぞめ		薄染				1	1							
うすひ		碓氷				2	2							
うすらび		薄氷				1	1							
うすれいぬ		薄往		動ナ変		1	1							
うせゆく		失行		動四		1	1							1
うそぶきのぼる		嘯登		動四		1	1							
うた		歌				2	2			1				
うだ		宇陀				3	3		1					1
うたがたも				副		3	4							
うたがひ		疑				2	2				1			
うたて		転		副		4	5							
うたびと		歌人				1	1							
うたふ		歌		動四		1	1							
うち	1	内・内裏				15	40		2	2	4	2	2	1
うち	2	宇智				1	1	1						
うぢ	1	氏				2	2							
うぢ	2	宇治				3	4	1						
うちいづ		出		動下二		2	2			1				
うちいでく		出来		動カ変		1	1							
うちえす		寄		動下二	東語	1	1							
うちおく		置		動四		1	1					1		
うちかく		懸		動下二		1	2					2		
うぢかは		宇治川				3	7							3
うぢかはなみ		宇治川波				1	1							1
うちかひ		交				1	1							
うちかへ		交				1	1							
うちきす		着		動下二		1	1							
うちきらす		霧		動四		1	1							
うちくちぶり						1	1							
うちこいふす		伏		動四		1	1					1		
うちこえく		越来		動カ変		2	2							1
うちこえみる		越見		動上一		1	1			1				
うちこえゆく		越行		動四		2	2			1				
うちこゆ		越		動下二		2	2						1	
うちさらす		曝		動四		1	2							2
うちしなふ				動四		1	1							
うちじのふ		偲・忍		動四		1	1							
うちすすろふ		啜		動四		1	1					1		
うちそ		打麻				2	2	1						
うちそやし				枕		1	1							

巻数 合計 巻1 巻2 巻3 巻4 巻5 巻6 巻7

巻8	巻9	巻10	巻11	巻12	巻13	巻14	巻15	巻16	巻17	巻18	巻19	巻20	意味分類
					1		1		1			1	21541(乗り降り・浮き沈み)
1		4											21541(乗り降り・浮き沈み)
		1						2					23532(賛否)/23770(授受)
3	1	18			1				7		5	4	15502(鳥類)
			1										14153(ばね・栓など)
													14260(履き物)
	1								1			2	21541(乗り降り・浮き沈み)
			1										23047(信仰・宗教)
			2										23047(信仰・宗教)
						4							15402(草本)
1													21510(動き)
		1	2										21510(動き)
									1				12590(固有地名)
								2					15501(哺乳類)
1		1		1	1						2		33014(苦悩・悲哀)
							1						21250(消滅)
	1							1	1		1		23600(支配・政治)
			1										12590(固有地名)
	1		1	1							1		21250(消滅)
					1						2		14280(装身具)
			1	2								1	31911(長短・高低・深浅・厚薄・遠近)/33020(好悪・愛憎)
				1									13841(染色・洗濯など)
						1						1	12590(固有地名)
												1	15130(水・乾湿)
			1										25020(色)
													21250(消滅)
	1												23393(口・鼻・目の動作)
								1					13210(文芸)
1													12590(固有地名)
				1			1		2				43100(判断)
				1									13061(思考・意見・疑い)
		1	1	2								1	31920(程度)
								1					12410(専門的・技術的職業)
											1		23230(音楽)
2	1	2	7	3	2				3	1	6		11652(途中・盛り)/11770(内外)
													12590(固有地名)
										1		1	12100(家族)
			1		2								12590(固有地名)
					1								21531(出・出し)
1													21531(出・出し)
												1	21560(接近・接触・隔離)
													21513(固定・傾き・転倒など)
													21513(固定・傾き・転倒など)
			3		1								12590(固有地名)
													15155(波・潮)
						1							11573(配列・排列)
						1							14240(そで・襟・身ごろ・ポケットなど)
			1										23332(衣生活)
1													25152(雲)
									1				15155(波・潮)
													23391(立ち居)
		1											21521(移動・発着)
													23091(見る)
	1												21521(移動・発着)
	1												21521(移動・発着)
													25155(波・潮)
	1												23030(表情・態度)
											1		23020(好悪・愛憎)
													23393(口・鼻・目の動作)
				1									14200(衣料・綿・革・糸)
								1					39999(枕詞)

巻8 巻9 巻10 巻11 巻12 巻13 巻14 巻15 巻16 巻17 巻18 巻19 巻20

見出し	順	漢字	語種	品詞	注記	巻数	合計	巻1	巻2	巻3	巻4	巻5	巻6	巻7
うちつく		付		動下二		1	1							
うちなげく		歎		動四		4	5					1		
うちなす		鳴		動四		1	1							
うちなづ		撫		動下二		1	1						1	
うちなびく		靡		動四		15	31	1	1	3	2	2	2	
うちぬらす		濡		動四		1	1							1
うちのへ		内重				2	2			1				
うちのぼる		上		動四		1	1							
うちはし		打橋				5	7		2		1			1
うちはなつ		放		動四		1	1						1	
うちはなふ		打鼻		動上二		1	1							
うちはふ		延		動下二		2	2						1	
うちはふく		羽振		動四		1	1							
うちはむ		嵌		動下二		1	1							
うちはらふ		払		動四		6	6							
うちひさす				枕		10	12			1	1	1		1
うちひさつ				枕		2	2							
うぢひと		宇治人				1	1							1
うちふる	1	降		動四		3	3							
うちふる	2	打触		動下二		1	1							
うぢまやま		宇治間山				1	1	1						
うちみ		打廻				2	2				1			
うちみる		見		動上一		1	1							
うちむる		群		動下二		2	2							
うちゆく		行		動四		4	5						1	
うちよす		寄		動下二	枕詞をふくむ	1	1			1				
うちわたす		渡		動四		2	3				2			
うちをる		折		動四		1	1							
うつ		打		動四		8	14	1		3	1	1		
うづ		珍				1	1						1	
うづき		卯月				2	2							
うつくし		美		形		7	11			1	1	2		
うつし	1	移				2	2							1
うつし	2	現		形		5	5				1			
うつしごころ		現心				3	5							1
うづしほ		渦潮				1	1							
うつせがひ		打背貝				1	1							
うつせみ		現身			枕詞をふくむ	15	40	2	4	4	4			
うつそみ						2	6		5					
うつた		打歌				1	1		1					
うつたへ		打栲				1	1							
うつたへに		必		副		2	3				2			
うつつ	1	現				9	18				1	1		1
うつつ	2	打棄		動下二		2	3					1		
うつはり		梁				1	1							
うつゆふ						1	1							
うづら		鶉				7	8		1	2	1			
うつらうつら		熟		副		1	1							
うつりいゆく		移行		動四		1	1			1				
うつりゆく		移行		動四		1	1							
うつる		移・映		動四		1	1							
うつろひかはる		移変		動四		1	1						1	
うつろひやすし		移易		形		2	3				2			
うつろひゆく		移行		動四		1	1						1	
うつろふ		移		動四		14	30			1		1	3	3
うながけりゐる				動上一		1	1							
うながす		促		動四		1	1							
うなかみ		海上				2	2					1		
うなかみがた		海上潟				2	2							1
うなぐ		項		動四		2	2							

巻数 合計 巻1 巻2 巻3 巻4 巻5 巻6 巻7

巻8	巻9	巻10	巻11	巻12	巻13	巻14	巻15	巻16	巻17	巻18	巻19	巻20	意味分類
			1										21560(接近・接触・隔離)
	1									2	1		23030(表情・態度)
			1										25030(音)
													23392(手足の動作)
2	1	5	2	1	2	1			3			3	21513(固定・傾き・転倒など)/23391(立ち居)
													25130(水・乾湿)
	1												11563(防止・妨害・回避)
1													21526(進退)
		2							1				14710(道路・橋)
													21560(接近・接触・隔離)
			1										25710(生理)
					1								21600(時間)
											1		23392(手足の動作)
									1				21532(入り・入れ)
1		1	1		1		1		1				21251(除去)
			2	1	2	1		1				1	39999(枕詞)
					1	1							39999(枕詞)
													12301(国民・住民)
1		1						1					25153(雨・雪)
		1											21560(接近・接触・隔離)
													12590(固有地名)
			1										12590(固有地名)
1													23091(見る)
	1								1				21550(合体・出会い・集合など)
1									2	1			21527(往復)
													21560(接近・接触・隔離)
			1										21513(固定・傾き・転倒など)/21521(移動・発着)
					1								21570(成形・変形)
			3		2	2			1				21561(当たり・打ちなど)/23810(農業・林業)
													33410(身上)
								1			1		11631(月)
			1			1					1	4	33020(好悪・愛憎)
1													13841(染色・洗濯など)/14110(紙)
				1	1		1	1					33000(心)
			2	2									13000(心)
							1						15155(波・潮)
			1										15606(骨・歯・爪・角・甲)
2	2	1	1	5	2	1			1	2	7	2	12340(人物)/12600(社会・世界)
											1		12600(社会・世界)
													12590(固有地名)
								1					14201(布・布地・織物)
		1											43100(判断)
			4	5	3			1	1		1		11030(真偽・是非)
			2										21251(除去)
								1					14440(屋根・柱・壁・窓・天井など)
	1												14200(衣料・綿・革・糸)
1			1					1	1				15502(鳥類)
												1	33090(見聞き)
													21500(作用・変化)
												1	21600(時間)
1													21500(作用・変化)
													21500(作用・変化)
				1									31346(難易・安危)
													21500(作用・変化)
1		4	1	2			2	1	3	1	5	2	21500(作用・変化)/21521(移動・発着)/21552(分割・分裂・分散)/25020(色)
										1			23392(手足の動作)
		1											23670(命令・制約・服従)
	1												12590(固有地名)
						1							12590(固有地名)
					1			1					21513(固定・傾き・転倒など)

見出し	順	漢字	語種	品詞	注記	巻数	合計	巻1	巻2	巻3	巻4	巻5	巻6	巻7
うなさか		海界				1	1							
うなつき		頚著				1	1							
うなで		卯名手				2	2							1
うなはら		海原				8	21	1				2	1	2
うなひ						1	1							
うなひがは						1	1							
うなひをとこ						2	3							
うなひをとめ						1	4							
うなゐはなり		童女放髪				1	2							
うねび		畝火				5	7	3	1		1			1
うねめ		采女				1	1	1						
うのはな		卯花				7	19							1
うのはなぐたし		卯花腐				1	1							
うのはなづくよ		卯花月夜				1	1							
うのはなへ		卯花辺				1	1							
うのはなやま		卯花山				2	2							
うのはら		海原				1	1							
うはぎ		莵芽子				2	2		1					
うはに		表荷				1	1					1		
うばふ		奪		動四		1	1					1		
うはへなし				形		1	2				2			
うばら		茨				1	1							
うへ	1	上			「(みの) うへ」をふくむ	20	127	4	7	12	4	3	5	8
うへ	2	筌				1	1							
うべ		宣		副		12	20			1	1	1	6	1
うへかたやま						1	1							
うべなうべな				副		1	2							
うま		馬				16	45	2	1	3	1		4	6
うまい		熟睡				3	4							
うまいひ		味飯				1	1							
うまぐた		馬来田				1	2							
うまこり				枕		2	2		1				1	
うまさけ		美酒				6	6	1			1			1
うまし	1	甘		形	ク活	1	1							
うまし	2	味・美		形	シク活	3	3	1						
うまじもの		馬物				2	2						1	
うませ		馬柵				1	1				1			
うませごし		馬柵越				2	2							
うまだきゆく		馬縮行		動四		1	1							
うまに		馬荷				2	2					1		
うまのりころも		馬乗衣				1	1							1
うまひと		貴人				1	1					1		
うまひとさぶ		貴人		動上二		1	1		1					
うまや		駅・厩				2	5							
うまら		茨				1	1							
うまる		生		動下二		2	2							
うまれいづ		生出		動下二		1	1					1		
うみ	1	海				17	98		6	12	3		4	15
うみ	2	生				1	1							
うみぢ		海路				2	4			1				
うみつぢ		海路				1	1							
うみへ		海辺				6	7		2				1	
うみを		績麻				3	4						2	
うむ	1	生		動四		1	2							
うむ	2	績		動四		2	2							
うめ		梅				10	119			5	3	37	2	
うも		芋				1	1							
うもれぎ		埋木				2	2							1
うら	1	心				3	5							
うら	2	占				5	6		1					

巻数 合計 巻1 巻2 巻3 巻4 巻5 巻6 巻7

巻8	巻9	巻10	巻11	巻12	巻13	巻14	巻15	巻16	巻17	巻18	巻19	巻20	意味分類
	1												11721(境・間)
								1					11622(年配)
				1									12590(固有地名)
			2			1	6					6	15260(海・島)
						1							12590(固有地名)
									1				12590(固有地名)
	2										1		12390(固有人名)
	4												12390(固有人名)
								2					15605(皮・毛髪・羽毛)
												1	12590(固有地名)
													12411(管理的・書記的職業)
5	1	6							2	3	1		15401(木本)
		1											15710(生理)
		1											11635(朝晩)
		1											15410(枝・葉・花・実)
		1							1				15240(山野)
												1	15260(海・島)
		1											15402(草本)
													14030(荷・包み)
													23700(取得)
													33680(待遇・礼など)
								1					15401(木本)
14	11	14	7	6	3	3	4	3	2	1	8	8	11741(上下)/11750(面・側・表裏)/11780(ふち・そば・まわり・沿い)/13410(身上)/41110(累加)
			1										14540(農工具など)
1		2		2		1		2			1	1	43120(予期)
							1						12590(固有地名)
					2								43120(予期)
	2	3	5	2	5	1		2	4	2	2		15501(哺乳類)
			1	1	2								13003(飢渇・酔い・疲労・睡眠など)
								1					14310(料理)
						2							12590(固有地名)
													39999(枕詞)
1			1		1								14350(飲料・たばこ)
								1					35050(味)
			1					1					31332(良不良・適不適)
					1								15501(哺乳類)
													14420(門・塀)
				1		1							14420(門・塀)
											1		23852(扱い・操作・使用)
										1			14030(荷・包み)
													14210(衣服)
													12330(社会階層)
													23030(表情・態度)
					4							1	14410(家屋・建物)
												1	15401(木本)
	1		1										25701(生)
													25701(生)
	1	1	10	5	12	3	4	4	8	5	3	2	15260(海・島)
												1	15701(生)
					3								11520(進行・過程・経由)
	1												11520(進行・過程・経由)
							1		1	1	1		15260(海・島)
				1	1								14200(衣料・綿・革・糸)
								2					25701(生)
				1		1							23820(製造工業)
21		31							6	2	8	4	15401(木本)
								1					15402(草本)
			1										15401(木本)
				2	2	1							13000(心)
			1		1	1		2					13066(判断・推測・評価)

巻8 巻9 巻10 巻11 巻12 巻13 巻14 巻15 巻16 巻17 巻18 巻19 巻20

見出し	順	漢字	語種	品詞	注記	巻数	合計	巻1	巻2	巻3	巻4	巻5	巻6	巻7
うら	3	浦				18	111	3	6	14	3	2	10	12
うら	4	裏				7	7							1
うらうらと		麗		副	「うらうらに」をふくむ	1	1							
うらがくりをり		浦隠居		動ラ変		1	1						1	
うらがなし		悲		形		4	6							
うらがれ		末枯				1	1							
うらぐはし		心妙		形		2	3							
うらごひ		心恋				2	2							
うらごひし		心恋		形		1	2							
うらこひをり		心恋居		動ラ変		1	1							
うらさびくらす		心寂暮		動四		1	3		3					
うらさぶ		寂		動上二		2	3	2						
うらしほ		浦潮				1	1							
うらす		浦渚				1	1						1	
うらだつ		浦立		動四		1	1							
うらなく		心嘆		動下二		1	1							
うらなけ		心嘆				1	1							
うらなけをり		心嘆居		動ラ変		2	2	1						
うらなみ		浦波				3	3						1	
うらの		宇良野				1	1							
うらのしまこ		浦島子				1	2							
うらば		末葉				4	4							1
うらぶち		浦淵				1	2							
うらぶる				動下二		5	8							1
うらぶれたつ				動四		1	1							1
うらぶれをり				動ラ変		3	3					1		
うらへ		占卜				3	4							
うらまさに		占正		句		1	2							
うらまちをり		待居		動ラ変		1	1							
うらみ		浦回				12	31		2	2	2		1	8
うらむ		恨		動上二		2	3							
うらめし		恨		形		8	8	1		1	1	1		
うらもとなし				形		1	1							
うらやすに		心安		副		1	1							
うらわかし		若		形		5	5				1			1
うり		瓜				1	1					1		
うるはし		麗		形		11	21				2	1	1	
うるはしづま		麗妻				2	3				1			
うるやかはへ		閏八河辺				1	1							
うるわかはへ		潤和川辺				1	1							
うれ		梢				7	18		3					
うれし		嬉		形		8	11							
うれしぶ		嬉		動上二		1	1							
うれたし				形		2	2							
うれふ		訴		動下二		1	1							
うれへ		憂				1	2							
うれへこひのむ		訴乞祷		動四		1	1							
うれへさまよふ		憂吟		動四		1	2					2		
うれむそ				副		1	1			1				
うれむぞ				副		1	1							
うゑおほす		殖生		動四		2	2			1				
うゑき		植木				3	3			1				
うゑこなぎ		殖子水葱				2	2			1				
うゑこゆ		飢寒		動上二		1	1					1		
うゑだけ		殖竹				1	1							
うゑつき		植槻				1	1							
うを		魚				1	1							
え	1	江				3	4							
え	2	枝			「(松が) え」などをふくむ	9	13	1	4				2	
え	3	柄				1	1			1				

巻8	巻9	巻10	巻11	巻12	巻13	巻14	巻15	巻16	巻17	巻18	巻19	巻20	意味分類
1	5		8	7	3	2	19		1	9	4	2	15260(海・島)
	1	1		1			1			1		1	11770(内外)/14201(布・布地・織物)
											1		35150(気象)
													21210(出没)
1						1	2				2		33014(苦悩・悲哀)
						1							15702(死)
					2				1				31345(美醜)
				1					1				13020(好悪・愛憎)
									2				33020(好悪・愛憎)
		1											23020(好悪・愛憎)
													23014(苦悩・悲哀)
											1		23014(苦悩・悲哀)
							1						15155(波・潮)
													15260(海・島)
						1							25155(波・潮)
		1											23030(表情・態度)
									1				13030(表情・態度)
		1											23030(表情・態度)
					1		1						15155(波・潮)
						1							12590(固有地名)
	2												12390(固有人名)
1		1				1							15410(枝・葉・花・実)
					2								15250(川・湖)
		1	4	1	1								23014(苦悩・悲哀)
													23014(苦悩・悲哀)
		1	1										23014(苦悩・悲哀)
						1	1	2					13066(判断・推測・評価)
			2										33066(判断・推測・評価)
												1	23520(応接・送迎)
	2		2	1		1	6			2	2		15260(海・島)
			2								1		23020(好悪・愛憎)
		1			1			1				1	33012(恐れ・怒り・悔しさ)
						1							33013(安心・焦燥・満足)
						1							33013(安心・焦燥・満足)
1			1			1							31660(新旧・遅速)
													15402(草本)
		1	4	3	1		3		2	1		2	31345(美醜)
					2								12110(夫婦)
			1										12590(固有地名)
			1										12590(固有地名)
2		8	1			1		2				1	15410(枝・葉・花・実)
1	1	1	2	2					1	1	2		33011(快・喜び)
											1		23011(快・喜び)
1		1											33012(恐れ・怒り・悔しさ)
								1					23660(請求・依頼)
	2												13014(苦悩・悲哀)
					1								23047(信仰・宗教)
													23014(苦悩・悲哀)
													41180(理由)
			1										41180(理由)
		1											23810(農業・林業)
											1	1	15401(木本)
						1							15402(草本)
													23003(飢渇・酔い・疲労・睡眠など)
						1							15401(木本)
					1								12590(固有地名)
							1						15504(魚類)
				1	1				2				15260(海・島)
1		1	1		1				1			1	15410(枝・葉・花・実)
													14152(柄・つえ・へらなど)

見出し	順	漢字	語種	品詞	注記	巻数	合計	巻1	巻2	巻3	巻4	巻5	巻6	巻7
え	4	榎				1	1							
え	5	得		副	「えも，えや」をふくむ	5	6				2			
えがたし		得難		形		1	1							
えかつ		得堪		動下二		1	1		1					
えし		善		形	東語	1	2							
えだ		枝				8	19		1	3			1	
えなつ		得名津				1	1			1				
えはやし		江林				1	1							1
えひ		帯			東語	1	1							
えらふ		選		動四		1	1					1		
える		選		動四		3	3							
おい		老				2	2					1		
おいした		老舌				1	1				1			
おいづく		老付		動四		1	1							
おいなみ		老並				1	1				1			
おいはつ		老果		動下二		1	1							
おいひと		老人				4	4						1	
おう		飫宇				2	2			1	1			
おかみ		水神				1	1		1					
おき		沖				11	33		2	3	2	2		9
おきいづ		起出		動下二		1	1							
おきからす		置枯		動四		2	2							
おきそ		息嘯				1	1					1		
おきそやま		奥磯山				1	2							
おきたつ		起立		動四		1	1							
おきつありそ		沖荒磯				1	1							
おきついくり		沖暗礁				1	1						1	
おきつかい		沖櫂				1	1		1					
おきつかぜ		沖風				2	3							1
おきつかぢ		沖楫				1	1							1
おきつかりしま		沖借島				1	1						1	
おきつくに		沖国				1	1							
おきつこしま		沖小島				1	1							1
おきつしほさゐ		沖潮騒				1	1							
おきつしま		沖島				3	5			1			2	
おきつしまもり		沖島守				1	1				1			
おきつしまやま		沖島山				1	2							
おきつしらたま		沖白玉				2	4							2
おきつしらなみ		沖白波				7	14	1		2				2
おきつす		沖洲				3	3						1	1
おきつたまも		沖玉藻				2	3							2
おきつとり		沖鳥				2	3						1	
おきつなはのり		沖縄苔				2	2							
おきつなみ		沖波				10	23		1	2			2	5
おきつふかえ		沖深江				1	1					1		
おきつまかも		沖真鴨				1	1							
おきつみうら		沖御浦				1	1							
おきつみかみ		沖御神				1	1							
おきつみやへ		沖宮辺				1	1							
おきつも		沖藻				6	11	1	4		1			2
おきな		翁				2	2							
おきなが		息長				1	2							
おきながかは		息長川				1	1							
おきなさび		翁				1	1							
おきなみ		沖波				1	1							1
おきふるす		置古		動四		1	1							
おきへ		沖辺				10	22	1		3	1		2	2
おきまろ						1	1							
おぎろなし				形		1	1							
おきゐる		起居		動上一		1	2							
おく	1	奥				3	5			1				

巻8	巻9	巻10	巻11	巻12	巻13	巻14	巻15	巻16	巻17	巻18	巻19	巻20	意味分類
								1					15401(木本)
		1	1	1						1			31346(難易・安危)
						1							31346(難易・安危)
													23700(取得)
						2							31332(良不良・適不適)
2		9					1		1	1			15410(枝・葉・花・実)
													12590(固有地名)
													15270(地相)
												1	14251(ネクタイ・帯・手袋・靴下など)
													23063(比較・参考・区別・選択)
		1	1	1									23063(比較・参考・区別・選択)
	1												15701(生)
													15601(頭・目鼻・顔)
											1		25701(生)
													11622(年配)
								1					25701(生)
			1					1		1			12050(老少)
													12590(固有地名)
													12030(神仏・精霊)
			3	3		1	3	3		2			15260(海・島)
			1										23391(立ち居)
		1				1							25702(死)
													15710(生理)
					2								12590(固有地名)
					1								23391(立ち居)
			1										15260(海・島)
													15260(海・島)
													14540(農工具など)
							2						15151(風)
													14540(農工具など)
													12590(固有地名)
								1					12530(国)
													15260(海・島)
							1						15030(音)
										2			12590(固有地名)
													12417(保安サービス)
			2										12590(固有地名)
							2						15606(骨・歯・爪・角・甲)
	2		1				4		2				15155(波・潮)
						1							15260(海・島)
				1									15403(隠花植物)
								2					15502(鳥類)
			1				1						15403(隠花植物)
			2	2	3		3		1		2		15155(波・潮)
													12590(固有地名)
						1							15502(鳥類)
							1						15260(海・島)
										1			12030(神仏・精霊)
										1			14410(家屋・建物)
			2		1								15403(隠花植物)
								1		1			12050(老少)
					2								12590(固有地名)
												1	12590(固有地名)
										1			15701(生)
													15155(波・潮)
			1										21660(新旧・遅速)
	2		1				8		1	1			15260(海・島)
								1					12390(固有人名)
												1	31911(長短・高低・深浅・厚薄・遠近)
		2											23391(立ち居)
	1					3							11643(未来)/13000(心)

見出し	順	漢字	語種	品詞	注記	巻数	合計	巻1	巻2	巻3	巻4	巻5	巻6	巻7
おく	2	置		動四		20	141	6	8	7	6	5	2	3
おく	3	起		動上二		4	6							
おくか		奥処				4	7					1		
おくつき		奥津城				4	8			2				
おくつきどころ		奥津城処				2	2			1				
おくづま		奥妻				1	1							
おくて		晩稲				1	1							
おくとこ		奥床				1	1							
おくな		置勿				1	1							
おくまく		奥設		動下二		1	1							
おくまふ		奥		動下二		2	3						2	
おくやま		奥山				9	16			3	1		2	1
おくらら		憶良				1	1			1				
おくりおく		送置		動四		1	1							
おくりく		送来		動カ変		1	1							
おくる	1	送		動四		7	7					1		
おくる	2	後		動下二		8	14				1		1	
おくれなみゐる		後並居		動上一		1	1							
おくれゐる		後居		動上一		9	12		1		1	1		
おこす		遣		動下二		3	4							
おさか		忍坂				1	1							
おさへ		抑				1	1							
おさへさす		抑刺		動四		1	1							
おさへとどむ		押止		動下二		1	1						1	
おさへとむ		抑止		動下二		1	1			1				
おしたれをの		押垂小野				1	1							
おして		押		副		1	1							
おしてる		押照		動四	枕詞をふくむ	10	17			1	1		3	
おしなぶ		押靡		動下二		5	8	3					1	
おしねる		押練		動四		1	1							
おしひらく		押開		動四		2	2					1		
おしふす		押伏		動下二		1	1							
おしへ		磯辺				1	1							
おしわく		押分		動下二		1	1							
おす		押		動四		1	1							1
おすひ	1	襲				1	1			1				
おすひ	2	磯辺			東語	1	1							
おそき		表衣				1	1							
おそし		遅		形		4	4		1				1	
おそはや		遅速		副		1	2							
おそぶる		押		動四		1	1							
おそり		恐				1	1				1			
おたはふ				動四		1	2							
おちたぎつ		落激		動四		6	12						3	2
おつ		落		動上二		15	30	4	1		2		1	
おと	1	音				20	82	3	9	1	3	2	9	13
おと	2	弟				1	1							
おとしいる		落入		動下二		1	1							
おとだかし		音高		形		2	2							
おとどろ		音				1	1							
おとひをとめ		弟日娘				1	1	1						
おどろく		驚		動四		1	1				1			
おとろふ		衰		動下二		1	1							
おなじ		同		形		8	11				1		1	
おの	1	己				12	19		1			1	1	2
おの	2			感		1	2							
おのがじし				副		1	1							
おのづから		自		副		1	1							
おのづま		己妻				7	7				1			1

巻8	巻9	巻10	巻11	巻12	巻13	巻14	巻15	巻16	巻17	巻18	巻19	巻20	意味分類
13	1	26	14	10	6	7	7	1	3	4	2	10	21240(保存)/21513(固定・傾き・転倒など)/21600(時間)/23850(技術・設備・修理)/25130(水・乾湿)
			1	2				2			1		23330(生活・起臥)
				2	2				2				11643(未来)/11771(奥・底・陰)
	4									1	1		14700(地類（土地利用）)
	1												14700(地類（土地利用）)
									1				12110(夫婦)
1													15701(生)
					1								14270(寝具)
								1					12590(固有地名)
			1										23084(計画・案)
			1										23084(計画・案)
		2	4			1					1	1	15240(山野)
													12390(固有人名)
	1												23360(行事・式典・宗教的行事)
												1	23520(応接・送迎)
		1	1				1	1	1	1			23520(応接・送迎)/23770(授受)
	1			5	1		1		3			1	21660(新旧・遅速)
	1												21660(新旧・遅速)
1	3			2		1	1				1		21660(新旧・遅速)
								2		1	1		21521(移動・発着)
					1								12590(固有地名)
												1	13560(攻防)
					1								21562(突き・押し・引き・すれなど)
													21562(突き・押し・引き・すれなど)
													21562(突き・押し・引き・すれなど)
								1					12590(固有地名)
						1							33040(信念・努力・忍耐)
2		1	2		1			2			1	3	25154(天気)
1		2							1				21513(固定・傾き・転倒など)
	1												23392(手足の動作)
			1										21553(開閉・封)
			1										21513(固定・傾き・転倒など)
						1							15260(海・島)
									1				21552(分割・分裂・分散)
													21562(突き・押し・引き・すれなど)
													14220(上着・コート)
						1							15260(海・島)
						1							14210(衣服)
	1			1									31660(新旧・遅速)/33421(才能)
						2							31660(新旧・遅速)
						1							21511(動揺・回転)
													13012(恐れ・怒り・悔しさ)
						2							23031(声)
	2	2							2		1		21540(上がり・下がり)
2	1	2	2	3	4	1	4		1		1	1	21540(上がり・下がり)/21931(過不足)
1	2	11	8	3	1	2	3	1	4	2	1	3	13031(声)/13122(通信)/13142(評判)/15030(音)
	1												12140(兄弟)
								1					21532(入り・入れ)
			1			1							35030(音)
			1										15030(音)
													12390(固有人名)
													23003(飢渇・酔い・疲労・睡眠など)
				1									21583(進歩・衰退)
			2	2			1	1		2	1		31130(異同・類似)
1	3	2	1	2		1		2		2			12020(自他)
										2			43160(驚き)
				1									31940(一般・全体・部分)
					1								31230(必然性)
	1	1			1	1		1					12110(夫婦)

巻8 巻9 巻10 巻11 巻12 巻13 巻14 巻15 巻16 巻17 巻18 巻19 巻20

見出し	順	漢字	語種	品詞	注記	巻数	合計	巻1	巻2	巻3	巻4	巻5	巻6	巻7
おのれ		己				2	2							
おはる		生		動四		1	1							
おび		帯				10	13			1	1			1
おひいづ		追出		動下二		1	1							
おひかはりおふ		生変生		動上二		1	1							
おひく	1	追来		動カ変		1	1					1		
おひく	2	負来		動カ変		1	1			1				
おひしく	1	生及		動四		2	2							
おひしく	2	追及		動四		1	1		1					
おひそや		負征箭				1	1							
おひたちさかゆ		生立栄		動下二		1	1							
おひつぐ		生継		動四		1	1			1				
おびつつく		帯続		動下二		1	1							
おひなびく		生靡		動四		2	2		1					
おひなめもつ		負並持		動四		1	1							
おひもつ		負持		動四		1	1							
おびゆ		怯		動下二		1	1		1					
おひゆく		追行		動四		2	2				1			
おひををる		生撓		動四		1	1		1					
おふ	1	追		動四		4	6				1		1	
おふ	2	負		動四		15	29	2		2	1	2	2	
おふ	3	生		動上二		15	62	1	9	5	6		6	4
おぶ		帯		動四		4	6			1				
おふす		負		動下二		1	1							
おふみ		大海				1	1						1	
おほ	1	大				2	2							
おほ	2	凡		形動		8	11		2	2	1		1	2
おほあなみち		大穴道				1	1							1
おほあや		大綾				1	1							
おほあらき	1	大荒城				1	1			1				
おほあらき	2	大荒木				1	1							
おほあらきの		大荒木野				1	1							1
おほうらたぬ		大浦田沼				1	1							
おほえ		大江				1	1							
おほかた		大方		副		2	3							
おほがの		大我野				1	1							
おほかは		大川				1	1							
おほかはよど		大川淀				1	1							1
おほかみ		大神				1	1							
おほき	1	大城				2	2							
おほき	2	大		形動		1	1							1
おほきうみ		大海				6	13							7
おほきひじり		大聖				1	1			1				
おほきみ		大君				19	141	11	16	23	1	2	19	1
おほきみかど		大御門				3	6	4	1			1		
おほくち		大口			「おほくちの」(枕詞)	2	2							
おほくにみたま		大国霊				1	1					1		
おほくめ		大久米				1	1							
おほくめぬし		大来目主				1	1							
おほくら		巨椋				1	1							
おほぐろ		大黒				2	2							
おほさか		大坂				1	1							
おほさき		大崎				2	2						1	
おほし		多		形		16	49		3		3	1	1	2
おほしま		大島				2	2		1					
おほす	1	生		動四		1	2							
おほす	2	負・課		動下二		3	3			1				
おほせもつ		負持		動下二		1	1							
おほぞら		大空				1	1							
おほたき		大滝				1	1							

巻数 合計 巻1 巻2 巻3 巻4 巻5 巻6 巻7

巻8	巻9	巻10	巻11	巻12	巻13	巻14	巻15	巻16	巻17	巻18	巻19	巻20	意味分類
				1				1					12010(われ・なれ・かれ)/12020(自他)
						1							25701(生)
	1	1	1	1	4			1				1	14251(ネクタイ・帯・手袋・靴下など)
			1										21210(出没)
											1		25701(生)
													21525(連れ・導き・追い・逃げなど)
													23392(手足の動作)
		1	1										25701(生)
													21525(連れ・導き・追い・逃げなど)
												1	14551(武器)
										1			25701(生)
													25701(生)
										1			23332(衣生活)
		1											21513(固定・傾き・転倒など)
					1								23392(手足の動作)
										1			23102(名)
													23012(恐れ・怒り・悔しさ)
	1												21525(連れ・導き・追い・逃げなど)
													25701(生)
3									1				21525(連れ・導き・追い・逃げなど)
1	1	3	4		1		1		1	2	2	4	23102(名)/23392(手足の動作)
1		3	7	7	2	5		3			2	1	25701(生)
	1				1				3				23332(衣生活)
												1	23670(命令・制約・服従)
													12590(固有地名)
1												1	12590(固有地名)
		1			1	1							31331(特徴)/35010(光)
													12030(神仏・精霊)
								1					14201(布・布地・織物)
													13360(行事・式典・宗教的行事)
			1										12590(固有地名)
													12590(固有地名)
								1					12590(固有地名)
				1									12590(固有地名)
			1	2									31940(一般・全体・部分)
	1												12590(固有地名)
				1									15250(川・湖)
													15250(川・湖)
											1		12030(神仏・精霊)
1		1											12590(固有地名)
													31912(広狭・大小)/31920(程度)
		1	2	1					1			1	15260(海・島)
													12340(人物)
2	2		1	1	7	1	2	3	8	14	10	17	12130(子・子孫)/12320(君主)
													14420(門・塀)
1					1								15601(頭・目鼻・顔)
													12030(神仏・精霊)
												1	12390(固有人名)
										1			12390(固有人名)
	1												12590(固有地名)
								1	1				12390(固有人名)
		1											12590(固有地名)
				1									12590(固有地名)
1		4	8	14	1	2	2		2	1	3	1	31910(多少)
							1						12590(固有地名)
												2	25701(生)
						1		1					23102(名)/23392(手足の動作)/23670(命令・制約・服従)
										1			23392(手足の動作)
		1											15200(宇宙・空)
	1												12590(固有地名)

見出し	順	漢字	語種	品詞	注記	巻数	合計	巻1	巻2	巻3	巻4	巻5	巻6	巻7
おほち		大路				2	2							
おほつ		大津				3	3	1	1	1				
おぼつかなし		覚束無		形		2	3							
おほつち		大地				2	2							
おほてら		大寺				1	1				1			
おほとの		大殿				5	8	1	1	1				
おほとも		大伴				10	17	3		1	1	2		2
おほとり		大鳥				1	2		2					
おほなこ		大名児				1	1		1					
おほなむち		大国主命			神名	1	1							
おほなむぢ		大国主命			神名	2	2			1			1	
おほなわに				句		1	1				1			
おぼに		疎		副		1	1							
おほぬし		大主				1	1							
おほの	1	大野				4	6	2	2					1
おほの	2	大野				1	1				1			
おほのがはら		大野川原				1	1							
おほのぢ		大野路				1	1							
おほのびに				副		1	1						1	
おほのやま		大野山				1	1					1		
おほのら		大野				1	2							
おほのろ		大野				1	1							
おほはし		大橋				1	2							
おほばやま		大葉山				2	2							1
おほはら		大原				3	3		1		1			
おほひく		覆来		動カ変		1	1					1		
おほひば		覆羽				1	1							
おほふ		覆		動四		3	5		2					
おほぶね		大船				16	49		6	3	3	1		3
おほほし		欝		形		10	19		3		1	2	1	1
おぼほし		欝		形		1	1							
おほまへつきみ		大臣				1	1	1						
おほみかど		大御門				2	2	1				1		
おほみかみ		大御神				2	4					3		
おほみけ		大御食				2	2	1						
おほみこと		大命				1	1					1		
おほみそで		大御袖				1	1							
おほみて		大御手				2	2		1					
おほみふね		大御舟				2	3		2					1
おほみま		大御馬				1	1			1				
おほみみ		大御身				1	1		1					
おほみや		大宮				6	8	1		1			2	
おほみやつかへ		大宮仕				2	2	1						
おほみやどころ		大宮処				3	10	1					8	
おほみやひと		大宮人				11	25	3	1	3	1		8	3
おほみよ		大御世				1	1							
おほみわ		大神				1	1							
おほやがはら		大屋川原				1	1							
おほやま		大山				1	1							
おほやまと		大日本				1	1			1				
おほやまもり		大山守				1	1		1					
おほゆき		大雪				2	3		2					
おほろかに		凡		副		6	7						1	1
おぼろかに		凡		副		1	1							
おほわだ	1	大曲				1	1	1						
おほわだ	2	大和田				1	1						1	
おほゐぐさ		大藺草				1	1							
おほをそどり		大嘘鳥				1	1							
おみ	1	臣				2	2			1	1			
おみ	2	臣			木名	1	1			1				
おみな		媼				1	1		1					

巻8	巻9	巻10	巻11	巻12	巻13	巻14	巻15	巻16	巻17	巻18	巻19	巻20	意味分類
							1				1		14710(道路・橋)
													12590(固有地名)
1		2											33068(詳細・正確・不思議)
			1		1								15230(地)
													12630(社寺・学校)
					3						2		14410(家屋・建物)
			1		1		2			3		1	12390(固有人名)
													15502(鳥類)
													12390(固有人名)
										1			12030(神仏・精霊)
													12030(神仏・精霊)
													31910(多少)
					1								31331(特徴)
											1		12320(君主)
		1											15240(山野)
													12590(固有地名)
			1										12590(固有地名)
								1					12590(固有地名)
													35150(気象)
													12590(固有地名)
			2										15240(山野)
						1							15240(山野)
	2												14710(道路・橋)
	1												12590(固有地名)
			1										12590(固有地名)
													21535(包み・覆いなど)
		1											15603(手足・指)
			2						1				21535(包み・覆いなど)
1	1	1	6		9	1	8	1	2		2	1	14660(乗り物(海上))
		5	2	2		1		1					33013(安心・焦燥・満足)/33068(詳細・正確・不思議)/33421(才能)
									1				33068(詳細・正確・不思議)
													12411(管理的・書記的職業)
													14400(住居)/14420(門・塀)
											1		12030(神仏・精霊)
												1	14300(食料)
													13140(宣告・宣言・発表)
					1								14240(そで・襟・身ごろ・ポケットなど)
					1								15603(手足・指)
													14660(乗り物(海上))
													15501(哺乳類)
													15600(身体)
									1	1	2		14400(住居)
					1								13320(労働・作業・休暇)
									1				14400(住居)
		2			1		1			1		1	12411(管理的・書記的職業)
										1			11623(時代)
								1					12630(社寺・学校)
						1							12590(固有地名)
				1									15240(山野)
													12590(固有地名)
													12417(保安サービス)
											1		15153(雨・雪)
1			2	1							1		33045(意志)
												1	33045(意志)
													15260(海・島)
													12590(固有地名)
						1							15402(草本)
						1							15502(鳥類)
													12440(相対的地位)
													15401(木本)
													12050(老少)

見出し	順	漢字	語種	品詞	注記	巻数	合計	巻1	巻2	巻3	巻4	巻5	巻6	巻7
おめがはり		面変			東語	1	1							
おめふ		思		動四	東語	1	1							
おも	1	母				2	5							
おも	2	面				7	13	1	1					
おもかくし		面隠				1	1							
おもかげ		面影				8	14			1	3			1
おもかた		面形				2	2							
おもがはり		面変				2	2							
おもし		重		形		3	3					1		
おもしろし		面白		形		5	6				1		1	2
おもだかぶだ		面高夫駄				1	1							
おもちち		母父				3	6			1				
おもて		面				1	1					1		
おもはふ		思		動下二		1	1							
おもひ		思				13	27	1	1	1	6		1	
おもひあふ		思敢		動下二		2	2				1		1	
おもひあまる		思余		動四		1	1							1
おもひいづ		思出		動下二		4	8			1				
おもひうらぶる		思心荒		動下二		1	1							
おもひがなし		思悲		形		1	1							
おもひかぬ		思不堪		動下二		6	12				1			
おもひく		思来		動カ変		1	1							
おもひぐさ		思草				1	1							
おもひくゆ		思悔		動上二		1	1							
おもひくらす		思暮		動四		1	2							
おもひぐるし		思苦		形		1	1							
おもひこふ		思恋		動上二		3	3		1					
おもひしなゆ		思萎		動下二		1	3		3					
おもひしぬ		思死		動ナ変		1	1				1			
おもひすぐ		思過		動上二		6	7			2	1			
おもひすぐす		思過		動四		1	1							
おもひすごす		思過		動四		1	1							
おもひそむ		思初		動下二		2	4							
おもひたけぶ		思猛		動四		1	1							
おもひたのむ		思頼		動四		6	12		2	1	1	1		
おもひたらはす		思足		動四		1	2							
おもひたわむ		思撓		動四		1	1						1	
おもひづ		思出		動下二		2	4							
おもひつく		思付		動四		1	1							
おもひづま		思妻				2	2							
おもひつみく		思積来		動カ変		1	1							
おもひどろ				句		1	1							
おもひなげかふ		思嘆		動四		1	1							
おもひのぶ		思伸		動下二		1	2							
おもひはぶらす		思放		動四		1	1							
おもひほこる		思誇		動四		1	1							
おもひます		思増		動四		3	3				1			
おもひまとはふ		思惑		動四		1	1							
おもひまとふ		思惑		動四		1	1							
おもひみだる		思乱		動下二		9	17				2			1
おもひみる		思見		動上一		1	1							
おもひむすぼる		思結		動下二		1	1							
おもひもとほる		思廻		動四		1	1							
おもひやす		思痩		動下二		1	1							
おもひやすむ		思休		動四		1	1						1	
おもひやむ	1	思病		動四		1	1							
おもひやむ	2	思止		動四		1	1		1					
おもひやる		思遣		動四		6	7	1			1			
おもひゆく		思行		動四		1	1				1			
おもひよる		思寄		動四		1	1							

巻数 合計 巻1 巻2 巻3 巻4 巻5 巻6 巻7

巻8	巻9	巻10	巻11	巻12	巻13	巻14	巻15	巻16	巻17	巻18	巻19	巻20	意味分類
												1	11500(作用・変化)
												1	23061(思考・意見・疑い)
				3								2	12120(親・先祖)
2			4	2		2				1			11750(面・側・表裏)/15010(光)/15601(頭・目鼻・顔)
				1									13030(表情・態度)
1	1		3	3							1		15010(光)
			1			1							15601(頭・目鼻・顔)
				1						1			11500(作用・変化)
		1	1										31914(軽重)
						1		1					33011(快・喜び)
				1									15501(哺乳類)
					4							1	12120(親・先祖)
													15601(頭・目鼻・顔)
												1	23061(思考・意見・疑い)
1		1	3	2			1		1	1	7		13014(苦悩・悲哀)/13020(好悪・愛憎)/13042(欲望・期待・失望)
													23066(判断・推測・評価)
													23014(苦悩・悲哀)
		1	2	4									23050(学習・習慣・記憶)
									1				23014(苦悩・悲哀)
							1						33020(好悪・愛憎)
			4	2		2	2					1	23061(思考・意見・疑い)
		1											23061(思考・意見・疑い)
		1											15402(草本)
			1										23041(自信・誇り・恥・反省)
		2											23061(思考・意見・疑い)
						1							33014(苦悩・悲哀)
									1		1		23020(好悪・愛憎)
													23042(欲望・期待・失望)
													25702(死)
	1	1			1				1				23020(好悪・愛憎)
									1				23062(注意・認知・了解)
						1							23062(注意・認知・了解)
			2							2			23061(思考・意見・疑い)
			1										23030(表情・態度)
		1			6								23021(敬意・感謝・信頼など)
					2								23020(好悪・愛憎)
													23042(欲望・期待・失望)
									3			1	23050(学習・習慣・記憶)
					1								23020(好悪・愛憎)
			1		1								12110(夫婦)
	1												23061(思考・意見・疑い)
						1							23050(学習・習慣・記憶)
									1				23014(苦悩・悲哀)
											2		23013(安心・焦燥・満足)
					1								23000(心)
									1				23041(自信・誇り・恥・反省)
				1	1								23020(好悪・愛憎)
	1												23067(決心・解決・決定・迷い)
					1								23067(決心・解決・決定・迷い)
	1	1	5	4	1		1		1				23067(決心・解決・決定・迷い)
				1									23061(思考・意見・疑い)
										1			23014(苦悩・悲哀)
					1								23061(思考・意見・疑い)
							1						25600(身体)
													23050(学習・習慣・記憶)
								1					23014(苦悩・悲哀)
													23067(決心・解決・決定・迷い)
	1			2	1				1				23011(快・喜び)
													23020(好悪・愛憎)
			1										23020(好悪・愛憎)

見出し	順	漢字	語種	品詞	注記	巻数	合計	巻1	巻2	巻3	巻4	巻5	巻6	巻7
おもひわする		思忘		動下二		1	1						1	
おもひわたる		思渡		動四		2	4				1			
おもひわづらふ		思煩		動四		1	1					1		
おもひわぶ		思侘		動上二		3	3				1			
おもひわぶる		思侘		動下二		1	1							
おもひをり		思居		動ラ変		1	1		1					
おもふ		思		動四		20	578	8	29	28	78	11	18	32
おもほし		思		形		3	4							
おもほしめす		思召		動四		6	8	1	3					
おもほす		思		動四		11	17	3	2	2	1			
おもほゆ		思		動下二		20	124	2	4	9	9	4	7	12
おもわ		面輪				3	4							
おもわすれ		面忘				1	2							
おや		親				8	16			3		1		
おやじ		同		形		3	4							
おゆ		老		動上二		5	7				1			1
およしを		老男				1	1					1		
およづれ		逆言				3	5			3				
およづれこと		逆言				1	1							1
および		指				1	1							
おりきる		織著		動上一		1	1							
おりく		下来		動カ変		1	1						1	
おりつぐ		織次		動四		1	1							1
おりゐる		下居		動上一		1	1		1					
おる		織		動四		4	11							3
おろか		愚・疎		形動		1	1							
おろかひと		愚人				1	1							
おろす		下		動四		1	3							
おろすう		下据		動下二		1	1							
か	1	彼				4	7		4			1		
か	2	香				3	3							
か	3	鹿				3	5	1						
かあをし		青		形		1	2		2					
かい		櫂				2	2							
かう		香	漢			1	1							
かえ		萱			東語	1	1							
かかぐ		掲		動下二		1	1							1
かかなく		鳴		動四		1	1							
かがひ		嬥歌				1	1							
かかふ		布				1	1					1		
かがふ		嬥歌		動四		1	1							
かがふり		冠				1	1							
かがふる		被		動四		1	1							
かがみ	1	鏡				10	13		1		1			1
かがみ	2	鏡				2	3		1	2				
かがみやま		鏡山				1	1			1				
かがよふ		輝		動四		2	2						1	
かからはし		懸		形		1	1					1		
かかり		斯有		動ラ変	「かかる」をふくむ	6	11		1		3	2		
かがり		篝				2	3							
かかる	1	掛		動四		3	3					1		
かかる	2	皸		動四		1	1							
かき		垣				2	2							
かぎ		鍵				2	2							
がき		餓鬼	漢			1	1				1			
かきいる		掻入		動下二		1	1		1					
かきかぞふ		数		動下二		2	2							
かききらす		霧		動四		1	1							
かきけづる		掻梳		動四		2	2							
かきごし		垣越				1	1							1

巻8	巻9	巻10	巻11	巻12	巻13	巻14	巻15	巻16	巻17	巻18	巻19	巻20	意味分類
													23050(学習・習慣・記憶)
				3									23061(思考・意見・疑い)
													23014(苦悩・悲哀)
				1			1						23014(苦悩・悲哀)
							1						23014(苦悩・悲哀)
													23061(思考・意見・疑い)
26	12	37	97	65	36	8	27	10	19	7	17	13	23020(好悪・愛憎)/23030(表情・態度)/23061(思考・意見・疑い)
					1				2	1			33042(欲望・期待・失望)
					1		1			1	1		23061(思考・意見・疑い)
		1		1	1	1	1		1	3			23061(思考・意見・疑い)
8	5	13	13	9	2	1	2	4	10	4	2	4	23061(思考・意見・疑い)
	1	1									2		15601(頭・目鼻・顔)
			2										13050(学習・習慣・記憶)
			1	1		2				3	1	4	12120(親・先祖)
						1			2		1		31130(異同・類似)
			1	2	2								25701(生)
													12050(老少)
									1		1		13100(言語活動)
													13100(言語活動)
1													15603(手足・指)
	1												23332(衣生活)
													21540(上がり・下がり)
													23820(製造工業)
													21541(乗り降り・浮き沈み)
1		6						1					23820(製造工業)
										1			33045(意志)
	1												12340(人物)
			3										21540(上がり・下がり)
												1	21513(固定・傾き・転倒など)
									1	1			11010(こそあど・他)/31010(こそあど・他)
		1							1			1	15040(におい)
2	2												15501(哺乳類)
													35020(色)
		1							1				14540(農工具など)
								1					14370(化粧品)
												1	15402(草本)
													21513(固定・傾き・転倒など)
						1							23031(声)
	1												13510(集会)
													14201(布・布地・織物)
	1												23230(音楽)
								1					11101(等級・系列)
												1	23430(行為・活動)
					2	1	1	3	1	1		1	11100(類・例)/14610(鏡・レンズ・カメラ)
													12590(固有地名)
													12590(固有地名)
			1										25010(光)
													31110(関係)
			3						1	1			21010(こそあど・他)
									2		1		15161(火)
				1	1								21535(包み・覆いなど)
						1							25721(病気・体調)
	1			1									14420(門・塀)
	1							1					14541(日用品)
													12030(神仏・精霊)
													21532(入り・入れ)
1									1				23064(測定・計算)
	1												25152(雲)
	1									1			23334(保健・衛生)
													14420(門・塀)

見出し	順	漢字	語種	品詞	注記	巻数	合計	巻1	巻2	巻3	巻4	巻5	巻6	巻7
かきさぐる		掻探		動四		1	1				1			
かきすつ		掻棄		動下二		1	1							
かきたる		垂		動下二		1	1							
かきつ		垣内				3	4							
かきつく		掻付		動下二		1	1							1
かきつた		垣内田				1	1							
かきつはた		杜若				5	7							2
かきつやぎ		垣内柳				1	1							
かきとる		書取		動四		1	1							
かきなく		掻嘆		動下二		1	1							
かきなづ		掻撫		動下二		3	5					1	1	
かきなでみる		掻撫見		動上一		1	1							
かきね		垣根				1	1							
かきはく		掃		動四		2	2					1		
かきほ		垣穂				3	4				1			
かきま		垣間				1	1							
かきむく		掻向		動下二		1	1							
かきむすぶ		掻結		動四		1	1							
かきむだく		掻抱		動四		1	1							
かぎり		限				6	8				1	2		
かぎるひ		陽炎				1	1		1					
かぎろひ		陽炎				5	5	1	1				1	
かきわく		掻分		動下二		3	3		1					
かく	1	香				1	2							
かく	2	書		動四		1	1							
かく	3	掛		動四		4	4		1			1		
かく	4	掻		動四		4	9				1		1	
かく	5	欠		動下二		1	1							
かく	6	掛		動下二	「かけまく（も）」をふくむ	19	67	1	2	7	4	2	4	4
かく	7	斯		副	「かくばかり，かくのみ」をふくむ	20	151	1	8	8	20	14	8	4
かくさふ		隠		動四		3	4	2						
かくさま		斯様		形動		2	2							
かくす		隠		動四		8	12	1		1	1			1
かくて		斯		接		4	5				1			
かくのこのみ		香果実				1	2							
かぐはし		香		形		4	6							
かくみゐる		囲居		動上一		2	2					1		
かくむ		囲		動四		1	1						1	
かぐやま		香具山				6	12	4	1	4				1
かくらひかぬ		隠不堪		動下二		1	1							
かくらひく		隠来		動カ変		1	1		1					
かくらふ		隠		動四		2	3			1				
かくりいる		隠入		動四		1	1							
かくりく		隠来		動カ変		1	1		1					
かくりゆく		隠行		動四		1	1							
かくりゐる		隠居		動上一		1	1							
かくる	1	隠		動四		6	14		4	4				2
かくる	2	隠		動下二		1	2							
かぐろし		黒		形		5	5					1		1
かけ	1	鶏				3	5							1
かけ	2	懸				2	2	1						
かけ	3	可家				1	1							
かげ	1	蔭・影				13	22	2	2	1				2
かげ	2				植物名	1	1							
かげくさ		影草				1	1							
かげとも		影面				1	1	1						
かけはき		掛佩				1	1							
かけりいぬ		翔去		動ナ変		1	1							

巻数 合計 巻1 巻2 巻3 巻4 巻5 巻6 巻7

巻8	巻9	巻10	巻11	巻12	巻13	巻14	巻15	巻16	巻17	巻18	巻19	巻20	意味分類
													23392(手足の動作)
					1								21250(消滅)
								1					25153(雨・雪)
1										1	2		14700(地類（土地利用）)
													21560(接近・接触・隔離)
					1								14700(地類（土地利用）)
		1	2	1					1				15402(草本)
						1							15401(木本)
												1	23220(芸術・美術)
	1												25710(生理)
												3	23392(手足の動作)
											1		23091(見る)
		1											14420(門・塀)
								1					23843(掃除など)
	2		1										14420(門・塀)
		1											11830(穴・口)
											1		21730(方向・方角)
	1												23530(約束)
						1							23392(手足の動作)
		1	1			1						2	11651(終始)/11721(境・間)/11920(程度・限度)
													15130(水・乾湿)
	1	1											15130(水・乾湿)
		1			1								21552(分割・分裂・分散)
										2			15040(におい)
			1										23151(書き)
								1	1				21513(固定・傾き・転倒など)/23823(建築)
			6	1									23392(手足の動作)
					1								21931(過不足)
2	2	4		10	10	3	1	2	1	2	2	4	21110(関係)/21513(固定・傾き・転倒など)/23042(欲望・期待・失望)
8	4	6	17	7	6	3	2	3	10	9	10	3	31010(こそあど・他)
			1									1	21210(出没)
							1			1			31010(こそあど・他)
	1	2	3	2									21210(出没)
		2	1	1									41120(展開)
										2			15410(枝・葉・花・実)
		1								2	1	2	35040(におい)
												1	21535(包み・覆いなど)
													21535(包み・覆いなど)
		1	1										12590(固有地名)
		1											21210(出没)
													21210(出没)
			2										21210(出没)
			1										21210(出没)
													21210(出没)
			1										21210(出没)
						1							21210(出没)
	1	2	1										21210(出没)
						2							21210(出没)
					1		1	1					35020(色)
			3		1								15502(鳥類)
		1											13103(表現)
						1							12590(固有地名)
1	1		3		2		1	1		2	2	2	11800(形・型・姿・構え)/15010(光)
						1							15403(隠花植物)
		1											15402(草本)
													11730(方向・方角)
	1												13332(衣生活)
									1				21522(走り・飛び・流れなど)

見出し	順	漢字	語種	品詞	注記	巻数	合計	巻1	巻2	巻3	巻4	巻5	巻6	巻7
かける		翔		動四		2	3							2
かこ	1	水手				4	6				1			
かこ	2	鹿子			動物	1	2							2
かこ	3	可古・鹿児				1	2			2				
かご		影			東語	1	1							
かこじもの		鹿児				2	2							
かさ	1	笠				5	15							1
かさ	2	笠				1	1			1				
かざし		挿頭				8	9					1		1
かさしま		笠島				1	1							
かざしもつ		挿頭持		動四		1	1	1						
かざす		挿頭		動四		11	27	2	1			3		
かざなし		風無				1	1							
かさなりゆく		重行		動四		1	1							
かさなる		重		動四		6	6							
かさぬ		重		動下二		4	5					1		
かさぬひ		笠縫				1	1			1				
かざはや		風早				3	3			1				1
かざまつり		風祭				1	1							
かざまもり		風守				1	1			1				
かざる		飾		動四		1	1							
かし	1	杭				3	3							1
かし	2	橿				1	1							
かし	3	徒歩			東語	1	1							
かしく		炊		動四		1	1					1		
かしこ		恐				1	1						1	
かしこし		賢・畏		形		19	85	1	7	10	2	1	10	8
かしはら		橿原				2	2	1						
かしひ		香椎				1	1						1	
かしひがた		香椎潟				1	2						2	
かしふえ		可之布江				1	1							
かしま		鹿島・香島				5	6							1
かしまね		香島根				1	1							
かしら		頭				1	1							
かす		貸		動四		7	8	1	2	1				1
かず		数			「かずならぬ」をふくむ	7	9				1	1		
かすが		春日				6	26			3			1	1
かすがの		春日野				8	17			2	2			1
かすがやま		春日山				6	9				3		1	2
かすみ		霞				17	50	3		2	1	1	1	3
かすみがくる		霞隠		動四		1	1							
かすむ		霞		動四		2	2							
かすゆざけ		糟湯酒				1	1					1		
かせ		鹿背				1	2						2	
かぜ		風				18	89	3	3	1	5	2	4	12
かせやま		鹿背山				1	2						2	
かそけし				形		1	2							
かぞふ		数		動下二		2	2					1		
かぞへう		数得		動下二		1	1							
かた	1	方				8	10		1		1	2		
かた	2	型・絵				3	4							
かた	3	肩				4	4					1		1
かた	4	潟				8	14		4		1		3	2
かだ		可太				1	1							
かたいと		片糸				2	2							1
かたえだ		片枝				1	1							1
かたおひ		片生		形動		1	1							
かたおもひ		片思				1	1							
かたかご		堅香子				1	1							

巻8	巻9	巻10	巻11	巻12	巻13	巻14	巻15	巻16	巻17	巻18	巻19	巻20	意味分類
	1												21522(走り・飛び・流れなど)
					1		2					2	12415(運輸業)
													15501(哺乳類)
													12590(固有地名)
												1	15010(光)
	1											1	11130(異同・類似)
		1	8	3				2					14250(帽子・マスクなど)
													12590(固有地名)
2	1	1			1			1			1		14280(装身具)
				1									12590(固有地名)
													23392(手足の動作)
7	1	5					1		1	1	3	2	23332(衣生活)
	1												12590(固有地名)
	1												21504(連続・反復)
	1	1	1		1					1	1		21504(連続・反復)/21573(配列・排列)
		1								2	1		21504(連続・反復)
													12590(固有地名)
							1						12590(固有地名)
	1												13360(行事・式典・宗教的行事)
													13091(見る)
					1								23850(技術・設備・修理)
							1					1	14151(ピン・ボタン・くいなど)
	1												15401(木本)
												1	11522(走り・飛び・流れなど)
													23842(炊事・調理)
													12590(固有地名)
1	3	1	2	2	10	2	4		3	3	3	12	33012(恐れ・怒り・悔しさ)/33021(敬意・感謝・信頼など)
												1	12590(固有地名)
													12590(固有地名)
													12590(固有地名)
							1						12590(固有地名)
	2				1				1			1	12590(固有地名)
								1					12590(固有地名)
												1	15601(頭・目鼻・顔)
	1	1								1			23780(貸借)
			2	1			1		2			1	11902(数)
6		12		3									12590(固有地名)
1		6		3				1			1		12590(固有地名)
1		1	1										12590(固有地名)
5	1	16	1	1	2	2			1	1	4	5	15152(雲)
		1											21210(出没)
	1											1	25152(雲)
													14350(飲料・たばこ)
													12590(固有地名)
11	5	12	7	3	4	4	4		2		5	2	15151(風)
													12590(固有地名)
											2		35010(光)/35030(音)
					1								23064(測定・計算)
										1			23064(測定・計算)
1			1	1	2		1						11700(空間・場所)/11730(方向・方角)
						2	1	1					11800(形・型・姿・構え)
					1						1		14240(そで・襟・身ごろ・ポケットなど)/15602(胸・背・腹)
	1					1	1		1				15260(海・島)
							1						12590(固有地名)
			1										14200(衣料・綿・革・糸)
													15410(枝・葉・花・実)
	1												35701(生)
										1			13020(好悪・愛憎)
											1		15402(草本)

見出し	順	漢字	語種	品詞	注記	巻数	合計	巻1	巻2	巻3	巻4	巻5	巻6	巻7
かたかひ		片貝				1	1							
かたかひがは		片貝川				1	2							
かたきく		片聞		動四		1	1							
かたこひ		片恋				6	8		1	1				
かたこひづま		片恋夫				1	1		1					
かたさる		片去		動四		2	2				1			
かたし		固・難		形		6	8			1				
かたしく		片敷		動四		5	5							
かたしはがは		片足羽川				1	1							
かたしほ		堅塩				1	1					1		
かたち		形				2	3					2		
かたづく		片付		動四		3	3						1	
かたて	1	片手				1	2			2				
かたて	2	都・曽		副		1	1							
かたねもつ		結持		動四		1	1							
かたふ				動四		1	1							
かたぶく		傾		動四		6	7	1						
かたへ		片方				1	1							
かたまく		片設		動下二		6	8		1			1		
かたまし		堅増				1	1							
かたまちがたし		片待難		形		1	1							
かたまつ		片待		動四		5	7							1
かたみ	1	形見				12	24	1	4		4			2
かたみ	2	形見				1	1							1
かたむ		固		動下二		3	4							
かたもひ	1	片思				4	9				3			
かたもひ	2	片椀				1	1				1			
かたやま		片山				1	2							
かたやまきぎし		片山雉				1	1							
かたやまぎし		片山岸				1	1							
かたやまつばき		片山椿				1	1							
かたより		片搓				2	2							
かたよりに		片寄		副		3	3		1					1
かたよる		片寄		動四		1	1							
かたらひぐさ		語草				1	1							
かたらひつぐ		語続		動四		1	1				1			
かたらひをり		語居		動ラ変		1	1					1		
かたらふ		語		動四		7	9			1		2		
かたり		語				2	2						1	
かたりさく		語放		動下二		1	1							
かたりつがふ		語続		動四		1	1							
かたりつぎつ		語継		動下二		1	1							
かたりつぐ	1	語継		動四		9	17			2		2	2	
かたりつぐ	2	語告		動下二		1	1			1				
かたりよらし		語宜		形		1	1							
かたる		語		動四		9	14		2	3		1		
かたを		片緒				1	1							
かたをか		片岡				1	1							1
かち		徒歩			「かちより」をふくむ	2	4							
かぢ		楫				13	35		1	2	1		3	6
かぢから		梶柄				1	1							
かぢしま		梶島				1	1							
かぢつくめ		楫				1	1							
かぢとり		楫取				1	1							1
かぢま		楫間				2	2							
かつ	1	勝		動四		1	1							
かつ	2	且		副	「かつは」をふくむ	4	4			1	1			
かづ		門			東語	1	1							
かつがつ		且且		副		1	1				1			

巻8	巻9	巻10	巻11	巻12	巻13	巻14	巻15	巻16	巻17	巻18	巻19	巻20	意味分類
									1				12590(固有地名)
									2				12590(固有地名)
		1											23093(聞く・味わう)
1			2	2					1				13020(好悪・愛憎)
													12110(夫婦)
										1			21521(移動・発着)
	1	1	2	2		1							31346(難易・安危)
1	1	1	1				1						21513(固定・傾き・転倒など)
	1												12590(固有地名)
													14330(調味料・こうじなど)
								1					11800(形・型・姿・構え)/15601(頭・目鼻・顔)
		1									1		21560(接近・接触・隔離)
													15603(手足・指)
			1										41130(反対)
										1			21551(統一・組み合わせ)
										1			23020(好悪・愛憎)
		1	2				1		1			1	25220(天象)
			1										11951(群・組・対)
		3	1		1		1						21600(時間)
						1							11580(増減・補充)
	1												31346(難易・安危)
	2	2							1	1			23520(応接・送迎)
3	1	1	1	1	1		4				1		14010(持ち物・売り物・土産など)
													12590(固有地名)
	1					1						2	21341(弛緩・粗密・繁簡)/23670(命令・制約・服従)/25160(物質の変化)
		2	3	1									13020(好悪・愛憎)
													14520(食器・調理器具)
								2					15240(山野)
				1									15502(鳥類)
		1											15240(山野)
												1	15401(木本)
		1							1				11570(成形・変形)
		1											33040(信念・努力・忍耐)
						1							21560(接近・接触・隔離)
									1				13070(意味・問題・趣旨など)
													23131(話・談話)
													23131(話・談話)
	1		1		2				1	1			23131(話・談話)
	1												13131(話・談話)
											1		23100(言語活動)
					1								23131(話・談話)
												1	23131(話・談話)
	3			1					1	1	4	1	23131(話・談話)
													23131(話・談話)
						1							33100(言語活動)
	2		1	1						1	2	1	23131(話・談話)
				1									14160(コード・縄・綱など)
													15240(山野)
			1		3								11522(走り・飛び・流れなど)
		6	1	2	1		3		3	1		5	14540(農工具など)
1													14152(柄・つえ・へらなど)
	1												12590(固有地名)
												1	14540(農工具など)
													12415(運輸業)
									1	1			11600(時間)
						1							23570(勝敗)
1					1								41110(累加)
												1	14420(門・塀)
													31920(程度)

見出し	順	漢字	語種	品詞	注記	巻数	合計	巻1	巻2	巻3	巻4	巻5	巻6	巻7
かづき		潜				2	8			1				7
かづきあふ		潜遇		動四		1	1							
かづきく		潜来		動カ変		1	1							1
かづきづ		潜出		動下二		2	2						1	
かづきとる		潜取		動四		3	3							
かづく	1	潜・被		動四		5	7		1		1			
かづく	2	潜・被		動下二		2	4							
かづさかずとも				句		1	1							
かづさねも				句		1	1							
かつしか		葛飾				2	5			3				
かづしか		葛飾				1	4							
かづしかわせ		葛飾早稲				1	1							
かつて		曽		副		6	6				1			1
かつの		勝野				2	2			1				1
かづのき		穀木				1	1							
かつまた		勝間田				1	1							
かつら		桂				2	2				1			
かづら		葛・蘰				7	15			1		3		
かづらかげ		蘿影				1	1							
かつらかぢ		桂梶				1	1							
かづらき	1	葛城				2	2							1
かづらき	2	葛城				1	1							
かづらきやま		葛城山				2	2				1			
かづらく				動四		3	9							
かつを		鰹				1	1							
かど	1	門				14	36		1		3		1	1
かど	2				「(焼き大刀の)かど(打ち放ち)」，漢字「稜」か。	1	1						1	
かどた		門田				1	1							
かどたわせ		門田早稲				1	1							
かどで		門出				2	2							
かとり		香取				2	2							1
かとりをとめ						1	1							
かなし		悲・愛		形		17	78	3	3	3		1		6
かなしさ		悲・愛				9	11				1	1	1	
かなしぶ		悲		動上二		1	1							
かなと		金門				2	3							
かなとだ		金門田				1	1							
かなとで		金門出				1	1							
かなふ		叶		動四		2	2	1		1				
かならず		必		副		2	2							
かなるましづみ				句		2	2							
かにかくに				副		4	7				2	2		1
かには	1	桜皮				1	1						1	
かには	2					1	1							
かにもかくにも				副		4	5			1	2			
かぬ		兼・予		動下二		4	6				1		1	
かぬかぬ		兼兼		動下二		1	1							
かぬまづく				句		1	1							
かね	1	鐘				1	1				1			
かね	2	金				1	1							1
かねて		予		副		6	6		1				1	
かの		彼		連体		2	2							
かのまづく				句		1	1							
かは	1	川				20	129	12	3	6	5	4	15	15
かは	2	皮				1	3							
かはおと		川音				1	1							1
かはかぜ		川風				1	1			1				
かはかみ		川上				3	3					1		
かはから		川柄				1	1			1				

巻8	巻9	巻10	巻11	巻12	巻13	巻14	巻15	巻16	巻17	巻18	巻19	巻20	意味分類
													13811(牧畜・漁業・鉱業)
								1					21550(合体・出会い・集合など)
													21532(入り・入れ)
								1					21532(入り・入れ)
				1						1	1		23811(牧畜・漁業・鉱業)
			1					3		1			21541(乗り降り・浮き沈み)
					2						2		21541(乗り降り・浮き沈み)
						1							23520(応接・送迎)
						1							23520(応接・送迎)
	2												12590(固有地名)
						4							12590(固有地名)
						1							15402(草本)
		1		1	1			1					43100(判断)
													12590(固有地名)
						1							15401(木本)
								1					12590(固有地名)
		1											15401(木本)
3		3		1					1	3			14280(装身具)
										1			14280(装身具)
		1											14540(農工具など)
		1											12590(固有地名)
			1										12390(固有人名)
			1										12590(固有地名)
		1								2	6		23332(衣生活)
	1												15504(魚類)
	2	4	4	7	3	1		3	2		2	2	14420(門・塀)
													14550(刃物)
1													14700(地類(土地利用))
		1											15402(草本)
						1						1	11521(移動・発着)
			1										12590(固有地名)
						1							12050(老少)
1	3	2	1	4	2	25	1		5	2	4	12	33014(苦悩・悲哀)/33020(好悪・愛憎)
1					2	1	1				1	2	13014(苦悩・悲哀)/13020(好悪・愛憎)
												1	23014(苦悩・悲哀)
	2					1							14420(門・塀)
						1							14700(地類(土地利用))
						1							11521(移動・発着)
													21332(良不良・適不適)
				1	1								43100(判断)
						1						1	15030(音)
			2										31130(異同・類似)
													15410(枝・葉・花・実)
												1	12590(固有地名)
	1							1					31130(異同・類似)
				3		1							23066(判断・推測・評価)
						1							23013(安心・焦燥・満足)
						1							21521(移動・発着)
													14560(楽器・レコードなど)
													12590(固有地名)
		1					1		1	1			31642(過去)/31670(時間的前後)
	1					1							31010(こそあど・他)
						1							21521(移動・発着)
4	6	10	3	3	14	2	2	1	11	6	3	4	15250(川・湖)
								3					15605(皮・毛髪・羽毛)
													15030(音)
													15151(風)
			1			1							11741(上下)
													11330(性質)

巻8 巻9 巻10 巻11 巻12 巻13 巻14 巻15 巻16 巻17 巻18 巻19 巻20

見出し	順	漢字	語種	品詞	注記	巻数	合計	巻1	巻2	巻3	巻4	巻5	巻6	巻7
かはぎし		川岸				1	1			1				
かはぎり		川霧				1	1							
かはぐち		川口				1	1						1	
かはくま		川隈				2	2	1						
かはごろも		皮衣				2	2							
かはす	1	川洲				1	1							
かはす	2	交		動四		1	1							
かはせ		川瀬				9	11		1	1	1			
かはそひ		川沿				1	1							
かはたれどき						1	1							
かはぢ		川路				1	1							
かはちどり		川千鳥				2	2							
かはづ	1	蛙				8	20			2	1		3	2
かはづ	2	川津				2	2							
かはと		川門				6	9				2	1		
かはなみ	1	川次				2	3					1	2	
かはなみ	2	川波				5	6							1
かばね		屍				1	2							
かはび		川辺				1	1							
かはへ		川辺				2	3							
かはも		川藻				1	2		2					
かはやぎ		川楊				2	2							
かはよど		川淀				2	3			2				
かはら		川原				10	18			1			2	5
かはらふ		変		動四		3	4			1				
かはる	1	香春				1	2							
かはる	2	変・代		動四		7	12		1	2	2		3	
かひ	1	貝				6	8		1					2
かひ	2	峡				1	1							
かひ	3	効				1	1							
かひ	4	蚊火				1	1							
かひ	5	甲斐				1	1			1				
かひご		卵				1	1							
かひとほす		飼通		動四		1	1							
かひな		腕				1	1			1				
かひや		鹿火屋				2	2							
かひりく		帰来		動カ変	東語	1	1							
かふ	1	買		動四		2	3							1
かふ	2	飼・養		動四		5	12		1					
かふ	3	換・交		動下二		7	9		1	1	1			1
かふち		河内				4	11	3					5	
かふちめ		河内女				1	1							1
かべくさ		壁草				1	1							
かへさふ		返		動四		1	1							
かへしやる		返遣		動四		1	1							
かへす		返		動四		6	13		2		4		2	
かへらばに				副		1	1							
かへらひみる		返見		動上一		1	2							
かへらふ		返		動四		2	2	1						
かへらまに				副		1	1							
かへり		返・帰				2	2						1	
かへりきたる		帰来		動四		1	1							
かへりく		帰来		動カ変		15	37	1			2		2	2
かへりごと		返言				1	1							
かへりたつ		還立		動四		1	1							
かへりて		却		副		1	1							
かへりまかる		帰罷		動四		1	1							
かへりみ		顧				4	10	2	3					
かへりみる		顧		動上一		10	17	1	1				1	4
かへりゐる		帰居		動上一		1	1		1					

巻数 合計 巻1 巻2 巻3 巻4 巻5 巻6 巻7

巻8	巻9	巻10	巻11	巻12	巻13	巻14	巻15	巻16	巻17	巻18	巻19	巻20	意味分類
													15250(川・湖)
		1											15152(雲)
													12590(固有地名)
								1					11742(中・隅・端)
	1							1					14210(衣服)
											1		15250(川・湖)
									1				21501(変換・交換)
1	1	2				1	1				2		15250(川・湖)
	1												15250(川・湖)
												1	11635(朝晩)
						1							14710(道路・橋)
			1								1		15502(鳥類)
1	2	8						1					15503(爬虫類・両生類)
		1				1							14720(その他の土木施設)
	1	3				1					1		15250(川・湖)
													15250(川・湖)
1	1	2		1									15155(波・潮)
										2			15600(身体)
												1	15250(川・湖)
	1							2					15250(川・湖)
													15403(隠花植物)
	1	1											15401(木本)
				1									15250(川・湖)
1	3	2	1	1		1			1				15250(川・湖)
					1						2		21500(作用・変化)
	2												12590(固有地名)
					1						1	2	21500(作用・変化)/21501(変換・交換)
			1				1			1		2	15506(その他の動物)
									1				15240(山野)
								1					11112(因果)
			1										15161(火)
													12590(固有地名)
	1												15608(卵)
											1		23811(牧畜・漁業・鉱業)
													15603(手足・指)
		1						1					14410(家屋・建物)
												1	21527(往復)
					2								23760(取引)
			1	2	6						2		23811(牧畜・漁業・鉱業)
		2	1	2									21501(変換・交換)
						1			2				12590(固有地名)
													12040(男女)
			1										15402(草本)
										1			21513(固定・傾き・転倒など)
							1						21527(往復)
			3					1	1				21513(固定・傾き・転倒など)/21527(往復)
				1									31120(相対)
								2					23091(見る)
	1												21527(往復)
			1										31120(相対)
									1				11527(往復)
	1												21527(往復)
	5		1	2	1	1	5	2	3	1	3	6	21527(往復)
											1		13141(報告・申告)
								1					21527(往復)
1													31120(相対)
										1			21527(往復)
										1		4	13013(安心・焦燥・満足)/13091(見る)
	3	1		2	2						1	1	21527(往復)/23013(安心・焦燥・満足)/23091(見る)
													21527(往復)

見出し	順	漢字	語種	品詞	注記	巻数	合計	巻1	巻2	巻3	巻4	巻5	巻6	巻7
かへる		帰		動四		15	38		1	2	2	5		1
かへるさ		帰方				2	3			1				
かへるて		蝦手				1	1							
かへるみ						1	1							
かほ		顔				3	3							
かほがはな		容花				1	1							
かほとり		顔鳥				4	5			1			1	
かほばな		容花				2	2							
かほや		可保夜				1	1							
かまく		感		動下二		1	1							
かまくら		鎌倉				1	2							
かまくらやま		鎌倉山				1	1							
かまど		竈				1	1					1		
かまふ		構		動下二		1	1							
かままろ		鎌麻呂				1	1							
かまめ		鴎				1	1	1						
かみ	1	上				1	1		1					
かみ	2	神・雷				19	118	4	7	13	8	3	7	6
かみ	3	髪				8	18		3			1		2
かみさぶ		神		動上二		1	1							
かみしま		神島				1	1							
かみつけの		上毛野				1	13							
かみつせ		上瀬				6	9	1	2					
かみなす		醸成		動四		1	1							
かみなづき		神無月				4	5							
かみへ		上辺				1	1						1	
かみやま		神山				1	1							
かみよ		神代				11	15	1		2	1	1	4	1
かみよりいた		神依板				1	1							
かみをか		神岡				2	2		1					
かむ	1	上			東語	1	1							
かむ	2	噛・醸		動四		2	2				1			
かむあがる		神上		動四		1	1		1					
かむかぜ		神風				4	7	1	3		1			
かむから		神柄				5	7	1	1				2	
かむき		神木				1	1				1			
かむくだす		神下		動四		1	1		1					
かむごと		神言				1	1							
かむさび		神				2	3	2		1				
かむさびたつ		神立		動四		2	2	1					1	
かむさびゆく		神行		動四		1	1			1				
かむさびわたる		神渡		動四		1	1							
かむさびをり		神居		動ラ変		1	1			1				
かむさぶ		神		動上二		14	20		1	2	2	2	1	2
かむしだ		上志太				1	1							
かむしみゆく		神行		動四		1	1						1	
かむすぎ		神杉				3	3		1					
かむつどひ		神集				1	1		1					
かむづまる		神留		動四		1	1					1		
かむとけ		雷解				1	1							
かむながら		神随		副		9	18	4	4			2	1	
かむなび		神南備				7	15						1	1
かむなびかは		神南備川				1	1							
かむなびやま		神南備山				4	7			1				
かむぬし		神主				1	1							
かむのぼる		神登		動四		1	1		1					
かむはかり		神議				1	1		1					
かむはぶり		神葬				2	2		1					
かむび		神				1	1							
かむぶ		神		動上二		1	1							
かむみや		神宮				1	1		1					

巻8	巻9	巻10	巻11	巻12	巻13	巻14	巻15	巻16	巻17	巻18	巻19	巻20	意味分類
2	3	2	2	2	4		7		1		3	1	21513(固定・傾き・転倒など)/21527(往復)/21600(時間)
							2						11611(時機・時刻)
1													15401(木本)
										1			12590(固有地名)
	1					1		1					15601(頭・目鼻・顔)
						1							15402(草本)
		2							1				15502(鳥類)
1						1							15402(草本)
						1							12590(固有地名)
								1					23002(感動・興奮)
						2							12590(固有地名)
						1							12590(固有地名)
													14470(家具)
	1												23823(建築)
								1					12390(固有人名)
													15502(鳥類)
													11101(等級・系列)
	7	1	11	2	13	2	2	4	3	8	7	10	12030(神仏・精霊)/15140(天災)
	4		3		1		1	3					15605(皮・毛髪・羽毛)
												1	21302(趣・調子)
							1						12590(固有地名)
						13							12590(固有地名)
	1	1			3				1				15250(川・湖)
								1					23820(製造工業)
1		1		2							1		11631(月)
													11741(上下)
		1											12590(固有地名)
	1	1			1					1		1	11623(時代)
	1												14120(木・石・金)
	1												12590(固有地名)
						1							11741(上下)
	1												23393(口・鼻・目の動作)
													25702(死)
					2								15151(風)
					1				2				11330(性質)
													15401(木本)
													21540(上がり・下がり)
											1		13140(宣告・宣言・発表)
													11130(異同・類似)
													21302(趣・調子)
													21302(趣・調子)
							1						21302(趣・調子)
													21302(趣・調子)
1			1	1			1	2	2	1	1		21302(趣・調子)/21660(新旧・遅速)
						1							12590(固有地名)
													21302(趣・調子)
		1	1										15401(木本)
													13510(集会)
													23333(住生活)
					1								15140(天災)
					1				2	1	2	1	33310(人生・禍福)
2	1	1	3		6								12590(固有地名)
1													12590(固有地名)
	1	2			3								12590(固有地名)
					1								12410(専門的・技術的職業)
													25702(死)
													13133(会議・論議)
					1								13360(行事・式典・宗教的行事)
									1				11302(趣・調子)
		1											21302(趣・調子)
													12630(社寺・学校)

見出し	順	漢字	語種	品詞	注記	巻数	合計	巻1	巻2	巻3	巻4	巻5	巻6	巻7
かめ	1	瓶				1	1							
かめ	2	亀				2	2	1						
かも	1	鴨				11	18	1		5	1			1
かも	2				舟名	1	2							
かもかくも				副		4	4			1				
かもがは		賀茂河				1	1							
かもかも				副		3	3						1	1
かもじもの		鴨				2	2	1						
かもとり		鴨鳥				1	1				1			
かもやま		鴨山				1	1		1					
かや	1	萱				6	6		1		1			
かや	2	可也				1	1							
かやぐき		草潜				1	1							
かやすし		易		形		1	1							
かやの		草野				1	1							1
かやはら		草原				1	1			1				
かゆし		痒		形		1	1							
かゆふ		通		動四	東語	1	1							
かよひ		通				1	1							
かよひく		通来		動カ変		1	1		1					
かよひゆく		通行		動四		1	1				1			
かよふ		通		動四		19	61	3	3	3	7		6	5
かよりあふ		寄合		動四		1	1				1			
から	1	故・柄				6	7				1			
から	2	辛				2	2		1					
からあゐ		韓藍				4	4			1				1
からうす		碓				1	1							
からおび		韓帯				1	1							
からかぢ		柄楫				1	1							
からくに		唐国				4	7					1		
からころむ		唐衣				1	1							
からころも		唐衣				4	6						1	
からさき		辛崎				3	4	1	1					
からし		辛		形		5	7							1
からしほ		辛塩				2	2					1		
からす	1	烏				2	2							
からす	2	枯		動四		1	1							
からたち		枳殻				1	1							
からたま		唐玉				1	1					1		
からとまり		唐泊				1	1							
からに		辛荷				1	2						2	
からひと		唐人				2	2				1			
からまる		絡		動四		1	1							
かり	1	狩				6	7	1		1			2	
かり	2	雁				11	29		1				1	1
かり	3	仮		形動		1	2							
かりいほ		仮庵				2	3	2						
かりがね		雁音				8	37						1	
かりく		刈来		動カ変		2	2							
かりこも		刈薦				6	9			1	1			
かりしく		刈敷		動四		1	1							
かりしめ		仮標				1	1							
かりそく		刈除		動下二		3	3							
かりそふ		刈副		動下二		1	1							
かりたか		借高				2	2						1	1
かりぢ		猟路				2	2			1				
かりつむ	1	刈積		動四		1	1							
かりつむ	2	刈積		動下二		1	1			1				
かりて	1	糧米				1	1					1		
かりて	2				笠の輪	1	1							
かりは		雁羽				1	1							
かりばか		刈				3	3				1			

巻数 合計 巻1 巻2 巻3 巻4 巻5 巻6 巻7

巻8	巻9	巻10	巻11	巻12	巻13	巻14	巻15	巻16	巻17	巻18	巻19	巻20	意味分類
								1					14511(瓶・筒・つぼ・膳など)
								1					15503(爬虫類・両生類)
1	1		2	2		2	1					1	15502(鳥類)
								2					14660(乗り物（海上）)
						1		1	1				31130(異同・類似)
			1										12590(固有地名)
1													31130(異同・類似)
							1						15502(鳥類)
													15502(鳥類)
													12590(固有地名)
			1	1		1		1					15402(草本)
							1						12590(固有地名)
		1											15502(鳥類)
									1				31346(難易・安危)
													15240(山野)
													15240(山野)
			1										33001(感覚)
												1	23123(伝達・報知)
			1										13122(通信)
													21527(往復)
													21527(往復)
2	3	6	8	2	2	3	1	1	3	1	1	1	21527(往復)
													21560(接近・接触・隔離)
	1			2	1		1	1					11113(理由・目的・証拠)
							1						12590(固有地名)
		1	1										15402(草本)
								1					14540(農工具など)
								1					14251(ネクタイ・帯・手袋・靴下など)
						1							14540(農工具など)
							3	1			2		12590(固有地名)
												1	14210(衣服)
		1	2			2							14210(衣服)
					2								12590(固有地名)
			2				2	1	1				33014(苦悩・悲哀)/35050(味)
								1					14330(調味料・こうじなど)
						1		1					15502(鳥類)
										1			25702(死)
								1					15401(木本)
													15111(鉱物)
							1						12590(固有地名)
													12590(固有地名)
											1		12300(人種・民族)
												1	21551(統一・組み合わせ)
		1		1					1				13811(牧畜・漁業・鉱業)
4	4	11			1		1		1		2	2	15502(鳥類)
			2										31611(時機)
		1											14410(家屋・建物)
8	3	18			2		3		1		1		13031(声)/15502(鳥類)
						1		1					23810(農業・林業)
			3	1	1		2						15410(枝・葉・花・実)
	1												23810(農業・林業)
			1										14580(標章・標識・旗など)
			1			1		1					23810(農業・林業)
		1											23810(農業・林業)
													12590(固有地名)
				1									12590(固有地名)
			1										23810(農業・林業)
													23810(農業・林業)
													14300(食料)
			1										14151(ピン・ボタン・くいなど)
				1									12590(固有地名)
		1						1					13400(義務)

巻8 巻9 巻10 巻11 巻12 巻13 巻14 巻15 巻16 巻17 巻18 巻19 巻20

見出し	順	漢字	語種	品詞	注記	巻数	合計	巻1	巻2	巻3	巻4	巻5	巻6	巻7
かりばね		刈株				1	1							
かりはむ		刈食		動四		1	1	1						
かりはらふ		刈払		動四		1	1							
かりびと		狩人				1	1						1	
かりふく		刈葺		動四		1	1	1						
かりほ		仮庵				7	10							2
かりほす		刈乾		動四		2	2				1			
かりみだる		刈乱		動四		1	1							
かりみや		仮宮				1	1		1					
かる	1	軽				4	5		2	1	1			
かる	2	刈		動四		16	73	5	4	4	3		6	18
かる	3	狩		動四		1	1							
かる	4	借		動四		7	8			1				1
かる	5	枯・涸・嗄		動下二		5	8		1	3				
かる	6	離		動下二		11	22			2			1	
かる	7	著		動・活用未詳	東語	1	1							
かるうす		柄臼				1	1							
かるかる		刈刈		動四		2	2							
かれ	1	枯				1	1							
かれ	2	彼				3	3							
かれかつ		離堪		動下二		1	1							
かれひ		乾飯				1	1					1		
かわく		乾		動四		1	2							2
かをる		薫		動四		1	1		1					
き	1	木				16	42	1	3	8	1	2	5	2
き	2	牙				1	1							
き	3	城				2	2					1		
き	4	紀伊				5	14				2			4
きえうす		消失		動下二		1	1							
きえのこる		消残		動四		1	1							
きかさぬ		着重		動下二		1	1							
きかぬ		来不堪		動下二		1	1							
きかよふ		来通		動四		1	1							
きき		聞				3	3		1		1			
ききこふ		聞恋		動上二		1	1							
きぎし		雉				6	7			1				
ききしる		聞知		動四		1	1							1
ききそむ		聞初		動下二		1	1							
ききつぐ		聞継		動四		1	3							
ききまとふ		聞惑		動四		1	1		1					
ききよし		聞好		形		1	1							
ききわたる		聞渡		動四		1	1							
きく	1	企救				3	5							1
きく	2	聞		動四		20	131	1	9	7	6	3	7	7
きこえく		聞来		動カ変		4	4					1		
きこえゆく		聞行		動四		1	1							
きこしめす		聞召		動四		2	2		1					
きこしをす		聞食		動四		5	6	1				1		
きこす		聞		動四		5	7				1			
きこゆ		聞		動下二		12	24	1	1	1			3	2
きさ		象				2	3	1		2				
きさやま		象山				1	1						1	
きさる		来去		動四		1	1							
きし		岸				10	19	1	1		1		2	8
きしく		来及		動四		1	1				1			
きしの		岸野				1	1							
きしみ						1	1			1				
きす		着		動下二		7	9			1	1			2
きず		傷				1	1					1		
きすむ	1	蔵		動四		1	1			1				
きすむ	2	来住		動四		1	1							

巻数 合計 巻1 巻2 巻3 巻4 巻5 巻6 巻7

巻8	巻9	巻10	巻11	巻12	巻13	巻14	巻15	巻16	巻17	巻18	巻19	巻20	意味分類
						1							15410(枝・葉・花・実)
													23331(食生活)
		1											23810(農業・林業)
													12413(農林水産業)
													23823(建築)
1		3					1	1			1	1	14410(家屋・建物)
				1									25130(水・乾湿)
1													23810(農業・林業)
													14400(住居)
			1										12590(固有地名)
2	3	10	7	2		1	2	3	2			1	23810(農業・林業)
									1				23811(牧畜・漁業・鉱業)
				2		1			1	1		1	23780(貸借)
		2						1		1			23031(声)/25130(水・乾湿)/25702(死)
	2	1	4	3		1	1		2		4	1	21560(接近・接触・隔離)
												1	23332(衣生活)
								1					14540(農工具など)
			1	1									23810(農業・林業)
								1					15702(死)
		1	1							1			11010(こそあど・他)
		1											21560(接近・接触・隔離)
													14310(料理)
													25130(水・乾湿)
													25040(におい)
	3	6	2		2	1	2	1	1		2		14120(木・石・金)/15401(木本)
	1												15606(骨・歯・爪・角・甲)
												1	14700(地類（土地利用）)
	3		2		3								12590(固有地名)
	1												21250(消滅)
	1												21240(保存)
												1	23332(衣生活)
	1												21527(往復)
									1				21527(往復)
										1			13093(聞き・味見)
		1											23020(好悪・愛憎)
1		1			1	1					2		15502(鳥類)
													23062(注意・認知・了解)
1													23093(聞く・味わう)
											3		23093(聞く・味わう)
													23067(決心・解決・決定・迷い)
	1												33011(快・喜び)
			1										23093(聞く・味わう)
				3				1					12590(固有地名)
13	2	23	5	8	4	1	2	1	5	7	17	3	23093(聞く・味わう)/23532(賛否)
1				1				1					23093(聞く・味わう)
	1												23093(聞く・味わう)
												1	23600(支配・政治)
					1					1		2	23331(食生活)/23600(支配・政治)
			2	1	2							1	23100(言語活動)
	1	10		1		1	1			1	1		23093(聞く・味わう)
													12590(固有地名)
													12590(固有地名)
					1								21527(往復)
1	1	2	1	1									15240(山野)/15260(海・島)
													21527(往復)
								1					15240(山野)
													12590(固有地名)
		1				2	1					1	23332(衣生活)
													15720(障害・けが)
													21532(入り・入れ)
												1	23333(住生活)

見出し	順	漢字	語種	品詞	注記	巻数	合計	巻1	巻2	巻3	巻4	巻5	巻6	巻7
きせかつ		着堪		動下二		1	1					1		
きそ		昨日				1	4							
きぞ		昨夜				2	2		1		1			
きそふ		著襲		動四		2	2					1		
きたちなく		来鳴		動四		1	1							
きたちなげく		来立嘆		動四		1	1							
きたちよばふ		来立呼		動四		1	1					1		
きたつ		来立		動四		1	1							
きたなし		汚		形		1	1				1			
きたひ						1	2							
きたやま		北山				1	1		1					
きたる		来		動四		11	18	1	1		1	5		1
きぢ		紀路				3	3	1			1			1
きつぐ		来継		動四		1	1						1	
きつね		狐				1	1							
きとふ		来問		動四		1	1		1					
きなきかけらふ		来鳴翔		動四		1	1							
きなきそむ		来鳴初		動下二		1	1							
きなきとよむ		来鳴響		動下二		6	9							
きなきとよもす		来鳴響		動四		5	9						1	
きなきわたる		来鳴渡		動四		1	1							
きなく		来鳴		動四		11	45	1					1	
きなら		着奈良				1	1						1	
きなる		着馴		動下二		1	1			1				
きぬ	1	衣				13	34	1	1	2			1	11
きぬ	2	絹				2	2							1
きぬ	3	着寝		動下二		1	1							
きぬがさ		絹傘				2	2			1				
きぬわた		絹綿				1	1					1		
きのふ		昨日				10	17		1	2			1	2
きのふけふ		昨日今日				1	1							
きのへ		城上				2	3		2					
きはつく						1	1							
きはなる		来離		動下二		2	2							
きはまる		極		動四	「きはまりて」	2	2			1				
きはみ		極				13	20		1	2	3	2	3	
きはめつくす		極尽		動四		1	1							
きはる		尽		動四		1	1							
きび		吉備				2	2				1		1	
きひと		紀人				1	2	2						
きふ		来経		動下二		3	3					1		
きへ		寸戸				2	2							
きへなる		来隔		動四		2	3				1			
きへひと		寸戸人				1	1							
きへゆく		来経行		動四		1	1					1		
きほし		着欲		形		2	5							3
きほひあふ		競敢		動下二		1	1			1				
きほひたつ		競立		動四		1	1							
きほふ		競		動四		4	5							
きみ	1	君				20	737	7	34	26	63	9	18	25
きみ	2	黍				1	1							
きみがり		君許				1	1							
きむかふ		来向		動四		2	3	1						
きも		肝				1	1							
きやま		城山				1	1				1			
きゆ		消		動下二	「け（ぬ）」は「く」に	2	2		1					
きよし		清		形		15	88	2			4		21	16
きよす		来寄		動下二		5	6		1				1	2
きよすみ		清隅				1	1							
きよぶ		来呼		動四		1	1							
きよみ		清見				2	4		2	2				

巻数 合計 巻1 巻2 巻3 巻4 巻5 巻6 巻7

巻8	巻9	巻10	巻11	巻12	巻13	巻14	巻15	巻16	巻17	巻18	巻19	巻20	意味分類
													23332(衣生活)
						4							11642(過去)
													11642(過去)
									1				23332(衣生活)
1													23031(声)
								1					23030(表情・態度)
													23100(言語活動)
	1												23391(立ち居)
													31345(美醜)
								2					14323(魚・肉)
													12590(固有地名)
1		4			1		1		1			1	21527(往復)/21600(時間)
													12590(固有地名)
													21527(往復)
								1					15501(哺乳類)
													23132(問答)
								1					21522(走り・飛び・流れなど)
											1		23031(声)
1		2					1		1	3	1		25030(音)
3	1	3					1						25030(音)
	1												23031(声)
9	2	7			1		2		7	5	9	1	23031(声)
													12590(固有地名)
													23332(衣生活)
	1		2	3	2	5		2	2	1			14210(衣服)
								1					14201(布・布地・織物)
							1						23003(飢渇・酔い・疲労・睡眠など)
											1		14261(雨具・日よけなど)
													14200(衣料・綿・革・糸)
1	2	2	2						3	1			11642(過去)
							1						11641(現在)/11642(過去)
					1								12590(固有地名)
						1							12590(固有地名)
									1			1	21560(接近・接触・隔離)
				1									21584(限定・優劣)
	1	1	1		1				2	1	1	1	11742(中・隅・端)
												1	21584(限定・優劣)
			1										21503(終了・中止・停止)
													12590(固有地名)
													12301(国民・住民)
				1			1						21600(時間)
			1			1							12590(固有地名)
									2				21560(接近・接触・隔離)
						1							12301(国民・住民)
													21600(時間)
						2							33042(欲望・期待・失望)
													23542(競争)
		1											23542(競争)
1	1	2										1	23542(競争)
30	19	85	114	80	59	21	28	13	32	19	26	29	12010(われ・なれ・かれ)/12320(君主)
								1					15402(草本)
1													11700(空間・場所)
											2		21600(時間)
								1					15604(膜・筋・神経・内臓)
													12590(固有地名)
	1												21250(消滅)
4	2	7	4	1	3		4		11	1	5	3	33420(人柄)/35060(材質)
			1		1								21560(接近・接触・隔離)
					1								12590(固有地名)
			1										23121(合図・挨拶)
													12590(固有地名)

見出し	順	漢字	語種	品詞	注記	巻数	合計	巻1	巻2	巻3	巻4	巻5	巻6	巻7
きよみづ		清水				1	1	1						
きよる		来寄		動四		6	15		3				1	3
きらきらし		煌煌		形		1	1							
きらふ		霧		動四		2	4		1					
きり		霧				14	29		1	2		3	2	1
きりおろす		切下		動四		1	1							
きりかみ		斬髪				1	2							
きりごもる		霧隠		動四		1	1							
きりめやま		殺目山				1	1							
きりやく		切焼		動四		1	1				1			
きりゆく		切行		動四		1	1			1				
きる	1	切		動四		5	5			1		1		
きる	2	霧		動四		1	2	2						
きる	3	着		動上一	「けり」をふくむ	16	52		1	4	1	1	2	11
きゐなく		来居鳴		動四		1	1							
きゐる		来居		動上一		4	6							
く	1	消		動下二		12	55		4	3	3	1		1
く	2	来		動カ変	「けり」をふくむ	20	316	5	8	9	25	3	10	13
くい		悔				2	2				1			
くう		功	漢			1	1							
くえゆく		越行		動四	東語	1	1							
くがね		黄金				2	4					1		
くき		岫				1	1							
くぎ		釘				1	1							
くくたち		茎立				1	1							
くぐつ		袋				1	1			1				
くくみら		茎韮				1	1							
くくり		久久利				1	1							
くくりよす		括寄		動下二		1	2							
くくる	1	括		動四		1	1							
くくる	2	潜		動四		1	1				1			
くさ	1	草				16	37	4	1	1	1	1		7
くさ	2	来時				3	3			1				
くさか		草香				1	1							
くさかえ		草香江				1	1				1			
くさかげ		草陰				2	2							
くさき		草木				3	3						1	
くさぐさ		種種				1	1							
くさね		草根				4	4	1		1				
くさぶかし		草深		形		2	2	1						
くさぶかの		草深野				1	1	1						
くさぶかゆり		草深百合				2	2							1
くさぶし		草伏				1	1							
くさまくら		草枕				15	49	3	2	5	7			
くさむら		叢				1	1							
くし		櫛・髪				2	2							
くじがは		久慈川				1	1							
くしがみ		櫛上		枕		1	1							1
くしげ		匣				3	5				2			
くしみたま		奇魂				1	2					2		
くしら		櫛梳				1	1			1				
くしろ		釧				2	2	1						
くず		葛				7	10			2				1
くすし		奇		形		3	5	1		3				
くずは		葛葉				2	3							
くずはがた		葛葉型				1	1							
くすばし		奇		形		1	1							
くずはな		葛花				1	1							
くすり		薬				1	2					2		
くすりがり		薬猟				1	1							
くせ		久世				3	4							1
くそ		糞				1	1							

巻数 合計 巻1 巻2 巻3 巻4 巻5 巻6 巻7

巻8	巻9	巻10	巻11	巻12	巻13	巻14	巻15	巻16	巻17	巻18	巻19	巻20	意味分類
													15130(水・乾湿)
			1	1	6								21560(接近・接触・隔離)
	1												31345(美醜)
		3											25152(雲)
1	1	6	1	1			4		3		2	1	15152(雲)
							1						21571(切断)
					2								15605(皮・毛髪・羽毛)
		1											21210(出没)
				1									12590(固有地名)
													25161(火)
													21571(切断)
						1		1	1				21571(切断)
													25152(雲)
1	2	3	9	7	2	1	4	2	1				23330(生活・起臥)
		1											23031(声)
		2		1						1		2	21200(存在)
7		20	3	8	2				2		1		21250(消滅)
17	11	42	34	17	25	20	19	13	14	4	6	21	21527(往復)/21600(時間)
			1										13041(自信・誇り・恥・反省)
								1					13480(成績)
												1	21527(往復)
										3			15110(元素)
				1									15240(山野)
												1	14151(ピン・ボタン・くいなど)
						1							15410(枝・葉・花・実)
													14514(袋・かばんなど)
						1							15402(草本)
					1								12590(固有地名)
			2										21551(統一・組み合わせ)
					1								21551(統一・組み合わせ)
													21532(入り・入れ)
		4	4	3	2	2		1	1	1	3	1	15402(草本)
	1											1	11611(時機・時刻)
1													12590(固有地名)
													12590(固有地名)
				1		1							15010(光)
											1	1	15400(植物)
											1		11341(弛緩・粗密・繁簡)
		1				1							15410(枝・葉・花・実)
		1											35230(地)
													15240(山野)
			1										15402(草本)
		1											13391(立ち居)
1	4	1		8	4	1	4		3	1	1	4	14270(寝具)
						1							15270(地相)
								1			1		14541(日用品)
												1	12590(固有地名)
													39999(枕詞)
	2										1		14513(箱など)
													12030(神仏・精霊)
													13334(保健・衛生)
	1												14280(装身具)
		2		1		1		1				2	15402(草本)
										1			33068(詳細・正確・不思議)
		2		1									15410(枝・葉・花・実)
						1							15410(枝・葉・花・実)
											1		33068(詳細・正確・不思議)
1													15410(枝・葉・花・実)
													14360(薬剤・薬品)
								1					13371(旅・行楽)
	1		2										12590(固有地名)
								1					15607(体液・分泌物)

見出し	順	漢字	語種	品詞	注記	巻数	合計	巻1	巻2	巻3	巻4	巻5	巻6	巻7
くそかづら		屎葛				1	1							
くそぶな		屎鮒				1	1							
くだ		角笛				1	1		1					
くだく		砕		動下二		7	7		1		1			
くたしすつ		腐捨		動下二		1	1					1		
くたす		朽		動四		1	1							
くたつ		降		動四		2	2					1		
くたみやま		朽網山				1	1							
くだら		百済	漢			1	1		1					
くだらの		百済野	混			1	1							
くだり		下				1	1							
くだりく		下来		動カ変		2	2							
くだる		下		動四		2	2							
くち		口				3	3			1				
くつ	1	沓				2	2							
くつ	2	朽		動上二		1	1							
くに	1	国				20	149	11	13	14	5	10	11	4
くに	2	久迩				5	7			1	1		3	
くにかた		国状				1	1						1	
くにから		国柄				2	2		1				1	
くにぐに		国国				1	2							
くにす		国栖				1	1							
くにつかみ		国神				1	1					1		
くにつみかみ		国御神				2	2	1						
くにはら		国原				1	1	1						
くにへ		国辺				5	5				1		1	
くにまぎ		国求				1	1							
くにみ		国見				5	6	2		1				
くにわかれ		国別				1	1							
くぬち		国内				2	2					1		
くは		桑				1	1							1
くはこ		蚕				1	1							
くはし		詳・妙		形		1	3							
くはしさ		妙				1	1							
くはふ		加		動下二		1	1					1		
くび		首				2	2				1			
くひもつ		啄持		動四		2	2							
くひやま		咋山				1	1							
くふ		食		動四		1	2							
くふし		恋		形	東語	1	1							
くへごし		柵越				1	1							
くま		隅				4	6	3					1	
くまき		熊木				2	2							
くまきさかや		熊木酒屋				1	1							
くまこそしつと				句		1	1							
くまと		隈処				1	1							
くまのぶね		熊野舟				1	1							
くまみ		隈廻				2	2		1			1		
くみまがふ		汲乱		動四		1	1							
くむ		汲		動四		4	6		1					
くめ		久米				1	2			2				
くも	1	雲				18	68	2	2	4	6	2	1	9
くも	2	蜘蛛				1	1					1		
くもがくりなく		雲隠鳴		動四		1	1							
くもがくる		雲隠		動四		10	22		1	4		1	2	1
くもばなれ		雲離				1	1							
くもま		雲間				2	2		1					
くもらふ		曇		動四		1	1							
くもりよ		曇夜				3	3							
くもゐ		雲居				14	23	1	2	4	1		1	2

巻数 合計 巻1 巻2 巻3 巻4 巻5 巻6 巻7

巻8	巻9	巻10	巻11	巻12	巻13	巻14	巻15	巻16	巻17	巻18	巻19	巻20	意味分類
								1					15402(草本)
								1					15504(魚類)
													14560(楽器・レコードなど)
	1	1	1	1				1					23067(決心・解決・決定・迷い)
													21251(除去)
											1		21344(支障・損じ・荒廃)
		1											21583(進歩・衰退)/21635(朝晩)
			1										12590(固有地名)
													12590(固有地名)
1													12590(固有地名)
						1							11711(線)
									1	1			21527(往復)
										1	1		21527(往復)
	1				1								15601(頭・目鼻・顔)
	1					1							14260(履き物)
			1										25710(生理)
3	11	1	2	2	23	3	1	1	3	9	11	11	12520(郷里)/12530(国)
1									1				12590(固有地名)
													12530(国)
													12530(国)
												2	12530(国)
		1											12300(人種・民族)
													12030(神仏・精霊)
									1				12030(神仏・精霊)
													15240(山野)
							1				1	1	12520(郷里)
												1	13065(研究・試験・調査・検査など)
		1			1						1		13091(見る)
							1						13520(応接・送迎)
									1				11770(内外)
													15401(木本)
				1									15505(昆虫)
					3								31345(美醜)
		1											11345(美醜)
													21580(増減・補充)
	1												14240(そで・襟・身ごろ・ポケットなど)/15601(頭・目鼻・顔)
		1						1					23393(口・鼻・目の動作)
	1												12590(固有地名)
					2								23393(口・鼻・目の動作)
												1	33020(好悪・愛憎)
						1							14420(門・塀)
					1			1					11742(中・隅・端)
								1	1				12590(固有地名)
								1					12650(店・旅館・病院・劇場など)
						1							21524(通過・普及など)
												1	11742(中・隅・端)
				1									14660(乗り物（海上）)
													11780(ふち・そば・まわり・沿い)
											1		21533(漏れ・吸入など)
	1				3	1							21533(漏れ・吸入など)
													12390(固有人名)
4	3	5	7	4	2	9			1	1	3	3	15152(雲)
													15506(その他の動物)
											1		23031(声)
4	1	6	1						1				21210(出没)/25702(死)
							1						11560(接近・接触・隔離)
			1										11721(境・間)
		1											25152(雲)
			1	1	1								11635(朝晩)
	1		2	2	1	1	2		2			1	11780(ふち・そば・まわり・沿い)/15152(雲)/15200(宇宙・空)

巻8 巻9 巻10 巻11 巻12 巻13 巻14 巻15 巻16 巻17 巻18 巻19 巻20

見出し	順	漢字	語種	品詞	注記	巻数	合計	巻1	巻2	巻3	巻4	巻5	巻6	巻7
くもゐかくる		雲居隠		動四		1	1							
くもゐがくる		雲居隠		動四		1	1							
くやし		悔		形		13	25		3	2	1	1		3
くゆ	1	悔		動上二		3	4			2				
くゆ	2	崩		動下二		1	1				1			
くゆ	3	越		動下二	東語	1	1							
くら	1	倉				1	2							
くら	2	鞍				2	2							
くらし		暗		形		1	1							
くらす		暮		動四		9	12				1	1		2
くらたに		崖谷				1	1							
くらなし		倉無				1	1							
くらはし		倉橋				2	2			1				
くらはしがは		倉橋川				1	2							2
くらはしやま		倉橋山				1	1							1
くり		栗				1	1					1		
くりかへす		繰返		動四		1	1							1
くりたたぬ		繰畳		動下二		1	1							
くる	1	枢				1	1							
くる	2	繰		動四		1	1							1
くる	3	暮・眩		動下二		8	11	1	1	1	2			
くるし		苦		形		18	55		1	3	7	1	1	1
くるしさ		苦				4	4						1	1
くるす		栗栖				1	1						1	
くるふ		狂		動四		1	2				2			
くるべき		蟠車				1	1				1			
くるま		車				1	1							
くれ		暮				1	1							
くれくれと		暗暗		副		2	2					1		
くれなゐ		紅				15	34				1	3	1	4
くれなゐいろ		紅色				1	1							
くれゆく		暮行		動四		3	3							
くろ		黒馬				2	2				1			
くろうし		黒牛				1	1							1
くろうしがた		黒牛潟				1	2							
くろかみ		黒髪				11	21		2	2	3			2
くろかみやま		黒髪山				2	2							1
くろき		黒酒				1	1							
くろぎ		黒木				2	4				2			
くろぐつ		黒沓				1	1							
くろこま		黒駒				3	3							1
くろし		黒		形		2	2							
くろほ						1	1							
くろま		黒馬				1	1							
くわそ		過所	漢			1	1							
くわやく		課役	漢			1	1							
け	1	日			「ひにけに」などの	16	36	1	2	3	4	1	3	
け	2	毛				1	1							
け	3	笥				2	2		1					
け	4	木			東語	1	1							
け	5	異		形動		11	24				3		1	
けうす		消失		動下二		1	1							
けころも		褻衣				1	1		1					
けさ		今朝				4	11				1			
けし		異		形		2	3							
けす		著		動四	敬語	1	1				1			
けた		桁				1	1							
けだし		蓋		副		9	11		1	2	2			
けだしく		蓋		副		7	8		1		1			1
けつ		消		動四		3	6			2				
けづる		梳・削		動四		1	1							

巻8	巻9	巻10	巻11	巻12	巻13	巻14	巻15	巻16	巻17	巻18	巻19	巻20	意味分類
							1						21210(出没)
			1										21210(出没)
		1	2	4	1	2	2		1			2	33012(恐れ・怒り・悔しさ)
						1				1			23041(自信・誇り・恥・反省)
													21572(破壊)
												1	21521(移動・発着)
								2					14410(家屋・建物)
		1						1					14540(農工具など)
1													35010(光)
		3	1	1	1					1	1		21635(朝晩)
									1				15240(山野)
	1												12590(固有地名)
	1												12590(固有地名)
													12590(固有地名)
													12590(固有地名)
													15401(木本)
													23392(手足の動作)
							1						21570(成形・変形)
												1	14460(戸・カーテン・敷物・畳など)
													23392(手足の動作)
		2		2	1	1							21635(朝晩)
6	2	5	4	12	2	1	3	1	2		1	2	33014(苦悩・悲哀)
1				1									13014(苦悩・悲哀)
													12590(固有地名)
													23002(感動・興奮)
													14541(日用品)
								1					14650(乗り物（陸上）)
		1											11635(朝晩)
					1								33014(苦悩・悲哀)
1	2	2	7	1	1		1	1	3	2	4		15020(色)/15402(草本)
											1		15020(色)
	1			1					1				21635(朝晩)
					1								15501(哺乳類)
													12590(固有地名)
	2												12590(固有地名)
			5	1	2			1	1		1	1	15605(皮・毛髪・羽毛)
			1										12590(固有地名)
											1		14350(飲料・たばこ)
2													14120(木・石・金)
								1					14260(履き物)
					1	1							15501(哺乳類)
	1							1					35020(色)
						1							12590(固有地名)
					1								15501(哺乳類)
							1						14590(札・帳など)
								1					13400(義務)
1	1	8	3	1	3		1		2	1		1	11633(日)
								1					15605(皮・毛髪・羽毛)
						1							14510(器・ふた)
												1	15401(木本)
1		6	2	3	3		1	1	2			1	31331(特徴)/31584(限定・優劣)
	1												21250(消滅)
													14210(衣服)
5		4							1				11641(現在)
						1	2						31332(良不良・適不適)
													23332(衣生活)
			1										14440(屋根・柱・壁・窓・天井など)
	1		1				1	1		1	1		43100(判断)
1		1		2					1				43100(判断)
3		1											21250(消滅)/25161(火)
			1										23851(練り・塗り・撃ち・録音・撮影)

巻8 巻9 巻10 巻11 巻12 巻13 巻14 巻15 巻16 巻17 巻18 巻19 巻20

見出し	順	漢字	語種	品詞	注記	巻数	合計	巻1	巻2	巻3	巻4	巻5	巻6	巻7
けとば		言葉			東語	1	1							
けなし		毛無				1	1							
けによふ				動四		1	1							
けのこり		消残				1	1							
けのこる		消残		動四		1	1							
けひ		飼飯				3	3			1				
けふ		今日				19	107	2	2	4	4	5	3	10
けふけふ		今日今日				7	7		1			1		
けぶり		煙				5	5	1		1				1
けもも		毛桃				3	3							1
けやすし		消易		形		5	5					1		1
けやに				副		1	1							
こ	1	子・蚕			「こども」をふくむ	20	182	2	11	11	7	13	3	6
こ	2	此				8	14					1		
こ	3	篭				2	3	2						
ご		五	漢			1	1							
こいし		小石				1	1				1			
こいふす		反倒		動四		2	3							
こいまろぶ		反側		動四		4	5			1				
こうま		小馬				1	1							
こえいく		越行		動四		1	1							
こえいぬ		越去		動ナ変		2	3							
こえかぬ		越不堪		動下二		1	1			1				
こえがぬ		越不堪		動下二		1	1							
こえく		越来		動カ変		12	18		2					1
こえすぐ		越過		動上二		1	1							
こえへなる		越隔		動四		1	1							
こえゆく		越行		動四		6	8			2			1	1
こが		許我				1	2							
こがくり		木隠				1	1							
こがた						2	2							
こぎ		漕				1	1				1			
こぎあふ		漕会		動四		1	1							1
こぎいづ		漕出		動下二		4	4	1						1
こぎいぬ		漕去		動ナ変		2	2			1				
こきいる		扱入		動下二		1	1							
こぎかくる		漕隠		動四		3	3			1				1
こぎかへりく		漕帰来		動カ変		1	1							
こぎく		漕来		動カ変		9	16		3				2	3
こきしく		扱敷		動四		1	1							
こぎすぐ		漕過		動上二		2	2							1
こきだく				副		1	2		2					
こぎたみゆく		漕廻行		動四		2	2	1		1				
こぎたむ		漕廻		動上二		2	2						1	
こぎたもとほる		漕廻		動四		1	1							
こぎづ		漕出		動下二		10	19			1			1	3
こぎでく		漕出来		動カ変		1	1							1
こきばく				副		1	1							
こぎはつ		漕泊		動下二		3	3			1				1
こぎみる	1	漕見		動上一		1	1							
こぎみる	2	漕廻		動上一		3	5			3				
こぎめぐる		漕廻		動四		2	2							
こぎゆく		漕行		動四		5	6			1				
こぎりく		漕入来		動カ変		1	1							
こきる		扱入		動下二		4	4							
こぎわかる		漕別		動下二		1	1			1				
こぎわたる		漕渡		動四		3	3							1
こぐ		漕		動四		13	58	2		5			2	7
こけ		苔				6	10		1	1			1	2
こけむしろ		苔蓆				1	1							1
ここ		此処				19	44	2	2	3	3		4	3

巻8	巻9	巻10	巻11	巻12	巻13	巻14	巻15	巻16	巻17	巻18	巻19	巻20	意味分類
												1	13100(言語活動)
1													12590(固有地名)
						1							21600(時間)
												1	11931(過不足)
											1		21240(保存)
				1			1						12590(固有地名)
7	7	10	6	7		2	4	5	5	5	9	10	11641(現在)
	1	1			1		1	1					11641(現在)
		1			1								15112(さび・ちり・煙・灰など)
		1	1										15401(木本)
	1		1	1									31200(存在)
								1					31331(特徴)
4	10	15	18	9	12	19	2	17	2	8	4	9	12130(子・子孫)/12210(友・なじみ)/15505(昆虫)
3	1	3	1		2		1			2			11010(こそあど・他)
						1							14515(かご・俵など)
								1					11960(数記号(一二三))
													15111(鉱物)
				1					2				23391(立ち居)
	2	1			1								23391(立ち居)
						1							15501(哺乳類)
							1						21524(通過・普及など)
	2			1									21524(通過・普及など)
													21524(通過・普及など)
						1							21524(通過・普及など)
1	3	2	1	3	1		1		1		1	1	21524(通過・普及など)
												1	21524(通過・普及など)
									1				21560(接近・接触・隔離)
		1			2						1		21524(通過・普及など)
						2							12590(固有地名)
		1											11210(出没)
				1				1					12590(固有地名)
													13830(運輸)
													23830(運輸)
		1	1										23830(運輸)
	1												23830(運輸)
											1		21532(入り・入れ)
									1				23830(運輸)
											1		23830(運輸)
	1	3				1	1	1	1				23830(運輸)
										1			21513(固定・傾き・転倒など)
	1												23830(運輸)
													31920(程度)
													23830(運輸)
				1									23830(運輸)
										1			23830(運輸)
1	1			3		1	4		1			3	23830(運輸)
													23830(運輸)
												1	31920(程度)
											1		21503(終了・中止・停止)
									1				23830(運輸)
					1						1		23830(運輸)
									1	1			23830(運輸)
	2						1		1			1	23830(運輸)
					1								21532(入り・入れ)
1										1	1	1	21532(入り・入れ)
													21552(分割・分裂・分散)
		1			1								21521(移動・発着)
	4	7	3	1		5	7		4	4		7	23830(運輸)
			3		2								15403(隠花植物)
													14460(戸・カーテン・敷物・畳など)
2	3	3	1	3	1	1	2	1	1	2	5	2	11700(空間・場所)

見出し	順	漢字	語種	品詞	注記	巻数	合計	巻1	巻2	巻3	巻4	巻5	巻6	巻7
こご				副	擬声語	1	1							
こごし		険		形		4	8			3				2
ここだ				副		11	16		1		1	1	1	2
ここだく				副		9	17				6			1
ここの		九				1	1							
ここば				副		2	3							
ここばく				副		1	1							
こごる		凝		動四		1	1	1						
こころ		心			「こころあり，こころなし」などの「こころ」をふくむ	20	325	6	11	15	39	7	3	21
こころがなし		心悲		形		3	3			1				
こころぐし		心苦		形		4	6				2			
こころぐるし		心苦		形		1	1							
こころだらひ		心足				1	2							
こころつま		情夫				1	1							
こころど		心利				6	7			2				
こころなぐさ		心慰				2	5							
こころびき		心引				2	2							
こさめ		小雨				5	7		1					1
こし	1	腰				6	8			1		2		
こし	2	輿				1	1			1				
こし	3	越				5	14			2				
こしがぬ		越不堪		動下二		1	1							
こしき		甑				1	1					1		
こしぢ		越路				4	4			1				
こしば		小柴				1	1							
こしへ		越辺				1	1							
こしぼそ		腰細		形動		2	2							
こしま	1	小島				4	4							1
こしま	2	児島				2	3	1					2	
こす	1	小簾				2	3							1
こす	2	越		動四		6	12	1						4
こす	3			動下二		1	1							
こすげ		小菅				3	7							
こすげろ		小菅				1	1							
こすず		小鈴				2	2							
こせ		巨勢				2	3	2						
こせぢ		巨勢道				2	3	1						
こせやま		巨勢山				2	2	1						1
こそ		許曽				1	1							
こぞ		去年				4	8		2					
こだかし		木高		形		5	5			1			1	
こだち		木立				4	5			2		1	1	
こたふ		答		動下二		3	3						1	
こたへ		答				1	1				1			
こたへやる		答遣		動四		1	1							
こだる		木足		動四		2	2			1				
こち		此方				1	1							1
こちごち		此方此方				3	4		2	1				
こちたし		言痛		形		6	11		2		2			1
こちづ		言出		動下二		2	2				1			
こつ		木屑				1	1							
こづたひちらす		木伝散		動四		2	2							
こづたふ		木伝		動四		1	1							
こつみ		木屑				4	4							1
こてたずくもか				句		1	1							
こと	1	言				20	185	1	3	9	23	2	4	18
こと	2	事				20	111	3	2	7	9	7	6	6
こと	3	琴				3	5					2		2
こと	4	異		形動	「殊に」をふくむ	2	2							1

巻8	巻9	巻10	巻11	巻12	巻13	巻14	巻15	巻16	巻17	巻18	巻19	巻20	意味分類
								1					35030(音)
					2				1				35230(地)
	1	2	3			1		1			2		31920(程度)
2		2	2	1	1				1	1			31920(程度)
								1					11960(数記号（一二三）)
						2	1						31920(程度)
									1				31920(程度)
													25160(物質の変化)
13	10	15	36	35	26	13	9	7	19	12	13	15	13000(心)
							1				1		33014(苦悩・悲哀)
1				1					2				33014(苦悩・悲哀)
	1												33014(苦悩・悲哀)
										2			13013(安心・焦燥・満足)
1													12110(夫婦)
			1	1	1				1		1		13000(心)
										3	2		13013(安心・焦燥・満足)
						1					1		13020(好悪・愛憎)
			3	1				1					15153(雨・雪)
					1					1	2	1	15602(胸・背・腹)
													14650(乗り物（陸上）)
				2					5	2	3		12590(固有地名)
						1							21521(移動・発着)
													14520(食器・調理器具)
	1						1				1		12590(固有地名)
												1	15410(枝・葉・花・実)
										1			12590(固有地名)
	1							1					35600(身体)
1	1		1										15260(海・島)
													12590(固有地名)
			2										14460(戸・カーテン・敷物・畳など)
	1		3	2								1	21521(移動・発着)
		1											23770(授受)
			4		2	1							15402(草本)
						1							15402(草本)
					1						1		14560(楽器・レコードなど)
								1					12590(固有地名)
					2								12590(固有地名)
													12590(固有地名)
						1							12590(固有地名)
2		3								1			11642(過去)
		1		1							1		31911(長短・高低・深浅・厚薄・遠近)
									1				15270(地相)
		1	1										23132(問答)
													13132(問答)
					1								23132(問答)
						1							25701(生)
													11730(方向・方角)
	1												11700(空間・場所)
		1	2	3									31920(程度)/33100(言語活動)
						1							23100(言語活動)
						1							14100(資材・ごみ)
		1									1		21552(分割・分裂・分散)
		1											21524(通過・普及など)
			1								1	1	14100(資材・ごみ)
						1							33100(言語活動)
8	7	9	18	15	11	11	5	4	8	5	8	16	13100(言語活動)/13142(評判)
1	8	3	13	6	4	3	6	4	9	7	4	3	11000(事柄)
										1			14560(楽器・レコードなど)
				1									31331(特徴)

見出し	順	漢字	語種	品詞	注記	巻数	合計	巻1	巻2	巻3	巻4	巻5	巻6	巻7
こと	5	同		副	「ことふらば，ことさけば」の	3	4							1
ことあげ		言挙				5	10						1	1
こどき						1	1							
ことこと		同事		副		1	1					1		
ことごと		悉		副		7	17	1	6	4		3	1	
ことさけを				枕		1	1							
ことさへく		言		枕		1	2		2					
ことさら		殊更		形動		2	2				1			
ことし		今年				4	5				1			2
ことたし		言痛		形	東語	1	1							
ことだつ		言立		動下二		2	2							
ことだて		言立				1	2							
ことだま		言霊				3	3					1		
ことつげ		言告				1	1							
ことと		事跡				1	1							
こととがめ		言咎				1	2							
ことどひ		言問				4	5					1		
ことどふ		言問		動四		3	3				1			
ことば		言葉				2	3				1			
ことはかもなし				形		1	1							
ことはかり		事計				3	5				1			
ことはたなゆふ				動四		1	1							
ことひ		牡牛				1	1							
ことひうし		牡牛				1	1							
ことひき		琴引				1	1							
ことむく		征服		動下二		1	1							
ことよせつま		言縁妻				1	1							
ことわり		理				5	5				1	1		
こな	1	児				2	2							
こな	2	故奈				1	1							
こなぎ		小水葱				1	1							
こなら		小楢				1	1							
こぬみ		許奴美				1	1							
こぬれ		木末				10	17			1			1	2
こぬれがくる		木末隠		動四		1	1					1		
この		此		連体		20	228	6	7	13	11	7	7	16
このえ		木枝				1	1							
このくれ		木暗				7	12			2				
このくれがくる		木晩隠		動四		1	1						1	
このしたがくる		木下隠		動四		1	1		1					
このてかしは		児手柏				2	2							
このね		木根				1	1							
このは		木葉				6	11	1		1	1			2
このはがくる		木葉隠		動四		1	1							
このはごもる		木葉隠		動四		1	1							
このま		木間				7	10		3					1
このむ		好		動四		1	1							
このもと		木下				1	1							
こば		古婆				1	1							
こはた		木幡				2	2		1					
こはま		粉浜				1	1						1	
こひ		恋				19	172		5	2	18	1	2	3
こひあかす		恋明		動四		1	1							
こひあまる		恋余		動四		2	2							
こひうらぶる		恋		動下二		1	1							
こひおもふ		恋思		動四		1	1		1					
こひく		恋来		動カ変		6	8			1				1
こひぐさ		恋草				1	1				1			
こひくらす		恋暮		動四		3	4							
こひこふ		恋恋		動上二		2	3				2			
こひごろも		恋衣				1	1							

巻数 合計 巻1 巻2 巻3 巻4 巻5 巻6 巻7

巻8	巻9	巻10	巻11	巻12	巻13	巻14	巻15	巻16	巻17	巻18	巻19	巻20	意味分類
		1			2								31130(異同・類似)
				1	6					1			13140(宣告・宣言・発表)
						1							11624(季節)
													31130(異同・類似)
				1					1				31940(一般・全体・部分)
								1					39999(枕詞)
													39999(枕詞)
		1											33045(意志)
						1					1		11641(現在)
						1							33100(言語活動)
										1		1	23100(言語活動)
										2			13140(宣告・宣言・発表)
			1		1								12030(神仏・精霊)
			1										13123(伝達・報知)
											1		13480(成績)
				2									13135(批評・弁解)
		1								1		2	13132(問答)
						1			1				23132(問答)
				2									13100(言語活動)
1													31200(存在)
				3	1								13084(計画・案)
									1				23067(決心・解決・決定・迷い)
								1					15501(哺乳類)
	1												15501(哺乳類)
								1					12410(専門的・技術的職業)
												1	23600(支配・政治)
			1										12110(夫婦)
							1			1	1		13071(論理・証明・偽り・誤り・訂正など)
						1						1	12130(子・子孫)
						1							12590(固有地名)
						1							15402(草本)
						1							15401(木本)
				1									12590(固有地名)
3		2		1	2				2	2	1		15410(枝・葉・花・実)
													21210(出没)
17	10	28	20	17	14	11	5	5	7	8	16	3	31010(こそあど・他)
	1												15410(枝・葉・花・実)
1		2				1				2	3	1	15010(光)
													21210(出没)
													21210(出没)
								1				1	15401(木本)
	1												15410(枝・葉・花・実)
1		5											15410(枝・葉・花・実)
			1										21210(出没)
			1										21210(出没)
1		1	1			2			1				11721(境・間)
							1						23020(好悪・愛憎)
			1										11780(ふち・そば・まわり・沿い)
						1							12590(固有地名)
			1										12590(固有地名)
													12590(固有地名)
6	2	28	40	28	8	3	8	1	4	4	5	4	13020(好悪・愛憎)
					1								23020(好悪・愛憎)
				1					1				23020(好悪・愛憎)
			1										23014(苦悩・悲哀)
													23020(好悪・愛憎)
		1	2				2			1			23020(好悪・愛憎)
													15402(草本)
		2	1	1									23020(好悪・愛憎)
				1									23020(好悪・愛憎)
				1									14210(衣服)

巻8 巻9 巻10 巻11 巻12 巻13 巻14 巻15 巻16 巻17 巻18 巻19 巻20

見出し	順	漢字	語種	品詞	注記	巻数	合計	巻1	巻2	巻3	巻4	巻5	巻6	巻7
こひし		恋		形		16	44	1		5	1			2
こひしく		恋				3	4							
こひしぬ		恋死		動ナ変		6	16				2			
こひしら		恋				1	1							
こひすべながる		恋便無		動四		3	3							
こひそむ		恋初		動下二		1	1				1			
こひぢから		恋力				1	2							
こひづま		恋夫				1	2							
こひなく		乞泣		動四		1	2		2					
こひなる		恋成		動四		1	1				1			
こひぬ		恋寝		動下二		1	1							
こひのむ		乞祈		動四		4	6			1		2		
こひみだる		恋乱		動下二		2	2							
こひむすび		恋結				1	1							
こひゆく		恋行		動四		2	2							1
こひわすれがひ		恋忘貝				3	5						1	3
こひわすれぐさ		恋忘草				1	1							
こひわたる		恋渡		動四		14	57		1		8		1	1
こひわぶ		恋侘		動上二		1	1							
こひをり		恋居		動ラ変		8	19				1			
こふ	1	子負				1	1					1		
こふ	2	乞		動四		6	9			3				2
こふ	3	恋		動上二		20	422	4	17	10	50	2	7	14
こふこふ		乞乞		動四		1	1					1		
こふし		恋		形	東語	2	2							
こほし		恋		形		1	2					2		
こほつ		壊		動四		1	1							
こほりわたる		氷渡		動四		2	3							
こほる		壊		動下二		1	1							
こほろぎ						2	7							
こま	1	駒				5	17							
こま	2	樹間				1	1							
こまくら		木枕				2	3		1					
こまつ		小松				7	13	1	2	1	1			
こまつばら		小松原				1	1							
こまつるぎ		高麗剣	混			2	2		1					
こまにしき		高麗錦	混			5	7							
こまひと		肥人				1	1							
こまやま		狛山				1	1						1	
こむ		込		動下二		1	1							
こむら		木群				1	1			1				
こも		薦				2	3							1
こもたたみ		薦畳				1	1							
こもちやま		子持山				1	1							
こもまくら		薦枕				1	1							1
こもらひをり		隠座		動ラ変		1	1							
こもらふ		隠		動四		1	1							
こもり		隠				1	2							
こもりえ		篭江				2	2			1				
こもりくの		隠国		枕		6	19	2		3				4
こもりこふ		篭恋		動上二		1	1							
こもりづ		隠津				1	1							
こもりつつむ		隠障		動四		1	1							
こもりづま		隠妻				4	8							
こもりど		隠処				1	1							
こもりぬ		隠沼				5	7		1					
こもりゐる		篭居		動上一		1	2							
こもりをり		篭居		動ラ変		1	1							
こもる		篭		動四		13	22		1		2		2	2
こやす		臥		動四		4	6		1	2		1		
こやで		小枝			東語	1	1							

巻数 合計 巻1 巻2 巻3 巻4 巻5 巻6 巻7

巻8	巻9	巻10	巻11	巻12	巻13	巻14	巻15	巻16	巻17	巻18	巻19	巻20	意味分類
1	3	6	4	3	1	2	2		7	2	1	3	33020(好悪・愛憎)
		2						1				1	13020(好悪・愛憎)
		1	6	3		1	3						25702(死)
		1											13020(好悪・愛憎)
			1	1					1				23020(好悪・愛憎)
													23020(好悪・愛憎)
								2					11402(物力・権力・体力など)
			2										12110(夫婦)
													23030(表情・態度)
													23020(好悪・愛憎)
1													23020(好悪・愛憎)
									2			1	23360(行事・式典・宗教的行事)
		1	1										23020(好悪・愛憎)
				1									11551(統一・組み合わせ)
							1						23020(好悪・愛憎)
							1						15506(その他の動物)
			1										15402(草本)
	1	7	14	14	2		3		1	1	1	2	23020(好悪・愛憎)
			1										23014(苦悩・悲哀)
1	1	4	6	1			3		2				23020(好悪・愛憎)
													12590(固有地名)
1		1					1			1			23660(請求・依頼)
16	14	47	79	73	29	13	14	4	11	5	5	8	23020(好悪・愛憎)
													23660(請求・依頼)
						1						1	33020(好悪・愛憎)
													33020(好悪・愛憎)
1													21572(破壊)
					2							1	25160(物質の変化)
			1										21572(破壊)
1		6											15505(昆虫)
				2	2	11		1				1	15501(哺乳類)
												1	11721(境・間)
			2										14270(寝具)
		3	3	2									15401(木本)
							1						15240(山野)
				1									14550(刃物)
		1	3	1		1		1					14201(布・布地・織物)
			1										12301(国民・住民)
													12590(固有地名)
						1							21210(出没)
													15270(地相)
			2										14460(戸・カーテン・敷物・畳など)/15402(草本)
								1					14460(戸・カーテン・敷物・畳など)
						1							12590(固有地名)
													14270(寝具)
		1											21210(出没)
		1											21210(出没)
			2										11210(出没)
						1							15260(海・島)
1			1		8								39999(枕詞)
									1				23020(好悪・愛憎)
			1										11700(空間・場所)
										1			21532(入り・入れ)
		1	4		2						1		12110(夫婦)
			1										11700(空間・場所)
	1		2	2					1				15250(川・湖)
									2				21532(入り・入れ)
												1	21532(入り・入れ)
2	1	2	3	1	1			2		1	2		21200(存在)/21532(入り・入れ)
	2												23391(立ち居)
						1							15410(枝・葉・花・実)

巻8 巻9 巻10 巻11 巻12 巻13 巻14 巻15 巻16 巻17 巻18 巻19 巻20

見出し	順	漢字	語種	品詞	注記	巻数	合計	巻1	巻2	巻3	巻4	巻5	巻6	巻7
こゆ	1	越		動下二		19	73	5	2	3	5	1	3	4
こゆ	2	肥		動下二		1	1							
こよひ		今宵				13	60	2			5		3	2
こりく		折来		動カ変		1	1							
こる	1	嘖		動四		1	1							
こる	2	樵		動四		2	2							1
こる	3	懲		動上二		3	3			1	1			
これ		此				10	13	1		2			1	1
ころ	1	頃				14	64		1	3	6		2	
ころ	2	子				2	18							
ころく				副		1	1							
ころごろ		頃頃				1	1				1			
ころふ		嘖		動四		2	2							
ころふす		自伏		動四		1	1		1					
ころも		衣				14	70	4	4	2	7			12
ころもで		衣手				13	48	2		1	6			1
ごゐ		五位	漢			1	1							
こゑ		声				16	70		2	1	2	3	6	3
ざうけふ		皀莢	漢			1	1							
さえ		采	漢			1	1							
さえだ		小枝				5	6			1				
さえわたる		冴渡		動四		1	1							
さおり		狭織				1	1							
さか		坂				7	17			2			1	
さが		兆				1	1				1			
さかえゆく		栄行		動四		1	1						1	
さかえをとめ		栄娘子				1	2							
さかき		榊				1	1			1				
さかし		賢		形		3	4			2				
さがし		険		形		1	1			1				
さかしら		賢				2	4			2				
さかづき		杯				3	3					1		1
さかつぼ		酒壷				1	1			1				
さかて		坂手				1	1							
さかと		坂門				1	1							
さかどり		坂鳥				1	1	1						
さかのぼる		遡		動四		1	1							
さかばえ		栄映				1	1							
さかひ		境				2	2					1		
さかふ		界		動四		1	1						1	
さかふく		逆葺		動四		1	1							
さかまく		逆巻		動四		1	1							
さかみづく		酒水漬		動四		2	3							
さがむぢ		相模路				1	1							
さがむね		相模峰				1	1							
さかゆ		栄		動下二		7	15		2	2			2	2
さがらかやま		相楽山				1	1			1				
さかり		盛				10	45			3		8		1
さかりく		離来		動カ変		2	2		1					
さかりゐる		離居		動上一		2	2		1					
さかる		離		動四		8	12		3	1				2
さがる		下		動四		2	2					1		
さき	1	先				4	6	1						
さき	2	幸				1	2							
さき	3	咲				3	3							
さき	4	崎				18	44	2	1	11	1	1	1	2
さきいづ		咲出		動下二		1	1							
さきがたし		咲難		形		1	1				1			
さきく		幸		副		12	18	1			2	1	1	1
さきくさ		三枝				2	2					1		
さざさか		鷺坂				1	1							

巻数 合計 巻1 巻2 巻3 巻4 巻5 巻6 巻7

巻8	巻9	巻10	巻11	巻12	巻13	巻14	巻15	巻16	巻17	巻18	巻19	巻20	意味分類
	6	6	3	10	4	3	5	1	3	2	2	5	21521(移動・発着)
1													25600(身体)
11	2	16	5	5	1	6				1		1	11641(現在)
					1								23810(農業・林業)
						1							23682(賞罰)
						1							23810(農業・林業)
			1										23041(自信・誇り・恥・反省)
	1			1			1		1	1		3	11010(こそあど・他)
6	1	11	11	14		2	3	2	1		1		11611(時機・時刻)
						17						1	12130(子・子孫)
						1							35030(音)
													11611(時機・時刻)
			1			1							23682(賞罰)
													23391(立ち居)
	4	10	3	11		1	6	1			2	3	14210(衣服)
1	6	6	6	4	7		5		2	1			14240(そで・襟・身ごろ・ポケットなど)
								1					11101(等級・系列)
10		23	1		2	1	4		6	2	2	2	13031(声)/15030(音)
								1					15401(木本)
								1					14570(遊具・置物・像など)
		1				1					2	1	15410(枝・葉・花・実)
					1								25150(気象)
			1										14201(布・布地・織物)
	4			2		2				1		5	15240(山野)
													11211(発生・復活)
													23311(処世・出処進退)
					2								12050(老少)
													15401(木本)
	1							1					33421(才能)
													35230(地)
								2					13030(表情・態度)/13430(行為・活動)
1													14520(食器・調理器具)
													14511(瓶・筒・つぼ・膳など)
					1								12590(固有地名)
								1					12390(固有人名)
													15502(鳥類)
												1	21527(往復)
										1			15010(光)
	1												11720(範囲・席・跡)
													21721(境・間)
1													23823(建築)
			1										21522(走り・飛び・流れなど)
										2	1		23331(食生活)
						1							12590(固有地名)
						1							12590(固有地名)
										3	3	1	23311(処世・出処進退)
													12590(固有地名)
7	1	3							10	4	5	3	11652(途中・盛り)
					1								21560(接近・接触・隔離)
1													21560(接近・接触・隔離)
				1	1	2	1				1		21560(接近・接触・隔離)
								1					21540(上がり・下がり)
			1					1				3	11670(時間的前後)/11740(左右・前後・たてよこ)
										2			13310(人生・禍福)
1		1							1				15701(生)
2	4		1	2	1	2	2	1	5	3		2	15260(海・島)
						1							25701(生)
													31346(難易・安危)
	1	2	1	1	5		1		1				33310(人生・禍福)
		1											15400(植物)
	1												12590(固有地名)

見出し	順	漢字	語種	品詞	注記	巻数	合計	巻1	巻2	巻3	巻4	巻5	巻6	巻7
さぎさかやま		鷺坂山				1	2							
さきざき		崎崎				3	5						3	
さきさは		咲沢				3	3				1			1
さきすさぶ		咲荒		動下二		1	1							
さきそむ		咲初		動下二		1	1							
さきた		辟田				1	1							
さきたがは		辟田川				1	2							
さきたけ		裂竹				1	1							1
さきだつ		先立		動四		4	4							1
さきたま		埼玉				2	2							
さきちりすぐ		咲散過		動上二		1	1							
さきちる		咲散		動四		3	6							
さきづ		咲出		動下二		1	5							
さきつぐ		咲継		動四		1	1							
さきつとし		先年				1	1				1			
さきでく		咲出来		動カ変		1	1							
さきでてる		咲出照		動四		1	1							
さきにほふ		咲匂		動四		3	6							
さきぬ		開沼				1	1							
さきの		咲野				1	2							
さきはひ		幸				1	1							1
さきはふ		幸		動四		1	1					1		
さきまさる		咲勝		動四		1	1							
さきます		咲増		動四		1	1							
さきむり		防人			東語	1	1							
さきもり		防人				3	6							
さきやま		佐紀山				1	1							
さきゆく		咲行		動四		3	3							
さきわたる		咲渡		動四		1	1					1		
さきををる		咲撓		動四		5	8			1			3	
さく	1	咲		動四		20	177	2	4	10	1	12	5	5
さく	2	裂		動四		1	1	1						
さく	3	離		動下二		6	16		1		4			3
さく	4	裂		動下二		2	2							
さく	5	幸		副		1	1							
さくむ				動四		2	3		2					
さぐもる		曇		動四		1	1							
さくら		桜				6	18							
さくらあさ		桜麻				2	2							
さくらだ		桜田				1	1			1				
さくらばな		桜花				11	20			2		1	2	1
さぐる		探		動四		1	1							
さけ		酒				6	17			10	1	2	1	
さけく		幸		副	東語	1	2							
さけびおらぶ		叫		動四		1	1							
さけぶ		叫		動四		2	2					1		
さごろも		狭衣				1	1							
ささ		笹				3	3		1					
ささく				動四		1	1							
ささぐ		捧		動下二		3	3		1					
ささなみ		楽浪				7	15	5	3	1				3
ささば		笹葉				1	1							
ささふ		塞		動下二		1	2							
ささやく		囁		動四		1	1							1
ささら		左佐羅				2	2			1				
ささらえをとこ		壮子				1	1						1	
ささらをぎ		小荻				1	1							
さざれいし		小石				1	1							
さざれし		小石				1	1							
さざれなみ		小波				5	7			1	1			
さし		狭		形		1	1					1		
さしあがる		指上		動四		1	1		1					

巻8	巻9	巻10	巻11	巻12	巻13	巻14	巻15	巻16	巻17	巻18	巻19	巻20	意味分類
	2												12590(固有地名)
					1						1		15260(海・島)
				1									12590(固有地名)
		1											25701(生)
		1											25701(生)
											1		12590(固有地名)
											2		12590(固有地名)
													15401(木本)
		1		1		1							21650(順序)
	1					1							12590(固有地名)
		1											25701(生)
		4								1		1	25701(生)
		5											25701(生)
	1												25701(生)
													11642(過去)
												1	25701(生)
		1											25701(生)
		1									3	2	25701(生)
			1										12590(固有地名)
		2											12590(固有地名)
													13310(人生・禍福)
													23310(人生・禍福)
		1											25701(生)
												1	25701(生)
												1	12420(軍人)
						1		1				4	12420(軍人)
		1											12590(固有地名)
1		1								1			25701(生)
													25701(生)
	2				1				1				25701(生)
33	4	49	2	1	2	2	1	4	10	5	13	12	25701(生)
													21571(切断)
					5	2					1		21560(接近・接触・隔離)
		1		1									21571(切断)
												1	33310(人生・禍福)
												1	23392(手足の動作)
					1								25152(雲)
5	5	4						2	1		1		15401(木本)
			1	1									14200(衣料・綿・革・糸)
													12590(固有地名)
	1	5		1	2				1	2		2	15410(枝・葉・花・実)
				1									23065(研究・試験・調査・検査など)
1											2		14350(飲料・たばこ)
												2	33310(人生・禍福)
	1												23031(声)
	1												23031(声)
						1							14210(衣服)
		1										1	15401(木本)
								1					23300(文化・歴史・風俗)
											1	1	21540(上がり・下がり)
	1			1	1								12590(固有地名)
						1							15410(枝・葉・花・実)
					2								21563(防止・妨害・回避)
													23142(評判)
								1					12590(固有地名)
													15210(天体)
						1							15402(草本)
						1							15111(鉱物)
						1							15111(鉱物)
				2	2				1				15155(波・潮)
													31912(広狭・大小)
													21540(上がり・下がり)

巻8 巻9 巻10 巻11 巻12 巻13 巻14 巻15 巻16 巻17 巻18 巻19 巻20

見出し	順	漢字	語種	品詞	注記	巻数	合計	巻1	巻2	巻3	巻4	巻5	巻6	巻7
さしかふ		指交		動下二		6	7			1		1		
さしくだる		差下		動四		1	1							
さしくもる		曇		動四		1	1							
さしなべ		鍋				1	1							
さしならぶ		差並		動四		2	2						1	
さしのぼる		上		動四		1	1							
さしば		翳				1	1							
さしはく		穿		動四		1	1							
さしまく		任		動下二		1	1							
さしむかふ		向		動四		1	1							
さしやく		焼		動四		1	1							
さしやなぎ		刺柳				1	1							
さしよる		寄		動四		1	1							
さしわたす		渡		動四		2	2	1						
さしわたる		差渡		動四		1	1							
さす	1	鎖・閉		動四		2	4							
さす	2	刺・棹		動四		16	33		1	3			2	1
さす	3	指・点		動四	「（葦辺を）さして」など	13	19		2	2			1	
さす	4	照・射		動四	自動詞	8	10		1		1			
さすだけの		刺竹		枕		5	8		2				3	
さすひたつ		誘立		動下二		1	1							
さだ	1	時				2	3							
さだ	2	佐田				3	7		4					
さだまる		定		動四		2	2							
さだむ		定		動下二		9	18		4	3			5	
さつき		五月				7	15			1				
さつきやま		五月山				1	2							
さづく		授		動下二		2	2				1			
さつひと		猟師				1	1							
さつま		薩摩				1	1			1				
さつや		幸矢				4	4	1	1				1	
さつゆみ		猟弓				1	1					1		
さつを		猟夫				3	4			1				
さで	1	小網				4	4	1			1			
さで	2	佐堤				1	1				1			
さと		里				20	78	1	6	5	5	1	15	2
さとし		聡		形		1	1							
さとどほし		里遠		形		2	3							
さとなか		里中				1	1							
さとびと		里人				7	11							
さどふ		惑		動四		1	2							
さとへ		里辺				1	1							1
さどほし		遠		形		1	1							
さとみ		里廻				1	1							1
さとをさ		里長				2	2					1		
さなかづら		狭名葛				3	7		1					
さなす		寝		動四		1	1					1		
さなつら						1	1							
さならふ		馴		動四		1	1							
さなる		鳴		動四		1	1							
さに		丹				1	1							1
さにつかふ		丹着		動四		1	1							
さにつらふ				枕		8	9			1	1		1	
さにぬり		丹塗				3	4							
さぬ	1	佐農				1	1			1				
さぬ	2	寝		動下二		11	28		2	1	1	1	1	
さぬかた		沙額田				1	1							
さぬき		讃岐				1	1		1					
さね	1	寝				1	2							
さね	2	実・核		副		5	6							

巻数 合計 巻1 巻2 巻3 巻4 巻5 巻6 巻7

巻8	巻9	巻10	巻11	巻12	巻13	巻14	巻15	巻16	巻17	巻18	巻19	巻20	意味分類
2					1		1		1				21730(方向・方角)
												1	21526(進退)
			1										25152(雲)
								1					14520(食器・調理器具)
	1												21573(配列・排列)
										1			21526(進退)
								1					14580(標章・標識・旗など)
								1					23332(衣生活)
											1		23630(人事)
	1												21730(方向・方角)
					1								25161(火)
					1								15401(木本)
											1		21560(接近・接触・隔離)
											1		21513(固定・傾き・転倒など)
					1								23830(運輸)
			1	3									21553(開閉・封)
3	1	1	2	1	1	2		2	5	1	4	3	21532(入り・入れ)/23830(運輸)/23840(裁縫)
	1	2	1			1	2	1	1	1	2	2	23042(欲望・期待・失望)/23630(人事)/23851(練り・塗り・撃ち・録音・撮影)/25161(火)
		2	1	1		1		2	1				25010(光)
			1				1	1					39999(枕詞)
								1					23520(応接・送迎)
			2	1									11611(時機・時刻)
			1	2									12590(固有地名)
		1									1		23067(決心・解決・決定・迷い)
1		1	1			1				1	1		23067(決心・解決・決定・迷い)/23600(支配・政治)
4		3						1	2	3	1		11631(月)
		2											15240(山野)
												1	23770(授受)
		1											12413(農林水産業)
													12590(固有地名)
												1	14551(武器)
													14551(武器)
	1	2											12413(農林水産業)
	1										1		14161(網)
													12590(固有地名)
7	3	6	4	4	1	2	2	1	3	4	3	3	12510(家)/12520(郷里)/12540(都会・田舎)
				1									33421(才能)
			2						1				33421(才能)
			1										12540(都会・田舎)
		2	2	1	3	1			1	1			12301(国民・住民)
										2			23067(決心・解決・決定・迷い)
													12540(都会・田舎)
						1							31911(長短・高低・深浅・厚薄・遠近)
													12540(都会・田舎)
								1					12430(長)
				3	3								15401(木本)
													23003(飢渇・酔い・疲労・睡眠など)
						1							12590(固有地名)
									1				23050(学習・習慣・記憶)
						1							25030(音)
													15020(色)
								1					25020(色)
		1	1	1	1			2					39999(枕詞)
1	2				1								13851(練り・塗り・撃ち・録音・撮影)
													12590(固有地名)
2		1	5			9	4	1					23003(飢渇・酔い・疲労・睡眠など)
		1											12590(固有地名)
													12590(固有地名)
						2							13330(生活・起臥)
	1					1	2			1		1	43100(判断)

見出し	順	漢字	語種	品詞	注記	巻数	合計	巻1	巻2	巻3	巻4	巻5	巻6	巻7
さねかづら		狭根葛				2	2		1					
さねかや		萱				1	1							
さねさぬ		寝		動下二		1	1							
さねそむ		寝初		動下二		1	1							
さねど		寝所				1	1							
さねばふ		根延		動四		1	1							
さねわたる		寝渡		動四		1	1							
さの		狭野・佐野				2	3			1				
さのかた		佐野方				2	3							
さのだ		佐野田				1	1							
さのつとり		野鳥				1	1							
さのはり		野榛				1	1	1						
さのやま		佐野山				1	1							
さは		沢				2	2							
さはいづみ		沢泉				1	1							
さばしる		走		動四		3	3			1		1		
さはだ		多		副		1	2							
さはたつみ						1	1							
さはに		多		副		11	20	1		5	1	1	3	
さばへ		五月蠅				2	2			1		1		
さはらふ		障		動四		1	1				1			
さはり		障				3	4							
さはる		障・触		動四		4	5							
さひか		雑賀				1	1							1
さひかの		雑賀野				1	1						1	
さひづらふ		囀		動四		1	1							1
さひづる		囀		動四		1	1							
さひのくま		桧隈				2	2							1
さひのくまみ		桧隈廻				1	1		1					
さふ		支・障		動下二		1	1				1			
さぶ		寂		動上二		1	1				1			
さぶし		寂		形		11	20	1	2	3	3	2		
さぶしさ		寂				3	3							
さぶる						1	1							
さぶるこ						1	2							
さへき	1	禁樹				1	1	1						
さへき	2	佐伯				1	1							
さへきやま		佐伯山				1	1							1
さへなふ		障		動下二		1	1							
さほ		佐保				7	15			2	4		2	
さほかぜ		佐保風				1	1						1	
さほがは		佐保川				8	13	1		2	2		2	3
さほぢ		佐保道				2	2							
さほやま		佐保山				3	4			2				1
さまねし				形		4	4	1			1			
さまよふ		吟		動四		2	2		1					
さみ		佐美				1	1		1					
さみね		狭岑				1	1		1					
さむ		三	漢			1	1							
さむし		寒		形		15	59	5	1	5	1	3		3
さむみづ		寒水				1	1							
さむらに		寒		副		1	1							
さもらひ		候				1	1						1	
さもらひう		候得		動下二		1	1		1					
さもらひがたし		候難		形		1	1							
さもらふ		候		動四		6	9		2	1				2
さや		鞘				2	2							1
さやか		清明		形動		4	4	1						
さやぐ		戦		動四		3	3		1					
さやけさ		清明				4	9			1				5
さやけし		清明		形		9	19	1		4			3	2
さやに				副		7	9		2				1	1

巻8	巻9	巻10	巻11	巻12	巻13	巻14	巻15	巻16	巻17	巻18	巻19	巻20	意味分類
			1										15401(木本)
						1							15402(草本)
						1							23003(飢渇・酔い・疲労・睡眠など)
		1											23003(飢渇・酔い・疲労・睡眠など)
						1							11700(空間・場所)
			1										25701(生)
												1	23003(飢渇・酔い・疲労・睡眠など)
						2							12590(固有地名)
		2			1								15401(木本)
						1							12590(固有地名)
								1					15502(鳥類)
													15401(木本)
						1							12590(固有地名)
		1	1										15250(川・湖)
			1										15250(川・湖)
											1		21522(走り・飛び・流れなど)
						2							31910(多少)
			1										15130(水・乾湿)
		1			1	1			3	1		2	31910(多少)
													15505(昆虫)
													21563(防止・妨害・回避)
			1	2			1						11563(防止・妨害・回避)
			2	1	1				1				21563(防止・妨害・回避)
													12590(固有地名)
													12590(固有地名)
													23031(声)
								1					23031(声)
				1									12590(固有地名)
													12590(固有地名)
													21513(固定・傾き・転倒など)
													23014(苦悩・悲哀)
	1	1						1	2	2	2		33014(苦悩・悲哀)
				1	1		1						13014(苦悩・悲哀)
										1			12390(固有人名)
										2			12390(固有人名)
													15401(木本)
										1			12390(固有人名)
													12590(固有地名)
												1	23532(賛否)
2		3	1						1				12590(固有地名)
													15151(風)
1				1								1	12590(固有地名)
1												1	12590(固有地名)
				1									12590(固有地名)
									1	1			31612(毎日・毎度)
												1	23030(表情・態度)
													12590(固有地名)
													12590(固有地名)
								1					11960(数記号（一二三）)
8	1	19	2		2	1	3		4			1	31915(寒暖)
								1					15130(水・乾湿)
	1												31915(寒暖)
													13042(欲望・期待・失望)
													23042(欲望・期待・失望)
1													31346(難易・安危)
		1	2									1	23042(欲望・期待・失望)
					1								14550(刃物)
		1		1								1	33068(詳細・正確・不思議)
		1										1	25030(音)
	2	1											13011(快・喜び)
		2		1	1				2			3	33011(快・喜び)/35010(光)/35030(音)
	1		1			1						2	33068(詳細・正確・不思議)/35030(音)

巻8 巻9 巻10 巻11 巻12 巻13 巻14 巻15 巻16 巻17 巻18 巻19 巻20

見出し	順	漢字	語種	品詞	注記	巻数	合計	巻1	巻2	巻3	巻4	巻5	巻6	巻7
さやまだ		山田				1	1							
さやる		障		動四		2	3					2		
さゆり		小百合				1	3							
さゆりばな		百合花				2	5							
さゆる		百合			東語	1	1							
さよ		小夜				13	29		1	1				4
さよなか		小夜中				4	4				1			
さよばひ		結婚				1	1							
さよひめ		佐用姫				1	3					3		
さらさら		更更		副		3	3							
さらしゐ		曝井				1	1							
さらす		曝・晒		動四		3	3				1			1
さらに		更		副		7	11			1	2	1		
さり				動ラ変	しあり	1	1							
さりく		去来		動カ変		7	12	2	1	1			1	1
さりゆく		去行		動四		1	2						2	
さる	1	猿・申				1	1			1				
さる	2	去・避		動四		20	110	1	4	8	2	8	6	4
さわき		騒				4	5		1					
さわききほふ		騒競		動四		1	1							
さわきなく		騒鳴		動四		1	1							
さわく		騒		動四		15	35	1	1	4	1	1	8	4
さわたり						1	1							
さわたる		渡		動四		4	6					1	1	
さわらび		早蕨				1	1							
さわゑ				句		1	1							
さゐさゐ				副		1	1				1			
さゑさゑ				副		1	1							
さを	1	棹				5	6			2				
さを	2	真青				1	1							
さをしか		小牡鹿				7	36						4	
さをどる		躍		動四		2	2							1
さをびく		誘		動四		1	1							
さをぶね		小舟				1	1							
し	1	其				3	4					1		
し	2	四	漢			1	1							
しいづ		為出		動下二		1	1							
しか	1	鹿				6	14				1			
しか	2	志賀				7	16			1	1			3
しか	3	然		副		16	23	2	1		2	2	1	1
しが		志賀				4	8	2	2	2				
しがさざれなみ		志賀小波				1	1		1					
しかすがに		然		副		8	12				1	1		1
しがつ		志賀津				2	3		1					2
しかぬ		為不堪		動下二		1	1							
しかまえ		飾磨江				1	1							1
しかまがは		飾磨川				1	1							
しがらみ		柵				3	4		1					1
しがらみちらす				動四		1	1						1	
しかり		然		動ラ変	「しかれども」をふくむ	13	19		2			1	1	1
しき		敷				1	1							
しぎ		鴫				1	1							
しきしま		敷島				4	7							
しきたへ		敷妙				10	34	1	7	3	7	2	1	
しきつ		敷津				1	1							
しきなく		頻鳴		動四		1	3							
しきなぶ		敷靡		動下二		1	1	1						
しきなみ		頻波				2	2							
しきに		頻		副		1	1			1				
しきふる		頻降		動四		1	1				1			

巻8	巻9	巻10	巻11	巻12	巻13	巻14	巻15	巻16	巻17	巻18	巻19	巻20	意味分類
									1				12390(固有人名)
											1		21563(防止・妨害・回避)
										3			15402(草本)
1										4			15410(枝・葉・花・実)
												1	15402(草本)
1	1	6	2	3	4	1	1				3	1	11635(朝晩)
	1	1									1		11635(朝晩)
					1								13350(冠婚)
													12390(固有人名)
		1		1		1							31670(時間的前後)/31920(程度)
	1												12590(固有地名)
						1							23841(染色・洗濯など)
2			3								1	1	31612(毎日・毎度)/31660(新旧・遅速)
												1	21200(存在)
		5			1								21630(年)/21635(朝晩)
													21630(年)
													15501(哺乳類)
3	1	27	6	2	3	3	10	3	10	2	6	1	21527(往復)/21630(年)/21635(朝晩)
		1	1									2	13380(いたずら・騒ぎ)/15030(音)
												1	23380(いたずら・騒ぎ)
									1				23380(いたずら・騒ぎ)
1	3		1	1		1	2		5		1		23320(労働・作業・休暇)/25030(音)
						1							12590(固有地名)
		2	2										21521(移動・発着)
1													15403(隠花植物)
						1							13380(いたずら・騒ぎ)
													35030(音)
						1							35030(音)
		1			1					1		1	14150(輪・車・棒・管など)
								1					15020(色)
7		18				1	3	1				2	15501(哺乳類)
											1		21522(走り・飛び・流れなど)
						1							21562(突き・押し・引き・すれなど)
		1											14660(乗り物（海上）)
										1	2		11010(こそあど・他)/12010(われ・なれ・かれ)
								1					11960(数記号（一二三）)
		1											23430(行為・活動)
6	1	4		1				1					15501(哺乳類)
			2	2			4	3					12590(固有地名)
1		1	1	2	2	1		2	1	1	2		31010(こそあど・他)
					2								12590(固有地名)
													15155(波・潮)
1		5		1						1		1	41130(反対)
													12590(固有地名)
			1										23430(行為・活動)
													12590(固有地名)
							1						12590(固有地名)
			2										14720(その他の土木施設)
													21552(分割・分裂・分散)
		2		2	3	1	1	1	1	2	1		21010(こそあど・他)/41130(反対)
		1											12590(固有地名)
											1		15502(鳥類)
	1				4						1	1	12590(固有地名)
			9	2					1	1			14201(布・布地・織物)
				1									12590(固有地名)
											3		23031(声)
													23600(支配・政治)
			1		1								15155(波・潮)
													31612(毎日・毎度)
													25153(雨・雪)

見出し	順	漢字	語種	品詞	注記	巻数	合計	巻1	巻2	巻3	巻4	巻5	巻6	巻7
しきます		頻益		動四		1	1							
しきみ		樒				1	1							
しきみつ		敷満		動下二		1	1							
しきる		頻		動四		1	1						1	
しく	1	及		動四		8	11			2		1	1	
しく	2	頻		動四		5	8							
しく	3	敷		動四		16	38		1	5	1	1	4	
しくしく		頻頻		副		12	22		1		1		1	2
しぐひあふ				動四		1	1							
しくらがは		叔羅川				1	2							
しぐれ		時雨				11	38	1		1			1	
しげ		繁				4	6			3				
しげし		繁		形		19	113	2	7	2	12	1	1	6
しげち		繁道				1	1							
しげの		茂野				1	1						1	
しげみ		繁				3	4							
しげみち		繁道				1	1							
しげやま		繁山				1	1							
しけらく		頻				1	1							
しげり		繁				1	1							
しげりたつ		繁立		動四		1	1							
しげる		繁		動四		1	1			1				
しげをか		茂岡				1	1						1	
しこ		醜				5	5		1		1			
しこぐさ		醜草				2	2				1			
しこつおきな		醜翁				1	1							
しこて		醜手				1	1							
しこほととぎす						2	2							
しこや		醜屋				1	1							
しこりく		痼来		動カ変		1	1							
しし	1	肉				1	1							
しし	2	獣				8	14			2			1	3
ししくしろ				枕		1	1							
ししじもの				枕		3	4		1	2			1	
ししだ		鹿猪田				2	2							
しじに		繁		副		6	9			2	1		3	
しじぬく		繁貫		動四		10	15			1				1
ししまち		鹿待				1	1			1				
しじみ		蜆				1	1						1	
ししる		為知		動四		1	1							
した		下				19	61	3	6		3	3	3	5
しだ	1	時				2	7							
しだ	2	志太				1	1							
したおもひ		下思				1	1							
したくさ		下草				4	4							1
しだくさ		～草				1	1							
したぐも		下雲				1	1							
したこがれ		下焦				1	1							
したごころ		下心				3	3	1						1
したごひ		下恋				1	2							
したごろも		下衣				3	3							1
しただみ		小螺				1	1							
したぢ		下道				1	1							
したでる		下照		動四		2	2							
したば		下葉				4	8							
したはふ		下延		動下二		4	4							
したばへ		下延				1	1							
したはへおく		下延置		動四		1	1							
したひ		紅葉				1	1							
したび		下樋				2	2							1

巻8	巻9	巻10	巻11	巻12	巻13	巻14	巻15	巻16	巻17	巻18	巻19	巻20	意味分類
										1			21580(増減・補充)
												1	15401(木本)
										1			21513(固定・傾き・転倒など)
													21504(連続・反復)
2	2			1		1				1			21584(限定・優劣)
	1		3	2	1							1	21504(連続・反復)
1	1	1	4		5		1	1	2	4	4	2	21513(固定・傾き・転倒など)/23600(支配・政治)
2		1	4	2	2				3		1	2	31612(毎日・毎度)
								1					21560(接近・接触・隔離)
											2		12590(固有地名)
9	1	18		1	2		1			1	2		15153(雨・雪)
1										1	1		15270(地相)
5	5	11	14	21	1	5	2	2	5		9	2	31341(弛緩・粗密・繁簡)/31612(毎日・毎度)/35701(生)
								1					14710(道路・橋)
													15240(山野)
1									2		1		15270(地相)
								1					14710(道路・橋)
											1		15240(山野)
						1							11902(数)
											1		15701(生)
	1												25701(生)
													25701(生)
													12590(固有地名)
				1	1							1	11345(美醜)
				1									15402(草本)
									1				12050(老少)
					1								15603(手足・指)
1		1											15502(鳥類)
					1								14410(家屋・建物)
				1									23470(成功・失敗)
								1					14323(魚・肉)
	1		1		2	2		2					15501(哺乳類)
	1												39999(枕詞)
													39999(枕詞)
				1				1					14700(地類（土地利用）)
	1				1				1				31341(弛緩・粗密・繁簡)
1	2	1	1		1		3				2	2	21524(通過・普及など)
													13520(応接・送迎)
													15506(その他の動物)
									1				23062(注意・認知・了解)
1	1	6	7	4	4	2	3	1	2	3	1	3	11741(上下)/11770(内外)/13000(心)
						6						1	11611(時機・時刻)
						1							12590(固有地名)
			1										13020(好悪・愛憎)
			1	1				1					15402(草本)
			1										15403(隠花植物)
						1							15152(雲)
			1										13020(好悪・愛憎)
		1											13045(意志)
									2				13020(好悪・愛憎)
							1	1					14230(下着・寝巻き)
								1					15506(その他の動物)
					1								14710(道路・橋)
										1	1		25010(光)
2		4				1						1	15410(枝・葉・花・実)
	1					1				1		1	23020(好悪・愛憎)
						1							13020(好悪・愛憎)
	1												23020(好悪・愛憎)
		1											15410(枝・葉・花・実)
			1										14150(輪・車・棒・管など)

見出し	順	漢字	語種	品詞	注記	巻数	合計	巻1	巻2	巻3	巻4	巻5	巻6	巻7
したひく		慕来		動カ変		2	3			1		2		
したびも		下紐				4	11				1			
したひやま		紅葉山				1	1							
したふ		慕		動四		2	2		1					
したへ		下方				1	1					1		
したもひ		下思				3	3							
しだりやなぎ		垂柳				1	4							
しだりを		垂尾				1	1							
したゑまし		下咲		形		1	1						1	
しつ	1	倭文				1	1							
しつ	2	志都				1	1			1				
しづえ		下枝				6	8					2		1
しつく		師付				1	1							
しづく	1	雫				2	4		3					
しづく	2	沈		動四		3	6							4
しつくら		倭文鞍				1	1					1		
しづけし		静		形		5	6			1			1	2
しづすげ		静菅				1	2							2
しつたまき		倭文手纏		枕		3	3				1	1		
しつぬさ		倭文幣				2	2							
しつはた		倭布機				1	1			1				
しつはたおび		倭文機帯				1	1							
しづまる		鎮・静		動四		1	1		1					
しづむ	1	沈		動四		3	4		2		1			
しづむ	2	鎮・沈		動下二		1	1					1		
しづめ		鎮				1	1			1				
しづめかぬ		鎮不堪		動下二		1	1		1					
しづを		賎男				1	1							
して		押		動四	押して	1	1							
しで		四泥				1	1						1	
しなえうらぶる		萎		動下二		2	2							
しながとり		志長鳥				3	4							2
しなざかる		級離		枕		3	5							
しなたつ		階立		枕		1	1							
しなでる		級照		枕		1	1							
しなぬ		信濃				3	5		2					
しなぬぢ		信濃道				1	1							
しなひ		撓				1	1							
しなひさかゆ		栄		動下二		1	1							
しなひねぶ		合歓木				1	1							
しなふ		撓		動四		1	1			1				
しに		死				6	13				3			
しにかへる		死返		動四		2	2				1			
しぬ		死		動ナ変		16	62	1	1	2	8	5		
しぬひ		偲				1	1							
しぬふ		偲		動四		4	4		1			1		
しの		篠				4	6	1						3
しのぎは		～羽				1	1							
しのぐ		凌		動四		7	10			1			1	
しのすすき		篠薄				1	1							1
しのだをとこ		小竹田壮士				1	1							1
しのに				副		8	10			1				
しののに				副		1	2							
しののめ		篠目				1	2							
しのはえゆく		偲行		動四		1	1						1	
しのはら		篠原				1	1							1
しのひ		偲				4	4							
しのびう		忍得		動下二		1	1							
しのびかぬ		忍不堪		動下二		5	6		1	1				
しのひく		偲来		動カ変		1	1							

巻数 合計 巻1 巻2 巻3 巻4 巻5 巻6 巻7

巻8	巻9	巻10	巻11	巻12	巻13	巻14	巻15	巻16	巻17	巻18	巻19	巻20	意味分類
													23020(好悪・愛憎)
			2	6			2						14160(コード・縄・綱など)
	1												12590(固有地名)
												1	23020(好悪・愛憎)
													12600(社会・世界)
				1					1		1		13020(好悪・愛憎)
		4											15401(木本)
			1										15602(胸・背・腹)
													33011(快・喜び)
									1				14201(布・布地・織物)
													12590(固有地名)
	1	2	1		1								15410(枝・葉・花・実)
	1												12590(固有地名)
											1		15130(水・乾湿)
			1								1		21541(乗り降り・浮き沈み)
													14540(農工具など)
			1	1									35030(音)
													15402(草本)
	1												39999(枕詞)
					1						1		14170(飾り)
													14201(布・布地・織物)
			1										14251(ネクタイ・帯・手袋・靴下など)
													23333(住生活)
						1							21541(乗り降り・浮き沈み)/23013(安心・焦燥・満足)
													23013(安心・焦燥・満足)
													13560(攻防)
													23040(信念・努力・忍耐)
										1			12040(男女)
						1							21562(突き・押し・引き・すれなど)
													12590(固有地名)
		1									1		23014(苦悩・悲哀)
	1		1										15502(鳥類)
									1	1	3		39999(枕詞)
					1								39999(枕詞)
	1												39999(枕詞)
						2			1				12590(固有地名)
						1							12590(固有地名)
		1											11570(成形・変形)
					1								25701(生)
			1										15401(木本)
													21570(成形・変形)
	2		3	1			1	3					15702(死)
			1										25702(死)
1	1	3	14	12	1	1	3	5	2	2			25702(死)
												1	13020(好悪・愛憎)
							1					1	23020(好悪・愛憎)
		1		1									15401(木本)
					1								14551(武器)
2		3			1						1	1	21524(通過・普及など)/21562(突き・押し・引き・すれなど)
													15402(草本)
													12040(男女)
1		1	1		1				3		1	1	33014(苦悩・悲哀)/35130(水・乾湿)
		2											35130(水・乾湿)
			2										15410(枝・葉・花・実)
													23020(好悪・愛憎)
													15240(山野)
	1				1	1					1		13020(好悪・愛憎)
			1										23040(信念・努力・忍耐)
			2	1					1				23040(信念・努力・忍耐)
											1		23020(好悪・愛憎)

見出し	順	漢字	語種	品詞	注記	巻数	合計	巻1	巻2	巻3	巻4	巻5	巻6	巻7
しのひつぎく		偲継来		動カ変		1	1							
しのひゆく		偲行		動四		1	1		1					
しのひわたる		偲渡		動四		1	1							
しのふ		偲		動四		19	82	4	3	4	1		3	8
しのぶ	1	偲		動四		1	1			1				
しのぶ	2	忍		動上二		4	5						1	
しのふくさ		忍草				1	1						1	
しのぶらふ		忍		動四		1	1							
しば	1	柴				3	3				1	1		1
しば	2	屡		副		1	1							
しばくさ		芝草				2	2						1	
しばしば		屡		副		7	10	1						
しはす		十二月				1	1							
しはせやま		師歯迫山				1	1							
しばたつ				動四		1	1							
しはつ		四極				1	1						1	
しばつき		芝付				1	1							
しはつやま		四極山				1	1			1				
しばなく		頻鳴		動四		6	8			1			3	
しはぶかふ		咳		動四		1	1					1		
しはぶれつぐ		咳告		動下二		1	1							
しばやま		柴山				1	1							
しひ	1	椎				3	4		1					1
しひ	2	癈				1	1							
しひ	3	志斐				1	2			2				
しび		鮪				2	2						1	
しひかたり		強語				1	2			2				
しひさる		強		動四		1	1		1					
しびまろ		志婢麻呂				1	1							
しふ	1	癈		動四		1	1							
しふ	2	強		動上二		3	3			1	1			
しぶ						1	1							1
しぶたに		渋渓				3	7							
しほ	1	塩				9	13	1		3			2	1
しほ	2	潮			「しほたる」の「しほ」をふくむ	16	44	2	1	4	1		3	9
しほかれ		潮干				2	2			1			1	
しほけ		塩気				2	2		1					
しほさゐ		潮騒				3	3	1		1				
しほつ		塩津				2	2							
しほつやま		塩津山				1	1			1				
しほひ		潮干				9	16		1		2		5	2
しほふね		潮船				2	2							
しほぶね		潮船				2	2							
しほほに				副		1	1							
しぼみかれゆく		凋枯行		動四		1	1							
しほやききぬ		塩焼衣				2	2			1			1	
しほやきころも		塩焼衣				1	1							
しま	1	島				15	42	2	6	4	2	1	7	4
しま	2	島・志摩				4	12		7				1	2
しまかぎ		島陰			東語	1	1							
しまがくり		島隠				1	1						1	
しまがくる	1	島隠		動四		2	2							
しまがくる	2	島隠		動下二		1	1							
しまかげ		島陰				3	3							
しまくまやま		島熊山				1	1							
しまし		暫		副		6	9				1			
しましく		暫		副		11	18		2		1	1	1	
しまつ		島津				1	1							1
しまづたひゆく		島伝		動四		1	1							
しまづたふ		島伝		動四		5	5			1				1
しまつとり		島鳥				2	2							

巻8	巻9	巻10	巻11	巻12	巻13	巻14	巻15	巻16	巻17	巻18	巻19	巻20	意味分類
	1												23020(好悪・愛憎)
													23020(好悪・愛憎)
					1								23020(好悪・愛憎)
4	2	4	3	5	5	6	2	3	4	3	9	9	23020(好悪・愛憎)
													23020(好悪・愛憎)
			2	1				1					21210(出没)/23040(信念・努力・忍耐)
													15403(隠花植物)
								1					23040(信念・努力・忍耐)
													15401(木本)
		1											31612(毎日・毎度)
			1										15402(草本)
		2	2	2					1		1	1	31612(毎日・毎度)
1													11631(月)
			1										12590(固有地名)
												1	25030(音)
													12590(固有地名)
						1							12590(固有地名)
													12590(固有地名)
		1	1					1	1				23031(声)
													25710(生理)
									1				23123(伝達・報知)
						1							15240(山野)
						2							15401(木本)
									1				15721(病気・体調)
													12390(固有人名)
											1		15504(魚類)
													13131(話・談話)
													23670(命令・制約・服従)
								1					12390(固有人名)
	1												25721(病気・体調)
				1									23670(命令・制約・服従)
													13003(飢渇・酔い・疲労・睡眠など)
								1	5		1		12590(固有地名)
			1	1			1	2	1				14330(調味料・こうじなど)
	2		1	1	2	3	7	1	4	2	1		15155(波・潮)
													15155(波・潮)
	1												15130(水・乾湿)
			1										15030(音)
	1		1										12590(固有地名)
													12590(固有地名)
	2		1			1	1	1					15155(波・潮)
						1						1	14660(乗り物（海上）)
						1						1	14660(乗り物（海上）)
												1	35130(水・乾湿)
										1			25702(死)
													14210(衣服)
			1										14210(衣服)
			2	1	2		5	1	1		1	3	14700(地類（土地利用）)/15260(海・島)
		2											12590(固有地名)
												1	11771(奥・底・陰)
													11210(出没)
				1			1						21210(出没)
							1						21210(出没)
	1						1					1	11771(奥・底・陰)
				1									12590(固有地名)
		2	3				1			1	1		31600(時間)
	2	2	2	2	1		3				1		31600(時間)
													12390(固有人名)
												1	21524(通過・普及など)
1					1							1	21524(通過・普及など)
									1		1		15502(鳥類)

見出し	順	漢字	語種	品詞	注記	巻数	合計	巻1	巻2	巻3	巻4	巻5	巻6	巻7
しまと		島門				1	1			1				
しまね		島根				1	1							
しまへ		島辺				1	1	1						
しまみ		島廻				6	7	1					1	2
しまもり		島守				1	1							
しまやま		島山				4	5			1				
しまらく		暫		副		1	1							
しみ		繁				2	2	1			1			
しみさびたつ		繁立		動四		1	1	1						
しみとほる		沁通		動四		1	1							
しみに		繁		副		1	1							
しみみに		繁		副		5	7			1				
しみらに		繁		副		1	2							
しむ	1	染・沁		動四		7	10			1	1		1	
しむ	2	占・標		動下二		3	7							2
しむ	3	染・沁		動下二		1	1			1				
しめ		標				11	23		3	5	1		1	4
しめす		示		動四		5	7			2	1	1		
しめなは		標縄				1	1							
しめの		標野				1	1	1						
しめゆふ		染木綿				1	1							
しめらに		繁		副		2	2							
しも		霜				14	27	2	2			1	1	
しもがれ		霜枯				1	1							
しもくもり		霜曇				1	1							1
しもつけの		下毛野				1	2							
しもつせ		下瀬				4	7	1	2					
しもと		細枝・笞				2	2					1		
しもへ		下辺				1	1						1	
しもよ		霜夜				1	1							
しらか	1	白香				3	3			1				
しらか	2	白髪				1	2				2			
しらかし		白樫				1	1							
しらかみ	1	白髪				1	1				1			
しらかみ	2	白神				1	1							
しらき		新羅	漢			2	2			1				
しらきへ		新羅辺	混			1	1							
しらきをの		新羅斧	混			1	1							
しらく		白		動下二		3	3				1			
しらくも		白雲				12	30			5	3	1	2	3
しらくもがくる		白雲隠		動四		1	1				1			
しらさき		白崎				1	1							
しらさぎ		白鷺				1	1							
しらしく		知来		動カ変		2	2							
しらしめす		知		動四		5	12	3	4				1	
しらすげ		白菅				3	4			2				1
しらたづ		白鶴				1	1						1	
しらたま		白玉				12	28					1	1	7
しらつきやま		白月山				1	1							
しらつつじ		白躑躅				3	3			1				
しらつゆ		白露				8	32				1			
しらとほふ				枕		1	1							
しらなみ		白波				17	48	1	1	3			5	5
しらぬひ				枕		3	3			1		1		
しらぬり		白塗				2	2							
しらね		白嶺				1	1							
しらはま		白浜				1	2						2	
しらはまなみ		白浜波				1	2							
しらひげ		白鬚				1	1							

巻数 合計 巻1 巻2 巻3 巻4 巻5 巻6 巻7

巻8	巻9	巻10	巻11	巻12	巻13	巻14	巻15	巻16	巻17	巻18	巻19	巻20	意味分類
													15260(海・島)
							1						15260(海・島)
													15260(海・島)
	1								1			1	11523(巡回など)/11780(ふち・そば・まわり・沿い)
												1	12417(保安サービス)
	1								1		2		14700(地類（土地利用）)/15240(山野)
						1							31600(時間)
													15701(生)
													25701(生)
								1					21533(漏れ・吸入など)
									1				31341(弛緩・粗密・繁簡)
		1	2	1	2								31341(弛緩・粗密・繁簡)
					2								31341(弛緩・粗密・繁簡)
2			2								2	1	21533(漏れ・吸入など)/23002(感動・興奮)/25020(色)
2											3		23701(所有)
													25040(におい)
		1	3	2	1					1		1	14580(標章・標識・旗など)
	2						1						23092(見せる)
		1											14160(コード・縄・綱など)
													14700(地類（土地利用）)
			1										14200(衣料・綿・革・糸)
									1		1		31341(弛緩・粗密・繁簡)
3	2	8	2	1	1		1			1	1	1	15130(水・乾湿)
		1											15702(死)
													15154(天気)
						2							12590(固有地名)
	1				3								15250(川・湖)
						1							14152(柄・つえ・へらなど)/15410(枝・葉・花・実)
													11741(上下)
												1	11635(朝晩)
				1							1		14170(飾り)
													15605(皮・毛髪・羽毛)
		1											15401(木本)
													15605(皮・毛髪・羽毛)
	1												12590(固有地名)
							1						12590(固有地名)
							1						12590(固有地名)
								1					14550(刃物)
	1		1										25020(色)
1	4	3		1	1	2			4				15152(雲)
													21210(出没)
	1												12590(固有地名)
								1					15502(鳥類)
										1	1		23600(支配・政治)
										2		2	23600(支配・政治)
			1										15402(草本)
													15502(鳥類)
1	2	1	4		2			2		3	2	2	15111(鉱物)
				1									12590(固有地名)
	1	1											15401(木本)
6		19	2	1	1			1				1	15130(水・乾湿)
						1							39999(枕詞)
1	3	4	2	5	3	1	2		6	1	1	4	15155(波・潮)
												1	39999(枕詞)
									1		1		13851(練り・塗り・撃ち・録音・撮影)
						1							12590(固有地名)
													12590(固有地名)
			2										15155(波・潮)
												1	15605(皮・毛髪・羽毛)

見出し	順	漢字	語種	品詞	注記	巻数	合計	巻1	巻2	巻3	巻4	巻5	巻6	巻7
しらひも		白紐				1	1							
しらまなご		白細砂				2	2						1	
しらまゆみ		白檀弓				5	6			1				
しらやまかぜ		白山風				1	1							
しらゆき		白雪				5	7							
しらゆふばな		白木綿花				4	4						1	1
しり		尻・後				3	3							1
しりかつ		知勘		動下二		1	1		1					
しりくさ		知草				1	1							
しりひかし		後引		形		1	1							
しりへ		後方				2	2				1			
しる	1	知・領		動四		20	274	6	26	18	18	17	16	15
しる	2	知		動下二		4	5							
しるし	1	験				14	28	1		4	3		1	1
しるし	2	著		形		13	17			1	1		1	1
しるしあつむ		記集		動下二		1	1							
しるしつぐ		記続		動四		1	1							
しるす		記		動四		2	2							
しるは		白羽				1	1							
しるへ		後方			東語	1	1							
しろ		代				1	1							
しろかね		銀				1	1					1		
しろかみ		白髪				2	3							
しろき		白酒				1	1							
しろし		白		形		5	6				1			2
しろたへ		白妙				18	70	1	4	7	4	2	1	3
しろたへころも		白妙衣				1	2							
しろとり		白鳥				2	2				1			
しわ		皺				1	1					1		
しわむ		皺		動四		1	1							
しゑや				感		4	6				1			
しをぢ		之乎路				1	1							
しをる		萎		動下二		1	1							
す	1	洲				2	2							
す	2	巣				2	2					1		
す	3	為		動サ変		20	649	14	23	49	48	22	21	54
すう		据		動下二		12	15		1	1			1	1
すか		須加				1	1							
すが		須我				1	1							
すがうら		菅浦				1	1							
すがかさ		菅笠				1	1							
すがしま		菅島				1	1							
すがた		姿				8	32		1		2			
すがとり		菅鳥				1	1							
すかなし				形		1	1							
すがのね		菅根				9	17			1	3		1	2
すがのは		菅葉				2	2			1				
すがのみ		菅実				1	1							1
すがはら	1	菅原				1	2							2
すがはら	2	菅原				1	1							
すかへ		州辺				1	1							
すがまくら		菅枕				1	1							
すがも		菅藻				1	1							1
すがらに				副		5	6				1			
すがる		蜂				2	2							
すがるをとめ						1	1							
すぎ		杉				6	6				1			
すぎかくる		過隠		動下二		1	1							1
すぎかつ		過堪		動下二		4	5					1		2

巻8	巻9	巻10	巻11	巻12	巻13	巻14	巻15	巻16	巻17	巻18	巻19	巻20	意味分類
1													14160(コード・縄・綱など)
			1										15111(鉱物)
	1	2	1	1									14551(武器)
						1							15151(風)
1		3							1		1	1	15153(雨・雪)
	1				1								15410(枝・葉・花・実)
		1	1										11740(左右・前後・たてよこ)/11742(中・隅・端)
													23062(注意・認知・了解)
			1										15402(草本)
						1							33020(好悪・愛憎)
												1	11740(左右・前後・たてよこ)
2	7	17	32	27	25	5	7	6	13	2	7	8	23062(注意・認知・了解)/23701(所有)
			2	1	1							1	23062(注意・認知・了解)
	2	1	2	1	3		3			2	3	1	11113(理由・目的・証拠)/13114(符号)
2	1	3	2	1	1				1	1		1	33068(詳細・正確・不思議)
								1					23151(書き)
											1		23151(書き)
									1			1	23092(見せる)/23151(書き)
												1	12590(固有地名)
												1	11740(左右・前後・たてよこ)
1													11040(本体・代理)
													15110(元素)
								2	1				15605(皮・毛髪・羽毛)
											1		14350(飲料・たばこ)
		1		1				1					35020(色)
1	2	5	9	13	5	1	5		4	1		2	14201(布・布地・織物)
		2											14210(衣服)
	1												15502(鳥類)
													11820(玉・凹凸・うず・しわなど)
	1												21570(成形・変形)
		2	2	1									43010(間投)
									1				12590(固有地名)
											1		25702(死)
			1	1									15260(海・島)
						1							14400(住居)
15	27	38	62	58	33	33	51	14	21	17	15	34	21211(発生・復活)/21220(成立)/23066(判断・推測・評価)/23430(行為・活動)
			1		1	1	1	1	3		2	1	21513(固定・傾き・転倒など)/23333(住生活)/23630(人事)/23810(農業・林業)
									1				12590(固有地名)
						1							12590(固有地名)
	1												12590(固有地名)
								1					14250(帽子・マスクなど)
			1										12590(固有地名)
1		5	5	14						2		2	11800(形・型・姿・構え)
				1									15502(鳥類)
									1				33013(安心・焦燥・満足)
		2	2	4	1							1	15410(枝・葉・花・実)
1													15410(枝・葉・花・実)
													15410(枝・葉・花・実)
													15240(山野)
												1	12590(固有地名)
						1							15240(山野)
						1							14270(寝具)
													15403(隠花植物)
					2		1		1		1		31600(時間)
		1						1					15505(昆虫)
	1												12050(老少)
	1	1			1	1					1		15401(木本)
													21210(出没)
		1				1							21524(通過・普及など)

見出し	順	漢字	語種	品詞	注記	巻数	合計	巻1	巻2	巻3	巻4	巻5	巻6	巻7
すぎはら		杉原				1	1							1
すぎむら		杉群				1	1			1				
すぎゆく		過行		動四		9	9		1			1		1
すぐ		過		動上二		18	102	2	7	7	5	3	5	7
すぐしう		過得		動下二		1	1							
すぐしやる		過遣		動四		2	2					1		
すぐす		過		動四		4	4							
すくなし		少		形		7	11							2
すくなひこな		少彦名				3	3			1			1	
すくなみかみ		少御神				1	1							1
すぐる		過		動四		1	1							
すぐろく		双六	漢			1	2							
すげ		菅				3	4				1			
すけき						1	1							
すこし		少		副		2	2							
すごも		食薦				1	1							
すごろも		素衣				1	1							
すさ		須佐				2	2							
すさきみ		州崎回				1	1	1						
すす	1	煤				1	1							
すす	2	為為		動サ変	東語	2	3							
すず	1	鈴				3	4							
すず	2	珠洲				2	2							
すずかがは		鈴鹿川				1	1							
すすき		薄				3	5							
すずき		鱸				3	3			1				
すずし		涼		形		2	2							
すすしきほふ		進競		動四		1	1							
すすむ		進		動四		1	1			1				
すそ		裾				11	24	1				2		2
すそびく		裾引		動四		6	8					1	1	
すそみ		裾廻				3	3							
すだく		集		動四		4	5							1
すだつ		巣立		動四		1	1		1					
すだれ		簾				2	2				1			
すつ		捨		動下二		2	2							
すでに		既		副		2	3							
すどり		渚鳥				4	5							1
すなどる		漁		動四		1	1				1			
すなはち		則		副		1	1							
すはう		周防				1	1				1			
すべ		術				16	101		6	10	9	10		1
すべなさ		便無				3	3				1	1		
すま		須磨				2	2			1			1	
すまひと		須磨人				1	1							
すまふ		住		動四		5	5		1	1	1	1		1
すみあし		住悪		形		1	1							
すみさか		住坂				1	1				1			
すみすむ		住住		動四		2	2							
すみだかはら		角太河原				1	1			1				
すみつぼ		墨坩				1	1							
すみなは		墨縄				2	2					1		
すみのえ		住吉				12	41	1	1	3			5	14
すみよし		住良		形		2	4						3	
すみれ		菫				2	2							
すみわたる		住渡		動四		2	2							
すむ		住		動四		16	32		1	3	2		1	3
すむやけし		速		形		2	2						1	
すめかみ		皇神				6	7	1				1		1
すめら		天皇				1	1						1	
すめらへ		皇方				1	1							

巻数 合計 巻1 巻2 巻3 巻4 巻5 巻6 巻7

巻8	巻9	巻10	巻11	巻12	巻13	巻14	巻15	巻16	巻17	巻18	巻19	巻20	意味分類
													15240(山野)
													15270(地相)
1		1			1		1		1			1	21524(通過・普及など)/21600(時間)
6	11	11	4	4	8	2	4		6		6	4	21250(消滅)/21503(終了・中止・停止)/21524(通過・普及など)/21600(時間)
					1								21600(時間)
									1				21600(時間)
1		1		1								1	21600(時間)
		1	2	1			1	3		1			31910(多少)
										1			12030(神仏・精霊)
													12030(神仏・精霊)
					1								21524(通過・普及など)
								2					14570(遊具・置物・像など)
			2							1			15402(草本)
			1										11830(穴・口)
	1			1									31910(多少)
								1					14460(戸・カーテン・敷物・畳など)
				1									14210(衣服)
			1			1							12590(固有地名)
													15260(海・島)
			1										15112(さび・ちり・煙・灰など)
						2						1	23430(行為・活動)
						2			1	1			14560(楽器・レコードなど)
									1	1			12590(固有地名)
				1									12590(固有地名)
		3					1		1				15402(草本)
			1				1						15504(魚類)
		1										1	31915(寒暖)
	1												23542(競争)
													23040(信念・努力・忍耐)
1		1	5			2	5		1		2	2	14240(そで・襟・身ごろ・ポケットなど)
	2		2						1			1	23332(衣生活)
	1								1			1	15240(山野)
			1						2		1		21550(合体・出会い・集合など)
													21521(移動・発着)
1													14460(戸・カーテン・敷物・畳など)
			1								1		21251(除去)
				1					2				31670(時間的前後)/31940(一般・全体・部分)
			1				1		2				15502(鳥類)
													23811(牧畜・漁業・鉱業)
1													31671(即時)
													12590(固有地名)
5	1	4	9	11	14		7		7	2	3	2	13081(方法)
										1			13081(方法)
													12590(固有地名)
									1				12301(国民・住民)
													23333(住生活)
							1						31346(難易・安危)
													12590(固有地名)
								1			1		23333(住生活)
													12590(固有地名)
								1					14511(瓶・筒・つぼ・膳など)
			1										14160(コード・縄・綱など)
	2	2	3	2				3			3	2	12590(固有地名)
												1	31346(難易・安危)
1									1				15402(草本)
	1	1											23333(住生活)
1	3	1	5	2		2	3		1	1	2	1	23333(住生活)
							1						31913(速度)
					1				2			1	12030(神仏・精霊)
													12320(君主)
												1	12320(君主)

見出し	順	漢字	語種	品詞	注記	巻数	合計	巻1	巻2	巻3	巻4	巻5	巻6	巻7
すめらみくさ		皇御軍				1	1							
すめらみこ		皇子				1	1							
すめろき		皇祖				12	23	1	2	2			1	1
すもも		李				1	1							
すりころも		摺衣				1	1							
すりつく		摺着		動下二		2	2							1
すりぶくろ						1	1							
する		摺		動四		5	15					1		8
するが		駿河				4	7			4				
すゑ	1	末				6	12							
すゑ	2	末				2	2							
すゑおく		据置		動四		2	2			1			1	
すゑつむはな		末摘花				1	1							
すゑひと		陶人				1	1							
すゑへ		末辺				1	1							
せ	1	夫・兄				17	32	2	3	2	2		2	2
せ	2	瀬				14	70		2	3	3	2	10	10
せ	3	背・石花				5	11	1		4				4
せかふ		塞敢		動下二		2	2							1
せき		関				6	7			1			1	1
せきあぐ		塞上		動下二		1	1							
せきもり		関守				1	1				1			
せきやま		関山				1	1							
せく		堰・塞		動四		3	5		1		2			
せこ		背子				20	120	3	1	2	19	1	4	3
せす		為		動四	「す」の敬語	3	6	4						
せぜ		瀬瀬				4	5							2
せと		迫門				4	4			1			1	
せな		夫				3	13							
せなな		夫				1	1							
せに		狭		副		4	4							
せばし		狭		形		2	2							
せみ		蝉				1	1							
せみど		清水			東語	1	1							
せむ		責・攻		動下二		2	3						1	
せめよりきたる		攻寄来		動四		1	1					1		
せり		芹				1	2							
せる		反		動四		1	1							
せろ	1	夫				2	4							
せろ	2	瀬				1	1							
そ	1	其				6	8	1		1				
そ	2			副	馬を追う声	1	1							
そが		宗我				1	1							
そがひ		背向				8	12			3	1		1	1
そき		退				1	2						2	
そきいた		削板				1	1							
そきだく		多		副		1	1							
そきへ		遠隔				3	3							
そくへ		遠隔				2	2			1	1			
そこ	1	其処				13	29	1	6	1	2		1	1
そこ	2	底				9	19	2			2	1	1	6
そこば				副		3	3		1		1			
そこひ		底				1	1							
そこらくに				副		1	1							
そそく		注		動四		2	2					1		1
そち		其方				1	1		1					
そつびこまゆみ		襲津彦真弓				1	1							
そで		袖				20	112	2	9	3	6	1	3	8
そでつけごろも		袖着衣				2	2							

巻数 合計 巻1 巻2 巻3 巻4 巻5 巻6 巻7

巻8	巻9	巻10	巻11	巻12	巻13	巻14	巻15	巻16	巻17	巻18	巻19	巻20	意味分類
												1	12740(軍)
					1								12130(子・子孫)
			1		1		1		1	7	2	3	12320(君主)
											1		15401(木本)
			1										14210(衣服)
									1				25020(色)
										1			14514(袋・かばんなど)
	1	4				1							21562(突き・押し・引き・すれなど)/23841(染色・洗濯など)
			1			1						1	12590(固有地名)
			1	4	2	2					1	2	11643(未来)/11742(中・隅・端)
	1		1										12590(固有地名)
													21240(保存)
		1											15402(草本)
								1					12416(職人)
					1								15240(山野)
2		1		1	1	3	1	1	5	1	1	2	12110(夫婦)/12140(兄弟)
2	5	7	7		5				8	2	4		15250(川・湖)
	1				1								12590(固有地名)
			1										21563(防止・妨害・回避)
							2		1			1	12660(教室・兵営など)
1													21540(上がり・下がり)
													12417(保安サービス)
							1						15240(山野)
						2							21563(防止・妨害・回避)/23040(信念・努力・忍耐)
5	1	12	13	13	4	4	4	2	11	2	9	7	12110(夫婦)/12140(兄弟)/12210(友・なじみ)
					1						1		23430(行為・活動)
		1	1		1								15250(川・湖)
				1				1					15260(海・島)
			1			7						5	12110(夫婦)/12140(兄弟)
						1							12110(夫婦)
1	1	1								1			31912(広狭・大小)
				1		1							31912(広狭・大小)
							1						15505(昆虫)
						1							15130(水・乾湿)
			2										23135(批評・弁解)/23560(攻防)
													23560(攻防)
												2	15402(草本)
						1							21570(成形・変形)
						3						1	12110(夫婦)
						1							15250(川・湖)
			3		1	1				1			11010(こそあど・他)
						1							43200(呼び掛け・指図)
				1									12590(固有地名)
						2			2		1	1	11730(方向・方角)
													11742(中・隅・端)
			1										14120(木・石・金)
												1	31920(程度)
	1								1		1		11780(ふち・そば・まわり・沿い)
													11780(ふち・そば・まわり・沿い)
1	2		1	1	1				7		4		11000(事柄)/11700(空間・場所)
			1	2	2						2		11771(奥・底・陰)
									1				31920(程度)
							1						11742(中・隅・端)
	1												31920(程度)
													21533(漏れ・吸入など)
													11730(方向・方角)
			1										14551(武器)
4	2	14	15	14	1	4	5	3	3	3	4	8	14240(そで・襟・身ごろ・ポケットなど)
								1				1	14210(衣服)

巻8 巻9 巻10 巻11 巻12 巻13 巻14 巻15 巻16 巻17 巻18 巻19 巻20

見出し	順	漢字	語種	品詞	注記	巻数	合計	巻1	巻2	巻3	巻4	巻5	巻6	巻7
そとも		背面				2	2	1	1					
そなふ		供		動下二		1	1							
その	1	園				6	17					7		
その	2	其		連体		19	100	7	2	11	6		3	5
そのふ		園生				4	4					1		
そひ		傍・添				2	4							
そふ	1	添		動四		2	3							
そふ	2	添		動下二		2	2	1						
そへぬ		副寝		動下二		1	2		2					
そほぶね		其穂船				3	4			1				
そほふる		降		動四		1	1							
そほりゐる		添居		動上一		1	1							
そま		杣				1	1							
そまびと		杣人				1	1							1
そむ		染		動下二		5	7				1			3
そむきう		背得		動下二		1	2		2					
そむく		背・叛		動四		2	2		1			1		
そめかく		染掛		動下二		1	1							
そめつけもつ		染付持		動四		1	1							
そも				感		1	1							
そよ		微		副		3	3							
そら		空				13	35				4			1
そらかぞふ		天数		枕		1	2		2					
そらぢ		空路				1	1							
そらにみつ				枕		1	1	1						
そらみつ				枕		4	6	2				1		
そりくひ		剃杭				1	1							
それ		其				5	10			1				1
そわへ						1	1							
た	1	田				13	21		2		1			2
た	2	誰				2	4							
た	3	為				2	2					1		
たえ		絶			「たえ（す）」	2	4							
たか	1	高				3	4		2					
たか	2	鷹				2	6							
たか	3	高				3	3			1				
たが		誰		連体		14	31		2	2	1			2
たかがき		竹垣				1	1							
たかき		高城				1	1			1				
たかきた		高北				1	1							
たかくら		高座				1	2			2				
たかし	1	高師				1	1	1						
たかし	2	高		形		14	35	1	1	4	1		4	6
たかしかす		高敷		動四		1	1						1	
たかしき		竹敷				1	4							
たかしま		高島				3	8			1				4
たかしまやま		高島山				1	1							
たかしる		高知		動四		3	10	4	1				5	
たかせ		高湍				1	1							
たかたかに		高高		副		6	9				1			
たかたま		竹玉				3	5			2				
たかちほ		高千穂				1	1							
たかつ		高津				1	1			1				
たかつき		高杯				1	1							
たかつのやま		高角山				1	2		2					
たかてらす		高照		動四		3	7	3	3					
たかどの		高殿				1	1	1						
たかとぶ		高飛		動四		1	1				1			
たがぬ		束		動下二		1	1					1		

巻数 合計 巻1 巻2 巻3 巻4 巻5 巻6 巻7

巻8	巻9	巻10	巻11	巻12	巻13	巻14	巻15	巻16	巻17	巻18	巻19	巻20	意味分類
													11730(方向・方角)
		1											23770(授受)
1		4							1	1	3		14700(地類(土地利用))
4	8	5	7	3	7	2	2	5	5	12	3	3	31010(こそあど・他)
			1						1		1		14700(地類(土地利用))
		1				3							11750(面・側・表裏)
			2			1							21525(連れ・導き・追い・逃げなど)
1													21560(接近・接触・隔離)/23066(判断・推測・評価)
													23330(生活・起臥)
		1			2								14660(乗り物(海上))
								1					25153(雨・雪)
	1												21560(接近・接触・隔離)
			1										15240(山野)
													12413(農林水産業)
								1			1	1	25020(色)
													23311(処世・出処進退)
													21560(接近・接触・隔離)/23670(命令・制約・服従)
		1											25020(色)
			1										23392(手足の動作)
						1							43010(間投)
		1		1								1	35030(音)
2	2	3	3	3	6	2			3	1	2	3	13010(感情・気分)/13062(注意・認知・了解)/15200(宇宙・空)
													39999(枕詞)
							1						11520(進行・過程・経由)
													39999(枕詞)
					1						2		39999(枕詞)
								1					14151(ピン・ボタン・くいなど)
2		3			3								11010(こそあど・他)
						1							13422(威厳・行儀・品行)
3	1	5	1			1	1		1	1	1	1	14700(地類(土地利用))
		2	2										12010(われ・なれ・かれ)
						1							11113(理由・目的・証拠)
				1		3							11503(終了・中止・停止)
					1							1	11911(長短・高低・深浅・厚薄・遠近)
									4		2		15502(鳥類)
	1	1											12590(固有地名)
	1	2	5	7	3	1		1	1		1	2	31010(こそあど・他)
			1										14420(門・塀)
													12590(固有地名)
					1								12590(固有地名)
													11720(範囲・席・跡)
													12590(固有地名)
1	2	3			2	1	5		3			1	31911(長短・高低・深浅・厚薄・遠近)/35030(音)
													23600(支配・政治)
							4						12590(固有地名)
	3												12590(固有地名)
	1												12590(固有地名)
													23600(支配・政治)/23823(建築)
				1									12590(固有地名)
			1	3	2		1			1			33040(信念・努力・忍耐)
	1				2								14280(装身具)
												1	12590(固有地名)
													12590(固有地名)
								1					14520(食器・調理器具)
													12590(固有地名)
					1								25154(天気)
													14410(家屋・建物)
													21522(走り・飛び・流れなど)
													21551(統一・組み合わせ)

巻8 巻9 巻10 巻11 巻12 巻13 巻14 巻15 巻16 巻17 巻18 巻19 巻20

見出し	順	漢字	語種	品詞	注記	巻数	合計	巻1	巻2	巻3	巻4	巻5	巻6	巻7
たかね		高嶺				3	13			6				
たかのはら		高野原				1	1	1						
たかは		竹葉				1	1							
たかはし		高橋				1	1							
たかはの		竹葉野				1	1							
たがはの		誰葉野				1	1							
たかはま		高浜				1	1							
たかひ		高日				1	1		1					
たかひかる		高光		動四		3	6		3	2		1		
たがひをり		違居		動ラ変		1	1							
たがふ		違		動四		4	6		1					
たかべ						2	2			1				
たかま		高間				1	1							1
たかまつ		高松				1	6							
たかまと		高円				5	21		2				1	
たかまとやま		高円山				2	3		1				2	
たかみ		剣柄				1	1							
たかみくら		高御座				1	2							
たかや		高屋				1	1							
たかやま		高山				7	17		1	3				
たから		宝				4	6			2		2		
たき		滝				10	27	1		3			9	1
たぎ		多芸				2	2		1				1	
たきぎ		薪				2	2							1
たぎち		激				3	3			1				1
たぎちながる		激流		動下二		1	1						1	
たきちゆく		激行		動四		1	1							1
たきつ		激		動四		4	5							1
たぎつ		湍		動四		5	7	2		1			2	
たく	1	焚		動四		3	3							
たく	2	綰		動四		4	6		3					1
たぐ		食		動下二		2	2		1					
たくしま		栲島				1	1							1
たくづの		栲綱				2	2			1				
たくなは		栲縄				3	3		1		1	1		
たくはひおく		貯置		動四		1	1							
たぐひ		類				1	1				1			
たくひれ		栲領巾				3	4			1				
たぐふ		類		動四		6	11				4			
たくぶすま		栲衾				2	2							
たけ	1	竹				2	2					1		
たけ	2	岳			「だけ」をふくむ(伊吹のだけ)	6	8			1		1		2
たけし		武		形		1	1							
たけそかに				副		1	1						1	
たけだ		竹田				1	1				1			
たけぶ		猛		動上二		1	1							
たこ		多胡				3	4							
たご		田児				3	5			2				
たしか		確		形動		1	1							
たしけし		確		形		1	1							
たしづ		立出		動下二	東語	1	1							
たしはばかる		立憚		動四	東語	1	1							
たす		立		動四	東語	2	2							
たすき		襷				1	1					1		
たすく		助		動下二		3	3				1			
ただ		唯・直・徒		副		17	67		2	1	8	2	2	3
ただか		直香				4	6				1			
ただこえ		直越				1	1						1	
たださ		縦				1	1							
ただしく		但		接		2	2							

巻8	巻9	巻10	巻11	巻12	巻13	巻14	巻15	巻16	巻17	巻18	巻19	巻20	意味分類
			3			4							15240(山野)
													12590(固有地名)
	1												15410(枝・葉・花・実)
				1									14710(道路・橋)
			1										12590(固有地名)
				1									12590(固有地名)
				1									12590(固有地名)
													15210(天体)
													25010(光)
								1					21130(異同・類似)
						3		1			1		23071(論理・証明・偽り・誤り・訂正など)/23500(交わり)
			1										15502(鳥類)
													12590(固有地名)
		6											12590(固有地名)
6		2										10	12590(固有地名)
													12590(固有地名)
	1												14152(柄・つえ・へらなど)
										2			13410(身上)
	1												14410(家屋・建物)
1		1	5		5							1	15240(山野)
								1		1			14500(道具)
	5	1	2	2	2		1						15250(川・湖)
													12590(固有地名)
						1							14130(燃料・肥料)
	1												15250(川・湖)
													21522(走り・飛び・流れなど)
													21522(走り・飛び・流れなど)
		2	1		1								21522(走り・飛び・流れなど)
			1				1						21522(走り・飛び・流れなど)
			1						1			1	25161(火)
	1		1										23392(手足の動作)/23830(運輸)
						1							23331(食生活)
													12590(固有地名)
												1	14160(コード・縄・綱など)
													14160(コード・縄・綱など)
											1		23701(所有)
													11100(類・例)
	1		2										14251(ネクタイ・帯・手袋・靴下など)
1		2		2			1		1				21525(連れ・導き・追い・逃げなど)
						1	1						14270(寝具)
											1		15401(木本)
		1			2							1	15240(山野)
												1	31400(力)
													31611(時機)
													12590(固有地名)
	1												23030(表情・態度)
									1	1	2		12590(固有地名)
				1		2							12590(固有地名)
				1									33068(詳細・正確・不思議)
										1			31030(真偽・是非)
												1	21521(移動・発着)
												1	21526(進退)
						1						1	23391(立ち居)/25220(天象)
													14251(ネクタイ・帯・手袋・靴下など)
					1					1			23650(救護・救援)
1	4	5	9	15	3		3	2	4		1	2	31110(関係)/31800(形)/31920(程度)
	1				3				1				12020(自他)
													11521(移動・発着)
										1			11740(左右・前後・たてよこ)
		1		1									41160(補充)

見出し	順	漢字	語種	品詞	注記	巻数	合計	巻1	巻2	巻3	巻4	巻5	巻6	巻7
たたずむ		佇		動四		1	1							
ただち		直道				1	1							
ただて		直手				1	1							
たたなづく		畳		動四		3	3		1				1	
たたなはる		畳		動四		1	1	1						
たたなめて		楯並		枕		1	1							
ただのり		直乗				1	1							
たたはし		足		形		2	2		1					
ただはて		直泊				1	1					1		
ただま		手玉				2	2							
たたみ		畳				2	2							
ただみ		正身				1	1							
たたみけめ		畳薦			東語	1	1							
たたみこも		畳薦				2	2							
ただむかふ		直向		動四		4	4				1		1	
ただめ		直目				3	4							
たたり					糸巻き	1	1							
ただわたりく		直渡来		動カ変		1	1							
ただわたる		直渡		動四		3	5							
たち	1	立				1	2							
たち	2	太刀				5	6		1					1
たちあざる		立戯		動四		1	1					1		
たちあふ		立合		動四		1	1						1	
たちう		立得		動下二		1	1							
たちかくる		立隠		動四		2	2				1			
たちかつ		立堪		動下二		2	2							1
たちかはる		立代		動四		2	3						2	
たちかへる		立帰		動四		1	1							
たちかむさぶ		立神		動上二		1	1							
たぢから		手力				3	3			1				1
たちきく		立聞		動四		1	1		1					
たちく		立来		動カ変		4	7							
たちくく		立潜		動四		3	3							
たちこもの				枕		1	1							
たちさかゆ		立栄		動下二		1	1							1
たちさもらふ		立候		動四		1	1			1				
たちさわく		立騒		動四		1	1			1				
たちしく		立頻		動四		1	1							
たちしなふ		立撓		動四		2	2							
たちたつ		立立		動四		1	2	2						
たちたなびく		立棚引		動四		1	2							
たちつかる		立疲		動下二		1	2							2
たちど		立処				1	1							
たちとまる		立止		動四		2	2		1					
たちなげく		立嘆		動四		2	2				1			
たちならす		立平		動四		2	2							
たちぬる		立濡		動下二		2	3		2					
たちのぼる		立上		動四		3	3							1
たちばしり		立走				1	1					1		
たちはしる		立走		動四		1	1							
たちばな	1	橘				13	37		1	2			2	
たちばな	2	橘				6	6		1					1
たちはなれゆく		立離行		動四		1	1				1			
たちまち		忽		副		2	2							
たちまつ		立待		動四		7	9					1		1
たぢまもり		田道間守				1	1							
たちみだゆ		立乱		動下二	東語	1	1							
たちみる		立見		動上一		3	3				1			
たちむかふ		立向		動四		3	5	1	2					
たちもとほる		俳徊		動四		1	1							
たちやま		立山				1	5							
たちゆく		立行		動四		1	1							

巻数 合計 巻1 巻2 巻3 巻4 巻5 巻6 巻7

巻8	巻9	巻10	巻11	巻12	巻13	巻14	巻15	巻16	巻17	巻18	巻19	巻20	意味分類
								1					21520(進行・過程・経由)
			1										14710(道路・橋)
						1							15603(手足・指)
				1									21573(配列・排列)
													21573(配列・排列)
									1				39999(枕詞)
			1										11541(乗り降り・浮き沈み)
					1								33420(人柄)
													11503(終了・中止・停止)
		1	1										14280(装身具)
	1							1					14460(戸・カーテン・敷物・畳など)
							1						12020(自他)
												1	14460(戸・カーテン・敷物・畳など)
			1	1									14460(戸・カーテン・敷物・畳など)
							1				1		21730(方向・方角)
	2		1	1									13091(見る)
				1									14541(日用品)
		1											21521(移動・発着)
					3	1					1		21521(移動・発着)
												2	11521(移動・発着)
		1		1								2	14550(刃物)
													23380(いたずら・騒ぎ)
													21120(相対)
			1										23391(立ち居)
		1											21210(出没)
											1		21521(移動・発着)
	1												21500(作用・変化)
							1						21504(連続・反復)
				1									21302(趣・調子)
									1				11402(物力・権力・体力など)
													23093(聞く・味わう)
			1				4			1		1	25155(波・潮)
1									1		1		21532(入り・入れ)
												1	39999(枕詞)
													25701(生)
													23391(立ち居)
													23380(いたずら・騒ぎ)
										1			25155(波・潮)
				1								1	25600(身体)
													21521(移動・発着)
									2				21513(固定・傾き・転倒など)
													23003(飢渇・酔い・疲労・睡眠など)
						1							11700(空間・場所)
					1								21503(終了・中止・停止)
							1						23030(表情・態度)
	1			1									21570(成形・変形)
	1												25130(水・乾湿)
	1	1											21540(上がり・下がり)
													11522(走り・飛び・流れなど)
	1												21522(走り・飛び・流れなど)
4	1	4	1		2			1	4	10	4	1	15401(木本)
						1		1		1		1	12590(固有地名)
													21560(接近・接触・隔離)
	1							1					31671(即時)
		1	1	2	2	1							23520(応接・送迎)
										1			12390(固有人名)
						1							23067(決心・解決・決定・迷い)
	1								1				23091(見る)
	2												21730(方向・方角)/23543(争い)
			1										21523(巡回など)
									5				12590(固有地名)
				1									21521(移動・発着)

見出し	順	漢字	語種	品詞	注記	巻数	合計	巻1	巻2	巻3	巻4	巻5	巻6	巻7
たちよそふ		立儀		動四		1	1		1					
たちよりあふ		立寄合		動四		1	1							
たちわかる		立別		動下二		3	5							
たちわたる		立渡		動四		11	20		1			3	1	3
たちをどる		立躍		動四		1	1					1		
たつ	1	竜・辰				1	2					2		
たつ	2	立		動四		20	234	12	8	18	10	5	8	27
たつ	3	断		動四		3	6							3
たつ	4	立		動下二	「閉つ」をふくむ	15	38		2	4			1	2
たづ		鶴				13	42	1		6	3		4	6
たつかづゑ		手束杖				1	1					1		
たづがなし				形		1	1							
たづかゆみ		手束弓				1	1							
たづき		便				7	14	1			2			
たづくる		手装		動四		1	1							
たづさはりぬ		携宿		動下二		1	1							
たづさはりゐる		携居		動上一		1	1							
たづさはる		携		動四		9	14		2			2		
たづさひゆく		携行		動四		1	1				1			
たつた		立田				5	6				1		1	
たつたぢ		竜田道				1	1						1	
たづたづし				形		4	5				2			
たつたひこ		竜田彦				1	1							
たつたやま		立田山				6	8	1				1		1
たつとも				枕		1	1							
たづな		手綱				1	1							
たづぬ		尋		動下二		3	5		1					
たづねく		尋来		動カ変		1	1							
たづむら		鶴群				1	1							
たて	1	楯				2	2	1						
たて	2	縦				2	2	1						
たておく		立置		動四		1	1			1				
たてぬき		経緯				1	1							1
たてまつる		奉		動四		4	4							
たてわたす		立渡		動四		1	1						1	
たどかは		田跡川				1	1						1	
たどき		方便				9	18					1		
たとひ		譬				1	1							1
たとふ		譬		動下二		1	1			1				
たどほし		遠		形		2	3				1			
たどり		多杼里				1	2							
たなかみやま		田上山				2	2	1						
たなぎらふ		棚霧合		動四		1	1							
たなぐもる		棚曇		動四		1	1							
たなくら		棚倉				1	1							
たなしる		知		動四		3	4	1						
たななしをぶね		棚無小舟				3	3	1		1			1	
たなはし		棚橋				1	2							
たなばた		七夕				3	6							
たなばたつめ		棚機女				2	5							
たなびく		棚引		動四		18	77		1	9	6		2	7
たなれ		手馴				1	2					2		
たに		谷				5	8		1					
たにぎりもつ		手握持		動四		2	2					1		
たにぎる		手握		動四		1	1							
たにぐく		谷蟆				2	2					1	1	

巻8	巻9	巻10	巻11	巻12	巻13	巻14	巻15	巻16	巻17	巻18	巻19	巻20	意味分類
													23332(衣生活)
							1						21560(接近・接触・隔離)
						1			2		2		23520(応接・送迎)
	1	5			1				2	1	1	1	21521(移動・発着)/25152(雲)/25155(波・潮)
													23370(遊楽)
													15506(その他の動物)
9	6	26	17	8	16	14	9	4	12	4	10	11	21210(出没)/21513(固定・傾き・転倒など)/21521(移動・発着)/21600(時間)/23142(評判)/23391(立ち居)/25152(雲)/25155(波・潮)
										1		2	21503(終了・中止・停止)/21571(切断)/23840(裁縫)
1		2	3	2	6	3		2	2	5	2	1	21211(発生・復活)/21513(固定・傾き・転倒など)/21521(移動・発着)/21553(開閉・封)/23142(評判)/23823(建築)/25030(音)/25155(波・潮)
2		4	2			2	5		2	2		3	15502(鳥類)
													14152(柄・つえ・へらなど)
							1						33013(安心・焦燥・満足)
											1		14551(武器)
				1	6			1		1		2	11300(様相・情勢)/13081(方法)
									1				23332(衣生活)
		1											23003(飢渇・酔い・疲労・睡眠など)
		1											23392(手足の動作)
1	2			1					2	1	2	1	21525(連れ・導き・追い・逃げなど)/23392(手足の動作)
													21527(往復)
	2	1					1						12590(固有地名)
													12590(固有地名)
			1				1			1			33013(安心・焦燥・満足)
	1												12030(神仏・精霊)
		3							1			1	12590(固有地名)
								1					39999(枕詞)
	1												12590(固有地名)
											2	2	23065(研究・試験・調査・検査など)
	1												23065(研究・試験・調査・検査など)
	1												15502(鳥類)
												1	14551(武器)
1													11730(方向・方角)/14200(衣料・綿・革・糸)
													21513(固定・傾き・転倒など)
													14200(衣料・綿・革・糸)
		1								1	1	1	23770(授受)
													21513(固定・傾き・転倒など)
													12590(固有地名)
	1	1	2	5	1		2	1	4				13081(方法)
													11100(類・例)
													23063(比較・参考・区別・選択)
									2				31911(長短・高低・深浅・厚薄・遠近)
						2							12590(固有地名)
				1									12590(固有地名)
1													25152(雲)
					1								25152(雲)
											1		12590(固有地名)
	2				1								23062(注意・認知・了解)
													14660(乗り物(海上))
		2											14710(道路・橋)
1		4							1				13360(行事・式典・宗教的行事)
1		4											12030(神仏・精霊)
4	5	16	4	2	2	3	2	1	3	1	5	4	21513(固定・傾き・転倒など)
													13050(学習・習慣・記憶)
				1		1			1		4		15240(山野)
												1	23392(手足の動作)
			1										23392(手足の動作)
													15503(爬虫類・両生類)

見出し	順	漢字	語種	品詞	注記	巻数	合計	巻1	巻2	巻3	巻4	巻5	巻6	巻7
たにはぢ		丹波道				1	1							
たにへ		谷辺				2	4							
たね		種				3	3							
たのし		楽		形		7	12			2		3	1	
たのしさ		楽				1	1							
たのみすぐ		頼過		動上二		1	1							
たのむ	1	頼		動四		7	16		2	4	3		1	
たのむ	2	頼		動下二		3	4				2			
たはこと		戯言				6	9			3				1
たばさみそふ		手挟添		動下二		1	1							
たばさむ		手挟		動四		6	7	1	1				1	
たばしる		走		動四		2	2							
たばなち		手放				1	1							
たばなれ		手放				1	1							
たはぶる		戯		動下二		1	1					1		
たはみづら						1	1							
たはる		戯		動下二		1	1							
たばる		賜		動四		6	8				2			
たはわざ		戯業				1	1							
たひ	1	鯛				2	2							
たひ	2	手火				1	1		1					
たび	1	度				2	3				2			
たび	2	旅				16	96	5	1	9	8		5	3
たびころも		旅衣				1	1							
たびと		旅人				1	1			1				
たびね		旅寝				4	4		1		1			
たびびと		旅人				2	2	1						
たびやどり		旅宿				1	1	1						
たびゆき		旅行				2	2							
たびゆきごろも		旅行衣				1	1							
たひらけし		平		形		6	9			1		1	1	
たふ		塔	漢			1	1							
たぶ		賜		動四		1	1							
たふさき		犢鼻				1	1							
たふし		答志				1	1	1						
たぶせ		田盧				2	2							
たぶて		礫				1	1							
たふとさ		尊				1	3							
たふとし		尊		形		8	28		2	5		2	6	
たふとびねがふ		尊願		動四		1	1					1		
たぶる		誑		動下二		1	1							
たへ	1	栲				2	2	1						
たへ	2	妙		形動		1	1							
たま	1	玉				20	125	1	2	8	5	1	6	17
たま	2	魂				5	5					1		
たま	3	多摩・玉				4	6							1
たまえ		玉江				1	1							1
たまかきる		玉限		枕		1	1							
たまかぎる		玉限		枕		7	11	1	2					
たまかげ		玉蔭				1	1							
たまかつま		玉勝間				1	3							
たまかづら	1	玉葛				7	10		2	2			1	
たまかづら	2	玉鬘				3	3		1					
たまがは		多摩川				1	1							
たまき		手纏				1	1							
たまぎぬ		珠衣				1	1				1			
たまきはる				枕		12	18	1			1	3	2	
たまくし		玉櫛				1	1				1			
たまくしげ		玉櫛笥				11	18		3	1	2			1
たまくしろ		玉釧				2	3							
たまくせ		玉久世				1	1							

巻数 合計 巻1 巻2 巻3 巻4 巻5 巻6 巻7

巻8	巻9	巻10	巻11	巻12	巻13	巻14	巻15	巻16	巻17	巻18	巻19	巻20	意味分類
				1									12590(固有地名)
			1								3		15240(山野)
				1		1	1						11112(因果)/15410(枝・葉・花・実)
									1	2	2	1	33011(快・喜び)
	1												13011(快・喜び)
	1												23021(敬意・感謝・信頼など)
			4		1	1							23021(敬意・感謝・信頼など)
				1		1							23021(敬意・感謝・信頼など)
			1		2				1		1		13100(言語活動)
												1	23392(手足の動作)
					1			2				1	23392(手足の動作)
		1										1	21522(走り・飛び・流れなど)
									1				13520(応接・送迎)
						1							13520(応接・送迎)
													23380(いたずら・騒ぎ)
						1							15402(草本)
	1												23500(交わり)
2						1		1		1		1	23770(授受)
												1	13430(行為・活動)
	1							1					15504(魚類)
													14600(灯火)
											1		11612(毎日・毎度)
1	6	6		12	5		18		5	1	2	9	13371(旅・行楽)
												1	14210(衣服)
													12340(人物)
				1	1								13333(住生活)
	1												12340(人物)
													13333(住生活)
									1			1	13371(旅・行楽)
					1								14210(衣服)
									1		2	3	31346(難易・安危)
								1					14410(家屋・建物)
												1	23770(授受)
								1					14230(下着・寝巻き)
													12590(固有地名)
1								1					14410(家屋・建物)
1													15111(鉱物)
											3		13021(敬意・感謝・信頼など)
					1				3	7	2		33021(敬意・感謝・信頼など)/33710(経済・収支)
													23042(欲望・期待・失望)
									1				23002(感動・興奮)
					1								14201(布・布地・織物)
	1												31332(良不良・適不適)
9	5	6	15	5	7	4	2	5	9	7	8	3	15111(鉱物)/15606(骨・歯・爪・角・甲)
				1	1	1				1			13000(心)
	1						3					1	12590(固有地名)
													12590(固有地名)
			1										39999(枕詞)
1		2	3	1	1								39999(枕詞)
					1								15403(隠花植物)
				3									14515(かご・俵など)
		1	1	2		1							15401(木本)
				1				1					14280(装身具)
						1							12590(固有地名)
							1						14280(装身具)
													14210(衣服)
1	1	1	2				1		3		1	1	39999(枕詞)
													14541(日用品)
1	2		1	1			1		4	1			14513(箱など)
	1			2									14280(装身具)
			1										12590(固有地名)

巻8 巻9 巻10 巻11 巻12 巻13 巻14 巻15 巻16 巻17 巻18 巻19 巻20

見出し	順	漢字	語種	品詞	注記	巻数	合計	巻1	巻2	巻3	巻4	巻5	巻6	巻7
たまくら		手枕				12	18		1	1	1		2	
たまこすげ		玉小菅				1	1							
たまさか		偶		形動		3	3				1			
たましひ		魂				1	1							
たましま		玉島				1	3					3		
たましまがは		玉島川				1	1					1		
たまだすき		玉襷				10	16	2	2	1	1			1
たまだれ		珠簾				3	5		2					1
たまぢはふ				枕		1	1							
たまづさ		玉章				10	17		2	2	1			2
たまつしま		玉津島				2	4							3
たまつしまやま		玉津島山				1	1						1	
たまで		玉手				2	2					1		
たまどこ		玉床				2	2		1					
たまな		珠名				1	1							
たまはし		玉橋				1	2							
たまばはき		玉箒				2	2							
たまはやす		玉映		枕		1	1							
たまはる		廻		動四		1	1							
たまふ	1	賜		動四	「たまはす」をふくむ	5	8	2				1		
たまふ	2	給		動下二		3	3				1			
たまほこ		玉鉾				14	37	1	3		2	1	1	
たままき		玉纏				3	3							
たままきたゐ		玉纏田居				1	1							
たままつ		玉松				1	1		1					
たまも	1	玉裳				6	6	1	1					
たまも	2	玉藻				14	56	5	11	5	2		8	3
たまもよし		玉藻		枕		1	1		1					
たまもり		玉守				1	1				1			
たまる		溜		動四		2	3							
たみ		民				3	3	1					1	
たむ	1	多武				1	1							
たむ	2	廻		動上二		2	2							
たむく		手向		動下二		1	1						1	
たむけ	1	手向・峠				8	11			2	1		1	
たむけ	2	手向				2	2						1	
たむけくさ		手向草				3	3	1						
たむだく		手抱		動四		2	2						1	
ため		為				17	62		1	2	7	4	1	13
たもと		袂				12	21		2	2	2	2	1	
たもとほり		徘徊		枕		1	1							
たもとほりく		徘徊来		動カ変		3	3							1
たもとほる		徘徊		動四		6	6			1	1		1	1
たや		田屋				1	1							
たやすし		容易		形		1	1							
たゆ		絶		動下二		20	98	2	3	4	7	2	6	6
たゆし		弛		形		1	1							
たゆたに				副		1	1							1
たゆたひ		揺蕩				2	2		1					
たゆたひく		揺蕩来		動カ変		1	1							
たゆたひやすし		揺蕩易		形		1	1							
たゆたふ		揺蕩		動四		5	8		1		2			2
たゆひ		手結				1	2			2				
たゆひがた		多由比潟				1	1							
たゆらき		絶等木				1	1							
たゆらに				副		1	1							
たよらに				副		1	1							
たより		便				1	1							
たよわし		弱		形		1	1			1				

巻8	巻9	巻10	巻11	巻12	巻13	巻14	巻15	巻16	巻17	巻18	巻19	巻20	意味分類
1		1	5	1		2			1	1		1	14270(寝具)
						1							15402(草本)
	1		1										31230(必然性)
							1						13000(心)
													12590(固有地名)
													12590(固有地名)
1	1	1		2	4								14251(ネクタイ・帯・手袋・靴下など)
			2										14460(戸・カーテン・敷物・畳など)
			1										39999(枕詞)
		1	2	2	2			1	2				12450(その他の仕手)
	1												12590(固有地名)
													12590(固有地名)
1													15603(手足・指)
		1											14270(寝具)
	1												12390(固有人名)
	2												14710(道路・橋)
								1				1	14541(日用品)/15401(木本)
									1				39999(枕詞)
												1	21523(巡回など)
	1							1		3			23770(授受)
						1	1						23770(授受)
2	2		7	3	4				7	1	2	1	14550(刃物)
1	1				1								14170(飾り)
		1											14700(地類（土地利用）)
													15401(木本)
	1		1				1					1	14220(上着・コート)
	1		6	3	2	2	3		3		2		15403(隠花植物)
													39999(枕詞)
													12417(保安サービス)
					1			2					21580(増減・補充)
			1										12301(国民・住民)
	1												12590(固有地名)
			1					1					21523(巡回など)/21570(成形・変形)
													23360(行事・式典・宗教的行事)
			1	2	2		1		1				13360(行事・式典・宗教的行事)/15240(山野)
				1									12590(固有地名)
	1				1								14010(持ち物・売り物・土産など)
											1		23392(手足の動作)
6	2	6	4	4			1	2	2	1	3	3	11113(理由・目的・証拠)/13750(損得)
1		2	2	3		1	1				2		15603(手足・指)
			1										39999(枕詞)
1									1				21523(巡回など)
			1						1				21523(巡回など)
					1								14410(家屋・建物)
			1										31346(難易・安危)
1	6	2	11	13	2	11	3	1	8	2	2	6	21131(連絡・所属)/21503(終了・中止・停止)/21571(切断)
				1									33003(飢渇・酔い・疲労・睡眠など)
													33013(安心・焦燥・満足)
			1										13067(決心・解決・決定・迷い)
							1						21522(走り・飛び・流れなど)
				1									31346(難易・安危)
			2						1				21522(走り・飛び・流れなど)/23067(決心・解決・決定・迷い)
													12590(固有地名)
						1							12590(固有地名)
	1												12590(固有地名)
						1							31511(動揺・回転)
						1							31511(動揺・回転)
1													13122(通信)
													31400(力)

巻8 巻9 巻10 巻11 巻12 巻13 巻14 巻15 巻16 巻17 巻18 巻19 巻20

見出し	順	漢字	語種	品詞	注記	巻数	合計	巻1	巻2	巻3	巻4	巻5	巻6	巻7
たらしひめ		足姫				2	3					2		
たらちし				枕		2	3					2		
たらちねの				枕		12	24			1				1
たらつねの				枕		1	1							
たらはしてる		足照		動四		1	1							
たりゆく		足行		動四		1	1		1					
たりを		垂尾				1	1							1
たる	1	足		動四		3	3							
たる	2	垂		動四		1	1							
たる	3	垂		動下二		2	2							
たるひめ		垂姫				2	4							
たるみ		垂水				3	3							1
たるよ		足夜				1	2							
たれ		誰				17	40		2	1	1	2		6
たれく		垂来		動カ変		1	1							
たれす		垂簾				1	1							
たわする		忘		動下二		1	1			1				
たわたわ				副		1	1							
たわやめ		手弱女				7	10			1	3		2	
たわらは		手童				2	3		2		1			
たゐ		田井				4	8							
たをり		撓				3	3							
たをりかざす		手折		動四		3	4					1		
たをりく		手折来		動カ変		4	6							
たをりもつ		手折持		動四		1	3							
たをりをく		手折招		動四		1	1							
たをる		手折		動四		11	23		1	2		1		5
だんをち		檀越	漢			1	1							
ち		乳				2	2							
ちえ		千江				1	1							
ちか		値嘉・千賀				1	1					1		
ちかし		近		形		14	37			1	5		5	3
ちかづきゆく		近付行		動四		1	1							
ちかづく		近付		動四		12	12			1	1	1	1	1
ちがや		茅草				1	1							
ちから		力				1	1							
ちからぐるま		力車				1	1				1			
ちぐま		千曲				1	1							
ちさ		萵			植物名	1	1							
ちた		知多				1	1							1
ちたび		千度				6	12		1		4			2
ちち		父				6	10					1		
ちちぎみ		父君				1	1						1	
ちちのみ					植物名	2	2							
ちちはは		父母				6	19					6		
ちとせ		千年				11	19			2	1	1	3	1
ちとり		千鳥・諸鳥				3	4							
ちどり		千鳥				7	19			2	4		5	4
ちな		千名				1	1				1			
ちぬ		千沼				2	3							1
ちぬみ		千沼廻				1	1						1	
ちぬをとこ		千沼壮士				2	4							
ちば		千葉				1	1							
ちはふ		幸		動四		1	1							
ちはやひと		千早人				2	2							1
ちはやふる		千早振		枕		1	1							
ちはやぶる		千早振・強暴		枕		9	15		2	1	2			1
ちびき		千引				1	1				1			
ちひさし		小		形		1	1						1	
ちひろ		千尋				2	2					1		

巻数 合計 巻1 巻2 巻3 巻4 巻5 巻6 巻7

巻8	巻9	巻10	巻11	巻12	巻13	巻14	巻15	巻16	巻17	巻18	巻19	巻20	意味分類
							1						12390(固有人名)
								1					39999(枕詞)
	1		7	2	3	1	2	1	1		1	3	39999(枕詞)
			1										39999(枕詞)
											1		25154(天気)
													21931(過不足)
													15602(胸・背・腹)
	1				1			1					21931(過不足)
												1	21540(上がり・下がり)
					1						1		21513(固定・傾き・転倒など)
										3	1		12590(固有地名)
1				1									15250(川・湖)
					2								11635(朝晩)
2	1	5	6	5	1	1	1		1	1	2	2	12010(われ・なれ・かれ)
								1					21540(上がり・下がり)
			1										14460(戸・カーテン・敷物・畳など)
													23050(学習・習慣・記憶)
		1											31800(形)
		1		1	1		1						12040(男女)
													12050(老少)
	3	2									2	1	14700(地類(土地利用))
					1					1	1		15240(山野)
		1							2				23332(衣生活)
3		1			1				1				21571(切断)
		3											23392(手足の動作)
											1		23520(応接・送迎)
6	2	2			1					1	1	1	21571(切断)
								1					12440(相対的地位)
				1						1			15607(体液・分泌物)
			1										12590(固有地名)
													12590(固有地名)
3	1	2	2	3			2	1	5		2	2	31110(関係)/31600(時間)/31911(長短・高低・深浅・厚薄・遠近)
		1											21560(接近・接触・隔離)
	1	1					1		1	1	1	1	21560(接近・接触・隔離)/21600(時間)
								1					15402(草本)
									1				13040(信念・努力・忍耐)
													14650(乗り物(陸上))
						1							12590(固有地名)
										1			15401(木本)
													12590(固有地名)
		1	2	2									11612(毎日・毎度)
	1				4			1			1	2	12120(親・先祖)
													12120(親・先祖)
											1	1	15410(枝・葉・花・実)
	3				1					1	1	7	12120(親・先祖)
			3		2	1				1	2	2	11621(永久・一生)
			1					2	1				15502(鳥類)
				1							2	1	15502(鳥類)
													13102(名)
			2										12590(固有地名)
													12590(固有地名)
	3										1		12390(固有人名)
												1	12590(固有地名)
	1												23310(人生・禍福)
			1										12340(人物)
												1	39999(枕詞)
			4		2			1	1			1	33430(行為・活動)/39999(枕詞)
													11562(突き・押し・引き・すれなど)
													31912(広狭・大小)
											1		11911(長短・高低・深浅・厚薄・遠近)

見出し	順	漢字	語種	品詞	注記	巻数	合計	巻1	巻2	巻3	巻4	巻5	巻6	巻7
ちふ	1	茅生				1	1							
ちふ	2			動四	「といふ」の約	4	5					2		1
ちふね		千船				1	1						1	
ちへ		千重				14	22		1	1	1	1	3	1
ちへしき		千重敷				1	1							
ちへなみ		千重波				3	3			1			1	
ちまた		岐・街				3	5							
ちまりゐる		留居		動上一	東語	1	1							
ちよ	1	千代				7	9	1	2				1	
ちよ	2	千夜				1	1							
ちよろづ		千万				1	1						1	
ちよろづかみ		千万神				2	2		1					
ちらす		散		動四		6	17					1		
ちらふ		散		動四		1	2							
ちり		散				1	1							
ちりおつ		散落		動上二		1	1							
ちりく		散来		動カ変		1	3							
ちりすぎゆく		散過行		動四		1	1							
ちりすぐ		散過		動上二		7	17					1		
ちりとぶ		散飛		動四		1	1				1			
ちりひぢ		塵泥				1	1							
ちりまがふ		散乱		動四		6	7		2			1		
ちりみだる		散乱		動下二		1	1							
ちりゆく		散行		動四		5	6		1				1	
ちる		散		動四		14	126		4	3	1	12	3	3
つ	1	津			普通名詞	6	7		1					
つ	2	津				2	2		1					
づ		出		動下二		2	9				1			
つか	1	束			「つか（のま）」をふくむ	3	3		1		1			
つか	2	塚				1	1							
つが		栂				4	4	1		1				
つかさ	1	司				6	9							
つかさ	2	丘阜				1	1			1				
つがのへ		都賀野辺				1	1							
つかはす		遣		動四		5	5		1			1		
つかひ		使				13	41		2		7	1		
つかふ	1	使		動四		2	3							
つかふ	2	仕		動下二		7	12	2	1	1	2			
つかへく		仕来		動カ変		2	2							
つかへまつる		仕奉		動四		10	20	1	1	2			2	
つかみかかる		掴掛		動四		2	2				1			
つかる		疲		動下二		2	2		1					1
つき	1	月				19	162	2	4	6	12	1	10	19
つき	2	槻				1	1		1					
つき	3	調				4	4	1					1	
つぎ		継				1	1							1
つきかつ		搗合		動下二		1	1							
つぎきたる		継来		動四		1	1		1					
つきくさ		月草				5	9				1			3
つきごろ		月頃				2	3				2			
つきそめ		桃花染				1	1							
つぎつぎ		次次				6	8	1		1			2	
つぎねふ				枕		1	1							
つぎはし		継橋				2	2				1			
つきひ		月日				8	9			1	1			
つきひと		月人				1	1							
つきひとをとこ		月人壮士				2	5							
つきむら		槻群				1	1			1				
つぎゆく		継行		動四		1	1			1				
つきよらし		着宜		形		1	1							
つく	1	月			東語	2	4							

巻8	巻9	巻10	巻11	巻12	巻13	巻14	巻15	巻16	巻17	巻18	巻19	巻20	意味分類
				1									15270(地相)
1										1			23100(言語活動)
													14660(乗り物（海上）)
		3	3	1	1		1		3		1	1	11573(配列・排列)
											1		11612(毎日・毎度)
					1								15155(波・潮)
			1	2				2					14710(道路・橋)
												1	21503(終了・中止・停止)
			1		1						2	1	11621(永久・一生)
			1										11635(朝晩)
													11960(数記号（一二三）)
					1								12030(神仏・精霊)
8	1	5								1	1		21552(分割・分裂・分散)
							2						21552(分割・分裂・分散)
		1											11552(分割・分裂・分散)
	1												21540(上がり・下がり)
		3											21552(分割・分裂・分散)
		1											21552(分割・分裂・分散)
5	3	3			1		1					3	21552(分割・分裂・分散)
													21552(分割・分裂・分散)
							1						15112(さび・ちり・煙・灰など)
	1	1			1				1				21552(分割・分裂・分散)
	1												21552(分割・分裂・分散)
		2		1				1					21552(分割・分裂・分散)
26	3	47		1			3	5			7	8	21552(分割・分裂・分散)
	2	1				1					1	1	14720(その他の土木施設)
												1	12590(固有地名)
						8							21210(出没)
			1										11911(長短・高低・深浅・厚薄・遠近)
	1												14700(地類（土地利用）)
									1		1		15401(木本)
1					1			1		4	1	1	12400(成員・職)/12430(長)/12710(政府機関)
													15240(山野)
			1										12590(固有地名)
					1			1			1		23630(人事)
	3	2	8	6	2		2	1	3	2		2	12450(その他の仕手)
					2	1							23630(人事)/23852(扱い・操作・使用)
								2		3	1		23630(人事)
					1							1	23630(人事)
	1				2				3	1	4	3	23630(人事)
								1					23392(手足の動作)
													23003(飢渇・酔い・疲労・睡眠など)
3	8	15	17	16	6		14	1	11	7	6	4	11631(月)/15210(天体)
													15401(木本)
										1		1	13720(税)
													11504(連続・反復)
								1					21550(合体・出会い・集合など)
													21504(連続・反復)
		2	1	2									15402(草本)
1													11631(月)
				1									15020(色)
										1	2	1	31504(連続・反復)
					1								39999(枕詞)
						1							14710(道路・橋)
		1			1		1		2	1		1	11600(時間)/15210(天体)
		1											15210(天体)
		4					1						15210(天体)
													15401(木本)
													21504(連続・反復)
						1							35020(色)
						3						1	15210(天体)

見出し	順	漢字	語種	品詞	注記	巻数	合計	巻1	巻2	巻3	巻4	巻5	巻6	巻7
つく	2	着・付		動四		12	24	3	2	2			2	2
つく	3	突		動四		6	11			2				
つく	4	漬		動四		3	3							1
つく	5	尽		動上二		5	6		1				1	
つく	6	着・付		動下二		11	22		1	2	3		1	2
つぐ	1	継・次		動四		19	52		2	3	1	2	2	2
つぐ	2	告		動下二		14	49		2	2				1
つくえ	1	机				1	1							
つくえ	2	机				1	1							
つくし		筑紫				8	16			1	1	2	2	
つくしう		尽得		動下二		1	1							
つくしかぬ		尽不堪		動下二		1	1							
つくしぢ		筑紫道				2	2							
つくしぶね		筑紫船				1	1				1			
つくしへ		筑紫辺				1	1							
つくす		尽		動四		9	15				3			1
つくの		都久野				1	1							
つくは		筑波				3	4			1				
つくはね		筑波嶺				5	16			1				
つくはやま		筑波山				1	1							
つくひ		月日			東語	1	1							
つくほる				動四		1	1					1		
つくま		筑摩				1	1							
つくまの		託馬野				1	1			1				
つくめ						1	1							
つくよ		月夜				13	43	1	2		6		1	4
つくよみ		月読				4	6				2			1
つくよみをとこ		月読壮士				2	2						1	1
つくりおく		作置		動四		1	2							
つくりきす		作著		動下二		1	1							
つくる		作		動四		15	38	4	1	2			3	5
つげ		黄楊				2	2							
つげく		告来		動カ変		2	2				1			
つげくし		黄楊櫛				1	1							
つげまくら		黄楊枕				1	1							
つげやる		告遣		動四		4	8						1	
つげをぐし		黄楊小櫛				1	2							
つごく		悸		動四		1	1							
つしま		対馬				3	3	1						
つた		蔦				5	5		1					
つだ		都多				1	1						1	
つたふ		伝		動四		1	1							
つたへ		伝				1	1							
つち		土				9	21					2	1	
つちはり		土針			植物名	1	1							1
つつ		伝		動下二		1	1							
つつき		管木				1	1							
つつきやぶる		破		動四		1	1							
つつじはな		躑躅花				2	3			1				
つつまふ		恙		動四		1	1							
つつみ	1	慎・恙				4	4					1	1	
つつみ	2	堤				5	7	1	2	1				
つづみ		鼓				2	2		1					
つつみもちゆく		包持行		動四		1	1							1
つつみもつ		包持		動四		1	1							
つつみゐ		囲井				1	1							
つつむ	1	包		動四		5	8		1	2				
つつむ	2	慎・恙		動四		3	3				1			

巻8	巻9	巻10	巻11	巻12	巻13	巻14	巻15	巻16	巻17	巻18	巻19	巻20	意味分類
1	1			2		4	1	2				2	21211(発生・復活)/21521(移動・発着)/21525(連れ・導き・追い・逃げなど)/21560(接近・接触・隔離)/23003(飢渇・酔い・疲労・睡眠など)
		1			3	2		2			1		21562(突き・押し・引き・すれなど)/23842(炊事・調理)
			1						1				21532(入り・入れ)
1		2										1	21250(消滅)
	1	1	1	4							2	4	21560(接近・接触・隔離)/23332(衣生活)
3	2	5	7	5	2	2	2	1	4	3	1	3	21504(連続・反復)/21560(接近・接触・隔離)
2		11	4	1	4		1	3	8	1	4	5	23123(伝達・報知)
								1					14470(家具)
								1					12590(固有地名)
				1	1	1						7	12590(固有地名)
			1										21503(終了・中止・停止)
										1			21503(終了・中止・停止)
				1			1						12590(固有地名)
													14660(乗り物(海上))
												1	12590(固有地名)
1	1	4		1	1			1			2		21250(消滅)
								1					12590(固有地名)
	2											1	12590(固有地名)
1	5					7						2	12590(固有地名)
						1							12590(固有地名)
												1	11600(時間)
													21570(成形・変形)
					1								12590(固有地名)
													12590(固有地名)
1													11840(模様・目)
6		9	6	2					1	2	1	2	11635(朝晩)/15010(光)
					1		2						15210(天体)
													15210(天体)
	2												23822(建設・土木)
	1												23332(衣生活)
5	1	4		1	1			7	1	1	1	1	23810(農業・林業)/23860(製造・加工・包装)
	1				1								15401(木本)
			1										23123(伝達・報知)
			1										14541(日用品)
			1										14270(寝具)
1							4					2	23123(伝達・報知)
											2		14541(日用品)
										1			23002(感動・興奮)
						1	1						12590(固有地名)
	1				1				1		1		15401(木本)
													12590(固有地名)
		1											21524(通過・普及など)
		1											13123(伝達・報知)
5	1	3	2	3							2	2	15230(地)
													15402(草本)
					1								23123(伝達・報知)
					1								12590(固有地名)
								1					21572(破壊)
					2								15410(枝・葉・花・実)
												1	21344(支障・損じ・荒廃)
					1							1	15721(病気・体調)
					1	2							14720(その他の土木施設)
			1										14560(楽器・レコードなど)
													23392(手足の動作)
		1											23392(手足の動作)
						1							14720(その他の土木施設)
	1				1					3			21210(出没)/21535(包み・覆いなど)
							1					1	21563(防止・妨害・回避)/23041(自信・誇り・恥・反省)

見出し	順	漢字	語種	品詞	注記	巻数	合計	巻1	巻2	巻3	巻4	巻5	巻6	巻7
つてこと		伝言				2	2							
つてやる		伝遣		動四		1	1							
つと		苞				5	7							2
つとに		夙		副		1	1							
つどひ		集				1	1							
つどふ		集		動四		3	4		1					
つとむ		勤・努		動下二		2	2		1					
つな		綱				4	4							1
つなぐ		繋		動四		2	3							
つなし					魚名	1	1							
つなて		綱手				1	1							
つね		常			「つね（に），つね（なし）」	19	76	2	1	8	3	4	5	8
つねひと		常人				2	3							
つの	1	角				3	4		1		1			
つの	2	角				4	5		2	1				
つのが		角鹿				1	1			1				
つのさはふ				枕		3	5		1	2				
つのしま		角島				1	1							
つばき		椿				4	5	1						
つばきち		椿市				1	2							
つばさ		翼				2	2							
つばな		茅花				1	3							
つばめ		燕				1	1							
つばらかに				副		2	2							
つばらつばらに				副		2	2			1				
つばらに				副		1	1	1						
つひに		終		副	「つひの」をふくむ	7	9		1	1				
つぶれいし		円石				1	1							
つぼすみれ		壷菫				1	2							
つま	1	妻・夫				18	104	1	7	5	3		6	6
つま	2	端・褄				1	1	1						
つま	3	妻				1	1							
つまがり		妻許				1	1							
つまぎ		爪木				1	1							1
つまごひ		妻恋				6	11	1			1	1		
つまごもる		妻隠		枕		2	2		1					
つまづく		躓		動四		5	5			1	1			1
つまで		嬬手				1	2	2						
つまどち		妻共				1	1							
つまどひ		妻問				7	7			1	1			
つまどふ		妻問		動四		3	7							
つまなし		妻梨			梨	1	2							
つまびく		爪引		動四		2	2				1			
つまま					木名	1	1							
つままつ		妻松				1	1						1	
つまむかへぶね		妻迎舟				1	1							
つまや		妻屋				5	6		2	1		1		1
つまわかれ		妻別				1	2							
つみ	1	柘			山桑	2	3			2				
つみ	2	罪				1	1				1			
つみあぐ		摘上		動下二		1	1							
つみおほす		摘生		動四		1	1							
つみからす		摘枯		動四		1	1							
つみく		摘来		動カ変		1	1							
つむ	1	摘・抓		動四		12	24	1	1				1	4
つむ	2	積		動四		3	3				1			
つむがの		都武賀野				1	1							
つむじ		旋風				1	1		1					
つめ	1	爪				3	3							

巻8	巻9	巻10	巻11	巻12	巻13	巻14	巻15	巻16	巻17	巻18	巻19	巻20	意味分類
				1							1		13123(伝達・報知)
									1				23123(伝達・報知)
		1						1		1		2	14010(持ち物・売り物・土産など)
		1											31660(新旧・遅速)
					1								13510(集会)
		1										2	21550(合体・出会い・集合など)
												1	23040(信念・努力・忍耐)/23320(労働・作業・休暇)
					1	1	1						14160(コード・縄・綱など)
						1		2					21560(接近・接触・隔離)
									1				15504(魚類)
			1										14160(コード・縄・綱など)
5	2	6	4	4	4		2	1	4	2	9	2	11600(時間)
										2	1		12340(人物)
								2					15606(骨・歯・爪・角・甲)
								1	1				12590(固有地名)
													12590(固有地名)
					2								39999(枕詞)
								1					12590(固有地名)
					1						2	1	15401(木本)
				2									12590(固有地名)
		1			1								15603(手足・指)
3													15410(枝・葉・花・実)
											1		15502(鳥類)
	1										1		33068(詳細・正確・不思議)
										1			33068(詳細・正確・不思議)
													33068(詳細・正確・不思議)
	1		2	2	1							1	31670(時間的前後)
								1					15111(鉱物)
2													15402(草本)
4	11	17	6	2	13	1	4		4	2	1	11	12110(夫婦)
													14240(そで・襟・身ごろ・ポケットなど)
	1												12590(固有地名)
			1										11700(空間・場所)
													14120(木・石・金)
3	1	4											13020(好悪・愛憎)
		1											39999(枕詞)
			1		1								23392(手足の動作)
													14120(木・石・金)
				1									12200(相手・仲間)
1	1	1								1	1		13350(冠婚)
	2	4						1					23350(冠婚)
		2											15401(木本)
											1		23392(手足の動作)
											1		15401(木本)
													15401(木本)
1													14660(乗り物(海上))
											1		14410(家屋・建物)
												2	13520(応接・送迎)
		1											15401(木本)
													13440(犯罪・罪)
												1	23392(手足の動作)
			1										25701(生)
						1							25702(死)
												1	23392(手足の動作)
4		3	1		1	2		1	3			2	23392(手足の動作)
					1						1		21541(乗り降り・浮き沈み)/21580(増減・補充)
						1							12590(固有地名)
													15151(風)
								1		1		1	15606(骨・歯・爪・角・甲)

見出し	順	漢字	語種	品詞	注記	巻数	合計	巻1	巻2	巻3	巻4	巻5	巻6	巻7
つめ	2	頭				1	1							
つもり		津守				1	1		1					
つもりあびき		津守網引				1	1							
つもる		積		動四		2	3							
つゆ		露			副詞をふくむ	12	35		1		1			1
つゆしも		露霜				12	25		3	2	1		2	1
つゆはら		露原				1	1							
つゆわけごろも		露別衣				1	1							
つら		列・弦				2	2							1
つらし		辛		形		2	2					1		
つらつら				副		2	3	2						
つらつらつばき		列列椿				1	2	2						
つらなむ		連並		動下二		1	1							
つららに				副		1	1							
つらを		連弦				1	1		1					
つり		釣				7	11			1			1	1
つりぶね		釣舟				7	10			3				1
つりほこる		釣誇		動四		1	1							
つる	1	都留				1	1							
つる	2	釣		動四		5	12			1		8	1	
つるぎ		剣				1	1							
つるぎたち		剣太刀				13	21		2	1	2	1		
つるばみ		橡				3	6							2
つれなし				形		1	1							
つれもなし				形		6	10		2	1	1		1	
つゑ		杖				2	3			1				
つを		津乎				1	1			1				
て	1	手				18	85		2	10	8	6	1	12
て	2	道				1	1							1
てうさむ		朝参	漢			1	1							
てうす		手臼				1	1							
てご	1	手児				1	3							
てご	2	手児				1	2							
てごな		手児名				3	8			3				
てぞめ		手染				1	1							1
てづから		手		副		1	1					1		
てづくり		手作				1	1							
てぶり		風俗				1	1					1		
てもすまに		手		句		1	2							
てら		寺				1	1							
てらさひあるく				動四		1	1							
てらす		照		動四		9	12		2		2	1	1	2
てらてら		寺寺				1	1							
てらゐ		寺井				1	1							
てり		照				1	1							
てりいづ		照出		動下二		1	1							
てる		照		動四		19	55	1	5	2	3	1	3	8
てるさづ						1	1							1
てをの		手斧				1	1							1
と	1	戸・門				8	12			2			1	
と	2	外				4	4							
と	3	音				1	1							
と	4	時			「ともなし，ぬとに」の	6	9		2					
ど				副	「あど」の略	1	1							
とが	1	咎				1	1							
とが	2	栂				1	1						1	
とかげ		常陰				2	2							
とがむ		咎		動下二		3	3				1			
とがり		鳥猟				4	4							1

巻8	巻9	巻10	巻11	巻12	巻13	巻14	巻15	巻16	巻17	巻18	巻19	巻20	意味分類
	1												11780(ふち・そば・まわり・沿い)
													12390(固有人名)
			1										13811(牧畜・漁業・鉱業)
		2							1				21580(増減・補充)
5		14	3	4	1		1		1		1	2	15130(水・乾湿)
3		6		1		1	2		1		2		15130(水・乾湿)
			1										15240(山野)
		1											14210(衣服)
						1							14160(コード・縄・綱など)
											1		33014(苦悩・悲哀)
												1	33040(信念・努力・忍耐)
													15401(木本)
											1		21573(配列・排列)
							1						31504(連続・反復)
													14160(コード・縄・綱など)
	3			2	1				2				13811(牧畜・漁業・鉱業)
	1				1		2		1	1			14660(乗り物(海上))
	1												23041(自信・誇り・恥・反省)
						1							12590(固有地名)
	1						1						23811(牧畜・漁業・鉱業)
					1								12590(固有地名)
	1		5	1	3	1		1		1	1	1	14550(刃物)
				3						1			15020(色)
		1											33030(表情・態度)
					3						2		31110(関係)/33013(安心・焦燥・満足)/33680(待遇・礼など)
					2								14152(柄・つえ・へらなど)
													12590(固有地名)
2	3	8	6	3	2	1	1		8	3	4	5	15603(手足・指)
													14710(道路・橋)
										1			11526(進退)
								1					14540(農工具など)
						3							12050(老少)
						2							12590(固有地名)
	2					3							12390(固有人名)
													13841(染色・洗濯など)
													33045(意志)
						1							14201(布・布地・織物)
													13300(文化・歴史・風俗)
2													33320(労働・作業・休暇)
								1					12630(社寺・学校)
										1			23092(見せる)
1	1	1										1	25010(光)
								1					12630(社寺・学校)
											1		14720(その他の土木施設)
										1			15154(天気)
		1											25154(天気)
2	2	7	3	4	1		2	1	2	1	5	2	25010(光)
													12413(農林水産業)
													14550(刃物)
				2	2	2	1	1	1				14460(戸・カーテン・敷物・畳など)/15260(海・島)
						1	1		1		1		11770(内外)
						1							15030(音)
		1	1				2				2	1	11600(時間)
						1							41180(理由)
						1							11331(特徴)
													15401(木本)
1		1											15010(光)
	1									1			23062(注意・認知・了解)/23135(批評・弁解)
			1			1			1				13811(牧畜・漁業・鉱業)

巻8 巻9 巻10 巻11 巻12 巻13 巻14 巻15 巻16 巻17 巻18 巻19 巻20

見出し	順	漢字	語種	品詞	注記	巻数	合計	巻1	巻2	巻3	巻4	巻5	巻6	巻7
とき		時				20	234	4	13	10	16	4	11	8
ときあく		解開		動下二		3	4							
ときあけみる		解開見		動上一		1	1							
ときあらひきぬ		解洗衣				1	1							1
ときあらひごろも		解洗衣				1	1							
ときあらふ		解洗		動四		1	1							
ときかはす		解交		動四		1	1							
ときかふ		解替		動下二		2	2			1	1			
ときぎぬ		解衣				3	4							
ときさく		解放		動下二		7	10				1	1		
ときじ		時		形		7	16	3		2	1			
ときしく		解敷		動四		1	1					1		
ときつかぜ		時風				4	4		1				1	1
ときとき		四季毎				1	1							
ときどき		時時				1	1		1					
ときは		常磐				8	10			1		1	2	1
ときまく		解設		動下二		2	2							
ときまつ		解待		動四		1	1							
ときみだる		解乱		動四		1	1							
ときみる		解見		動上一		2	3							
ときもり		時守				1	1							
ときゆく		解行		動四		1	1							
とく	1	解		動四		12	40			1			1	1
とく	2	解		動下二		7	13		1					
とぐ	1	研		動四		3	4				2			
とぐ	2	遂		動下二		3	4			1	2			1
とくとく		疾疾		副		1	1							
とぐら		鳥座				2	2		1					
とけやすし		解易		形		1	1							
とこ	1	床				9	20					1		
とこ	2	鳥籠				2	2				1			
とごころ		利心				3	3							
とこしくに		永久		副		1	1							1
とこしへに		常		副		2	2							
とこじもの		床物				1	1					1		
とこつみかど		常御門				1	1		1					
とことばに		常磐		副		1	1		1					
とこなつ		常夏				1	3							
とこなめ		常滑				3	3	1						
とこは		常葉				2	2						1	
とこはつはな		常初花				1	1							
とこはな		常花				1	1							
とこへ		床辺				1	1							
とこみや		常宮				2	3		2				1	
とこめづらし		常珍		形		1	1							
とこやみ		常闇				2	2		1					
とこよ		常世				6	8	1		2	2	1		
とこよへ		常世辺				1	3							
とこよもの		常世物				1	1							
ところ		所				1	1							
ところづら					植物名	2	2							1
とこをとめ		常処女				1	1	1						
とさぢ		土佐道				1	1						1	
とし	1	年				19	128	2	3	5	9	4	4	3
とし	2	疾		形	「とく」をふくむ	2	3							1
とじ		刀自				2	4				1			
としころ		年頃				2	3		1					
としさへこごと				句		1	1							
としつき		年月				9	14				1	2		1

巻8	巻9	巻10	巻11	巻12	巻13	巻14	巻15	巻16	巻17	巻18	巻19	巻20	意味分類
10	13	32	18	23	9	6	14	2	12	8	11	10	11600(時間)/11611(時機・時刻)/11623(時代)
			2						1			1	21553(開閉・封)
								1					23091(見る)
													14210(衣服)
							1						14210(衣服)
				1									23841(染色・洗濯など)
		1											21501(変換・交換)
													21501(変換・交換)
		1	2	1									14210(衣服)
				2		1			3		1	1	21552(分割・分裂・分散)
1		1			4					4			31600(時間)
													21513(固定・傾き・転倒など)
				1									15151(風)
												1	31612(毎日・毎度)
													31612(毎日・毎度)
			1						1	2		1	11621(永久・一生)/15111(鉱物)/15410(枝・葉・花・実)
1				1									23084(計画・案)
		1											23520(応接・送迎)
								1					21340(調和・混乱)
		1		2									23091(見る)
			1										12411(管理的・書記的職業)
		1											21527(往復)
1	4	4	6	7		5	2			1		7	21552(分割・分裂・分散)
	1		5	3		1			1			1	21552(分割・分裂・分散)/23013(安心・焦燥・満足)
					1							1	23050(学習・習慣・記憶)/23851(練り・塗り・撃ち・録音・撮影)
													23470(成功・失敗)
											1		31660(新旧・遅速)
											1		14400(住居)
						1							31346(難易・安危)
1		1	6	1	3	2			4		1		14270(寝具)
			1										12590(固有地名)
			1	1								1	13000(心)
													31600(時間)
	1									1			31600(時間)
													14270(寝具)
													14410(家屋・建物)
													31600(時間)
									3				11621(永久・一生)
	1		1										15240(山野)
						1							15410(枝・葉・花・実)
									1				15410(枝・葉・花・実)
									1				15410(枝・葉・花・実)
												1	14270(寝具)
													14400(住居)/14700(地類（土地利用）)
			1										31331(特徴)
							1						15010(光)
	1									1			11621(永久・一生)/12600(社会・世界)
	3												12600(社会・世界)
										1			14000(物品)
											1		11700(空間・場所)
	1												15402(草本)
													12050(老少)
													12590(固有地名)
	2	14	15	14	6	1	3	2	7	8	17	9	11630(年)/15701(生)
			2										31400(力)/31800(形)
								3					12220(主客)
				2									11600(時間)
						1							21551(統一・組み合わせ)
		2	4	1					1	1		1	11600(時間)

見出し	順	漢字	語種	品詞	注記	巻数	合計	巻1	巻2	巻3	巻4	巻5	巻6	巻7
どち		達				5	12					1		
とちはは		父母			東語	1	1							
とつみやどころ		離宮地				1	2							
とど				副		2	2							
とどこ		外床				1	1							
とどこほる		滞		動四		1	1							
ととのふ		整		動下二		5	6		1	1				
とどまる		止		動四		2	2							
とどみ		停				1	1							
とどみかぬ		止不堪		動下二		1	2					2		
とどむ		止		動下二		10	13			1	1			1
とどめう		止得		動下二		2	2			1				
とどめかぬ		止不堪		動下二		4	6			1				
とどろに				副		7	12				1		3	
となふ		唱		動下二		1	1							
となみ	1	門波				1	1							1
となみ	2	鳥網				2	2							
となみ	3	砺波				1	1							
となみやま		砺波山				2	2							
となり		隣				2	2							
とねがは		利根川				1	1							
とねり		舎人				3	5		1	2				
とねりをとこ		舎人壮士				1	1							
との		殿				5	9							
とのぐもりあふ				動四		1	1							
とのぐもる				動四		5	5			1				
とのごもる		殿隠		動四		1	1							
とのしく				副		1	1					1		
とのど		殿門				1	1							
とのびく		棚引		動四		1	1							
とのへ		外重				1	1			1				
とのゐ		宿直				1	2		2					
とば		鳥羽				2	2							
とばす		飛		動四		1	1					1		
とばた		飛幡				1	1							
とばやままつ		飛羽山松				1	1				1			
とひ		土肥				1	1							
とびあがる		飛上		動四		1	1							
とびかける		飛翔		動四		2	2							
とびかへりく		飛帰来		動カ変		1	1		1					
とびかへる		飛帰		動四		1	1					1		
とびくく		飛潜		動四		1	2							
とびこえゆく		飛越行		動四		1	1							
とびこゆ		飛越		動下二		5	7							1
とひさく		問放		動下二		2	2			1		1		
とびたちかぬ		飛立		動下二		1	1					1		
とびたもとほる		飛		動四		1	1							
とびのぼる		飛上		動四		1	1			1				
とびわたる		飛渡		動四		3	3							
とふ	1	問		動四		19	69		4	4	6	2	2	1
とふ	2			動四	「といふ」の	5	10					1		
とぶ		飛		動四	「とぶ（とりの）」をふくむ	7	10	1	3			2	1	
とぶさ		朶				2	2			1				
とぶひ		飛火				1	1						1	
とぶらふ		訪		動四		1	1		1					
とへたほみ		遠江				1	1							
とへなかも				句		1	1							
とほ		遠				12	16		2	1	1	1	1	
とほおと		遠音				2	3				1			

巻8	巻9	巻10	巻11	巻12	巻13	巻14	巻15	巻16	巻17	巻18	巻19	巻20	意味分類
2		2							4		3		12200(相手・仲間)
												1	12120(親・先祖)
					2								14400(住居)
			1			1							35030(音)
					1								14270(寝具)
												1	21526(進退)
		1									1	2	21342(調節)
1			1										21503(終了・中止・停止)
	1												15155(波・潮)
													21503(終了・中止・停止)
		1	3	1		1	1		1	2			21503(終了・中止・停止)/23062(注意・認知・了解)
											1		21503(終了・中止・停止)
1									1		3		21503(終了・中止・停止)
			2		2	2	1			1			35030(音)
						1							23100(言語活動)
													15155(波・潮)
					1				1				14161(網)
										1			12590(固有地名)
									1		1		12590(固有地名)
	1					1							11780(ふち・そば・まわり・沿い)
						1							12590(固有地名)
					2								12411(管理的・書記的職業)
								1					12411(管理的・書記的職業)
	1					2		1		3		2	14410(家屋・建物)
										1			25152(雲)
				1	1				1	1			25152(雲)
					1								25702(死)
													31910(多少)
										1			14460(戸・カーテン・敷物・畳など)
												1	21513(固定・傾き・転倒など)
													11563(防止・妨害・回避)
													13320(労働・作業・休暇)
	1				1								12590(固有地名)
													21522(走り・飛び・流れなど)
				1									12590(固有地名)
													15401(木本)
						1							12590(固有地名)
									1				21540(上がり・下がり)
	1							1					21522(走り・飛び・流れなど)
													21522(走り・飛び・流れなど)
													21522(走り・飛び・流れなど)
									2				21532(入り・入れ)
											1		21522(走り・飛び・流れなど)
		2					2		1		1		21521(移動・発着)
													23132(問答)
													21521(移動・発着)
									1				21522(走り・飛び・流れなど)
													21540(上がり・下がり)
							1	1			1		21521(移動・発着)
5	5	4	11	4	8	1	1	2	2	2	1	4	23131(話・談話)/23132(問答)/23520(応接・送迎)
						4	2				1	2	23100(言語活動)/23102(名)
			1			1		1					21522(走り・飛び・流れなど)
									1				15410(枝・葉・花・実)
													12590(固有地名)
													23520(応接・送迎)
												1	12590(固有地名)
						1							99999(意味不明)
			1		1		3		1	1	1	2	11911(長短・高低・深浅・厚薄・遠近)
											2		15030(音)

見出し	順	漢字	語種	品詞	注記	巻数	合計	巻1	巻2	巻3	巻4	巻5	巻6	巻7
とほざかりゐる		遠離居		動上一		1	1							
とほざかる		遠離		動四		2	3							1
とほさとをの		遠里小野				2	2							1
とほし		遠		形		19	79	3		4	6	3	6	3
とほしろし		雄大		形		2	2			1				
とほす		通		動四		2	4							2
とほそく		遠退		動四		3	3							
とほつ		遠津				1	1							1
とほつあふみ		遠江				2	2							1
とほつおほうら		遠大浦				1	1							
とほつかみ		遠神				2	2	1		1				
とほつかむおや		遠神祖				1	2							
とほつくに		遠国				1	1							
とほつひと		遠人				4	5					2		
とほづま		遠妻				5	6				1			1
とほな		遠名				1	1							
とほながし		遠長		形		4	6		1	3				
とほながに		遠長		副		3	4			2				
とほみよみよ		遠御世御世				1	1							
とほやま		遠山				1	1							
とほりてる		徹照		動四		1	1							
とほる		通		動四		8	11		1			1		2
とまで		苫手				1	1							
とまり		泊・留				7	13		2	2			2	1
とまりとまり		泊泊				1	1							
とまりゐる		泊居		動上一		1	1							
とまる		止・泊		動四		5	8							
とみ	1	跡見				1	1						1	
とみ	2	鳥見				1	1							
とみひと		富人				1	1					1		
とみやまゆき		跡見山雪				1	1							
とむ	1	止		動下二		3	3				1			
とむ	2	尋		動下二		1	1							
とめかぬ		止不堪		動下二		1	1		1					
とめゆく		尋行		動四		1	1							
とも	1	友				6	11	1			3		1	
とも	2	供・伴・艫				9	11						1	
とも	3	鞆				1	1	1						
とも	4	鞆				2	4			2				2
ともうぐひす		友鴬				1	1							
ともし		乏・羨		形		17	38	3	1	3	3		4	2
ともしあふ		灯合		動四		1	1							
ともしさ		乏・羨				6	6				1	1		1
ともしづま		乏妻				1	1							
ともしび		灯				5	7			1				1
ともしぶ		乏		動上二		1	1							
ともしむ		令乏		動下二		2	3							
ともす		灯・点		動四		4	6			1				
ともなふ		伴		動下二		1	1							
ともなへたつ		伴立		動下二		1	1							
ともに		共		副		14	18		2	1	1	2		1
とものへ		伴部				1	1						1	
とものを		伴緒				2	2							1
とや		等夜				1	1							
とよ		豊				2	2							
とよくに		豊国				6	10			3				1
とよに		響		副		1	1							
とよはたぐも		豊旗雲				1	1	1						
とよはつせぢ		豊泊瀬道				1	1							

巻数 合計 巻1 巻2 巻3 巻4 巻5 巻6 巻7

巻8	巻9	巻10	巻11	巻12	巻13	巻14	巻15	巻16	巻17	巻18	巻19	巻20	意味分類
					1								21560(接近・接触・隔離)
		2											21560(接近・接触・隔離)
								1					12590(固有地名)
6	4	5	9	4	2	5	6	1	5	1	2	4	31110(関係)/31600(時間)/31911(長短・高低・深浅・厚薄・遠近)
									1				31912(広狭・大小)
			2										21524(通過・普及など)
						1					1	1	21560(接近・接触・隔離)
													12590(固有地名)
						1							12590(固有地名)
			1										12590(固有地名)
													12030(神仏・精霊)
										2			12120(親・先祖)
	1												12530(国)
				1	1				1				12340(人物)
1	1	2											12110(夫婦)
			1										13142(評判)
					1	1							31600(時間)/31911(長短・高低・深浅・厚薄・遠近)
				1						1			31600(時間)
											1		11623(時代)
			1										15240(山野)
			1										25010(光)
		2	2		1		1				1		21524(通過・普及など)
		1											14460(戸・カーテン・敷物・畳など)
	2				1		3						14720(その他の土木施設)
											1		14720(その他の土木施設)
	1												21503(終了・中止・停止)
	1		1	3	2						1		21503(終了・中止・停止)
													12450(その他の仕手)
1													12590(固有地名)
													12330(社会階層)
		1											15153(雨・雪)
							1				1		21503(終了・中止・停止)/21563(防止・妨害・回避)
											1		23065(研究・試験・調査・検査など)
													21563(防止・妨害・回避)
	1												23065(研究・試験・調査・検査など)
1			2					3					12210(友・なじみ)
		1	1			1		1	2	1	2	1	12440(相対的地位)/14660(乗り物(海上))
													14551(武器)
													12590(固有地名)
		1											15502(鳥類)
4	1	5	1	2	1	1			4	1	1	1	31910(多少)/33020(好悪・愛憎)/33042(欲望・期待・失望)
							1						25161(火)
1							1					1	13020(好悪・愛憎)
		1											12110(夫婦)
			2				1			2			14600(灯火)
									1				23020(好悪・愛憎)
		2	1										23013(安心・焦燥・満足)
				1			3				1		25161(火)
											1		21525(連れ・導き・追い・逃げなど)
											1		21525(連れ・導き・追い・逃げなど)
1				1	1		1	1	1	1	3	1	31551(統一・組み合わせ)
													12440(相対的地位)
												1	12440(相対的地位)
						1							12590(固有地名)
									1		1		11910(多少)
	1	1		3				1					12390(固有人名)
			1										35030(音)
													15152(雲)
			1										12590(固有地名)

巻8 巻9 巻10 巻11 巻12 巻13 巻14 巻15 巻16 巻17 巻18 巻19 巻20

見出し	順	漢字	語種	品詞	注記	巻数	合計	巻1	巻2	巻3	巻4	巻5	巻6	巻7
とよみき		豊御酒				2	3						2	
とよむ	1	響		動四		9	12						2	2
とよむ	2	響		動下二		7	9				1			
とよもす		響		動四		2	3							
とら		虎・寅				2	3		1					
とらふ		捕		動下二		1	1							
とり		鳥・鶏			「（とぶ）とりの」をふくむ	18	64	2	11	7	3	3	4	3
とりあぐ		取上		動下二		1	1							
とりあたふ		取与		動下二		1	1		1					
とりおく		取置		動四		2	2							
とりおふ		取負		動四		3	3			1				
とりおほす		取負		動下二		1	1							
とりかく		取掛		動下二		3	4			1				
とりかざらふ		取飾		動四		1	1							
とりかなわ		取難		句		1	1			1				
とりかぬ		取不堪		動下二		1	1							
とりかひがは		取替川				1	1							
とりかふ		取換		動下二		2	2							
とりきる		取著		動上一		3	3			1				1
とりく		取来		動カ変		1	1							
とりしく		取敷		動四		1	1					1		
とりしづ		取垂		動下二		2	2						1	
とりじもの		鳥物				3	4		2		1			1
とりそふ		取添		動下二		2	2				1			
とりつかぬ		取束		動下二		1	1							
とりつく	1	取付		動四		1	3							
とりつく	2	取付		動下二		3	3			1			1	
とりつくす		取尽		動四		1	1							
とりつつく		取続		動四		2	2					1		
とりつづしろふ		取		動四		1	1					1		
とりとどこほる		取		動四		1	1				1			
とりなづ		取撫		動下二		1	1	1						
とりなびく		取靡		動下二		1	1							
とりなめかく		取並懸		動下二		1	1							
とりのをかち						1	1							
とりはく	1	取佩		動四		7	7		1	1		1		
とりはく	2	取著		動下二		1	1		1					
とりはなす		取放		動四		1	1							
とりまかす		取委		動下二		1	1		1					
とりみがぬ		取見不堪		動下二		1	1							
とりみる		取見		動上一		4	6			1		3		1
とりむく		取向		動下二		2	2	1						
とりめす		取食		動四		1	1							
とりもす		取持		動四	東語	1	1							
とりもちく		取持来		動カ変		1	2							
とりもつ		取持		動四		13	25		4	4		1		
とりよそふ		取装		動四		1	1							
とりよろふ		取具		動四		1	1	1						
とる	1	取		動四		20	68	4	1	2	3	1	4	16
とる	2	照		動四	東語	1	1							
とろし		取石				1	1							
とゐなみ		跡座浪				2	3		1					
とゑらふ		撓		動四		1	1							
とを		撓				1	1							
とをむ		撓		動四		1	1							
とをよる				動四		3	3		1	1				1
とをらふ				動四		1	1							
とをを				形動		3	6							
な	1	名				19	109	3	8	7	5	4	4	1
な	2	汝				5	19			1	2			
な	3	菜				1	1	1						

巻8	巻9	巻10	巻11	巻12	巻13	巻14	巻15	巻16	巻17	巻18	巻19	巻20	意味分類
											1		14350(飲料・たばこ)
	1	1	2	1	1	1					1		25030(音)
2	2		1		1		1				1		25030(音)
		1	2										25030(音)
								2					15501(哺乳類)
				1									23613(捕縛・釈放)
	4	4		4	2	3	1	2	2	3	4	2	15502(鳥類)
										1			23392(手足の動作)
													23770(授受)
			1		1								21240(保存)
	1											1	23392(手足の動作)
												1	23392(手足の動作)
					2						1		21513(固定・傾き・転倒など)
								1					23332(衣生活)
													23700(取得)
												1	23613(捕縛・釈放)
				1									12590(固有地名)
			1					1					21501(変換・交換)
				1									23332(衣生活)
								1					23700(取得)
													21513(固定・傾き・転倒など)
	1												21513(固定・傾き・転倒など)
													15502(鳥類)
									1				21580(増減・補充)
								1					21551(統一・組み合わせ)
												3	21560(接近・接触・隔離)
									1				21560(接近・接触・隔離)
			1										23700(取得)
	1												21504(連続・反復)
													23331(食生活)
													21560(接近・接触・隔離)
													23392(手足の動作)
	1												23811(牧畜・漁業・鉱業)
								1					21513(固定・傾き・転倒など)
						1							12590(固有地名)
	1									1	1	1	23332(衣生活)
													21560(接近・接触・隔離)
						1							21560(接近・接触・隔離)
													23392(手足の動作)
						1							23650(救護・救援)
		1											23650(救護・救援)
					1								23770(授受)
								1					23331(食生活)
												1	23392(手足の動作)
								2					23392(手足の動作)
	1	1	2	1	1		1		1	2	5	1	23392(手足の動作)/23430(行為・活動)
												1	23332(衣生活)
													21340(調和・混乱)
1	3	4	5	1	5	1	2	2	4	2	4	3	23392(手足の動作)/23700(取得)
						1							25010(光)
		1											12590(固有地名)
					2								15155(波・潮)
												1	21511(動揺・回転)
										1			11800(形・型・姿・構え)
											1		21570(成形・変形)
													21570(成形・変形)
	1												21511(動揺・回転)
1		4			1								31800(形)
	4	3	25	12	5	4	3	1	6	4	3	7	13102(名)/13142(評判)
			2		1	13							12010(われ・なれ・かれ)
													15400(植物)

見出し	順	漢字	語種	品詞	注記	巻数	合計	巻1	巻2	巻3	巻4	巻5	巻6	巻7
な	4	魚				1	1					1		
なおと		汝弟				1	1							
なか	1	中・仲				13	23		1	2		2		1
なか	2	那珂				1	1							
なが		汝		連体		14	39		1	2	1	3		3
なかごと		中言				1	2				2			
ながこひ		長恋				2	2					1		
なかごろ		中頃				1	1							
ながさ		長				2	2				1		1	
ながさふ		流		動四		1	1							
ながし		長		形		19	106	2	7	4	9	4	7	2
ながす		流		動四		1	1							1
なかだをれ				句		1	1							
なかち		仲子				1	1							
ながち		長道				3	3			1				
なかつえ		仲枝				1	1							
ながつき		長月				5	13			1				
ながて		長道				4	6				2	2		
ながと		長門				3	3						1	
なかとみ		中臣				1	1							
なかなか		中中		副		6	13			1	3			
ながながし		長長		形		1	1							
なかのぼり		中上				1	1							
なかはず		弭				1	2	2						
ながはま		長浜				3	4							
ながひ		長日				2	2							
なかまな		中麻奈				1	1							
ながめ		長雨				3	3							
ながや		長屋				1	2							
なかやま		中山				1	1	1						
ながよ		長夜				1	1							
なかよど		中淀				1	1				1			
ながら		長柄				1	1						1	
ながらふ		流・永		動下二		3	3	1						
ながらへきたる		流来		動四		2	2	1						
ながらへちる		流散		動四		1	1							
ながらへわたる		流渡		動四		1	1							
ながる		流		動下二		10	19		3	1		1		2
ながれ		流				1	1							
ながれあふ		流合		動四		1	1	1						
ながれいく		流行		動四		1	1							
ながれく		流来		動カ変		3	3			1		1		
ながれふらばふ		流触		動下二		1	1		1					
なき	1	鳴				1	1							
なき	2	名木				1	1							
なぎ		水葱				1	1							
なきかへらふ		泣反		動四		1	1		1					
なきく		鳴来		動カ変		1	1							
なきこゆ		鳴越		動下二		1	1							
なぎさ		渚				7	8			1			1	1
なきさは		泣沢				1	1		1					
なきしま		鳴島				1	1							
なきすぎわたる		鳴過渡		動四		1	1							
なきすみ		魚住				1	2						2	
なきちらす		鳴散		動四		1	1							
なきとよむ	1	鳴響		動四		1	1							
なきとよむ	2	鳴響		動下二		2	5							
なきとよもす		鳴響		動四		1	1							
なきぬらす		泣濡		動四		1	1							

巻8	巻9	巻10	巻11	巻12	巻13	巻14	巻15	巻16	巻17	巻18	巻19	巻20	意味分類
													15504(魚類)
									1				12140(兄弟)
	3		4			2	2	1	2	1	1	1	11652(途中・盛り)/11720(範囲・席・跡)/11742(中・隅・端)/11770(内外)
	1												12590(固有地名)
2	4	6	3		7	4	1		1			1	31010(こそあど・他)
													13683(脅迫・中傷・愚弄など)
				1									13020(好悪・愛憎)
				1									11642(過去)
													11911(長短・高低・深浅・厚薄・遠近)
										1			23123(伝達・報知)
2	5	19	6	10	8		4	1	3	1	3	9	31911(長短・高低・深浅・厚薄・遠近)/33420(人柄)
													21522(走り・飛び・流れなど)
						1							11652(途中・盛り)
						1							12130(子・子孫)
							1					1	11520(進行・過程・経由)
					1								15410(枝・葉・花・実)
1		6			4		1						11631(月)
				1			1						11520(進行・過程・経由)
					1		1						12590(固有地名)
									1				12390(固有人名)
	1		3	4					1				31332(良不良・適不適)/43110(判定)
			1										31911(長短・高低・深浅・厚薄・遠近)
	1												11521(移動・発着)
													14551(武器)
1				1					2				12590(固有地名)
		1		1									11624(季節)
						1							12590(固有地名)
		1						1			1		15153(雨・雪)
								2					14410(家屋・建物)
													12590(固有地名)
		1											11635(朝晩)
													15250(川・湖)
													12590(固有地名)
1		1											21600(時間)/25701(生)
											1		23123(伝達・報知)
1													21552(分割・分裂・分散)
		1											25701(生)
	2	4			1			1		1	3		21522(走り・飛び・流れなど)/23123(伝達・報知)
		1											11522(走り・飛び・流れなど)
													21522(走り・飛び・流れなど)
		1											21522(走り・飛び・流れなど)
			1										21522(走り・飛び・流れなど)
													21522(走り・飛び・流れなど)
1													13031(声)
	1												12590(固有地名)
								1					15402(草本)
													23030(表情・態度)
			1										23031(声)
											1		21521(移動・発着)
					1		1		2			1	15260(海・島)
													12590(固有地名)
				1									12590(固有地名)
											1		21521(移動・発着)
													12590(固有地名)
									1				23031(声)
									1				23031(声)
2											3		23031(声)
		1											23031(声)
												1	23030(表情・態度)

見出し	順	漢字	語種	品詞	注記	巻数	合計	巻1	巻2	巻3	巻4	巻5	巻6	巻7
なきゆく		鳴行		動四		4	5					1		
なきわかる		鳴別		動下二		1	1							
なきわたりゆく		鳴渡行		動四		1	1		1					
なきわたる		泣渡・鳴渡		動四		10	27			2			2	1
なく	1	泣・鳴		動四		20	325	4	8	26	20	10	10	6
なく	2	泣		動下二		2	5							
なぐ		凪・和		動上二		7	9				1			
なぐさ		慰				4	4				1			1
なぐさむ	1	慰		動四		1	1							
なぐさむ	2	慰		動下二		10	13					2	1	1
なぐさめかぬ		慰不堪		動下二		3	4		1					
なぐさもる		慰		動下二		5	7		2		1			
なぐさやま		名草山				1	1							1
なぐはし		名細		形		3	3	1	1	1				
なぐるさの				枕		1	1							
なげかひくらす		歎暮		動四		1	1					1		
なげかふ		歎		動四		2	3							
なげき		歎				9	17		1		2		1	3
なげきこふ		嘆恋		動上二		1	1							
なげきのたぶ		歎宣		動四		1	1							
なげきふす		嘆臥		動四		2	2					1		
なげきわかる		嘆別		動下二		1	1							
なげきわたる		嘆渡		動四		1	1							
なげく		歎		動四		17	63	1	7	2	5	2		3
なげこす		投越		動四		1	1							
なげや		投矢				2	2							
なご		名児・奈呉				4	13							3
なごえ		名子江				2	2							1
なこし		莫越				1	1							
なごや		和				2	2				1			
なごやま		名児山				1	1						1	
なごり		名残				5	5				1		1	1
なさ		無				1	1							
なさか		浪逆				1	1							
なし	1	成				1	1							
なし	2	梨				1	1							
なし	3	無		形	「こころなし」の「なし」をふくむ	20	516	14	26	34	42	18	18	22
なす	1	為		動四		10	14		1	1	1		1	3
なす	2	寝		動四		5	5		1			1		
なすきやま		名次山				1	1			1				
なせ		汝夫				2	2							
なぞ		何故		副		7	8			1	1			
なそふ		比		動下二		4	5							
なだ		灘				1	1							
なだか		名高				2	4							2
なだかし		名高		形		1	1							
なつ		夏				8	14	1						1
なづ		撫		動下二		3	4							
なつかげ		夏影				1	1							1
なつかし		懐		形		9	19				1	1	1	4
なつく	1	懐		動四		1	1						1	
なつく	2	懐		動下二		2	2					1		
なづく		名付		動下二		4	7			3			1	
なつくさ		夏草				9	13	1	3	2				1
なつくず		夏葛				1	1				1			
なづけそむ		名付初		動下二		1	1						1	
なづさひく		漬来		動カ変		5	5			1			1	
なづさひのぼる		漬上		動四		2	2							
なづさひゆく		漬行		動四		3	3				1			
なづさひわたる		漬渡		動四		2	2							

巻数 合計 巻1 巻2 巻3 巻4 巻5 巻6 巻7

巻8	巻9	巻10	巻11	巻12	巻13	巻14	巻15	巻16	巻17	巻18	巻19	巻20	意味分類
1		2				1							23031(声)
		1											23031(声)
													23031(声)
4		6				1	4			4	2	1	23031(声)
36	15	67	8	8	9	4	18	4	17	14	22	19	23030(表情・態度)/23031(声)
						4						1	23030(表情・態度)
1	1		1				1		1		3		23013(安心・焦燥・満足)/25154(天気)
		1		1									13013(安心・焦燥・満足)
			1										23013(安心・焦燥・満足)
1	1		1	1	1				2	2			23013(安心・焦燥・満足)
			2				1						23013(安心・焦燥・満足)
	1		2	1									23013(安心・焦燥・満足)
													12590(固有地名)
													31332(良不良・適不適)
					1								39999(枕詞)
													23030(表情・態度)
									2		1		23030(表情・態度)
				3	2	1	3			1			13014(苦悩・悲哀)/13030(表情・態度)
1													23020(好悪・愛憎)
												1	23100(言語活動)
									1				23030(表情・態度)
	1												23520(応接・送迎)
										1			23030(表情・態度)
2		2	6	5	11	3	1		4	4	3	2	23014(苦悩・悲哀)/23030(表情・態度)/23660(請求・依頼)
1													21521(移動・発着)
					1						1		14551(武器)
									4	4	2		12590(固有地名)
										1			12590(固有地名)
		1											12590(固有地名)
						1							15060(材質)
													12590(固有地名)
			1	1									11931(過不足)/15260(海・島)
									1				11200(存在)
						1							12590(固有地名)
	1												15701(生)
								1					15401(木本)
16	10	26	53	73	41	11	33	5	27	12	17	18	31200(存在)
		1			2	1		1			2		21200(成立)/21500(作用・変化)
			1			1			1				23003(飢渇・酔い・疲労・睡眠など)
													12590(固有地名)
						1		1					12110(夫婦)
	1	1	2	1			1						41180(理由)
1			1							1		2	23066(判断・推測・評価)
									1				15260(海・島)
			2										12590(固有地名)
					1								33142(評判)
2	1	1							2	3	3		11624(季節)
										1	1	2	23020(好悪・愛憎)/23392(手足の動作)
													15010(光)
2					1			2	3		4		33020(好悪・愛憎)
													23020(好悪・愛憎)
											1		23020(好悪・愛憎)
		1								2			23102(名)
	1	2	1		1		1						15402(草本)
													15402(草本)
													23102(名)
			1	1			1						21527(往復)
									1		1		21527(往復)
							1				1		21527(往復)
	1	1											21521(移動・発着)

見出し	順	漢字	語種	品詞	注記	巻数	合計	巻1	巻2	巻3	巻4	巻5	巻6	巻7
なづさふ		漬		動四		2	3			1				
なつそびく		夏麻引		枕		3	4							1
なつの		夏野				3	4				1			
なつみ		夏身				4	5			1				
なづみく		難来		動カ変		4	5		2	1				
なづみまゐく		難参来		動カ変		1	1				1			
なづみゆく		難行		動四		1	1							
なづむ		難		動四		5	7			1				1
なつむし		夏虫				1	1							
なつめ		棗				1	2							
なつやせ		夏痩				1	1							
なつやま		夏山				1	1							
なでしこ		撫子				7	28			2				
など		何故		副	「などか, などや」をふくむ	2	2				1			
なな		七				2	2			1	1			
ななくさ		七種				2	2					1		
ななくるま		七車				1	1				1			
ななせ		七瀬				3	3					1		1
ななつを		七条				1	1							
ななふすげ		七菅				1	1			1				
ななへ		七重				2	2							
ななよ	1	七世				1	1							
ななよ	2	七夜				1	1							
なに	1	何			「なにかは, なにぞ, なにと, なにに, なん, なんと」などをふくむ	18	91		5	2	15	3		2
なに	2			句		1	1							
なにごころ		何心				1	1							
なにごと		何事				1	1							
なには		難波				8	20			1	1		5	
なにはがた		難波潟				8	8		1		1		1	1
なにはすがかさ		難波菅笠				1	1							
なにはぢ		難波道				1	1							
なにはつ		難波津				2	4					1		
なにはと		難波津				1	1							
なにはひと		難波人				1	1							
なにはへ		難波辺				1	1							
なにはほりえ		難波堀江				1	1							
なにはゐなか		難波田舎				1	1			1				
なにはをとこ		難波壮士				1	1				1			
なにもの		何物・何者				1	1							
なにゆゑ		何故		副		1	1							
なぬか		七日				5	9							
なね		汝				1	1				1			
なのりそ		莫告藻				6	16			2	1		2	7
なのりなく		名告鳴		動四		1	2							
なは	1	縄				4	5						1	1
なは	2	縄・奈半				1	2			2				
なはしろ		苗代				1	1							
なはしろみづ		苗代水				1	1				1			
なはのり		縄苔				2	3							
なばり		名張				2	3	2			1			
なばりの		名張野				1	1							
なびかす		靡		動四		1	1							
なびかひ		靡				1	1		1					
なびかふ		靡		動四		2	3		2					
なびきあふ		靡堪		動下二		1	1							1
なびきこいふす		靡伏		動四		1	1							
なびきぬ		靡寝		動下二		4	4		1	1				
なびきも		靡藻				1	1							

巻8	巻9	巻10	巻11	巻12	巻13	巻14	巻15	巻16	巻17	巻18	巻19	巻20	意味分類
							2						21522(走り・飛び・流れなど)
					1	2							39999(枕詞)
		2			1								15240(山野)
	2	1	1										12590(固有地名)
		1			1								21527(往復)
													21527(往復)
					1								21527(往復)
		2			2						1		21526(進退)/23042(欲望・期待・失望)
	1												15505(昆虫)
								2					15401(木本)
								1					15721(病気・体調)
1													15240(山野)
8		3							2	4	2	7	15402(草本)
											1		41180(理由)
													11960(数記号(一二三))
1													11100(類・例)
													14650(乗り物(陸上))
					1								15250(川・湖)
								1					14160(コード・縄・綱など)
													15402(草本)
								1				1	11573(配列・排列)
											1		11623(時代)
		1											11635(朝晩)
6	1	5	17	13	5	1	1	2	5	3	3	2	11010(こそあど・他)
						1							11010(こそあど・他)
		1											13000(心)
		1											11000(事柄)
1					1			2			1	8	12590(固有地名)
1	1			1								1	12590(固有地名)
			1										14250(帽子・マスクなど)
												1	12590(固有地名)
												3	12590(固有地名)
												1	12590(固有地名)
			1										12301(国民・住民)
1													12590(固有地名)
		1											12590(固有地名)
													12590(固有地名)
													12040(男女)
							1						11010(こそあど・他)
				1									41180(理由)
	2	4	1		1				1				11633(日)
													12010(われ・なれ・かれ)
		1		3									15403(隠花植物)
										2			23031(声)
		2										1	14160(コード・縄・綱など)
													12590(固有地名)
						1							14700(地類(土地利用))
													15130(水・乾湿)
				1	2								15403(隠花植物)
													12590(固有地名)
1													12590(固有地名)
							1						21513(固定・傾き・転倒など)
													13020(好悪・愛憎)
		1											23020(好悪・愛憎)
													23520(応接・送迎)
											1		23391(立ち居)
			1	1									23003(飢渇・酔い・疲労・睡眠など)
			1										15403(隠花植物)

見出し	順	漢字	語種	品詞	注記	巻数	合計	巻1	巻2	巻3	巻4	巻5	巻6	巻7
なびく	1	靡		動四		12	22		4		1			2
なびく	2	靡		動下二		1	2							
なへ		苗				3	3			1				
なべまく		並		動四		1	1							
なほ		尚		副		11	26		1	1	3		1	3
なほし		尚		副		6	6							
なほなほに				副		2	2					1		
なほりやま		名欲山				1	2							
なまじひに		生強		副		1	1				1			
なまよみの				枕		1	1			1				
なまる		隠		動四		1	1							
なみ	1	並				2	2					1		1
なみ	2	波				19	116	1	6	7	4		4	31
なみおと		波音				1	1							
なみかさねきる		並重着		動上一		1	1							
なみくも		波雲				1	1							
なみくらやま		連庫山				1	1							1
なみごし		波越				1	1							1
なみしば		浪柴				1	1							
なみた		涙				9	16		3	3	2	1	1	
なみだ		涙				1	2							
なみたぐまし		涙含		形		1	1			1				
なみたち		並立				1	1			1				
なみなみ		並並				2	2							
なむ	1	並		動四		2	2		1					
なむ	2	並		動下二		8	16	3		1			4	2
なめし		無礼		形		2	2						1	
なやまし		悩		形		1	1							
なやます		悩		動四		3	3							
なやみく		悩来		動カ変		1	1							
なゆたけ		弱竹				1	1			1				
なゆむ		悩		動四	東語	1	1							
なよたけ		弱竹				1	1		1					
なら		奈良				14	39	3		4		3	7	1
ならし		奈良思				1	1							
ならしば		楢柴				1	1							
ならす	1	平		動四		1	1							
ならす	2	鳴		動四		1	1							
ならぢ		奈良路				2	2					1		
ならひと		奈良人				2	2							
ならびゐる		並居		動上一		3	3			1		1		
ならびをり		並居		動ラ変		2	2							1
ならぶ		並		動下二		8	9			1			1	1
ならやま		奈良山				8	12	2			1			
なり		生業				3	4					1		
なりいづ		成出		動下二		1	1					1		
なりく		成来		動カ変		2	2						1	
なりづ		成出		動下二		1	1					1		
なりはたをとめ		鳴娘子				1	1							
なりはひ		生業				1	1							
なる	1	成・為		動四		20	136	2	7	14	8	9	6	12
なる	2	鳴		動四		8	14						1	3
なる	3	馴・慣		動下二		8	8						1	1
なるさは		鳴沢				1	2							
なると		鳴門				1	1							
なれ	1	汝				7	10							
なれ	2	馴				2	2							
なれごろも		馴衣				1	1							
なれまさる		馴勝		動四		1	1							
に	1	二	漢			1	1							

巻8	巻9	巻10	巻11	巻12	巻13	巻14	巻15	巻16	巻17	巻18	巻19	巻20	意味分類
1	1	2	1	2	2			1			3	2	21513(固定・傾き・転倒など)/23670(命令・制約・服従)
			2										21513(固定・傾き・転倒など)
			1			1							15410(枝・葉・花・実)
						1							21570(成形・変形)
2		3	4	4						1		3	31612(毎日・毎度)/31920(程度)/43120(予期)
1				1	1					1	1	1	43100(判断)
						1							33420(人柄)
	2												12590(固有地名)
													33045(意志)
													39999(枕詞)
								1					21210(出没)
													11130(異同・類似)/11331(特徴)
2	4	6	14	6	6	6	6	1	4	2	2	4	15155(波・潮)
1													15030(音)
								1					23332(衣生活)
					1								15152(雲)
													12590(固有地名)
													15155(波・潮)
		1											12590(固有地名)
2			1	1							2		15607(体液・分泌物)
												2	15607(体液・分泌物)
													33030(表情・態度)
													11513(固定・傾き・転倒など)
			1					1					11130(異同・類似)/11331(特徴)
												1	21573(配列・排列)
	1	2							2		1		21573(配列・排列)
				1									33680(待遇・礼など)
						1							33014(苦悩・悲哀)
				1						1	1		23014(苦悩・悲哀)
							1						23014(苦悩・悲哀)
													15401(木本)
						1							23014(苦悩・悲哀)
													15401(木本)
3		2		1	1		6		3	2	2	1	12590(固有地名)
1													12590(固有地名)
				1									15401(木本)
						1							21570(成形・変形)
			1										25030(音)
									1				12590(固有地名)
1											1		12301(国民・住民)
										1			21573(配列・排列)
	1												21573(配列・排列)
1			2			1					1	1	21573(配列・排列)/21584(限定・優劣)/21650(順序)
2		1	1		3			1	1				12590(固有地名)
2								1					13800(事業・業務)
													25701(生)
							1						21500(作用・変化)
													25701(生)
											1		12050(老少)
										1			13800(事業・業務)
12	5	14	13	5	3	8	2	1	3	3	2	7	21220(成立)/21500(作用・変化)
	2		3		1	2					1	1	25030(音)
	1		1	1		1	1			1			23020(好悪・愛憎)/23050(学習・習慣・記憶)
						2							12590(固有地名)
							1						12590(固有地名)
1		1	1		4	1			1			1	12010(われ・なれ・かれ)
			1	1									13050(学習・習慣・記憶)
							1						14210(衣服)
				1									23050(学習・習慣・記憶)
								1					11960(数記号(一二三))

見出し	順	漢字	語種	品詞	注記	巻数	合計	巻1	巻2	巻3	巻4	巻5	巻6	巻7
に	2	荷				1	1		1					
にぎしがは		饒石河				1	1							
にきたつ		熟田津				3	3	1		1				
にきたづ		熟田津				1	2		2					
にきたへ		和細布				2	2			1				
にきたま		和魂				1	1			1				
にきはだ		柔膚				1	1		1					
にきぶ		柔		動上二		3	3	1		1				
にきめ		和海藻				1	1							
にくし		憎		形		4	7	1						1
にくむ		憎		動四		2	2					1		
にこぐさ		和草				4	4							
にこよかに				副		2	2							
にごる		濁		動四		2	3			2				
にし		西				3	4							2
にしき		錦				3	3						1	
につく		似付		動四		2	2				1			
につつじ		丹躑躅				1	1						1	
につらふ		丹		動四		2	2							
になひあふ		荷堪		動下二		1	1							
にぬり		丹塗				1	1							
にの		布			東語	1	1							
にのぐも		布雲			東語	1	1							
にのほ		丹穂				3	3					1		
には		庭				14	27			2	2			1
にはか		俄		形動		1	1							
にはくさ		庭草				1	1							
にはし		急		形		1	1							
にはたつみ		庭潦				1	1							1
にはたづみ		庭潦		枕		3	5		1					
にはつとり		鶏				2	2							1
にはなか		庭中				1	1							
にひかは		新河				1	1							
にひくさ		新草				1	1							
にひぐはまよ		新桑蚕				1	1							
にひさきもり		新防人				1	1							
にひしまもり		新島守				1	1							1
にひたまくら		新手枕				1	1							
にひたやま		新田山				1	1							
にひはだ		新膚				1	1							
にひばり	1	新墾				1	1							
にひばり	2	新治				1	1							
にひむろ		新室				2	3							
にひも		新喪				1	1							
にふ		丹生				5	5		1					1
にふなみ		新嘗				1	1							
にふふかに				副		1	1					1		
にふぶに				副		2	2							
にへ	1	贄				1	1							
にへ	2	贄				1	1							
にほえさかゆ		香栄		動下二		1	1							
にほえをとめ		香少女				1	2							
にほどり		鳰鳥				9	9			1	1	1		
にほはす		匂		動四		5	7	2						
にほひ		匂				7	8							
にほひいづ		匂出		動下二		1	1							
にほひそむ		匂初		動下二		1	2							
にほひちる		匂散		動四		1	1							
にほひひづつ				動四		1	1							
にほひよる		匂寄		動四		1	2							
にほふ	1	匂		動四		15	44	2		2	1		3	3

巻数 合計 巻1 巻2 巻3 巻4 巻5 巻6 巻7

巻8	巻9	巻10	巻11	巻12	巻13	巻14	巻15	巻16	巻17	巻18	巻19	巻20	意味分類
													14030(荷・包み)
									1				12590(固有地名)
				1									12590(固有地名)
													12590(固有地名)
	1												14201(布・布地・織物)
													12030(神仏・精霊)
													15605(皮・毛髪・羽毛)
					1								23020(好悪・愛憎)
								1					15403(隠花植物)
		1	4										33020(好悪・愛憎)
			1										23020(好悪・愛憎)
			1			1		1				1	15402(草本)
			1									1	33030(表情・態度)
						1							25060(材質)
					1		1						11730(方向・方角)
	1				1								14201(布・布地・織物)
			1										21332(良不良・適不適)
													15401(木本)
		1	1										25020(色)
										1			23392(手足の動作)
								1					15020(色)
						1							14201(布・布地・織物)
						1							15152(雲)
		1			1								15020(色)
3		5	2	1		2	1	2	2	1	1	2	11750(面・側・表裏)/14700(地類（土地利用）)
								1					31611(時機)
		1											15402(草本)
												1	31611(時機)
													15250(川・湖)
					2						2		39999(枕詞)
				1									15502(鳥類)
												1	14700(地類（土地利用）)
									1				12590(固有地名)
						1							15402(草本)
						1							15505(昆虫)
												1	12420(軍人)
													12417(保安サービス)
			1										14270(寝具)
						1							12590(固有地名)
						1							15605(皮・毛髪・羽毛)
				1									13810(農業・林業)
	1												12590(固有地名)
			2			1							14410(家屋・建物)
	1												13360(行事・式典・宗教的行事)
					1	1					1		12590(固有地名)
						1							13360(行事・式典・宗教的行事)
													31611(時機)
								1		1			33030(表情・態度)
						1							13360(行事・式典・宗教的行事)
												1	12590(固有地名)
											1		25701(生)
					2								12050(老少)
			1	1		1	1			1		1	15502(鳥類)
1		2					1				1		25020(色)
1		2					1	1		1	1	1	11345(美醜)/15020(色)
			1										25020(色)
		2											25020(色)
										1			25020(色)
									1				25020(色)
								2					25020(色)
3	2	7	1		1	1	1	2	9		6		25010(光)/25020(色)/25040(におい)/25701(生)

巻8 巻9 巻10 巻11 巻12 巻13 巻14 巻15 巻16 巻17 巻18 巻19 巻20

見出し	順	漢字	語種	品詞	注記	巻数	合計	巻1	巻2	巻3	巻4	巻5	巻6	巻7
にほふ	2	匂		動下二		1	1							
にほほす		匂		動四		1	1							
にる	1	似		動上一		8	13		2	2			1	1
にる	2	煮		動上一		2	2							
ぬ	1	野				2	2							
ぬ	2	寝		動下二		18	151	6	5	5	8	3	1	2
ぬえことり		鵺子鳥				1	1	1						
ぬえどり		鵺鳥				4	5		1			1		
ぬかがみ		額髪				1	1							
ぬかつく		額		動四		2	2				1	1		
ぬがなへゆく				動四		1	2							
ぬき		緯				1	1							
ぬきいづ		抜出		動下二		1	1							
ぬきおく		貫置		動四		1	1							
ぬきおろす		貫下		動四		1	1			1				
ぬきす		貫簀				1	1				1			
ぬきたる		貫垂		動下二		3	5			2				
ぬきつ		脱棄		動下二		1	1					1		
ぬきまじふ		貫交		動下二		3	3			1				
ぬく		貫・抜		動四		16	38		1	1	1		1	1
ぬさ		幣				13	17	1		1	1		1	1
ぬし		主				3	3					1		
ぬすびと		盗人				1	1							
ぬすまふ		盗		動四		1	3							
ぬながは		渟名川				1	1							
ぬの		布				3	3				1			
ぬのかたぎぬ		布肩衣				1	2					2		
ぬのきぬ		布衣				1	1					1		
ぬばたまの				枕		18	79		3	3	7	1	2	5
ぬひあふ		縫堪		動下二		1	1							
ぬひきる		縫着		動上一		1	1							
ぬひつく		縫付		動下二		1	1							
ぬひめ		縫目				1	1							
ぬふ		縫		動四		8	11				1			2
ぬま		沼				2	5							
ぬらす		濡		動四		4	8				1			1
ぬりやかた		塗屋形				1	1							
ぬる	1	塗		動四		1	2							
ぬる	2	濡		動下二		19	60	1	3	1	2	2	1	8
ぬる	3	解		動下二		2	3		2					
ぬるし		温		形		1	1							
ぬるぬる		解解		副		1	2							
ぬれあふ		濡堪		動下二		1	1						1	
ぬれぎぬ		濡衣				1	1							
ぬれとほる		濡通		動四		2	2							
ぬれひつ		濡漬		動四		2	2			1				
ね	1	音				15	55		2	7	6	2	2	
ね	2	根				9	18	1		3				2
ね	3	寝				1	1							
ね	4	嶺				3	11		1	2				
ねいじん		佞人	漢			1	1							
ねかつ		寝堪		動下二		2	2			1	1			
ねかぬ		寝不堪		動下二		2	3							
ねがひくらす		願暮		動四		1	1					1		
ねがふ		願		動四		5	5				1			1
ねぐ		労		動四		2	3						2	
ねさむ		寝覚		動下二		1	1							
ねざめ		寝覚				1	1						1	
ねさめふす		寝覚伏		動四		1	1							
ねじろたかがや		根白高草				1	1							
ねそむ		寝初		動下二		1	1							
ねたし		妬		形		1	1							

巻数 合計 巻1 巻2 巻3 巻4 巻5 巻6 巻7

巻8	巻9	巻10	巻11	巻12	巻13	巻14	巻15	巻16	巻17	巻18	巻19	巻20	意味分類
								1					25020(色)
								1					25020(色)
2	2							1			2		21130(異同・類似)
		1						1					23842(炊事・調理)
									1			1	15240(山野)
5	7	10	20	12	14	28	13		3		3	6	23003(飢渇・酔い・疲労・睡眠など)
													15502(鳥類)
		2							1				15502(鳥類)
			1										15605(皮・毛髪・羽毛)
													23390(身振り)
						2							21600(時間)
1													14200(衣料・綿・革・糸)
					1								21531(出・出し)
1													21524(通過・普及など)
													21524(通過・普及など)
													14460(戸・カーテン・敷物・畳など)
	1				2								21524(通過・普及など)
													23332(衣生活)
										1	1		21550(合体・出会い・集合など)
9	4	2	1	1			1	2	6	2	2	3	21524(通過・普及など)/21531(出・出し)
1	1	1	1	1	2				1			4	14170(飾り)
			1							1			12010(われ・なれ・かれ)/12320(君主)
				1									12340(人物)
			3										23683(脅迫・中傷・愚弄など)/23700(取得)
					1								12590(固有地名)
		1						1					14201(布・布地・織物)
													14210(衣服)
													14210(衣服)
1	4	4	9	7	10		9	2	5	2	2	3	39999(枕詞)
		1											23840(裁縫)
								1					23332(衣生活)
								1					23840(裁縫)
				1									11710(点)
		1	3	1			1	1		1			23840(裁縫)
	1					4							15250(川・湖)
	2		4										25130(水・乾湿)
								1					14660(乗り物(海上))
								2					23851(練り・塗り・撃ち・録音・撮影)
4	3	11	4	6	1	1	7	2	1		1	1	25130(水・乾湿)
						1							21531(出・出し)
								1					35170(熱)
						2							31510(動き)
													25130(水・乾湿)
	1												14210(衣服)
	1	1											25130(水・乾湿)
					1								25130(水・乾湿)
	5	5	1	1	3	8	4		1		2	6	13031(声)/15030(音)
			2	3	2	1					2	2	15410(枝・葉・花・実)
						1							13330(生活・起臥)
						8							15240(山野)
								1					12340(人物)
													23003(飢渇・酔い・疲労・睡眠など)
				2	1								23003(飢渇・酔い・疲労・睡眠など)
													23042(欲望・期待・失望)
								1		1		1	23042(欲望・期待・失望)/23047(信仰・宗教)
												1	23020(好悪・愛憎)
											1		23003(飢渇・酔い・疲労・睡眠など)
													13003(飢渇・酔い・疲労・睡眠など)
		1											23003(飢渇・酔い・疲労・睡眠など)
						1							15402(草本)
			1										23003(飢渇・酔い・疲労・睡眠など)
										1			33020(好悪・愛憎)

巻8 巻9 巻10 巻11 巻12 巻13 巻14 巻15 巻16 巻17 巻18 巻19 巻20

見出し	順	漢字	語種	品詞	注記	巻数	合計	巻1	巻2	巻3	巻4	巻5	巻6	巻7
ねつこぐさ		草				1	1							
ねど		寝処				1	1							
ねばふ		根延		動四		3	4			1				
ねはりあづさ		根張梓				1	1							
ねぶ		合歓木				1	2							
ねもころ				副		5	9				2			1
ねもころごろに				副		3	4							
ねもころに				副		9	16		1		3			
ねやど		寝屋処				1	1					1		
ねやはらこすげ		根柔小菅				1	1							
ねら		嶺				1	1							
ねらひ		狙				1	1							
ねらふ		狙		動四		1	1							
ねり		練				1	2				2			
ねろ		嶺				1	7							
の		野			「の（のみや）」をふくむ	18	78	3	2		2	2	4	2
のぎ		野木				2	2			1				
のこ		能許				1	2							
のこす		残		動四		3	3							
のごふ		拭		動四		2	2						1	
のこる		残		動四		4	5					1		
のさか		野坂				1	1			1				
のさき		荷前				1	1		1					
のじ		虹			東語	1	1							
のしま		野島				4	8	1		3			3	
のぞみ		望				1	1							
のち		後				18	78		5	3	8	3	2	3
のちせ	1	後瀬				1	1							
のちせ	2	後瀬				1	1				1			
のちせやま		後瀬山				1	1				1			
のちひと		後人				1	1							
のづかさ		野阜				2	2							
のつとり		野鳥				1	1							
のと		能登				2	2							
のとか		能登香				1	1							
のとがは		能登川				2	2							
のとせ		能登湍				1	1							
のとせがは		能登瀬川				1	1			1				
のどに				副		2	3		1					
のどよひをり				動ラ変		1	1					1		
のなか		野中				1	1		1					
のび		野火				1	1		1					
のぶ		延		動下二		1	1							
のへ		野辺				13	42	1	4	1			4	2
のぼす		上		動下二		2	2	1						
のぼりくだり		上下				1	1							
のぼりたつ		上立		動四		1	2	2						
のぼる		上		動四		8	8					1	1	1
のむ	1	祈		動四		2	5							
のむ	2	飲		動四		10	19			5	1	2		3
のもり		野守				1	1	1						
のやま		野山				1	1							1
のやまづかさ		野山阜				1	1							
のら		野				1	1							
のらえかぬ		所罵不堪		動下二		1	1							
のり		法				1	1							
のる	1	告		動四		14	46	3	1	3	2	1		3
のる	2	乗		動四		14	25	1	1	1	2		2	2
のる	3	罵		動四		1	2							
は	1	羽				2	3		2				1	
は	2	葉				13	22		4	2	1		2	2

巻8	巻9	巻10	巻11	巻12	巻13	巻14	巻15	巻16	巻17	巻18	巻19	巻20	意味分類
						1							15402(草本)
						1							11700(空間・場所)
		1			2								25701(生)
					1								15401(木本)
2													15401(木本)
	1		4	1									33680(待遇・礼など)
				2	1							1	33680(待遇・礼など)
1			3	4	1	1			1	1			33680(待遇・礼など)
													14430(部屋・床・廊下・階段など)
						1							15402(草本)
												1	15240(山野)
		1											13091(見る)
						1							23091(見る)
													13421(才能)
						7							15240(山野)
17	1	17		1	2	5	2	1	6	3	4	4	15240(山野)
		1											15401(木本)
							2						12590(固有地名)
			1				1			1			21240(保存)
												1	23843(掃除など)
1	2										1		21240(保存)
													12590(固有地名)
													14010(持ち物・売り物・土産など)
						1							15154(天気)
							1						12590(固有地名)
1													13091(見る)
4	1	4	15	15	2	1	2	2	1		5	2	11643(未来)/11670(時間的前後)
			1										15250(川・湖)
													12590(固有地名)
													12590(固有地名)
	1												12000(人間)
									1			1	15240(山野)
					1								15502(鳥類)
				1					1				12590(固有地名)
			1										12590(固有地名)
		1									1		12590(固有地名)
				1									12590(固有地名)
													12590(固有地名)
					2								35150(気象)
													23031(声)
													15240(山野)
													15161(火)
		1											23000(心)
6	1	14					1	1	2		2	3	15240(山野)
					1								21526(進退)
		1											11527(往復)
													23391(立ち居)
	1				1		1			1		1	21527(往復)/21540(上がり・下がり)
			2		3								23360(行事・式典・宗教的行事)
2				1	2					1	1	1	23331(食生活)
													12417(保安サービス)
													15240(山野)
		1											15240(山野)
			1										15240(山野)
								1					23683(脅迫・中傷・愚弄など)
								1					13047(信仰・宗教)
	4	1	12	4	5	4	2		1				23100(言語活動)
		1	5	2	2	2	2	1		1			21541(乗り降り・浮き沈み)/23000(心)
				2									23683(脅迫・中傷・愚弄など)
													15605(皮・毛髪・羽毛)
		3				1	1	1	1	1	2	1	15410(枝・葉・花・実)

見出し	順	漢字	語種	品詞	注記	巻数	合計	巻1	巻2	巻3	巻4	巻5	巻6	巻7
は	3	端				13	23			1	1	1	3	2
はいろ		羽色				2	2							
はえ		生				1	1							
はおと		羽音				1	1							
はか		墓				2	2		1					
はかし		佩刀				1	1							
はがす		放		動四		1	1							
はがひ	1	羽交				1	1	1						
はがひ	2	羽易				2	3		2					
はかる		計		動四		1	1		1					
はかれゆく		別行		動四	東語	1	1							
はぎ		萩				10	55			1			2	1
はききよむ		掃清		動下二		1	1							
はきそふ		佩副		動下二		1	1							
はぎたる		剥垂		動下二		1	1							
はぎはら		萩原				2	4							
はく	1	掃		動四		1	1							
はく	2	佩・履		動四		3	5							
はく	3	佩		動下二		2	2							1
はぐ		矧		動四		1	1							1
はぐくみもつ		羽包持		動四		1	1							
はぐくむ		育		動四		1	1							
はぐくもる				動四		1	1							
はくひ		羽咋				1	1							
はこ		箱				4	5		1					1
はこね		箱根				2	3							1
はささげ				句		1	1							
はさす		馳		動下二	東語	1	1							
はし	1	端				5	8		2			1		
はし	2	箸				1	1							
はし	3	橋				4	6		1					2
はし	4	愛		形		6	9		2	2	1			
はじ		土師				1	1							
はじきおく		弾置		動四		1	1							
はしきやし				句		10	19		2	2	1		2	1
はしきよし				句		6	11		1			1		
はしけやし				句		4	6				1		1	
はしたての		橋立		枕		2	5							3
はしづま		愛妻				1	1							
はじむ		始		動下二		5	7	1						
はしむかふ		箸向		枕		1	1							
はじめ		始				7	14		1		1			
はじゆみ		梔弓				1	1							
はしりで		走出				2	2		1					
はしりゐ		走井				1	1							1
はしりゐみづ		走井水				1	1							1
はしる		走		動四		4	4						1	1
はた	1	旗				1	1		1					
はた	2	機				2	5							1
はた	3	鰭				1	1							
はた	4	将		副		4	6	1			2		1	
はだ	1	肌				4	5				1			
はだ	2	甚		副		3	3							
はたけ		畑				1	1							
はたこら						1	1		1					
はたす		果		動四		1	1			1				
はたすすき		旗薄				2	2	1						
はだすすき		皮薄				6	9			1				
はたて		涯				1	1							
はたの		旗野				1	1							
はたほこ		幡幢				1	1							
はたもの		機物				2	2							1

巻数 合計 巻1 巻2 巻3 巻4 巻5 巻6 巻7

巻8	巻9	巻10	巻11	巻12	巻13	巻14	巻15	巻16	巻17	巻18	巻19	巻20	意味分類
		2	1				1	2	3	1	4	1	11742(中・隅・端)
1												1	15020(色)
						1							15701(生)
				1									15030(音)
	1												14700(地類（土地利用）)
					1								14550(刃物)
												1	21560(接近・接触・隔離)
													15603(手足・指)
		1											12590(固有地名)
													23063(比較・参考・区別・選択)
												1	23520(応接・送迎)
12		27			1		1		1		5	4	15401(木本)
												1	23843(掃除など)
			1										23332(衣生活)
								1					21513(固定・傾き・転倒など)
		3										1	15240(山野)
											1		23843(掃除など)
	1					2						2	23332(衣生活)
								1					21560(接近・接触・隔離)/23332(衣生活)
													21560(接近・接触・隔離)
							1						23392(手足の動作)
	1												23640(教育・養成)
							1						23640(教育・養成)
									1				12590(固有地名)
	2							1					14513(箱など)
						2							12590(固有地名)
						1							21522(走り・飛び・流れなど)
						1							21522(走り・飛び・流れなど)
		1				2					2		11600(時間)/11742(中・隅・端)
	1												14520(食器・調理器具)
			1							2			14710(道路・橋)
										1	1	2	33020(好悪・愛憎)
								1					12390(固有人名)
						1							21341(弛緩・粗密・繁簡)
1			5	2	1			2					33020(好悪・愛憎)
									4	3	1	1	33020(好悪・愛憎)
							2		2				33020(好悪・愛憎)
								2					39999(枕詞)
1													12110(夫婦)
1					1					3		1	21502(開始)/21650(順序)
	1												39999(枕詞)
		1							1	1	5	4	11651(終始)
												1	14551(武器)
					1								11780(ふち・そば・まわり・沿い)
													14720(その他の土木施設)
													15130(水・乾湿)
									1		1		21522(走り・飛び・流れなど)
													14580(標章・標識・旗など)
		4											14201(布・布地・織物)/14630(機械・装置)
											1		15603(手足・指)
								2					43100(判断)/43120(予期)
	1		1									2	15605(皮・毛髪・羽毛)
1							1			1			31920(程度)
										1			14700(地類（土地利用）)
													12413(農林水産業)
													21503(終了・中止・停止)
		1											15402(草本)
2		2				2		1	1				15402(草本)
1													11742(中・隅・端)
		1											12590(固有地名)
								1					14150(輪・車・棒・管など)
		1											14201(布・布地・織物)/14630(機械・装置)

巻8 巻9 巻10 巻11 巻12 巻13 巻14 巻15 巻16 巻17 巻18 巻19 巻20

見出し	順	漢字	語種	品詞	注記	巻数	合計	巻1	巻2	巻3	巻4	巻5	巻6	巻7
はだらに				副		1	1							
はたる		徴		動四		1	1							
はだれ		斑				4	4							
はだれしも		斑霜				1	1							
はぢ		恥				2	3			1				
はちす		蓮				1	1							
はちすば		蓮葉				2	3							
はつ	1	果		動下二		2	2							
はつ	2	泊		動下二		11	27		2	1		2	2	6
はつあきかぜ		初秋風				1	1							
はついひ		早飯				1	1							
はづかし		恥		形		1	1							
はつかり		初雁				1	1							
はつこゑ		初声				2	5							
はつせ		初瀬				7	18	2	3					4
はつせかぜ		初瀬風				1	1							
はつせがは		初瀬川				5	8						1	3
はつせめ		初瀬女				1	1						1	
はつせやま		初瀬山				1	1			1				
はつせをぐに		初瀬小国				1	2							
はつせをとめ		初瀬女				1	1			1				
はつたり		始垂				1	1							
はつとがり		始鷹猟				1	1							
はつね		初子				1	1							
はつはぎ		初萩				2	2							
はつはつ				副		4	6				1			1
はつはな		初花				6	8				1			
はつはる		新春				1	2							
はづま		波豆麻				1	1							1
はつもみちば		初黄葉				2	2							
はつゆき		初雪				1	1							
はつを		極尾				1	1							
はつをばな		初尾花				3	3							
はな	1	花				18	301	2	3	13	3	36	7	15
はな	2	鼻				3	5					1		
はなかず		花数				1	1							
はなかつみ		菰				1	1				1			
はなかづら		花縵				1	1							
はなぐはし		花細		形		1	1							
はなごめ		花込				1	1							
はなたちばな		花橘				11	33			1				1
はなちどり		放鳥				1	2		2					
はなぢらふ		花散		動四		2	2	1						
はなぢる		花散		動四		3	4							
はなつ		放		動四		3	3			1				
はなつつま		花妻				1	1							
はなづま		花妻				2	2							
はななは		鼻縄				1	1							
はなにほひ		花匂				1	2							
はなの		花野				1	1							
はなはだ		甚		副		4	5							1
はなふ		鼻		動上二		1	3							
はなみづ		始水				1	1							
はなもの		花物				2	2							
はなやか		華		形動		1	1							
はなり		放				2	2							1
はなりそ		離磯				1	1							
はなる		離		動下二		6	10		1			1		
はなれこしま		離小島				1	1							1
はなれごま		放駒				1	1							
はなれそ		離磯				1	1							
はなれゆく		離行		動四		1	1		1					

巻数 合計 巻1 巻2 巻3 巻4 巻5 巻6 巻7

巻8	巻9	巻10	巻11	巻12	巻13	巻14	巻15	巻16	巻17	巻18	巻19	巻20	意味分類
		1											31910(多少)
								1					23660(請求・依頼)
1	1	1									1		15153(雨・雪)/31910(多少)
		1											15130(水・乾湿)
								2					13041(自信・誇り・恥・反省)
								1					15402(草本)
					1			2					15410(枝・葉・花・実)
		1	1										21503(終了・中止・停止)
	3	3					4		2		1	1	21503(終了・中止・停止)
												1	15151(風)
1													14310(料理)
										1			33041(自信・誇り・恥・反省)
1													15502(鳥類)
		2									3		13031(声)
1		1	1		6								12590(固有地名)
		1											15151(風)
	2		1		1								12590(固有地名)
													12040(男女)
													12590(固有地名)
					2								12590(固有地名)
													12050(老少)
								1					14330(調味料・こうじなど)
											1		13811(牧畜・漁業・鉱業)
												1	11634(節・節日)
1		1											15401(木本)
			2			2							31910(多少)
1		2								1	1	2	15410(枝・葉・花・実)
												2	11624(季節)
													12390(固有人名)
1		1											15410(枝・葉・花・実)
												1	15153(雨・雪)
						1							15602(胸・背・腹)
		1					1					1	15410(枝・葉・花・実)
52	12	60	5		3	5		5	19	9	25	27	15410(枝・葉・花・実)
			2					2					15601(頭・目鼻・顔)/15607(体液・分泌物)
									1				11902(数)
													15402(草本)
											1		14280(装身具)
			1										31345(美醜)
									1				15410(枝・葉・花・実)
9	1	9			1	1	1		3	2	4		15410(枝・葉・花・実)
													15502(鳥類)
						1							21552(分割・分裂・分散)
1		2								1			21552(分割・分裂・分散)
	1				1								21560(接近・接触・隔離)
						1							12110(夫婦)
1										1			12110(夫婦)/15410(枝・葉・花・実)
								1					14160(コード・縄・綱など)
												2	11345(美醜)
		1											15240(山野)
		2	1		1								31920(程度)
			3										25710(生理)
											1		15130(水・乾湿)
				1	1								14000(物品)
				1									31345(美醜)
						1							15605(皮・毛髪・羽毛)
												1	15260(海・島)
			1			1	3					3	21560(接近・接触・隔離)
													15260(海・島)
			1										15501(哺乳類)
							1						15260(海・島)
													21560(接近・接触・隔離)

見出し	順	漢字	語種	品詞	注記	巻数	合計	巻1	巻2	巻3	巻4	巻5	巻6	巻7
はなれゐる		離居		動上一		2	2		1					
はなゑみ		花咲				2	2							1
はにしな		埴科				1	1							
はにふ		埴生				4	7	1					2	2
はにやす		埴安				2	3	1	2					
はぬ		撥		動下二		1	2		2					
はね		羽				3	3							
はねかづら		羽縵				3	4				2			1
はねきる		羽霧		動四		1	1							
はねず		唐棣				1	1							
はねずいろ		唐棣色				3	3				1			
はは		母				13	56			2		5		2
ははそばの		柞葉		枕		2	2							
ははそはら		柞原				1	1							
ははとじ		母刀自				2	2						1	
はひ		灰				2	2		1					
はひおほとる		這		動四		1	1							
はひたもとほる		這廻		動四		1	1			1				
はひつき		延槻				1	1							
はひのる		這乗		動四		1	1					1		
はふ	1	這		動四		13	23		1	1			1	
はふ	2	延		動下二		9	14				1	1		1
はふきなく		羽鳴		動四		1	1							
はふく		羽振		動四		1	1							
はふこがみ		平生髪				1	1							
はふり		祝部				6	6				1			1
はふる		溢		動四		2	3							
はぶる		葬		動四		2	2		1					
はぶれ		羽触				1	2							
はま		浜				13	37	2		3	1		6	6
はまかぜ		浜風				2	2			1				1
はまぎよし		浜清		形		1	1							
はますどり		浜渚鳥				1	1							
はまつづら		浜葛				1	1							
はまづと		浜苞				1	1			1				
はまな		浜菜				1	1							
はまなみ		浜波				1	1							
はまび		浜傍				4	5					1	1	
はまひさぎ		浜久木				1	1							
はまへ		浜辺				9	21		1		4		3	4
はままつ		浜松				7	8	2	1	1				
はまゆふ		浜木綿				1	1				1			
はまをぎ		浜荻				1	1				1			
はむ		食		動四		6	13					4		
はや		早		副		14	42	1		1	1	2		2
はやかは		早川				4	5				2			1
はやし	1	栄				1	2							
はやし	2	林				7	8	1	2			1		1
はやし	3	早		形		19	53	1	1	1	1	2	2	8
はやす		映		動四		1	2							
はやせ		早瀬				1	1							
はやひと	1	隼人				1	1							
はやひと	2	隼人				2	2			1			1	
はやみ		速所				1	1		1					
はやみはまかぜ		早浜風				1	1	1						
はやみはやせ		早早瀬				1	1							
はゆ		生		動下二		1	1		1					
はゆま		早馬				1	1							
はゆまうまや		駅家				1	1							
はゆまぢ		駅路				1	1							
はら		原				10	25	1	4	1	2	1	7	1
はらがら		同胞				1	1			1				

巻8	巻9	巻10	巻11	巻12	巻13	巻14	巻15	巻16	巻17	巻18	巻19	巻20	意味分類
										1			21560(接近・接触・隔離)
										1			13030(表情・態度)
						1							12590(固有地名)
			2										15240(山野)
													12590(固有地名)
													21522(走り・飛び・流れなど)
		1	1				1						15603(手足・指)
			1										14280(装身具)
	1												23392(手足の動作)
1													15401(木本)
			1	1									15020(色)
	3		11	4	8	4	2	3	1		2	9	12120(親・先祖)
											1	1	39999(枕詞)
	1												15240(山野)
												1	12120(親・先祖)
				1									15112(さび・ちり・煙・灰など)
								1					25701(生)
													21522(走り・飛び・流れなど)
									1				12590(固有地名)
													21541(乗り降り・浮き沈み)
	1	2	2	2	1	4		1	1		2	4	25701(生)
1		2		2		2			1		3		21581(伸縮)/23100(言語活動)
											1		23392(手足の動作)
									1				23392(手足の動作)
								1					15605(皮・毛髪・羽毛)
1		1		1							1		12410(専門的・技術的職業)
						1				2			21580(増減・補充)
					1								23360(行事・式典・宗教的行事)
											2		11560(接近・接触・隔離)
	5		3	3	2	1			2		2	1	15260(海・島)
													15151(風)
							1						31345(美醜)
						1							15502(鳥類)
						1							15401(木本)
													14010(持ち物・売り物・土産など)
					1								15402(草本)
												1	15155(波・潮)
							2		1				15260(海・島)
			1										15401(木本)
			1		4					1	2	1	15260(海・島)
	1			1			1					1	15401(木本)
													15402(草本)
													15402(草本)
1		1		1		3		3					23331(食生活)
3		7	5	4			10		1	1	2	2	31670(時間的前後)/31671(即時)
					1			1					15250(川・湖)
								2					14100(資材・ごみ)
		1				1					1		15270(地相)
1	1	4	11	5	4	1	2	1	2		2	3	31660(新旧・遅速)/31913(速度)
								2					23682(賞罰)
		1											15250(川・湖)
			1										12300(人種・民族)
													12590(固有地名)
													15250(川・湖)
													15151(風)
			1										15250(川・湖)
													25701(生)
										1			15501(哺乳類)
						1							12640(事務所・市場・駅など)
			1										14710(道路・橋)
2				1	5								15240(山野)
													12140(兄弟)

見出し	順	漢字	語種	品詞	注記	巻数	合計	巻1	巻2	巻3	巻4	巻5	巻6	巻7
はらの		原野				1	1							
はらばふ		腹這		動四		1	1							
はらひたひらぐ		掃平		動下二		1	1							
はらふ	1	払		動四		3	4		2					
はらふ	2	祓		動下二		1	1						1	
はらむ		孕		動四		1	1							
ばらもん		婆羅門	漢			1	1							
はららに				副		1	1							
はり	1	針				2	2							
はり	2	榛				2	2							
はりはら		榛原				5	10	1		3				3
はりぶくろ		針袋				1	3							
はりみち		墾道				1	1							
はりめ		針目				1	1				1			
はる	1	春				19	127	2	3	4	2	13	8	2
はる	2	針			東語	1	1							
はる	3	張		動四		7	9			1				1
はる	4	墾		動四		2	2							
はる	5	腫		動下二		1	1							
はる	6	晴		動下二		2	2							
はるかすみ		春霞				8	18			1	1			1
はるかぜ		春風				2	2				1			
はるくさ		春草				5	5	1		1			1	
はるけさ		遥				2	3	1						
はるけし		遥		形		2	2							
はるさめ		春雨				6	20				1			
はるとり		春鳥				3	3		1					
はるな		春菜				3	5							
はるの		春野				3	6	2	2					
はるはな		春花				6	11		1				1	
はるひ		春日				9	18	3		1		2		1
はるへ		春辺				8	11	1	1				2	
はるやなぎ		春柳				2	2					1		
はるやま		春山				5	10	1						
はろはろに		遥遥		副		5	6					1		
はろばろに		遥遥		副		1	1							
ひ	1	日				20	217	7	15	11	19	5	7	4
ひ	2	火・灯				6	15		4	3	1			
ひ	3	氷				2	2	1						
ひ	4	桧				1	1	1						
ひえ		稗				2	2							
ひかさ		日笠				1	1							1
ひかた		日方				1	1							1
ひかり		光				9	14		1	2	3		1	1
ひかる		光		動四		6	7			2		1	1	
ひき		引				2	2					1		
ひきうう		引植		動下二		2	2							
ひきおび		引帯				1	1							
ひきかがふる		引被		動四		1	1					1		
ひきかく		引掛		動下二		1	1							
ひきこす		引越		動四		1	1							
ひきそふ		引副		動下二		1	1							
ひきた		引板				1	1							
ひきつ		引津				2	2							1
ひきづな		引綱				1	1							
ひきで		引出				1	2		2					
ひきとどむ		引止		動下二		1	1							
ひきのぼる		引上		動四		2	2							
ひきはなつ		引放		動四		1	1		1					
ひきふね		引船				2	2							
ひきほす		引干		動四		1	1							

巻8	巻9	巻10	巻11	巻12	巻13	巻14	巻15	巻16	巻17	巻18	巻19	巻20	意味分類
			1										15240(山野)
											1		23391(立ち居)
											1		23580(軍事)
	1					1							21251(除去)/21525(連れ・導き・追い・逃げなど)
													23360(行事・式典・宗教的行事)
								1					25710(生理)
								1					12410(専門的・技術的職業)
												1	31552(分割・分裂・分散)
				1						1			14541(日用品)
								1			1		15401(木本)
		1				2							15240(山野)
										3			14514(袋・かばんなど)
						1							14710(道路・橋)
													11840(模様・目)
11	3	36		1	5	1	1	3	8	3	13	8	11624(季節)
												1	14541(日用品)
	1				2	2			1		1		21581(伸縮)
		1				1							23810(農業・林業)
								1					25721(病気・体調)
1		1											25154(天気)
2	1	10			1							1	15152(雲)
		1											15151(風)
	1	1											15402(草本)
2		1											11911(長短・高低・深浅・厚薄・遠近)
									1		1		31911(長短・高低・深浅・厚薄・遠近)
1	4	11							2	1			15153(雨・雪)
	1											1	15502(鳥類)
3		1							1				15402(草本)
		2											15240(山野)
		1							5	1	2		15410(枝・葉・花・実)
	1	7			1				1		1		11633(日)
1	2	1				1						2	11624(季節)
			1										15401(木本)
2	1	5			1								15240(山野)
				1			1				2	1	31911(長短・高低・深浅・厚薄・遠近)
												1	31911(長短・高低・深浅・厚薄・遠近)
7	9	17	15	27	8	4	11	3	18	6	16	8	11633(日)/15210(天体)
	2						3		2				14600(灯火)/15161(火)
					1								15130(水・乾湿)
													15401(木本)
			1	1									15402(草本)
													12590(固有地名)
													15151(風)
				1			2		1	2			15010(光)
							1		1		1		25010(光)
											1		13640(教育・養成)
										1	1		23810(農業・林業)
								1					14251(ネクタイ・帯・手袋・靴下など)
													21535(包み・覆いなど)
					1								21535(包み・覆いなど)
			1										21521(移動・発着)
								1					21560(接近・接触・隔離)
1													14560(楽器・レコードなど)
		1											12590(固有地名)
		1											14160(コード・縄・綱など)
													12590(固有地名)
												1	21503(終了・中止・停止)
					1							1	21527(往復)
													23851(練り・塗り・撃ち・録音・撮影)
		1	1										14660(乗り物(海上))
	1												25130(水・乾湿)

巻8 巻9 巻10 巻11 巻12 巻13 巻14 巻15 巻16 巻17 巻18 巻19 巻20

見出し	順	漢字	語種	品詞	注記	巻数	合計	巻1	巻2	巻3	巻4	巻5	巻6	巻7
ひきむすぶ		引結		動四		1	1		1					
ひきよづ		引攀		動上二		5	6							
ひきをる		引折		動四		2	2		1					
ひく		引		動四		10	33		6	3				3
ひくまの		引馬野				1	1	1						
ひぐらし		日暮・蜩				4	9							
ひげ		鬚				2	3					1		
ひけに		日異		副		3	4			2				
ひこえ		孫枝				1	1							
ひこかみ		男神				1	2							
ひこづらふ		引		動四		1	1							
ひこぼし		彦星				4	16							
ひさ		久		形動		11	16		2	2				
ひざ		膝				4	4			1		1		1
ひさかたの		久方		枕		16	50	1	5	7	4	3	1	3
ひさぎ		久木				2	2						1	
ひさし		久		形		11	30			3	4	1		3
ひざらし		日暴				1	1							
ひし	1	菱				2	2							1
ひし	2			副		1	1							
ひじ						1	1							
びしびしに				副		1	1					1		
ひしほす		醤酢				1	1							
ひじり		聖				2	2	1		1				
ひだ		飛騨				2	2							
ひたがた		比多潟				1	1							
ひたさを		直麻				1	1							
ひたち		常陸				3	3							
ひたつち		直土				2	2					1		
ひたてり		直照		形動		1	2							
ひたひ		額				1	1							
ひだひと		飛騨人				2	2							1
ひたへ		偏		副		1	1							
ひだりて		左手				2	2							
ひたる		日足		動四		1	1							
ひぢき		比治奇				1	1							
ひつ	1	櫃				1	1							
ひつ	2	漬		動四		4	4		1		1			
ひづ		秀		動下二		2	2							1
ひつき		日月				6	9		3			2	1	
ひづちなく		漬泣		動四		2	2			1				
ひづつ		漬		動四		4	5		2					1
ひつら		純裏				1	1							
ひと		人				20	455	4	20	34	42	22	14	39
ひとうら		純裏				1	1							
ひとおと		人音				1	1		1					
ひとくに		他国				3	4					1		
ひとくにやま		人国山				1	2							2
ひとごと		人言				7	30		1	2	8			
ひとこゑ		一声				1	2							
ひとせ		一瀬				1	1				1			
ひとだま		人魂				1	1							
ひとつ		一				3	5			1				
ひとつき		一坏				1	2			2				
ひとつたなはし		一棚橋				1	1							
ひとづま		人妻				8	13	1			1			
ひとづまころ		人妻児				1	2							
ひとつまつ		一松				1	1						1	
ひととせ		一年				1	4							
ひとどち		人共				1	1							
ひとなぶり		人弄				1	1							
ひとなみ		人並		形動		1	1					1		

巻8	巻9	巻10	巻11	巻12	巻13	巻14	巻15	巻16	巻17	巻18	巻19	巻20	意味分類
													21551(統一・組み合わせ)
1	1				1	1					2		23392(手足の動作)
												1	21571(切断)
1		2	7	3	1	6		1					21562(突き・押し・引き・すれなど)
													12590(固有地名)
1		4					3		1				11635(朝晩)/15505(昆虫)
								2					15605(皮・毛髪・羽毛)
			1									1	31650(順序)
										1			15410(枝・葉・花・実)
	2												12030(神仏・精霊)
					1								21562(突き・押し・引き・すれなど)
3	1	11					1						15210(天体)
	1	1		2	2	1	1		1	1	2		31600(時間)
						1							15603(手足・指)
5	1	7	4	3	1		2	1				2	39999(枕詞)
		1											15401(木本)
		3	5	3	1		4		2		1		31600(時間)
								1					13841(染色・洗濯など)
								1					15402(草本)
					1								35030(音)
						1							15260(海・島)
													35030(音)
								1					14330(調味料・こうじなど)
													12320(君主)/12340(人物)
				1				1					12590(固有地名)
						1							12590(固有地名)
	1												14200(衣料・綿・革・糸)
	1					1						1	12590(固有地名)
					1								15230(地)
										2			35010(光)
								1					15601(頭・目鼻・顔)
			1										12301(国民・住民)
						1							33040(信念・努力・忍耐)
	1		1										15603(手足・指)
					1								25701(生)
									1				12590(固有地名)
								1					14513(箱など)
			1	1									25130(水・乾湿)
		1											25701(生)
					1						1	1	11600(時間)/15210(天体)
					1								23030(表情・態度)
	1						1						25130(水・乾湿)
								1					14201(布・布地・織物)
10	21	36	62	41	35	11	14	6	8	10	12	14	12000(人間)
				1									14201(布・布地・織物)
													15030(音)
				1			2						12530(国)
													12590(固有地名)
		1	5	10		3							13142(評判)
											2		13031(声)
													15250(川・湖)
								1					12030(神仏・精霊)
			2					2					11960(数記号（一二三）)
													14350(飲料・たばこ)
			1										14710(道路・橋)
	1	2	1	4	1	2							12110(夫婦)
						2							12110(夫婦)
													15401(木本)
		4											11630(年)
1													12200(相手・仲間)
							1						13683(脅迫・中傷・愚弄など)
													31331(特徴)

見出し	順	漢字	語種	品詞	注記	巻数	合計	巻1	巻2	巻3	巻4	巻5	巻6	巻7
ひとねろ		一嶺				1	1							
ひとひ		一日				10	14		1	1	2		1	
ひとへ		一重				8	10		1		2		1	1
ひとへやま		一重山				2	2				1		1	
ひとま		人間				1	1							
ひとみち		一道				1	1							
ひとむらはぎ		一群萩				1	1							
ひとめ	1	一目				8	13				1		1	
ひとめ	2	人目				7	24		2		4			1
ひともと		一本				1	1							
ひともね						1	1					1		
ひとよ	1	一世				1	1					1		
ひとよ	2	一夜				8	13				1			
ひとよ	3	一枝				1	2							
ひとよづま		一夜妻				1	1							
ひとり		一人				17	74	3	2	10	5	1		2
ひとりご		独子				2	3						1	
ひとを		一峰				1	1							
ひな		鄙				11	25	1	1	1	1	1		
ひなくもり				枕		1	1							
ひなざかる		夷離		動四		2	2							
ひなへ		夷辺				1	1						1	
ひなみし		日並				1	1	1						
ひねひねし				形		1	1							
ひねもす		終日		副		2	2							
ひのくまがは		桧隈川				2	2							1
ひのぐれ		日暮				1	1							
ひのもと		日本				1	1			1				
ひばし		桧橋				1	1							
ひばら		桧原				2	6							4
ひばり		雲雀				2	3							
ひみ		氷見				1	1							
ひむがし		東				5	6	1	2	1			1	
ひむかひ		日向				1	1							
ひむしは		蛾葉				1	1							
ひむつき		襁褓				1	1							
ひめ					鳥名	1	2							
ひめかぶら		鏑				1	1							
ひめかみ		女神				1	1							
ひめしま		姫島				1	1		1					
ひめすがはら		姫菅原				1	1							1
ひめゆり		姫百合				1	1							
ひも		紐				17	67			2	2	1	1	2
ひもかがみ		紐鏡				1	1							
ひものこ		紐児				1	1							
ひものを		紐緒				4	8							
ひもろき		神籬				1	1							
ひやま		桧山				1	1							
ひら		比良				3	3	1		1				
ひらきあく		開明		動下二		1	1				1			
ひらく	1	開		動四		7	9		1					
ひらく	2	開		動下二		1	1							
ひらせ		平瀬				2	2							
ひらやまかぜ		比良山風				1	1							
ひりひとる		拾取		動四		1	1							
ひりふ		拾		動四		10	21	1					2	7
ひる	1	昼				11	17		4	2	1	1		
ひる	2	蒜				1	1							
ひるめ		日女				1	2		2					
ひれ		領布				4	9					6		1
ひろ		日				1	1							
ひろし		広		形		9	9				1	1		1

巻数 合計 巻1 巻2 巻3 巻4 巻5 巻6 巻7

巻8	巻9	巻10	巻11	巻12	巻13	巻14	巻15	巻16	巻17	巻18	巻19	巻20	意味分類
						1							15240(山野)
1		1	1	1			4			1			11633(日)
	1		1	2	1								11960(数記号（一二三）)
													15240(山野)
			1										11600(時間)
			1										13040(信念・努力・忍耐)
1													15401(木本)
2		2	3	1					2	1			13091(見る)
			4	11		1					1		13091(見る)
										1			15400(植物)
													12301(国民・住民)
													11621(永久・一生)
2	1	1		2			4			1	1		11635(朝晩)
2													15410(枝・葉・花・実)
								1					12110(夫婦)
6	7	6	6	6	6	3	6	1			3	1	12000(人間)
	2												12130(子・子孫)
			1										15240(山野)
	1				1		2		10	3	3		12540(都会・田舎)
												1	39999(枕詞)
					1						1		21560(接近・接触・隔離)
													12540(都会・田舎)
													12390(固有人名)
								1					31660(新旧・遅速)
	1									1			31600(時間)
				1									12590(固有地名)
						1							11635(朝晩)
													12590(固有地名)
								1					14710(道路・橋)
		2											15240(山野)
											1	2	15502(鳥類)
									1				12590(固有地名)
					1								11730(方向・方角)
					1								11730(方向・方角)
					1								15605(皮・毛髪・羽毛)
								1					14251(ネクタイ・帯・手袋・靴下など)
					2								15502(鳥類)
								1					14551(武器)
	1												12030(神仏・精霊)
													12590(固有地名)
													12590(固有地名)
1													15402(草本)
2	3	7	10	10		7	3	1	4	1	1	10	14160(コード・縄・綱など)
			1										14610(鏡・レンズ・カメラ)
	1												12390(固有人名)
	1		2	4						1			14160(コード・縄・綱など)
			1										12630(社寺・学校)
					1								15240(山野)
			1										12590(固有地名)
													21553(開閉・封)
1	3	1			1	1						1	21553(開閉・封)
1													23013(安心・焦燥・満足)
						1					1		15250(川・湖)
	1												15151(風)
							1						23700(取得)
	1			1	3	1	3			1		1	23392(手足の動作)
1					2	1	1			1	1	2	11635(朝晩)
								1					15402(草本)
													12030(神仏・精霊)
1					1								14251(ネクタイ・帯・手袋・靴下など)
												1	11633(日)
	1				1	1		1	1	1			31910(多少)/31912(広狭・大小)

巻8 巻9 巻10 巻11 巻12 巻13 巻14 巻15 巻16 巻17 巻18 巻19 巻20

見出し	順	漢字	語種	品詞	注記	巻数	合計	巻1	巻2	巻3	巻4	巻5	巻6	巻7
ひろせがは		広瀬川				1	1							1
ひろはし		広橋				1	1							
ひを		氷魚				1	1							
ふ	1	節				1	1							
ふ	2	言		動四		1	1							
ふ	3	追		動四		1	1							
ふ	4	干・乾		動上二		13	24		1	4	1	2	2	4
ふ	5	噫		動上二		1	1							
ふ	6	経		動下二		16	84	2		3	10		5	4
ふ	7	綜		動下二		1	1							
ふえ		笛				1	1		1					
ふえふき		笛吹				1	1							
ふかいろごろも		深色衣				1	1							1
ふかし		深		形		11	14	1		1	1		2	1
ふかぞめ		深染				2	3							1
ふかつしまやま		深島山				1	1							
ふかみる		深海松				3	8		2				2	
ふかむ		深		動下二		9	12		1	1	1			1
ふきかへす		吹返		動四		3	3	1		1				
ふきかへらふ		吹反		動四		1	1							
ふきく		吹来		動カ変		1	3							
ふきこきしく		吹扱敷		動四		1	1							
ふきこす		吹越		動四		1	1							
ふきただよはす		吹漂		動四		1	1							
ふきたつ		吹立		動下二		1	1					1		
ふきとく		吹解		動四		1	1							
ふきなす		吹鳴		動四		1	1		1					
ふきなびく		吹靡		動四		1	1							
ふきみだる		吹乱		動四		1	1							
ふく	1	吹		動四		18	91	3	1	2	3		5	11
ふく	2	葺		動四		3	4							
ふく	3	更		動下二		15	50		1	2			2	8
ふくし		堀串				1	1	1						
ふくれ		瘤				1	1							
ふくろ		袋				2	2		1		1			
ふけひ		吹飯				1	1							
ふけゆく		更行		動四		5	7						1	1
ふさ		多		副		4	4							
ふさたをり				枕		1	1							
ふさへしに				句		1	1							
ふし		節				1	1							
ふじ		富士				3	15			7				
ふしあふぐ		伏仰		動四		1	1					1		
ふじかは		富士川				1	1			1				
ふしごえ		伏超				1	1							1
ふしみ		伏見				1	1							
ふしゐなげく		臥居歎		動四		2	2		1					
ふす	1	臥		動四		11	18				1	2		2
ふす	2	臥		動下二		1	1							
ふすさに				副		1	1							
ふすまぢ		衾道				1	2		2					
ふせ	1	布施	漢			1	1					1		
ふせ	2	布勢				3	10							
ふせいほ		伏庵				1	1					1		
ふせや		伏屋				2	2			1				
ふたあやしたぐつ		二綾下沓				1	1							
ふたおもて		両面				1	1							
ふたがみ	1	二神				1	1			1				
ふたがみ	2	二上				5	6							
ふたがみやま		二上山				5	9		1					1

巻数 合計 巻1 巻2 巻3 巻4 巻5 巻6 巻7

巻8	巻9	巻10	巻11	巻12	巻13	巻14	巻15	巻16	巻17	巻18	巻19	巻20	意味分類
													12590(固有地名)
						1							14710(道路・橋)
								1					15504(魚類)
						1							11840(模様・目)
												1	23100(言語活動)
						1							21525(連れ・導き・追い・逃げなど)
	1	2		3			1	1	1	1			25130(水・乾湿)/25155(波・潮)
			1										25710(生理)
1	2	5	11	14	2		9		4	5	5	2	21600(時間)
								1					23820(製造工業)
													14560(楽器・レコードなど)
								1					12410(専門的・技術的職業)
													14210(衣服)
		1	3		1				1		1	1	31600(時間)/31911(長短・高低・深浅・厚薄・遠近)/31920(程度)
			2										13841(染色・洗濯など)
			1										12590(固有地名)
					4								15403(隠花植物)
			3	1	2			1		1			21541(乗り降り・浮き沈み)/23020(好悪・愛憎)
				1									21513(固定・傾き・転倒など)
		1											25151(風)
		3											25151(風)
												1	25151(風)
												1	25151(風)
		1											25151(風)
													25151(風)
				1									25151(風)
													23230(音楽)
												1	25151(風)
		1											25151(風)
7	4	18	5	1	9	5	6		4	1	3	3	23820(製造工業)/25151(風)
		1	2				1						23823(建築)
1	2	13	3	5	5	1	2		1		3	1	21635(朝晩)
													14540(農工具など)
								1					15720(障害・けが)
													14514(袋・かばんなど)
				1									12590(固有地名)
1	1	3											21635(朝晩)
1	1				1				1				31910(多少)
	1												39999(枕詞)
										1			21332(良不良・適不適)
											1		15410(枝・葉・花・実)
			3			5							12590(固有地名)
													23391(立ち居)
													12590(固有地名)
													15240(山野)
	1												12590(固有地名)
		1											23030(表情・態度)
1	1	1	1	1	5	2		1					23391(立ち居)
			1										21513(固定・傾き・転倒など)
						1							31910(多少)
													14710(道路・橋)
													13770(授受)
									3	5	2		12590(固有地名)
													14410(家屋・建物)
	1												14410(家屋・建物)
								1					14251(ネクタイ・帯・手袋・靴下など)
								1					11750(面・側・表裏)
													12030(神仏・精霊)
		1	1						2	1	1		12590(固有地名)
								1	5		1		12590(固有地名)

巻8 巻9 巻10 巻11 巻12 巻13 巻14 巻15 巻16 巻17 巻18 巻19 巻20

見出し	順	漢字	語種	品詞	注記	巻数	合計	巻1	巻2	巻3	巻4	巻5	巻6	巻7
ふたぎ		布当				1	4						4	
ふたぎやま		布当山				1	1						1	
ふたさや		二鞘				1	1				1			
ふたたび		再・二度				2	4					1		
ふたつ		二				7	9			1		1		1
ふたならぶ		二並		動四		1	1							
ふたはしる		二走		動四		1	1				1			
ふたほがみ						1	1							
ふたみ		二見				1	2			2				
ふたゆく		二行		動四		2	2				1			
ふたよ	1	二代				1	1							1
ふたよ	2	二夜				1	1							
ふたり		二人				13	23		6	3	1	1	2	
ふち		淵				2	2			1			1	
ふぢ		藤				5	6							
ふぢえ		藤江				3	4			2			1	
ふぢころも		藤衣				2	2			1				
ふぢしろ		藤白				1	1							
ふちせ		淵瀬				1	1							
ふぢなみ		藤波				8	19			1				
ふぢばかま		藤袴				1	1							
ふぢはら		藤原				3	4	2						
ふぢゐ		藤井				2	2	1					1	
ぶつ		仏	漢			1	1							
ふつか		二日				3	3							
ふつま						1	1							
ふとし		太		形		1	1		1					
ふとしく		太敷		動四		3	6	2	3				1	
ふとしりたつ		太知立		動下二		1	1							
ふとたかしく		太高敷		動四		1	1						1	
ふとのりとごと		太祝詞				1	1							
ふなかざり		船飾				1	1							
ふなぎ		船木				2	3			2				
ふなぎほふ		船競		動四		2	2	1						
ふなこ		船子				1	1							
ふなせ		船瀬				1	2						2	
ふなだな		船棚				1	1							
ふなつ		船津				1	1							
ふなで		船出				10	19	1		1			1	3
ふなども		船艫				1	1							
ふなには		船庭				1	1			1				
ふなのへ		船舳				4	6					2	1	
ふなのり		船乗				6	8	2		1				2
ふなのる		船乗		動四		3	3							
ふなはし		船橋				1	1							
ふなはて		船泊				1	1	1						
ふなびと		船人				5	8			1				2
ふなよそふ		船装		動四		2	3							
ふね		船				19	138	4	4	8		4	7	20
ふねかぢ		船梶				2	3						2	
ふは		不破				1	1							
ふはやま		不破山				1	1		1					
ふふむ		含		動四		10	14				1			2
ふみあだす		踏		動四		1	1							
ふみおこす		踏起		動四		3	3			1			1	
ふみからす		踏枯		動四		1	1							
ふみぎ		踏木				1	1							
ふみこゆ		踏越		動下二		1	1							
ふみしづむ		踏鎮		動四		1	1							
ふみたつ		踏立		動下二		4	4			1			1	
ふみたひらぐ		踏平		動下二		1	1							

巻数 合計 巻1 巻2 巻3 巻4 巻5 巻6 巻7

巻8	巻9	巻10	巻11	巻12	巻13	巻14	巻15	巻16	巻17	巻18	巻19	巻20	意味分類
													12590(固有地名)
													12590(固有地名)
													14550(刃物)
		3											11612(毎日・毎度)
1					2	1		2					11960(数記号（一二三）)
	1												21573(配列・排列)
													21573(配列・排列)
												1	11332(良不良・適不適)
													12590(固有地名)
						1							21504(連続・反復)/23067(決心・解決・決定・迷い)
													11623(時代)
			1										11635(朝晩)
1	1		1	1	2	2				1		1	12000(人間)
													15250(川・湖)
1		1				1			1		2		15401(木本)
							1						12590(固有地名)
				1									14210(衣服)
	1												12590(固有地名)
	1												15250(川・湖)
1		3		1	1				1	2	9		15401(木本)
1													15402(草本)
		1			1								12590(固有地名)
													12590(固有地名)
								1					12030(神仏・精霊)
1					1				1				11633(日)
										1			15501(哺乳類)
													31912(広狭・大小)
													23600(支配・政治)/23823(建築)
												1	23823(建築)
													23823(建築)
									1				13210(文芸)
												1	14170(飾り)
									1				14120(木・石・金)
												1	23542(競争)
	1												12415(運輸業)
													15260(海・島)
									1				14450(棚・台・壇など)
		1											14720(その他の土木施設)
1	2	5					2		1			2	11521(移動・発着)
											1		14660(乗り物（海上）)
													15260(海・島)
										1	2		14660(乗り物（海上）)
				1			1		1				12415(運輸業)
							1				1	1	21541(乗り降り・浮き沈み)
						1							14710(道路・橋)
													11503(終了・中止・停止)
						1	3				1		12415(運輸業)
		1										2	23850(技術・設備・修理)
2	7	21	4	3	1	8	15	2	6	7	5	10	14660(乗り物（海上）)
									1				14660(乗り物（海上）)
												1	12590(固有地名)
													12590(固有地名)
2	2	1	1			1				2	1	1	25701(生)
											1		21552(分割・分裂・分散)
1													21525(連れ・導き・追い・逃げなど)
			1										25702(死)
		1											14630(機械・装置)
											1		21521(移動・発着)
			1										23360(行事・式典・宗教的行事)
									1		1		21525(連れ・導き・追い・逃げなど)
									1				21570(成形・変形)
巻8	巻9	巻10	巻11	巻12	巻13	巻14	巻15	巻16	巻17	巻18	巻19	巻20	

見出し	順	漢字	語種	品詞	注記	巻数	合計	巻1	巻2	巻3	巻4	巻5	巻6	巻7
ふみづき		七月				1	1							
ふみとほる		踏通		動四		1	1							
ふみならす		踏平		動四		3	4						1	
ふみぬく	1	踏貫		動四		1	1							
ふみぬく	2	踏脱		動四		1	1					1		
ふみもとむ		踏求		動下二		1	1				1			
ふみわたる		踏渡		動四		2	2				1			
ふむ		踏		動四		14	32	1	1				1	1
ふもだし		絆				1	1							
ふもと		麓				2	2							
ふゆ		冬				7	17		1					
ふゆき		冬木				1	2							
ふゆごもり		冬篭				8	10	1	2	1			1	1
ふゆの		冬野				1	1							
ふりおく		降置		動四		6	8			1				
ふりおこす		振起		動四		6	7			2				1
ふりおほふ		降覆		動四		1	4							
ふりかはす		振交		動四		2	2					1		
ふりかへす		振反		動四		1	1							
ふりく		降来		動カ変		6	13			1			1	
ふりさく		振放		動下二		1	1						1	
ふりさけみる		振放見		動上一		10	23		4	2				
ふりしきる		降頻		動四		1	1							
ふりしく		降頻		動四	「降り敷く」ともみられるものをふくむ	7	13						1	
ふりたつ		振立		動下二		2	2							1
ふりとどみかぬ		振留不堪		動下二		1	1					1		
ふりなづむ		降		動四		1	1							1
ふりまがふ		降紛		動四		1	1			1				
ふります		旧増		動四		1	1						1	
ふりゆく		旧行		動四		1	1							
ふりわけ		振別				1	1							
ふる	1	布留				7	8			1			1	1
ふる	2	降		動四		20	202	7	8	10	4	6	2	7
ふる	3	振		動四		17	39	1	6	1		6	3	3
ふる	4	古		動上二		8	15		2	2	1		2	
ふる	5	触		動下二		9	22				6			1
ふるえ	1	古枝				1	1							
ふるえ	2	旧江				1	1							
ふるかは		布留川				2	3							1
ふるから		古幹				1	1							
ふるくさ		古草				1	1							
ふるころも		古衣				2	2						1	
ふるさと		故郷				4	9				3		2	
ふるし		古		形		6	8	1		3			1	
ふるひ		古日				1	1					1		
ふるひと		古人				2	2				1			
ふるふる		降降		副		1	1							
ふるへ		古家				2	2			1				
ふるまひ		振舞				1	1			1				
ふるや		古屋				1	1							
ふるやま		布留山				3	3				1			
へ	1	上			「をのへ, ほのへ, ひざのへ」などの	10	17	2			1	3		1
へ	2	辺				13	40		2		2	2		10
へ	3	家				2	4					3		
へ	4	舳				5	8							
へぐり	1	平群				1	1							
へぐり	2	平群				1	1							
へそかた		綜麻形				1	1	1						

巻8	巻9	巻10	巻11	巻12	巻13	巻14	巻15	巻16	巻17	巻18	巻19	巻20	意味分類
		1											11631(月)
												1	21524(通過・普及など)
	2										1		21570(成形・変形)
					1								21524(通過・普及など)
													23332(衣生活)
													23065(研究・試験・調査・検査など)
					1								21521(移動・発着)
	1	1	7	3	6	3	1		1	1	4		23392(手足の動作)
								1					14160(コード・縄・綱など)
	1							1					15240(山野)
	3	7			1				2	1		2	11624(季節)
2													15401(木本)
	1	2			1								13333(住生活)
			1										15240(山野)
1	1	1							3			1	25153(雨・雪)
					1				1		1	1	23040(信念・努力・忍耐)
		4											25153(雨・雪)
										1			21511(動揺・回転)
									1				21511(動揺・回転)
1		6			3					1			25153(雨・雪)
													23091(見る)
		1	2		5		1		3	1	3	1	23091(見る)
		1											25153(雨・雪)
3		2	2						1		2	2	25153(雨・雪)
							1						21513(固定・傾き・転倒など)
													21503(終了・中止・停止)
													25153(雨・雪)
													25153(雨・雪)
													21660(新旧・遅速)
		1											21660(新旧・遅速)
			1										11552(分割・分裂・分散)
	2	1	1	1									12590(固有地名)
30	10	59	8	8	7	3	1	3	10	6	8	5	25153(雨・雪)
1	1	1	3	2	1	3	1	2		1		3	21511(動揺・回転)/23392(手足の動作)
1		2	4						1				21660(新旧・遅速)/25701(生)
	2	2	4	3		1			1			2	21560(接近・接触・隔離)
1													15410(枝・葉・花・実)
									1				12590(固有地名)
				2									12590(固有地名)
			1										15410(枝・葉・花・実)
						1							15402(草本)
			1										14210(衣服)
1		3											12520(郷里)/12540(都会・田舎)
					1				1	1			31660(新旧・遅速)
													12390(固有人名)
	1												12050(老少)/12210(友・なじみ)
		1											35150(気象)
			1										14400(住居)
													13430(行為・活動)
								1					14410(家屋・建物)
	1		1										12590(固有地名)
	1	1				3			1	2		2	11741(上下)
1	1	7	7	3	1				2	1		1	11780(ふち・そば・まわり・沿い)/15260(海・島)
						1							14400(住居)
		1	1			1					1	4	14660(乗り物(海上))
								1					12590(固有地名)
								1					12390(固有人名)
													11800(形・型・姿・構え)

巻8 巻9 巻10 巻11 巻12 巻13 巻14 巻15 巻16 巻17 巻18 巻19 巻20

見出し	順	漢字	語種	品詞	注記	巻数	合計	巻1	巻2	巻3	巻4	巻5	巻6	巻7
へた		海辺				1	1							
へだし		隔				1	1							
へだたる		隔		動四		1	2				2			
へだつ	1	隔		動四		4	6					1		2
へだつ	2	隔		動下二		5	10				2			
へだて		隔				1	2							
へだてあむ		隔編		動四		2	2							
へつかい		辺櫂				1	1		1					
へつかふ		辺付		動四		2	2				1			1
へつなみ		辺波				2	2						1	
へつへ		辺方				1	2			2				
へつも		辺藻				1	1							1
へなみ		辺波				6	6			1			1	1
へなる		隔		動四		8	11				1			
へゆく		経行		動四		3	4							
ほ	1	帆				1	1							1
ほ	2	穂				12	18	1	1	1				
ほか		外				3	4		1					
ほかごころ		外心				1	1							
ほきとよもす		寿響		動四		1	1							
ほく		寿		動四		3	4						1	
ほけ		火気				2	2					1		
ほこ		桙				1	1							
ほこすぎ		鉾椙				1	1			1				
ほころふ		誇		動四		1	1					1		
ほし	1	星				2	2		1					1
ほし	2	欲		形		13	28		1	1	3	1	2	1
ほす		干		動四		9	12	1		2	1			2
ほそえ		細江				2	2						1	
ほそかは		細川				1	1							
ほそかはやま		細川山				1	1							1
ほそし		細		形		1	1							
ほそたにがは		細谷川				1	1							1
ほだ		穂田				3	3				1			
ほだち		穂立				1	2							
ほたで		穂蓼				1	1							
ほたる		蛍				1	1							
ほつえ		末枝				4	6							
ほつたか		秀鷹				1	1							
ほつて		上手				1	1							
ほづみ	1	穂積				1	1							
ほづみ	2	穂積				1	1							
ほと		程				2	2							
ほどく		解		動四		1	1				1			
ほととぎす		時鳥				13	143		1	1			1	
ほとほと		殆		副		4	4			1				
ほとほとし		殆		形		1	1							1
ほどろ		明方				2	3				2			
ほどろに				副		1	2							
ほどろほどろに				副		1	1							
ほのか		仄		形動		6	8		1					1
ほのきく		仄聞		動四		1	1							
ほのけ		火気				2	2			1				
ほのほ		炎				1	1							
ほびこる		蔓延		動四		1	1							
ほふし		法師	漢			1	2							
ほほがしは		朴柏				1	2							
ほほまる		含		動四		1	1							
ほむ		誉		動下二		2	2				1			
ほむき		穂向				3	3		1					
ほゆ		吠		動下二		2	2		1					

巻8	巻9	巻10	巻11	巻12	巻13	巻14	巻15	巻16	巻17	巻18	巻19	巻20	意味分類
				1									15260(海・島)
						1							11721(境・間)
													21560(接近・接触・隔離)
1			2										21560(接近・接触・隔離)
		3	1							3	1		21560(接近・接触・隔離)/21600(時間)/23020(好悪・愛憎)
					2								11560(接近・接触・隔離)
			1	1									23840(裁縫)
													14540(農工具など)
													21560(接近・接触・隔離)
					1								15155(波・潮)
													15260(海・島)
													15403(隠花植物)
			1	1							1		15155(波・潮)
1			2	1			2		2		1	1	21560(接近・接触・隔離)
		2			1		1						21600(時間)
													14540(農工具など)
1	1	6	1		1	2		1	1		1		11741(上下)/15410(枝・葉・花・実)
			1						2				11730(方向・方角)/11770(内外)
			1										13046(道徳)
											1		23360(行事・式典・宗教的行事)
										1	2		23047(信仰・宗教)
			1										15161(火)
								1					14550(刃物)
													15401(木本)
													23041(自信・誇り・恥・反省)
													15210(天体)
	1	2	8	4	1			2				1	33042(欲望・期待・失望)
	2	1				1	1	1					25130(水・乾湿)
				1									15260(海・島)
	1												12590(固有地名)
													12590(固有地名)
											1		31912(広狭・大小)
													15250(川・湖)
1		1											14700(地類(土地利用))
2													15701(生)
			1										15402(草本)
					1								15505(昆虫)
	1	1			3						1		15410(枝・葉・花・実)
									1				15502(鳥類)
							1						12340(人物)
					1								12590(固有地名)
								1					12390(固有人名)
						1						1	11611(時機・時刻)
													21552(分割・分裂・分散)
31	2	31		1		1	7		18	20	24	5	15502(鳥類)
1		1					1						31920(程度)
													31346(難易・安危)
1													11635(朝晩)
		2											31552(分割・分裂・分散)
1													31552(分割・分裂・分散)
1			1	3	1								35010(光)/35030(音)
								1					23093(聞く・味わう)
				1									15161(火)
					1								15161(火)
										1			21581(伸縮)
								2					12410(専門的・技術的職業)
											2		15401(木本)
												1	25701(生)
												1	23682(賞罰)
		1							1				11730(方向・方角)
					1								23031(声)

巻8 巻9 巻10 巻11 巻12 巻13 巻14 巻15 巻16 巻17 巻18 巻19 巻20

見出し	順	漢字	語種	品詞	注記	巻数	合計	巻1	巻2	巻3	巻4	巻5	巻6	巻7
ほよ		寄生				1	1							
ほり		欲				8	13			2	1		3	
ほりえ		堀江				4	13							1
ほりなげかふ		欲嘆		動四		1	1							
ほる	1	欲		動四		15	35	2	1		5	1		7
ほる	2	堀		動四		3	5							1
ほろに				副		1	1							
ま	1	間				17	83	5		7	6	1	5	7
ま	2	馬				2	4					3		
まう		参		動上二		1	1							
まうく		設		動下二		2	2							
まうしはやす		申賞		動四		1	2							
まうしわかる		申別		動下二		1	1							
まうす		申		動四	「まをす」をふくむ	11	21		1	1		2		
まうらがなし		心悲		形		1	1		1					
まかい		真櫂				3	4							
まがき		籬				2	3				2			
まかごや		真鹿児矢				1	1							
まかぢ		真梶				12	18			2			1	2
まかな		真鉋				1	1							1
まかなし		真愛		形		4	7				1			
まがね		真金				1	1							
まがひ		紛				4	4		1					
まがふ	1	紛		動四		1	1					1		
まがふ	2	紛		動下二		1	1							
まがみ		真神				3	3		1					
まがり		勾				1	1		1					
まかりたつ		罷立		動四		1	1							
まかりぢ		罷道				1	1		1					
まかりづ		罷出		動下二		3	4			2				1
まかる		罷		動四		7	8			1	1	1	2	
まき	1	任				1	1							
まき	2	真木・槙				10	18	3	1	3			2	2
まきあぐ		巻上		動下二		1	1							1
まきおほす		蒔生		動四		2	2			1				
まきかくす		巻隠		動四		1	1							
まきがたし		巻難		形		2	2			1	1			
まきかふ		巻換		動下二		1	1							
まきき		巻来				1	1							
まきく		任来		動カ変		1	1							
まきそむ		枕初		動下二		1	1							
まきぬ		枕寝		動下二		4	6				1			
まきばしら		真木柱				3	3		1				1	1
まきふるす		巻古		動四		1	1							1
まきほす		巻干		動四		1	1							
まきむく		巻向				3	9							5
まきむくやま		巻向山				2	3							2
まきもつ		巻持		動四		5	8		1	1				3
まきらはし		紛		形		1	1							
まく	1	任		動四		1	1							
まく	2	枕		動四		15	43		4	3	3	1	3	
まく	3	巻		動四		14	20			2	2	1	1	3
まく	4	蒔		動四		8	17			3				7
まく	5	任		動下二		1	1							
まく	6	負		動下二		1	1							
まく	7	設		動下二		3	5							1
まくさ	1	真草				1	1	1						
まくさ	2	馬草				1	1							1
まくし		真櫛				2	2							1
まくず		真葛				3	3						1	
まくずはら		真葛原				3	3							1

巻8	巻9	巻10	巻11	巻12	巻13	巻14	巻15	巻16	巻17	巻18	巻19	巻20	意味分類
										1			15401(木本)
1			3	1		1		1					13042(欲望・期待・失望)
				1						3		8	15250(川・湖)
			1										23042(欲望・期待・失望)
	2	3	3	3	1		2		1	2	1	1	23042(欲望・期待・失望)
				1				3					21570(成形・変形)
											1		35030(音)
4		14	6	10	7		2	1	3	1	1	3	11600(時間)/11721(境・間)
									1				15501(哺乳類)
										1			21527(往復)
	1									1			23084(計画・案)
								2					23682(賞罰)
											1		23520(応接・送迎)
		1	3	1			1	3		2	3	3	23100(言語活動)
													33014(苦悩・悲哀)
1											2	1	14540(農工具など)
		1											14420(門・塀)
												1	14551(武器)
1	1	1	1		2		4		1		1	1	14540(農工具など)
													14550(刃物)
	1					4						1	33020(好悪・愛憎)
						1							15110(元素)
1							1		1				11130(異同・類似)
													21550(合体・出会い・集合など)
1													23063(比較・参考・区別・選択)
1					1								12590(固有地名)
													12590(固有地名)
								1					21521(移動・発着)
													14710(道路・橋)
			1										21526(進退)
	1						1					1	21527(往復)
										1			13630(人事)
1		1	2		2	1							15401(木本)
													21540(上がり・下がり)
										1			25701(生)
		1											21210(出没)
													31346(難易・安危)
			1										21501(変換・交換)
		1											12590(固有地名)
												1	21527(往復)
			1										23330(生活・起臥)
			1	3							1		23003(飢渇・酔い・疲労・睡眠など)
													14440(屋根・柱・壁・窓・天井など)
													23392(手足の動作)
		1											25130(水・乾湿)
		3		1									12590(固有地名)
		1											12590(固有地名)
					1				2				23392(手足の動作)
						1							33001(感覚)
										1			23630(人事)
1	1	8	7	4	2	3				1	1	1	23330(生活・起臥)
1	1		2		1	1	1	1	2	1			21570(成形・変形)
1		1		1		2	1			1			21552(分割・分裂・分散)/23810(農業・林業)
										1			23630(人事)
	1												23570(勝敗)
1											3		23084(計画・案)
													15402(草本)
													14300(食料)
								1					14541(日用品)
		1	1										15402(草本)
		1		1									15240(山野)

見出し	順	漢字	語種	品詞	注記	巻数	合計	巻1	巻2	巻3	巻4	巻5	巻6	巻7
まぐはし		目細		形		2	3							
まぐはしまと						1	1							
まくひ		真杭				1	2							
まくまの		真熊野				1	2						2	
まくら		枕				10	24	1	3	5	2		1	
まくらが		真久良我				1	3							
まくらきぬ		枕寝		動下二		1	1	1						
まくらく		枕		動四		4	4			1		1		
まくらたし		枕太刀			東語	1	1							
まくらづく		枕付		枕		3	4		2			1		
まくらへ		枕辺				1	1			1				
まけ		任				5	8			1				
まげいほ		曲庵				1	1					1		
まけながし		真日長		形		2	4							
まけばしら		真木柱				1	1							
まけみぞ		儲溝				1	1							
まこ		真子				2	2							
まこと		真・誠			「まことに」をふくむ	12	20			1	2			2
まこも		真菰				1	1							
まこや		藐孤射	漢			1	1							
まさか		目前				3	6							
まさきく		真幸		副		8	14		1	2				1
まさしに		正		副		1	1		1					
まさでに				副		1	2							
まさめ		直目		形動		1	1							
まさやか				形動		1	1							
まさる		勝		動四		16	45			3	7	1	1	2
まし	1	増			「いやましに」の	5	8				1			
まし	2	汝				1	1							
まして		況		副		6	7			1		1		1
ましば		真柴				1	1							
ましばに				副		1	1							
まじはる		交		動四		1	1							
まじふ		交		動下二		1	1							
ましらか		真白髪				1	1			1				
ましらふ		真白斑				1	1							
まじる		混		動四		8	12		1		1	3		
ましろ		真白				2	2			1				
ます	1	坐		動四	「まします」をふくむ	11	23		2	6	1		1	
ます	2	増		動四		6	6		1	1	1			
ますげ		真菅				1	1							
ますます		益益		副		4	5					2	1	
ますみ		真澄				1	1							
ますら		益荒				1	1							
ますらたけを		益荒猛男				2	2							
ますらを		丈夫				15	59	3	4	4	4	1	7	2
ますらをごころ		丈夫心				1	1							
ますらをとこ		益荒男				1	1							
ますらをのこ		益荒男				2	2		1					
まそかがみ		真十鏡				15	35			1	3	1	1	1
まそで		真袖				4	4							1
まそほ		真朱				2	3							
まそみかがみ		真十鏡				1	1							
まそむら		真麻群				1	1							
まそゆふ		真蘇木綿				1	1		1					
また		又		副		19	64	2	5	4	4	3	4	4
またし		全		形	「またき, またく, まつたく」をふくむ	3	3				1			
まだし		未		形		1	1							

巻8	巻9	巻10	巻11	巻12	巻13	巻14	巻15	巻16	巻17	巻18	巻19	巻20	意味分類
					2	1							31345(美醜)
						1							12590(固有地名)
					2								14151(ピン・ボタン・くいなど)
													12590(固有地名)
		1	7	1	2	1							14270(寝具)
						3							12590(固有地名)
													23330(生活・起臥)
		1									1		23330(生活・起臥)
												1	14550(刃物)
											1		39999(枕詞)
													14270(寝具)
					1				3	1		2	13630(人事)
													14410(家屋・建物)
		2	2										31600(時間)
												1	14440(屋根・柱・壁・窓・天井など)
			1										14720(その他の土木施設)
											1	1	12100(家族)
1		2	1	4	1	2	1	1				2	11030(真偽・是非)/31030(真偽・是非)
			1										15402(草本)
								1					12590(固有地名)
				2		3				1			11641(現在)
	2				2		1		3			2	33310(人生・禍福)
													43120(予期)
						2							31030(真偽・是非)
					1								33090(見聞き)
												1	35010(光)
2	1	6	6	6	1	1	2		1	1	4		21580(増減・補充)/21584(限定・優劣)
				2					1	3		1	11580(増減・補充)
						1							12010(われ・なれ・かれ)
1		1	2										41120(展開)
						1							15410(枝・葉・花・実)
						1							31612(毎日・毎度)
	1												23390(身振り)
		1											21550(合体・出会い・集合など)
													15605(皮・毛髪・羽毛)
											1		15020(色)
2		1	2			1					1		21550(合体・出会い・集合など)
											1		15020(色)
2			2		3		1		1	1	3		21200(存在)/21527(往復)
			1						1			1	21580(増減・補充)/21584(限定・優劣)
				1									15402(草本)
		1			1								31920(程度)
								1					15060(材質)
									1				12040(男女)
											1	1	12040(男女)
	2	3	7	3					4	2	7	6	12040(男女)
			1										13000(心)
	1												12040(男女)
											1		12040(男女)
1	1	1	11	5	3		1	1	1		3		14610(鏡・レンズ・カメラ)
			1		1							1	14240(そで・襟・身ごろ・ポケットなど)
						1		2					15020(色)
					1								14610(鏡・レンズ・カメラ)
						1							15402(草本)
													14200(衣料・綿・革・糸)
2	5	3	5	4	6	1	4	2	1	1		4	31612(毎日・毎度)/41110(累加)/41140(選択)
				1			1						31346(難易・安危)
											1		31670(時間的前後)

見出し	順	漢字	語種	品詞	注記	巻数	合計	巻1	巻2	巻3	巻4	巻5	巻6	巻7
またび		真旅				1	1							
またま		真玉				5	7				1	1		1
またまた		又又		副		1	1							
またまで		真玉手				2	2					1		
またみる		俣海松				1	2							
またよ		全夜				1	1							
まだら		斑				3	4							2
まだらぶすま		斑衾				1	1							
まちいづ		待出		動下二		1	2							
まちかし		真近・間近		形		3	4				2		1	
まちがたし		待難		形		2	2							1
まちかつ		待堪		動下二		6	9				1	1	2	
まちがつ		待堪		動下二		2	2					1		
まちかぬ		待不堪		動下二		8	11	1		1	1			
まちこふ		待恋		動上二		6	9	1	2		1			
まちさけ		待酒				1	1				1			
まちとふ		待問		動四		3	3						1	1
まちやす		待痩		動下二		1	1							1
まちよし		待吉		形		1	1				1			
まちよろこぶ		待喜		動四		1	1							
まちをり		待居		動ラ変		4	4							1
まつ	1	松			「まつ（がえ）」をふくむ	17	29	2	2	3	1		3	1
まつ	2	松				1	1							
まつ	3	待		動四	東語「まと」をふくむ	20	219	1	11	6	12	3	4	11
まづ		先		副		5	8					1		
まつかげ		松蔭				5	5							
まつかぜ		松風				2	3			2				
まつかひ		間使				5	7						1	
まつかへ		松柏				1	1							
まつがへり				枕		2	2							
まづし		貧		形		1	1					1		
まつしだす				句		1	1							
まつだえ		松田江				1	2							
まつち		亦打				1	1							1
まつちやま		亦打山				6	7	1		1	1		1	
まつばら		松原				8	10			2		1	1	1
まつほ		松帆				1	1						1	
まつら		松浦				2	6					5		
まつらがた		松浦県				1	1					1		
まつらがは		松浦川				1	4					4		
まつらさよひめ		松浦佐用姫				1	4					4		
まつらぢ		松浦路				1	1					1		
まつらぶね		松浦船				2	2							1
まつらやま		松浦山				1	1					1		
まつりだす		奉出		動四		1	1							
まつる	1	祭		動四		2	3			2				1
まつる	2	奉		動四		12	16	1		1	1		1	
まつろふ		服従		動四		4	5		2					
まつろへ		服従				1	1							
まとかた		円方				2	2	1						1
まどごし		窓越				1	1							
まとひ		惑				1	1						1	
まとふ		惑		動四		8	13		2		2			1
まとほ		間遠		形動		1	1			1				
まとほし		間遠		形		2	4			1				
まとり		真鳥				2	2							1
まな		愛				1	1							
まなが		真長				1	1							
まなかひ		目交				1	1					1		

巻8	巻9	巻10	巻11	巻12	巻13	巻14	巻15	巻16	巻17	巻18	巻19	巻20	意味分類
												1	13371(旅・行楽)
				2	2								15111(鉱物)
	1												31612(毎日・毎度)
1													15603(手足・指)
					2								15403(隠花植物)
				1									11635(朝晩)
		1		1									11840(模様・目)
						1							14270(寝具)
			2										23520(応接・送迎)
						1							31911(長短・高低・深浅・厚薄・遠近)
			1										31346(難易・安危)
	1	2	2										23520(応接・送迎)
						1							23520(応接・送迎)
		1	3	2		1					1		23520(応接・送迎)
1		1					3						23020(好悪・愛憎)
													14350(飲料・たばこ)
									1				23132(問答)
													25600(身体)
													31346(難易・安危)
		1											23011(快・喜び)
		1		1	1								23520(応接・送迎)
1	1	1	2	1	3	1	1		1		2	3	15401(木本)
												1	12590(固有地名)
10	2	24	35	21	19	8	18	4	10	7	8	5	23520(応接・送迎)
1		3									1	2	31650(順序)
1	1		1								1	1	11771(奥・底・陰)
1													15151(風)
	1	2	1						2				12450(その他の仕手)
											1		15401(木本)
	1								1				39999(枕詞)
													33790(貧富)
						1							23520(応接・送迎)
									2				12590(固有地名)
													12590(固有地名)
	1			2									12590(固有地名)
	1	1			1				2				15240(山野)
													12590(固有地名)
							1						12590(固有地名)
													12590(固有地名)
													12590(固有地名)
													12390(固有人名)
													12590(固有地名)
				1									14660(乗り物(海上))
													12590(固有地名)
							1						23770(授受)
													23360(行事・式典・宗教的行事)
	1	1	2	1	2				1	1		3	23770(授受)
										1	1	1	23570(勝敗)
										1			13570(勝敗)
													12590(固有地名)
			1										14440(屋根・柱・壁・窓・天井など)
													13067(決心・解決・決定・迷い)
	1	1	1	3	2								23013(安心・焦燥・満足)/23067(決心・解決・決定・迷い)
													31341(弛緩・粗密・繁簡)
						3							31911(長短・高低・深浅・厚薄・遠近)
				1									15502(鳥類)
						1							12210(友・なじみ)
	1												12590(固有地名)
													15601(頭・目鼻・顔)

見出し	順	漢字	語種	品詞	注記	巻数	合計	巻1	巻2	巻3	巻4	巻5	巻6	巻7
まなご	1	真砂				4	4				1			
まなご	2	愛子				3	5						2	1
まなごつち		真砂土				2	3							2
まなぶた		瞼				1	1							
まなほ		真直		形動		1	1							1
まにまに		随		副	「まにま」をふくむ	18	47		1	2	5	3	2	1
まぬかる		免		動下二		1	1			1				
まぬらる		罵		動四		1	2							
まねき		旗印				1	1		1					
まねし		数多		形		7	15		2		3			
まの		真野				4	9			4	1			2
まはに		真赤土				1	1							1
まはり		真榛				2	2							1
まひ	1	真日				1	1							
まひ	2	幣				5	6					1	1	
まひとごと		真他言				1	1							
まへ		前				2	2			1				
まへつきみ		大夫				1	1							
まほら		真秀				3	3					1		
まま	1	間間				1	1							
まま	2	崖				1	1							
まま	3	麻万・真間				3	11			3				
まみ		眉				1	1							1
まめ		豆				1	1							
まもらふ		守		動四		1	1							1
まもり		守				1	2							
まもりあふ		守敢		動下二		1	1							
まもる		守		動四		4	6						1	3
まゆかせらふも						1	1							
まゆすひ		真結			東語	1	1							
まゆふ	1	真木綿				1	1							
まゆふ	2	間結		動四		1	1							
まゆみ	1	檀				2	3		2					1
まゆみ	2	真弓				1	3			3				
まよ		眉				3	3						1	
まよごもり		繭隠				3	3							
まよね		眉根				5	10				1		1	
まよひ		迷				1	1							1
まよびき		眉引				6	6					1	1	
まよひく		乱来		動カ変		1	1							
まりふ		麻里布				1	3							
まる		排泄		動四		1	1							
まるね		丸寝				1	2							
まろ		麻呂				1	1							
まろね		丸寝				4	4							
まわかのうら		真若浦				1	1							
まゐく		参来		動カ変		2	2				1			
まゐでく		参来		動カ変		2	2							
まゐのぼる		参上		動四		1	1						1	
まゐりく		参来		動カ変		2	2							
まゐる		参		動四		1	1		1					
まをごも		真小薦				1	2							
み	1	見				2	3							
み	2	身			「み（のうへ）」をふくむ	15	50	1	2	2	7	6		
み	3	実				13	23		1	1	1		1	1
み	4	妻			東語	1	1							
みあきらむ		見明		動下二		2	2							
みあく		見飽		動四		2	2				1			
みうらさき		御宇良崎				1	1							
みえかへる		見帰		動四		1	1							

巻8	巻9	巻10	巻11	巻12	巻13	巻14	巻15	巻16	巻17	巻18	巻19	巻20	意味分類
	1		1			1							15111(鉱物)
					2								12130(子・子孫)
				1									15270(地相)
								1					15601(頭・目鼻・顔)
													33420(人柄)
1	3	1	6		3	2	1	2	4	5	1	4	11130(異同・類似)/33045(意志)
													21563(防止・妨害・回避)
								2					23100(言語活動)
													14580(標章・標識・旗など)
	2		1	3					1		3		31910(多少)
			2										12590(固有地名)
													15111(鉱物)
								1					15401(木本)
						1							11633(日)
	1								1			2	13770(授受)
						1							13142(評判)
										1			11740(左右・前後・たてよこ)
											1		12330(社会階層)
	1									1			15270(地相)
		1											11721(境・間)
						1							15240(山野)
	2					6							12590(固有地名)
													15605(皮・毛髪・羽毛)
												1	15402(草本)
													23091(見る)
										2			13560(攻防)
			1										23560(攻防)
1												1	23091(見る)/23560(攻防)
						1							15601(頭・目鼻・顔)
												1	11551(統一・組み合わせ)
					1								14200(衣料・綿・革・糸)
			1										21552(分割・分裂・分散)
													14551(武器)/15401(木本)
													12590(固有地名)
		1	1										15605(皮・毛髪・羽毛)
			1	1	1								13333(住生活)
			6	1							1		15601(頭・目鼻・顔)
													11340(調和・混乱)
			1	1		1					1		15605(皮・毛髪・羽毛)
						1							21340(調和・混乱)
							3						12590(固有地名)
								1					25710(生理)
												2	13003(飢渇・酔い・疲労・睡眠など)
	1												12010(われ・なれ・かれ)
	1	1		1						1			13003(飢渇・酔い・疲労・睡眠など)
				1									12590(固有地名)
												1	21527(往復)
										1		1	21527(往復)
													21527(往復)
								1			1		21527(往復)
													21527(往復)
						2							14460(戸・カーテン・敷物・畳など)
									1			2	13091(見る)
	4		9	3	2	1	1	6		1	2	3	15600(身体)
4	2	4	2			1		1		3	1		11320(内容・構成)/15410(枝・葉・花・実)
												1	12110(夫婦)
									1		1		23062(注意・認知・了解)
				1									23003(飢渇・酔い・疲労・睡眠など)
						1							12590(固有地名)
				1									23091(見る)

見出し	順	漢字	語種	品詞	注記	巻数	合計	巻1	巻2	巻3	巻4	巻5	巻6	巻7
みえく		見来		動カ変		3	4				1			
みおくる		見送		動四		1	1							
みおろす		見下		動四		1	1						1	
みか		三香				2	4				1		3	
みかき		三垣				1	1							
みかくす		見隠		動四		1	1							
みかさ		三笠				8	15			2	1		3	2
みかさやま		三笠山				2	3		2					
みかた		三方				1	1							1
みかづき		三日月				2	3						2	
みかど		御門・帝				13	28	1	9	3		2	1	
みかぬ		見不堪		動下二		1	2							
みかね		御金				1	1							
みかは		三河				1	2			2				
みかはす		見交		動四		1	1							
みがほし		欲見		形		7	13			2			3	
みかも	1	水鴨				1	1			1				
みかも	2	美可母				1	1							
みき		御酒				1	1							
みぎり		砌				1	1							
みくくの		水久君野				1	1							
みくさ		水草				2	3			1				
みくにやま		三国山				1	1							1
みぐま		水隈				1	1							
みくまの		御熊野				1	1				1			
みくまりやま		水分山				1	1							1
みけ		御食				3	4		1				2	
みげ		胘			獣の胃の肉	1	1							
みけし		御衣				2	2							
みけつくに		御食国				2	4						3	
みこ		御子・親王				5	28	4	14	7			1	
みごし		見越				1	1							
みこと		命				12	33	2	5	6		3	2	
みこも		水薦				1	2		2					
みごもり		水隠				2	3							1
みさき		岬				1	2							2
みさきみ		崎廻				1	1				1			
みさく	1	見放		動四		1	1			1				
みさく	2	見放		動下二		2	2	1						
みさご		雎鳩				3	6			2				
みさとづかさ		京職				1	1							
みじかし		短		形		5	5					1	1	
みじかゆふ		短木綿				1	1		1					
みじかよ		短夜				1	1							
みしぶ		水渋				1	1							
みしまえ		三島江				2	2							1
みしますがかさ		三島菅笠				1	1							
みしますげ		三島菅				1	1							
みしまの		三島野				2	3							
みす		見		動下二		13	32	1	2	3		1		
みそぎ		禊				2	3				2			
みそぐ		禊		動四		2	2			1			1	
みそくす		見過		動四	東語	1	1							
みそつき		三十槻				1	1							
みそめ		始見				1	1							
みた		共				1	1							
みたたし		立				2	5		4			1		
みたたす		立		動四		1	1							
みたつ		見立		動下二		1	1							
みだる	1	乱		動四		1	1							

巻8	巻9	巻10	巻11	巻12	巻13	巻14	巻15	巻16	巻17	巻18	巻19	巻20	意味分類
			1	2									21210(出没)
												1	23520(応接・送迎)
													23091(見る)
													12590(固有地名)
	1												12590(固有地名)
						1							21210(出没)
1		3	1	2									12590(固有地名)
1													12590(固有地名)
													12590(固有地名)
			1										15210(天体)
			2		1		2	1	1	2	1	2	12320(君主)/12710(政府機関)/14400(住居)/14420(門・塀)
	2												23091(見る)
					1								12590(固有地名)
													12590(固有地名)
1													23091(見る)
		2	1						1	2	2		33042(欲望・期待・失望)
													15502(鳥類)
						1							12590(固有地名)
											1		14350(飲料・たばこ)
					1								14720(その他の土木施設)
						1							12590(固有地名)
		2											15402(草本)
													12590(固有地名)
			1										15250(川・湖)
													12590(固有地名)
													12590(固有地名)
	1												14300(食料)
								1					15604(膜・筋・神経・内臓)
		1				1							14210(衣服)
					1								12530(国)
					2								12130(子・子孫)
						1							12590(固有地名)
	2				1			1	3	3	3	2	12000(人間)/13131(話・談話)
													15402(草本)
			2										11210(出没)
													15260(海・島)
													15260(海・島)
													23091(見る)
											1		23091(見る)
			2	2									15502(鳥類)
								1					12710(政府機関)
		1	1				1						31600(時間)/31911(長短・高低・深浅・厚薄・遠近)
													14200(衣料・綿・革・糸)
		1											11635(朝晩)
1													15112(さび・ちり・煙・灰など)
			1										12590(固有地名)
			1										14250(帽子・マスクなど)
			1										15402(草本)
									2	1			12590(固有地名)
6	2	6	1		2		2		3	2	1		23092(見せる)
			1										13360(行事・式典・宗教的行事)
													23360(行事・式典・宗教的行事)
						1							21524(通過・普及など)
					1								15401(木本)
1													12590(固有地名)
												1	11130(異同・類似)
													13391(立ち居)
											1		23391(立ち居)
						1							23520(応接・送迎)
			1										21340(調和・混乱)

見出し	順	漢字	語種	品詞	注記	巻数	合計	巻1	巻2	巻3	巻4	巻5	巻6	巻7
みだる	2	乱		動下二		12	24		2	3	2			2
みだれ		乱				1	1							
みだれく		乱来		動カ変		1	1							
みだれこひ		乱恋				1	1							
みだれそむ		乱初		動下二		1	1							
みだれを	1	乱尾				1	1							1
みだれを	2	乱麻				1	1							
みち	1	道				20	134	2	14	8	12	7	8	5
みち	2	満				1	1							
みちかけ		満欠				3	3			1				1
みちく		満来		動カ変		9	12		1		1		1	
みちさかる		満盛		動四		1	1							
みちのく		陸奥				4	5			1				1
みちのくやま		陸奥山				1	1							
みちびく		導		動四		1	1					1		
みちもり		道守				1	1				1			
みちゆきうら		道行占				1	1							
みちゆきづと		道行苞				1	1							
みちゆきびと		道行人				5	5		1					
みちゆきぶり		道行振				1	1							
みちゆく		満行		動四		1	1							
みちわたる		満渡		動四		1	1							
みつ	1	三津				11	20	2		2	2	2		2
みつ	2	満		動四		13	20	1		1	1	1	1	4
みつ	3	満		動下二		1	1							
みづ		水				19	59	2	3	1	2		3	4
みつあひ		三相				1	1				1			
みづうみ		湖				1	1							
みづえ		瑞枝				2	2						1	
みづかき		瑞垣				3	3				1			
みづかげ		水陰				1	1							
みづかげくさ		水陰草				1	1							
みつがの		美都我野				1	1							
みつかは		三川				1	1							
みづき		水城				1	1						1	
みつぐ		見継		動四		2	2							
みづく		水漬		動四		2	2							
みづくき		水茎				4	5						1	1
みつぐり		三栗				1	2							
みづしま		水島				1	2			2				
みづたで		水蓼				1	1							
みつち		鮫竜				1	1							
みづとり		水鳥				6	8							1
みづのえ		水江				1	2							
みつぼ		泡				1	1							
みづほ		瑞穂				4	6		2					
みつみつし				枕		1	1			1				
みづやま		瑞山				1	2	2						
みづら		角髪				1	1							
みつる		羸		動下二		2	3				2			
みてぐら		幣帛				1	1							
みと		水門				2	2			1				1
みとせ		三年				1	1							
みとらし		御執				1	2	2						
みどり		緑				1	1							
みどりこ		嬰児				5	9		2	3				
みな	1	皆				10	16		1			2	1	1
みな	2	蜷				5	5					1		1
みなあわ		水沫				2	2							1
みなうら		水占				1	1							

巻数 合計 巻1 巻2 巻3 巻4 巻5 巻6 巻7

巻8	巻9	巻10	巻11	巻12	巻13	巻14	巻15	巻16	巻17	巻18	巻19	巻20	意味分類
1	3	1	3	3		1	2		1				21340(調和・混乱)/23067(決心・解決・決定・迷い)
			1										13014(苦悩・悲哀)
				1									21211(発生・復活)
			1										13020(好悪・愛憎)
						1							23067(決心・解決・決定・迷い)
													15602(胸・背・腹)
					1								14200(衣料・綿・革・糸)
2	4	3	16	6	15	3	3	5	7	4	3	7	13080(原理・規則)/13300(文化・歴史・風俗)/14710(道路・橋)
	1												15155(波・潮)
											1		15220(天象)
				1	1		4		1	1	1		25155(波・潮)
		1											21580(増減・補充)
						2				1			12590(固有地名)
										1			12590(固有地名)
													23520(応接・送迎)
													12417(保安サービス)
			1										13066(判断・推測・評価)
1													14010(持ち物・売り物・土産など)
	1		1	1	1								12450(その他の仕手)
			1										11525(連れ・導き・追い・逃げなど)
			1										21580(増減・補充)
						1							25155(波・潮)
1			2		1		4				1	1	12590(固有地名)
	1		1		2	2	2		2			1	21580(増減・補充)/25155(波・潮)
					1								21580(増減・補充)
1	5	3	10	5	3	3	1	5	3	1	3	1	15130(水・乾湿)
													11550(合体・出会い・集合など)
									1				15250(川・湖)
					1								15410(枝・葉・花・実)
			1		1								14420(門・塀)
				1									11771(奥・底・陰)
		1											15402(草本)
						1							12590(固有地名)
	1												12590(固有地名)
													14720(その他の土木施設)
		1		1									23091(見る)
										1		1	21532(入り・入れ)
		2		1									13151(書き)
	2												15410(枝・葉・花・実)
													12590(固有地名)
					1								15402(草本)
								1					15506(その他の動物)
2			1			1					1	2	15502(鳥類)
	2												12590(固有地名)
												1	15130(水・乾湿)
	1				2					1			15410(枝・葉・花・実)
													39999(枕詞)
													15240(山野)
												1	15605(皮・毛髪・羽毛)
		1											25600(身体)
					1								14170(飾り)
													12640(事務所・市場・駅など)
	1												11630(年)
													13392(手足の動作)
		1											15020(色)
				2				1		1			12050(老少)
	1	2	4	2		1						1	11940(一般・全体・部分)
					1		1	1					15506(その他の動物)
			1										15130(水・乾湿)
									1				13066(判断・推測・評価)

見出し	順	漢字	語種	品詞	注記	巻数	合計	巻1	巻2	巻3	巻4	巻5	巻6	巻7
みなきは		水際				1	1							
みなぎらふ		漲		動四		1	1							1
みなぐ		見和		動上二		1	1							
みなくくる		水潜		動四		1	1							
みなしがは		水無川				2	2							
みなす		見為		動四		1	1				1			
みなせがは		水無瀬川				2	2				1			
みなそこ		水底				5	9							4
みなそそく		水注		動四		1	1	1						
みなづき		水無月				2	2			1				
みなつたふ		水伝		動四		1	1		1					
みなと		水門・港				8	19		1	2				7
みなとあし		水門芦				1	1							
みなといり		港入				3	4							
みなとかぜ		港風				2	2			1				
みなとみ		港廻				1	1							
みなのせがは		美奈瀬川				1	1							
みなひあふ		水合		動四		1	1							
みなひと		皆人				5	6		1		1		1	2
みなぶち		南淵				1	1							1
みなぶちやま		南淵山				2	2							
みなべ		三名部				1	1							
みなますはやし		御膾栄				1	2							
みなみ		南				1	1							
みなわ		水泡				5	5					1	1	1
みなわすれ		御名忘				1	1		1					
みにくし		見難・醜		形		1	1			1				
みぬひとこひ		不見人恋				1	1							
みぬま		水沼				1	1							
みぬめ		敏馬				3	8			3			3	
みね		峰				10	19	1		2				1
みねだかし		峰高		形		1	1							
みねへ		峰辺				1	1							
みの	1	三野				1	3							
みの	2	三野				1	1							
みのかさ		蓑笠				1	1							
みはなだ		水縹				1	1							
みぶくし		御掘串				1	1		1					
みふね		三舟				4	7			3			2	
みふみてはやし		御筆栄				1	1							
みへ	1	三重				3	3				1			
みへ	2	三重				1	1							
みほ		三保				2	4			3				1
みほし		見欲		形		1	1							
みまとふ		見惑		動四		1	1		1					
みまや		御厩				1	1							
みみ		耳				4	4		1					
みみが		耳我				1	2	2						
みみなし		耳梨				2	3	2						
みみなしやま		耳梨山				1	1	1						
みむろ		三室				2	2							1
みむろとやま		三室戸山				1	1		1					
みめご		身女児				1	1							
みもろ		御諸				9	20		2	2			1	3
みもろとやま		見諸戸山				1	1							1
みや		宮				13	46	2	10	4	1	1	13	
みやぎ		宮材				1	1							
みやけ		三宅				2	2							
みやけぢ		三宅道				1	1							
みやこ		都				16	77	7		11	1	8	13	1
みやこかたひと		都方人				1	1							

巻数 合計 巻1 巻2 巻3 巻4 巻5 巻6 巻7

巻8	巻9	巻10	巻11	巻12	巻13	巻14	巻15	巻16	巻17	巻18	巻19	巻20	意味分類
												1	15130(水・乾湿)
													25153(雨・雪)
											1		23013(安心・焦燥・満足)
			1										21541(乗り降り・浮き沈み)
		1	1										15250(川・湖)
													23091(見る)
			1										12590(固有地名)
		1	2	1								1	11771(奥・底・陰)
													21532(入り・入れ)
		1											11631(月)
													21524(通過・普及など)
	3		1		1	2			2				15250(川・湖)
			1										15402(草本)
	1		1	2									11532(入り・入れ)
									1				15151(風)
				1									14720(その他の土木施設)
						1							12590(固有地名)
		1											21580(増減・補充)
1													12000(人間)
													12590(固有地名)
	1	1											12590(固有地名)
	1												12590(固有地名)
								2					14100(資材・ごみ)
										1			15151(風)
			1							1			15130(水・乾湿)
													13050(学習・習慣・記憶)
													31345(美醜)
			1										13020(好悪・愛憎)
											1		15250(川・湖)
							2						12590(固有地名)
1	2	5	3		2	1						1	15240(山野)
									1				31911(長短・高低・深浅・厚薄・遠近)
				1									15240(山野)
					3								12590(固有地名)
					1								12390(固有人名)
				1									14220(上着・コート)
								1					15020(色)
													14540(農工具など)
	1	1											12590(固有地名)
								1					14100(資材・ごみ)
	1				1								11573(配列・排列)
	1												12590(固有地名)
													12590(固有地名)
					1								33042(欲望・期待・失望)
													23067(決心・解決・決定・迷い)
							1						14410(家屋・建物)
			1					1			1		13142(評判)/15601(頭・目鼻・顔)
													12590(固有地名)
								1					12590(固有地名)
													12590(固有地名)
			1										12590(固有地名)
													12590(固有地名)
								1					12050(老少)
	2		2	1	6						1		12630(社寺・学校)
													12590(固有地名)
	1			1	3	1				1	1	7	12320(君主)/12630(社寺・学校)/14400(住居)
			1										14120(木・石・金)
	1				1								12590(固有地名)
					1								12590(固有地名)
4	1	1		1	3		10		3	1	7	5	12540(都会・田舎)
										1			12301(国民・住民)

見出し	順	漢字	語種	品詞	注記	巻数	合計	巻1	巻2	巻3	巻4	巻5	巻6	巻7
みやこぢ		都路				1	1				1			
みやこどり		都鳥				1	1							
みやこぶ		都		動上二		1	1			1				
みやこへ		都方				4	4							
みやじろ						1	1							
みやぢ		宮路				3	4		1					1
みやつかふ		宮仕		動下二		1	1						1	
みやつかへ		宮仕				1	1							
みやで		宮出				1	1		1					
みやでしりぶり		宮出後姿				1	1							
みやのせがは		宮瀬川				1	1							
みやばしら		宮柱				4	4	1	1				1	
みやび		雅				1	1				1			
みやひと		宮人				4	5		2					1
みやびを		風流士				4	7		4				1	1
みやぶ		風流		動上二		1	1					1		
みやま		深山				4	5		1				2	
みやる		見遣		動四		1	1							
みやをみな		宮女				1	1							
みゆ		見		動下二		20	201	3	4	14	19	4	8	19
みゆき		御行				3	4				2		1	
みよ		三代				1	1							
みよしの		御吉野				10	30	3	1	4			10	4
みよしのがは		御吉野川				2	2						1	1
みよみよ		御代御代				2	2							
みよる		見依		動四		1	1							
みる	1	海松				1	1					1		
みる	2	見		動上一		20	805	28	49	61	43	21	44	70
みわ	1	神酒				2	2		1					
みわ	2	三輪				5	8	1	1	1				4
みわがは		三輪河				1	1							
みわく		見分		動四		1	1							
みわする		見忘		動下二		1	1							
みわたし		見渡				2	2							
みわたす		見渡		動四		11	17			2		1	2	2
みわやま		三輪山				5	5	1	1					1
みを	1	水脈				6	11							3
みを	2	三尾				2	2							1
みをつくし		澪標				2	2							
みをびき		水脈引				2	2							
みをびきゆく		水脈引行		動四		1	1							
みをり		美袁利				1	1							
むがう		無何有	漢			1	1							
むかし		昔				7	13	1		5	1			
むがし		幸		形		1	1							
むかつを		向峰				4	8							3
むかばき		行騰				1	1							
むかひ		向				2	3							1
むかひたつ		向立		動四		2	2							
むかひゐる		向居		動上一		2	2				1			
むかふ	1	向		動四		11	18		2		1		2	1
むかふ	2	迎		動下二		2	2		1					
むかぶす		向伏		動四		3	3			1		1		
むかへ		迎				1	1							
むかへく		迎来		動カ変		1	1							
むかへぶね		迎舟				1	1							1
むかへまゐづ		迎参出		動下二		1	1						1	
むかへゆく		迎行		動四		1	1		1					
むぎ		麦				2	3							
むきたつ		向立		動四		2	3							

巻8	巻9	巻10	巻11	巻12	巻13	巻14	巻15	巻16	巻17	巻18	巻19	巻20	意味分類
													14710(道路・橋)
												1	15502(鳥類)
													23300(文化・歴史・風俗)
				1			1		1	1			12540(都会・田舎)
						1							12590(固有地名)
			2										14710(道路・橋)
													23541(奉仕)
								1					13541(奉仕)
													11531(出・出し)
										1			11310(風・観・姿)
						1							12590(固有地名)
												1	14440(屋根・柱・壁・窓・天井など)
													13300(文化・歴史・風俗)
							1					1	12411(管理的・書記的職業)
1													12340(人物)
													23300(文化・歴史・風俗)
						1			1				15240(山野)
		1											23091(見る)
								1					12411(管理的・書記的職業)
8	6	12	20	28	6	8	15	4	7	5	5	6	21527(往復)/23061(思考・意見・疑い)/23091(見る)/23092(見せる)
	1												11527(往復)
											1		11623(時代)
		1	1	1	4					1			12590(固有地名)
													12590(固有地名)
										1		1	11623(時代)
			1										23020(好悪・愛憎)
													15403(隠花植物)
43	44	69	68	53	18	10	32	8	36	26	32	50	23066(判断・推測・評価)/23091(見る)/23520(応接・送迎)
					1								14350(飲料・たばこ)
1													12590(固有地名)
		1											12590(固有地名)
			1										23063(比較・参考・区別・選択)
			1										23050(学習・習慣・記憶)
			1		1								13091(見る)
	1	3	1		1				2		1	1	23091(見る)
	1			1									12590(固有地名)
	1			3	1				1			2	15260(海・島)
	1												12590(固有地名)
				1		1							13114(符号)
										1		1	13520(応接・送迎)
							1						21527(往復)
												1	12590(固有地名)
								1					11200(存在)
	3						1				1	1	11642(過去)
										1			33011(快・喜び)
	1					3						1	15240(山野)
								1					14251(ネクタイ・帯・手袋・靴下など)
		2											11730(方向・方角)
										1		1	21730(方向・方角)
							1						21730(方向・方角)
2	2		1	3					1		2	1	21584(限定・優劣)/21730(方向・方角)
1													23520(応接・送迎)
					1								21513(固定・傾き・転倒など)
							1						13520(応接・送迎)
										1			21527(往復)
													14660(乗り物(海上))
													21527(往復)
													23520(応接・送迎)
				1		2							15402(草本)
1		2											21730(方向・方角)

見出し	順	漢字	語種	品詞	注記	巻数	合計	巻1	巻2	巻3	巻4	巻5	巻6	巻7
むきむき		向向				1	1							
むきゐる		向居		動上一		1	1							
むく	1	向		動四		4	6		1			1		
むく	2	向		動下二		1	1							
むぐら		葎				1	1							
むぐらふ		葎生				1	1				1			
むけ		服従				1	1							
むけたひらぐ		向平		動下二		1	1					1		
むこ		武庫				4	8			3				1
むこがは		武庫川				1	1							1
むささび						2	2			1				1
むざさび						1	1						1	
むざしね		武蔵峰				1	1							
むざしの		武蔵野				1	6							
むし		虫				1	1			1				
むしためがたし		生溜難		形		1	1							
むしぶすま		蒸衾				1	1				1			
むす	1	生		動四		8	12	1	1	1			1	2
むす	2	咽		動下二		2	2			1	1			
むすび		結				1	2							
むすびあぐ		結上・掬上		動下二		1	1							
むすびたる		結垂		動下二		1	2							
むすびまつ		結松				1	1		1					
むすぶ		結・掬		動四		15	34	1	2	3	1		1	5
むせふ		咽		動四		2	2				1			
むた		共				9	13		3		1		1	
むだく		抱		動四		2	2			1				
むつき		正月				2	2					1		
むつた		六田				2	2							1
むつまし		睦		形		1	1				1			
むなぎ		鰻				1	2							
むなこと		空言				3	4							
むなし		空		形		4	5			2		1	1	
むなわけ		胸分				2	2							
むなわけゆく		胸分行		動四		1	1							
むね		胸				8	12			1	2	1		
むらがる		群		動四		1	1							
むらきもの				枕		4	4	1			1			
むらさき		紫				9	16	1		1	1			3
むらさきの		紫野				1	1	1						
むらさめ		村雨				1	1							
むらじ		牟良自				1	1							
むらだちいぬ		群立去		動ナ変		1	1							
むらたまの				枕		1	1							
むらと						1	1				1			
むらとり		群鳥				5	6						1	
むらなへ		群苗				1	1							
むらやま		群山				1	1	1						
むれゐる		群居		動上一		1	1		1					
むろ	1	室				1	2							
むろ	2	榁			植物名	4	7			3				
むろ	3	室				2	2							
むろかみやま		室上山				1	1		1					
むろがや		室草				1	1							
むろふ		室生				1	1							
め	1	目				19	53	1	2	1	2	3	1	5
め	2	妻・女				1	1				1			
め	3	藻				1	1			1				
めがき		女餓鬼	混			1	1							
めかりぶね		海藻刈舟				1	1							1
めぐし		愛		形		5	5					1		

巻8	巻9	巻10	巻11	巻12	巻13	巻14	巻15	巻16	巻17	巻18	巻19	巻20	意味分類
	1												11730(方向・方角)
		1											21730(方向・方角)
						2						2	21730(方向・方角)
												1	21730(方向・方角)
											1		15402(草本)
													15270(地相)
										1			13670(命令・制約・服従)
													23580(軍事)
							3		1				12590(固有地名)
													12590(固有地名)
													15501(哺乳類)
													15501(哺乳類)
						1							12590(固有地名)
						6							12590(固有地名)
													15505(昆虫)
					1								31346(難易・安危)
													14270(寝具)
			3		2					1			25701(生)
													23014(苦悩・悲哀)
				2									11551(統一・組み合わせ)
			1										21551(統一・組み合わせ)/23392(手足の動作)
			2										21551(統一・組み合わせ)
													15401(木本)
2		1	4	7		1	1	1		1		3	21551(統一・組み合わせ)/23392(手足の動作)/25130(水・乾湿)
												1	25710(生理)
	1	1		2			2	1				1	11951(群・組・対)
								1					23392(手足の動作)
										1			11631(月)
	1												12590(固有地名)
													33500(交わり)
								2					15504(魚類)
			2	1								1	13071(論理・証明・偽り・誤り・訂正など)
											1		31200(存在)
1	1												11552(分割・分裂・分散)/15602(胸・背・腹)
												1	21527(往復)
1		1		3	2		1						13000(心)/15602(胸・背・腹)
					1								21550(合体・出会い・集合など)
		1						1					39999(枕詞)
		1	1	5		1		2					15020(色)/15402(草本)
													14700(地類（土地利用）)
		1											15153(雨・雪)
												1	12590(固有地名)
	1												21527(往復)
												1	39999(枕詞)
													13000(心)
	1				1				1			2	15502(鳥類)
						1							15410(枝・葉・花・実)
													15240(山野)
													21550(合体・出会い・集合など)
2													14410(家屋・建物)
			1				2	1					15401(木本)
				1	1								12590(固有地名)
													12590(固有地名)
						1							15402(草本)
			1										12590(固有地名)
1		2	8	9	3	3	3	3	1	2	1	2	11710(点)/13091(見る)/15601(頭・目鼻・顔)
													12110(夫婦)
													15403(隠花植物)
								1					12030(神仏・精霊)
													14660(乗り物（海上）)
	1		1						1	1			33020(好悪・愛憎)

巻8 巻9 巻10 巻11 巻12 巻13 巻14 巻15 巻16 巻17 巻18 巻19 巻20

見出し	順	漢字	語種	品詞	注記	巻数	合計	巻1	巻2	巻3	巻4	巻5	巻6	巻7
めぐむ		恵		動四		2	2							
めぐり		周				1	1							
めぐる		廻		動四		2	2							
めこ		妻子				3	5					3		
めこと		目言				3	3		1		1			
めさぐ		召上		動下二		1	1					1		
めさましぐさ		目酔草				1	1							
めしあきらむ		見明		動下二		3	4			1				
めしつどふ		召集		動下二		1	1			1				
めす	1	召		動四		5	13		2	2				
めす	2	見・治		動四		8	17	2	2	1			3	
めちやす		持瘦		動下二		1	1							
めづ		賞		動下二		1	1							
めづこ		愛児				1	1							
めづま		愛妻				1	1							
めづらし		珍		形		12	25		1	2		1	1	1
めで		愛				1	1					1		
めひ		婦負				1	1							
めひがは		婦負川				1	1							
めやつこ		女奴				1	1							
も	1	妹				1	1							
も	2	面			「たのも（田面）」の「も」をふくむ	3	7							
も	3	喪				2	3					1		
も	4	裳				9	16					2		1
も	5	藻				1	1							
もえいづ		萌出		動下二		1	1							
もかりぶね		藻刈舟				1	1							1
もころ		如				3	3		1					
もころを		如己男				2	2							
もし	1	茂		形		1	1		1					
もし	2	若		副	「もしも，もしや」をふくむ	1	1							
もしほ		藻塩				1	1						1	
もす		持		動四	東語	1	1							
もず		百舌鳥				1	2							
もだ		沈黙				7	9			1	2			1
もだす		黙		動四		1	1							
もち	1	望				2	2			1				
もち	2	黐				1	1							
もちいぬ		持去		動ナ変		1	1							
もちかぬ		持不堪		動下二		1	1							
もちかへる		持帰		動四		1	2							
もちく		持来		動カ変		1	1							
もちぐたつ		望降		動四		1	1							
もちこす		持越		動四		1	1	1						
もちづき		望月				3	4		2					
もちて		以		句	「もて，もつて」をふくむ	4	5			2	1			
もちどり		黐鳥				1	1					1		
もちゆく		持行		動四		2	2			1				
もつ		持		動四	「もたり，もたまふ」をふくむ	20	64	2	1	4	4	1	1	8
もて		面				1	1							
もと		元・本				13	22	2		1	1		2	2
もとつひと		本人				3	3							
もとな				副		14	38		1	2	5	1		
もとは		本葉				1	2							
もとへ		本辺				1	1							
もとほす		廻		動四		1	1			1				
もとほととぎす		元時鳥				1	1							

巻8	巻9	巻10	巻11	巻12	巻13	巻14	巻15	巻16	巻17	巻18	巻19	巻20	意味分類
									1		1		23650(救護・救援)
										1			11780(ふち・そば・まわり・沿い)
								1				1	21523(巡回など)
								1		1			12100(家族)
			1										13131(話・談話)
													23520(応接・送迎)
				1									14000(物品)
											2	1	23013(安心・焦燥・満足)
													21550(合体・出会い・集合など)
1					3			5					23331(食生活)/23520(応接・送迎)
	1									2	3	3	23091(見る)/23600(支配・政治)
												1	25600(身体)
							1						23020(好悪・愛憎)
								1					12130(子・子孫)
						1							12110(夫婦)
4		2	2	2						5	3	1	31331(特徴)/33042(欲望・期待・失望)
													13020(好悪・愛憎)
									1				12590(固有地名)
									1				12590(固有地名)
								1					12418(サービス)
												1	12110(夫婦)
		2				3			2				11750(面・側・表裏)
							2						13310(人生・禍福)
1	2	1	3				4				1	1	14220(上着・コート)
			1										15403(隠花植物)
1													25701(生)
													14660(乗り物（海上）)
						1						1	11130(異同・類似)
	1					1							12040(男女)
													35701(生)
											1		43140(仮定)
													14330(調味料・こうじなど)
												1	23392(手足の動作)
		2											15502(鳥類)
		2		1	1				1				13100(言語活動)
								1					23100(言語活動)
				1									11633(日)
					1								14140(ゴム・のり・油など)
								1					21527(往復)
1													23392(手足の動作)
								2					21527(往復)
								1					21527(往復)
1													21635(朝晩)
													21527(往復)
	1				1								15210(天体)
		1					1						21110(関係)
													15502(鳥類)
		1											21527(往復)
3	3	1	9	2	7	4	3	3	1	1	2	4	23392(手足の動作)/23701(所有)
												1	15601(頭・目鼻・顔)
1	1	4	2			1		3	1		1		11111(本末)/11642(過去)/11780(ふち・そば・まわり・沿い)/15410(枝・葉・花・実)
		1		1								1	12210(友・なじみ)
2		6	2	5	2	1	4		4		2	1	31113(理由・目的・証拠)
		2											15410(枝・葉・花・実)
					1								15240(山野)
													21523(巡回など)
									1				15502(鳥類)

巻8 巻9 巻10 巻11 巻12 巻13 巻14 巻15 巻16 巻17 巻18 巻19 巻20

見出し	順	漢字	語種	品詞	注記	巻数	合計	巻1	巻2	巻3	巻4	巻5	巻6	巻7
もとほり		廻				1	2							
もとむ		求		動下二		11	18		1	1	2	1	1	3
もとめあふ		求逢		動四		1	1							
もとも		最		副		1	1							
もとやま		本山				1	1							
もの		物・者			「ものか，ものかは，ものから，ものを」をふくむ	20	303	2	7	24	32	10	4	9
ものがたり		物語				2	2							1
ものがなし		悲		形		1	1							
ものがなしら		悲		形動		1	1				1			
もののふ		武士			枕詞「もののふの」をふくむ	11	22	2		4	1		3	
ものもひ		物思				5	5			1	1			
もはきつ						1	1							
もびき		裳引				2	2							
もびきならす		裳引平		動四		1	1							
もひづ		思出		動下二		1	1							
もひます		思増		動四		1	1							
もふ		思		動四		8	48					4	1	
もふしつかふな		鮒				1	1				1			
もみたふ		黄葉		動四		1	1							
もみち		黄葉・紅葉				10	39	2	2				1	3
もみちあふ		黄葉敢		動下二		1	1							
もみちそむ		黄葉初		動下二		1	2							
もみちぢる		黄葉散		動四		1	1							
もみちば		黄葉・紅葉				11	39	2	5	2	2			
もみちはじむ		黄葉始		動下二		1	1							
もみつ		黄葉・紅葉		動四		5	17							
もむ		揉		動四		1	1							
もむにれ		楡				1	1							
もも		桃				2	3							1
ももえ		百枝				1	1							
ももえつきのき		百枝槻木				1	1		1					
ももか		百日				1	1					1		
ももき		百木				2	2						1	
ももきね				枕		1	1							
ももくさ		百種				2	3					1		
ももくま		百隈				1	1							
ももさか		百積				1	1							
ももさね		杏人				1	1							
ももしきの		百敷		枕		9	20	2	1	3	1		6	3
ももしの		百小竹				1	1							
ももたらず		百不足		枕		4	5	1		1				
ももちたび		百千度				1	1				1			
ももちとり		百千鳥				1	1							
ももつしま		百島				1	1							
ももづたふ		百伝		枕		3	3			1				1
ももとせ		百年				1	1				1			
ももとり		百鳥				3	3					1	1	
ももにちに		百千		副		1	1							
ももふなびと		百船人				1	2						2	
ももふね		百船				2	3						2	
ももへ		百重				2	5				2			
ももへなみ		百重波				1	1							
ももへやま		百重山				1	1					1		
ももよ	1	百世				3	6						4	
ももよ	2	百夜				1	2				2			
ももよぐさ		百代草				1	1							
もゆ	1	萌		動上二		1	1							
もゆ	2	萌		動下二		2	6							

巻8	巻9	巻10	巻11	巻12	巻13	巻14	巻15	巻16	巻17	巻18	巻19	巻20	意味分類
											2		11780(ふち・そば・まわり・沿い)
	1	1		3	3	1							23065(研究・試験・調査・検査など)
									1				21550(合体・出会い・集合など)
			1										31920(程度)
						1							15240(山野)
14	4	32	42	25	13	13	28	10	10	8	8	8	11000(事柄)/14000(物品)
				1									13131(話・談話)
											1		33014(苦悩・悲哀)
													33014(苦悩・悲哀)
1			1		2				1	3	3	1	12411(管理的・書記的職業)
				1							1	1	13014(苦悩・悲哀)
	1												12590(固有地名)
		1		1									13332(衣生活)
												1	23332(衣生活)
						1							23050(学習・習慣・記憶)
					1								23020(好悪・愛憎)
						13	16		3	1	1	9	23020(好悪・愛憎)/23061(思考・意見・疑い)
													15504(魚類)
							1						25701(生)
8	4	10					4		1		4		15410(枝・葉・花・実)
												1	25701(生)
		2											25701(生)
											1		25701(生)
8	1	8			5		4		1		1		15410(枝・葉・花・実)
		1											25701(生)
6		6			1	1					3		25701(生)
								1					23392(手足の動作)
								1					15401(木本)
											2		15401(木本)
1													15410(枝・葉・花・実)
													15401(木本)
													11633(日)
									1				15401(木本)
									1				39999(枕詞)
2													11100(類・例)
												1	11742(中・隅・端)
			1										11912(広狭・大小)
	1												12590(固有地名)
		2			1					1			39999(枕詞)
					1								15401(木本)
					2			1					39999(枕詞)
													11612(毎日・毎度)
								1					15502(鳥類)
						1							15260(海・島)
	1												39999(枕詞)
													11630(年)
										1			15502(鳥類)
				1									31341(弛緩・粗密・繁簡)
													12415(運輸業)
							1						14660(乗り物(海上))
				3									11573(配列・排列)
					1								15155(波・潮)
													15240(山野)
			1									1	11621(永久・一生)
													11635(朝晩)
												1	15402(草本)
										1			25701(生)
		5							1				25701(生)

見出し	順	漢字	語種	品詞	注記	巻数	合計	巻1	巻2	巻3	巻4	巻5	巻6	巻7
もゆ	3	燃		動下二		10	17	1	4	1	1	1		
もり		森				10	16		1		1			2
もりあふ		守敢		動下二		1	1							
もりはむ		喫		動四		1	1							
もりへ		守部				4	4							
もる	1	守		動四		8	19						1	1
もる	2	成		動四		1	1						1	
もる	3	盛		動四		2	4		2					
もる	4	漏		動四		1	1							
もるやま		毛流山				1	1							
もるやまへ		守山辺				1	1							
もろこし		唐				1	1					1		
もろし		脆		形		1	1					1		
もろと		諸弟				1	2				2			
もろは		諸刃				1	2							
もろひと		諸人				3	5		2			2		
もろむき		諸向				1	1							
もろもろ		諸		形動		2	2					1		
や	1	矢				4	4		1	1				1
や	2	屋				5	5		1					1
やうら		八占				1	1							
やかた		屋形				1	1							
やかたを		矢形尾				2	3							
やかみ		屋上				1	1		1					
やきたち		焼太刀				5	5				1		1	
やきたつ		焼立		動下二		1	1							
やきたる		焼足		動四		1	1							1
やきづへ		焼津辺				1	1			1				
やきほろぼす		焼亡		動四		1	1							
やく	1	焼		動四		13	22	1	2	3			3	3
やく	2	焼		動下二		1	1			1				
やくもさす				枕		1	1			1				
やくやく		漸		副		2	2					1		1
やけしぬ		焼死		動ナ変		1	1							
やさか	1	八尺				1	2							
やさか	2	八坂				1	1							
やさかどり		八尺鳥				1	1							
やさし		恥・優		形		1	2					2		
やしほ		八入				3	3							
やしま		八島				1	1						1	
やしまくに		八島国				1	1						1	
やしろ		社				7	10			2	1			1
やす	1	安・野州				4	7				1			
やす	2	痩		動下二		3	6				2			
やすい		安寝				4	6					1		
やすけなし		安		形		5	9				1			
やすし		安		形		11	23		1			1		
やすみこ		安見児				1	2		2					
やすみしし				枕		6	27	6	7	3			8	
やすむ	1	休		動四		4	4	1						1
やすむ	2	休		動下二		3	3					1		
やすやす		痩痩		副		1	1							
やそ		八十				8	10			1				1
やそうぢかは		八十宇治川				3	3	1		1				
やそうぢひと		八十氏人				2	2						1	
やそか		八十楫				2	4							
やそくに		八十国				1	1							
やそくま		八十隈				3	4	1	2					
やそくまさか		八十隈坂				1	1			1				
やそことのへ		八十言				1	1							
やそしま		八十島				3	3							

巻8	巻9	巻10	巻11	巻12	巻13	巻14	巻15	巻16	巻17	巻18	巻19	巻20	意味分類
	1	1	3	2					2				23002(感動・興奮)/25161(火)
3	3	1	1	2	1				1				15270(地相)
			1										23560(攻防)
								1					23331(食生活)
		1				1			1	1			12417(保安サービス)
1		4	5	4	2	1							23091(見る)/23650(救護・救援)
													25701(生)
								2					23842(炊事・調理)
		1											21533(漏れ・吸入など)
						1							12590(固有地名)
			1										12590(固有地名)
													12590(固有地名)
													31200(存在)
													12390(固有人名)
			2										14550(刃物)
										1			12000(人間)
						1							11730(方向・方角)
												1	31940(一般・全体・部分)
	1												14551(武器)
			1			1		1					14410(家屋・建物)
			1										13066(判断・推測・評価)
								1					14440(屋根・柱・壁・窓・天井など)
									2		1		15602(胸・背・腹)
													12590(固有地名)
	1									1		1	14550(刃物)
			1										25161(火)
													25161(火)
													12590(固有地名)
							1						25161(火)
	1		1	1	1	2	2	1	1				25161(火)
													23002(感動・興奮)
													39999(枕詞)
													31650(順序)
									1				25702(死)
					2								11911(長短・高低・深浅・厚薄・遠近)
						1							12590(固有地名)
						1							15502(鳥類)
													33041(自信・誇り・恥・反省)
			1				1				1		13841(染色・洗濯など)
													12590(固有地名)
													12590(固有地名)
		1	3						1			1	12630(社寺・学校)
		3		1						2			12590(固有地名)
2				2									25600(身体)
				1			2				2		13003(飢渇・酔い・疲労・睡眠など)
2					4				1		1		33013(安心・焦燥・満足)
	1		2	5	1		6	1	2	1		2	31346(難易・安危)/33013(安心・焦燥・満足)
													12390(固有人名)
					1						2		39999(枕詞)
			1					1					23320(労働・作業・休暇)
				1					1				21503(終了・中止・停止)/23013(安心・焦燥・満足)
								1					35600(身体)
	1	1	1	2	1			2					11960(数記号(一二三))
			1										12590(固有地名)
										1			12100(家族)
				2								2	14540(農工具など)
												1	12530(国)
					1								11742(中・隅・端)
													15240(山野)
						1							13100(言語活動)
					1		1					1	15260(海・島)

見出し	順	漢字	語種	品詞	注記	巻数	合計	巻1	巻2	巻3	巻4	巻5	巻6	巻7
やそしまがくる		八十島隠		動四		1	1							
やそせ		八十瀬				2	2							
やそち		八十				3	3							1
やそとものを		八十伴緒				6	12			1	1		3	
やそをとめ		八十乙女				1	1							
やた		八田				1	1							
やたび		八度				1	1							
やちくさ		八千種				2	4							
やちとせ		八千歳				1	1						1	
やちほこ		八千矛				2	2						1	
やちまた		八衢				2	2		1				1	
やつ		八				4	7							
やつこ		奴				6	10							2
やつよ		弥代				2	2							
やつりがは		八釣河				1	1							
やつりやま		八釣山				1	1			1				
やつを		八峰				3	8							1
やど		宿				16	120		2	7	7	4	4	4
やとせ		八年				3	4							
やとせこ		八年児				1	1							
やどり		宿				9	20			2	1		1	1
やどる		宿		動四		3	5	2						
やな		梁				2	3			2				
やなぎ		柳				7	15					1	1	
やぬち		屋内				1	1							
やね		屋根				1	1				1			
やの		矢野				1	1							
やはす		和		動四		2	2		1					
やばせ		矢橋				1	1							1
やぶなみ						1	1							
やふね		八舟				1	1							1
やへ		八重				4	6		1					1
やへくも		八重雲				1	1		1					
やへくもがくり		八重雲隠				1	1							
やへたたみ		八重畳				1	1							
やへなみ		八重波				1	1							
やへむぐら		八重葎				1	2							
やへやま		八重山				2	3							
やほか		八百日				1	1				1			
やほこ		八矛				1	1							
やほたで		八穂蓼				1	1							
やほよろづ		八百万				2	2		1				1	
やま		山				20	372	18	22	37	16	5	27	36
やまあゐ		山藍				1	1							
やまおろし		山颪				2	2							
やまがくす		山隠		動四		1	1			1				
やまかげ		山陰				3	3			1				1
やまかづらかげ		山蔓陰				1	1							
やまかづらのこ		山蔓児				1	1							
やまがは		山川				6	11							3
やまがはみづ		山川水				1	1							
やまがひ		山峡				2	2						1	
やまから		山柄				2	2			1				
やまぎり		山霧				2	2							
やまごし		山越				3	3	1			1			
やまさか		山坂				2	2							
やまざくらと		山桜戸				1	1							
やまさくらばな		山桜花				2	2							
やまさなかづら		山葛				1	1							
やまさはびと		山沢人				1	1							

巻数 合計 巻1 巻2 巻3 巻4 巻5 巻6 巻7

巻8	巻9	巻10	巻11	巻12	巻13	巻14	巻15	巻16	巻17	巻18	巻19	巻20	意味分類
							1						21210(出没)
		1		1									15250(川・湖)
		1			1								11960(数記号（一二三）)
									2	2	3		12440(相対的地位)
											1		12050(老少)
		1											12590(固有地名)
												1	11612(毎日・毎度)
											1	3	11100(類・例)
													11621(永久・一生)
		1											14550(刃物)
													14710(道路・橋)
					2			3			1	1	11960(数記号（一二三）)
	1		1	1				3		2			12000(人間)/12418(サービス)
										1		1	11621(永久・一生)
				1									12590(固有地名)
													12590(固有地名)
											6	1	15240(山野)
28	2	27	4	3			4		4	2	11	7	12650(店・旅館・病院・劇場など)/14400(住居)/14460(戸・カーテン・敷物・畳など)/14700(地類（土地利用）)
			1		2			1					11630(年)
	1												12050(老少)
	3	1		1		1	9						13333(住生活)
	1						2						23333(住生活)
			1										14540(農工具など)
		6				2			2	1	2		15401(木本)
											1		11770(内外)
													14440(屋根・柱・壁・窓・天井など)
		1											12590(固有地名)
												1	23580(軍事)
													12590(固有地名)
										1			12590(固有地名)
													14660(乗り物（海上）)
								1				3	11573(配列・排列)
													15152(雲)
			1										11210(出没)
								1					14460(戸・カーテン・敷物・畳など)
											1		15155(波・潮)
			2										15402(草本)
		2										1	15240(山野)
													11633(日)
										1			14550(刃物)
								1					15402(草本)
													11960(数記号（一二三）)
23	16	41	15	14	28	7	10	10	15	13	10	9	15240(山野)
	1												15402(草本)
	1				1								15151(風)
													21210(出没)
		1											11771(奥・底・陰)
						1							15403(隠花植物)
								1					12390(固有人名)
1		1	2	2			2						15250(川・湖)
				1									15130(水・乾湿)
									1				15240(山野)
									1				15240(山野)
	1	1											15152(雲)
			1										15240(山野)
									1		1		15240(山野)
			1										14460(戸・カーテン・敷物・畳など)
1									1				15410(枝・葉・花・実)
		1											15402(草本)
						1							12301(国民・住民)

巻8 巻9 巻10 巻11 巻12 巻13 巻14 巻15 巻16 巻17 巻18 巻19 巻20

見出し	順	漢字	語種	品詞	注記	巻数	合計	巻1	巻2	巻3	巻4	巻5	巻6	巻7
やまさはゐぐ		山沢				1	1							
やまさぶ		山		動上二		1	1	1						
やました		山下				7	7						1	
やましたつゆ		山下露				1	1							1
やましたひかげ		山下日陰				1	1							
やましな		山科				4	5		1					
やましみづ		山清水				1	1		1					
やましろ		山城				8	11			2			1	1
やましろぢ		山城道				1	1							
やますがのね		山菅根				3	4							
やますげ		山菅				4	9				1			
やまだ	1	山田				2	4							
やまだ	2	山田				1	1							
やまだかし		山高		形		7	11			1			4	1
やまたちばな		山橘				5	5				1			1
やまたづの				枕		2	2		1				1	
やまたに		山谷				1	1							
やまぢ		山路				11	17	1	3	1				1
やまぢさ						2	2							1
やまづと		山苞				1	1							
やまつばき		山椿				1	1							1
やまつみ		山神				1	1	1						
やまと		大和・日本				14	50	13	2	5		2	4	4
やまとしま		大和島				2	3			1				
やまとしまね		大和島根				2	3			2				
やまとぢ		大和道				3	4				1		2	
やまとへ		大和辺				1	1				1			
やまとめ		大和女				1	1							
やまどり		山鳥				3	5							
やまなみ		山並				2	3						2	1
やまの		山野				2	2							
やまのへ		山辺				2	3	1						
やまひ		病				3	3					1	1	1
やまび		山傍				2	2							
やまびこ		山彦				5	7						1	
やまびと		山人				1	3							
やまぶき	1	山吹				7	17		1					
やまぶき	2	山吹				1	1							
やまへ		山辺				12	27		1	3	2			4
やまほととぎす		山時鳥				5	7							
やままつかげ		山松蔭				1	1							
やまみち		山道				4	5	2		1				1
やまもと		山下				1	1			1				
やまもり		山守				3	4			2			1	1
やみ		闇				7	8				2			1
やみよ		闇夜				1	1							
やみわたる		病渡		動四		1	1					1		
やむ	1	止		動四		18	79		4	3	4	1	5	4
やむ	2	病		動四		2	2				1			
やや		稍		副		2	2			1				1
やら	1					1	1							
やら	2	也良				1	2							
やりそふ		遣副		動下二		1	1							
やる	1	遣		動四		16	39		1	1	1		1	
やる	2	破		動下二		2	2							1
やれごも		破薦				1	1							
ゆ		湯				4	5			2			1	
ゆき	1	行				9	13		2	1	1	1		
ゆき	2	雪				17	126	5	3	6	1	8	2	1
ゆき	3	壱岐				1	2							
ゆき	4	靫				4	6			2				1

巻数 合計 巻1 巻2 巻3 巻4 巻5 巻6 巻7

巻8	巻9	巻10	巻11	巻12	巻13	巻14	巻15	巻16	巻17	巻18	巻19	巻20	意味分類
			1										15402(草本)
													21302(趣・調子)
1		1	1	1			1				1		15240(山野)
													15130(水・乾湿)
											1		15403(隠花植物)
	2		1		1								12590(固有地名)
													15130(水・乾湿)
	1		3	1	1				1				12590(固有地名)
					1								12590(固有地名)
				2	1							1	15410(枝・葉・花・実)
			3	4		1							15402(草本)
		3	1										14700(地類(土地利用))
					1								12590(固有地名)
	2	1	1						1				31911(長短・高低・深浅・厚薄・遠近)
			1								1	1	15401(木本)
													39999(枕詞)
									1				15240(山野)
	2	1		4	1	1	1				1		14710(道路・橋)
			1										15401(木本)
												1	14010(持ち物・売り物・土産など)
													15401(木本)
													12030(神仏・精霊)
	2	2	1		8	1	1				3	2	12590(固有地名)
							2						12590(固有地名)
												1	12590(固有地名)
				1									12590(固有地名)
													12590(固有地名)
						1							12040(男女)
1			3			1							15502(鳥類)
													15240(山野)
									1			1	15240(山野)
					2								12590(固有地名)
													15721(病気・体調)
						1			1				15240(山野)
2	2	1					1						15030(音)
												3	12413(農林水産業)
2		2	1						4		4	3	15401(木本)
	1												12590(固有地名)
5		3			2	1	3	1	1		1		15240(山野)
1		2							1	1	2		15502(鳥類)
							1						11771(奥・底・陰)
							1						14710(道路・橋)
													15240(山野)
													12417(保安サービス)
1			1	1			1					1	15010(光)
	1												11635(朝晩)
													25721(病気・体調)
1	5	7	14	15	5	2	3		2	1	2	1	21503(終了・中止・停止)
					1								23014(苦悩・悲哀)/25721(病気・体調)
													31920(程度)
								1					15250(川・湖)
								2					12590(固有地名)
										1			21521(移動・発着)
2	2	2	4	2		4	1	2	4	6	2	4	21521(移動・発着)/23013(安心・焦燥・満足)/23770(授受)
					1								21572(破壊)
					1								14460(戸・カーテン・敷物・畳など)
						1		1					15130(水・乾湿)/15250(川・湖)
	2				3		1				1	1	11527(往復)
18	3	31		1	7	2			13	4	17	4	15153(雨・雪)
							2						12590(固有地名)
	1											2	14514(袋・かばんなど)

巻8 巻9 巻10 巻11 巻12 巻13 巻14 巻15 巻16 巻17 巻18 巻19 巻20

見出し	順	漢字	語種	品詞	注記	巻数	合計	巻1	巻2	巻3	巻4	巻5	巻6	巻7
ゆきあし		行悪		形		1	2							
ゆきあひ		行合				2	2				1			
ゆきあふ		行逢		動四		1	1							
ゆきかくる		行隠		動四		1	1						1	
ゆきかぐる				動下二		1	1							
ゆきかちに		行難		句		1	1							
ゆきかつ		行堪		動下二		3	3							1
ゆきかはる		行替		動四		3	3							
ゆきかふ		行交		動四		1	1							
ゆきかへる		行帰		動四		4	6						2	
ゆきがへる		往返		動四	「年が改まる」意味	4	4							
ゆきかよふ		行通		動四		1	1			1				
ゆきく		行来		動カ変		2	2	1						
ゆきくらす		行暮		動四		4	4	1						1
ゆきぐらす		行暮		動四		1	1							
ゆきげ		雪消				3	5			2				
ゆきしぬ		行死		動ナ変		1	1							
ゆきじもの		雪物				1	1			1				
ゆきすぎがたし		行過難		形		1	1		1					
ゆきすぎかつ		行過堪		動下二		2	2			1				
ゆきすぎかぬ		行過不堪		動下二		3	3			1				
ゆきすぐ		行過		動上二		6	6			1	1			1
ゆきそふ		行沿		動四		1	1	1						
ゆきたなびく		行棚引		動四		1	1							
ゆきたらはす		行足		動四		1	1							
ゆきつかる		行疲		動下二		1	1							
ゆきつどふ		行集		動四		1	1							
ゆきとほる		行通		動四		1	1							
ゆきとりさぐる		行取探		動四		1	1							
ゆきはばかる		行憚		動四		1	1			1				
ゆきふる		行触		動下二		4	4							
ゆきまく		行巻		動四		1	1							1
ゆきまさる		行勝		動四		1	1							
ゆきみる		行廻		動上一		2	2			1				
ゆきむかふ		行向		動四		1	1							
ゆきめぐる		行廻		動四		3	3						1	
ゆきゆく		行行		動四		1	1							
ゆきよし		行良		形		1	1							
ゆきよる		行寄		動四		1	1							
ゆきわかる		行別		動下二		4	4		1					
ゆきわたる		行渡		動四		1	2							
ゆく		行		動四		20	358	7	16	13	26	13	19	27
ゆくさ		行時				3	4			2				
ゆくへ		行方				10	16		3	1		1	1	1
ゆくゆくと				副		1	1		1					
ゆくらかに				副		1	1							
ゆくらゆくらに				副		3	5							
ゆくりなし		卒爾		形		2	2							
ゆげ		弓削				1	1							1
ゆざさ		斎小竹				1	1							
ゆすふ		結		動四	東語	1	1							
ゆする		揺		動四		1	1							1
ゆずゑ		弓末				2	2			1				1
ゆたけし		豊		形		4	5			1				
ゆたに				副		4	4							1
ゆだね		斎種				2	2							1
ゆついはむら		斎岩群				1	1	1						
ゆづか		弓束				3	4							1
ゆつき		弓月				3	4							2
ゆつる		移		動四		3	4				1			

巻数 合計 巻1 巻2 巻3 巻4 巻5 巻6 巻7

巻8	巻9	巻10	巻11	巻12	巻13	巻14	巻15	巻16	巻17	巻18	巻19	巻20	意味分類
							2						31346(難易・安危)
		1											11550(合体・出会い・集合など)
				1									21550(合体・出会い・集合など)
													21210(出没)
	1												21527(往復)
			1										31346(難易・安危)
						1						1	21527(往復)
			1							1	1		21630(年)
				1									21527(往復)
		1			1						2		21527(往復)
									1	1	1	1	21630(年)
													21527(往復)
	1												21527(往復)
				1					1				21635(朝晩)
									1				21635(朝晩)
		1								2			15160(物質の変化)
					1								25702(死)
													15153(雨・雪)
													31346(難易・安危)
						1							21524(通過・普及など)
			1	1									21524(通過・普及など)
		1		1					1				21524(通過・普及など)
													21525(連れ・導き・追い・逃げなど)
								1					21513(固定・傾き・転倒など)
											1		23430(行為・活動)
			1										23003(飢渇・酔い・疲労・睡眠など)
	1												21550(合体・出会い・集合など)
			1										21524(通過・普及など)
					1								23065(研究・試験・調査・検査など)
													21526(進退)
1		1	1		1								21560(接近・接触・隔離)
													23330(生活・起臥)
			1										21580(増減・補充)
1													21523(巡回など)
					1								21600(時間)
									1			1	21523(巡回など)
								1					21527(往復)
							1						31346(難易・安危)
	1												21560(接近・接触・隔離)
		1	1						1				23520(応接・送迎)
					2								21521(移動・発着)
15	19	20	25	21	26	15	26	7	19	10	11	23	21527(往復)/21600(時間)/23013(安心・焦燥・満足)
	1											1	11611(時機・時刻)
			2	2	3		1			1			11643(未来)/11730(方向・方角)
													33013(安心・焦燥・満足)
				1									31511(動揺・回転)
					3				1		1		31511(動揺・回転)
		1	1										31611(時機)
													12590(固有地名)
		1											15401(木本)
												1	21551(統一・組み合わせ)
													21511(動揺・回転)
													14551(武器)
1				1								2	31912(広狭・大小)/33013(安心・焦燥・満足)
			1	1		1							33013(安心・焦燥・満足)
							1						15410(枝・葉・花・実)
													15111(鉱物)
			1			2							14551(武器)
		1	1										12590(固有地名)
			2			1							21600(時間)

見出し	順	漢字	語種	品詞	注記	巻数	合計	巻1	巻2	巻3	巻4	巻5	巻6	巻7
ゆづる		弓弦				1	1							
ゆづるは		弓弦葉				2	2		1					
ゆとこ		夜床			東語	1	1							
ゆなゆな						1	1							
ゆはず		弓筈				2	2		1					
ゆばら		弓腹				1	1							
ゆひ		結				1	1			1				
ゆひたつ		結立		動下二		1	1			1				
ゆひたる		結垂		動下二		1	1							
ゆひつけもつ		結付持		動四		1	1							
ゆふ	1	夕				16	46	1	5	4	2		2	2
ゆふ	2	木綿				6	8		1	2			1	2
ゆふ	3	木綿				1	1							1
ゆふ	4	結		動四		13	33		4	4	3			3
ゆふうら		夕卜				1	2							
ゆふかげ		夕影				3	5							
ゆふかげくさ		夕陰草				1	1				1			
ゆふかぜ		夕風				1	1							
ゆふかたぎぬ		木綿肩衣				1	1							
ゆふかは		夕川				1	1	1						
ゆふがり		夕狩				4	4	1		1			1	
ゆふぎり		夕霧				8	9		2	1				1
ゆふぐれ		夕暮				3	3							
ゆふけ		夕卜				6	9			1	1			
ゆふこり		夕凝				1	1							
ゆふしほ		夕潮				4	6							
ゆふだすき		木綿襷				3	3			1				
ゆふたたみ		木綿畳				3	5			1			1	
ゆふだち		夕立				2	2							
ゆふづき		夕月				1	1							
ゆふづくひ		夕日				1	1							
ゆふづくよ		夕月夜				7	9							1
ゆふつづ		夕星				3	3		1			1		
ゆふづつみ				枕		1	1							
ゆふつゆ		夕露				2	2							
ゆふなぎ		夕凪				6	11				1		3	1
ゆふなみ		夕波				1	1						1	
ゆふなみちどり		夕波千鳥				1	1			1				
ゆふには		夕庭				1	1							
ゆふはた		纐纈				1	1							
ゆふはな		木綿花				2	2		1				1	
ゆふひ		夕日				3	3							1
ゆふへ		夕				13	36	2	3	2		1		3
ゆふまやま		木綿間山				2	2							
ゆふみや		夕宮				1	1		1					
ゆふやがは		結八川				1	1							1
ゆふやかふち		結八川内				1	1							1
ゆふやまゆき		木綿山雪				1	1							
ゆふやみ		夕闇				4	4			1	1			
ゆみ		弓				6	8	2	1					
ゆみや		弓矢				1	1						1	
ゆめ		努		副		14	31	1		1	2			4
ゆゆし		由由		形		10	13		2	1	1		2	
ゆら		由良				2	3							1
ゆらく		揺		動四	「ゆらぐ」をふくむ	1	1							
ゆらに				副		3	3							
ゆららに				副		1	1							
ゆり		後刻				3	6							
ゆるす		許		動四		8	12				3			1

巻8	巻9	巻10	巻11	巻12	巻13	巻14	巻15	巻16	巻17	巻18	巻19	巻20	意味分類
			1										14551(武器)
						1							15401(木本)
												1	14270(寝具)
	1												11651(終始)
								1					14551(武器)
					1								14551(武器)
													11551(統一・組み合わせ)
													21551(統一・組み合わせ)
					1								21513(固定・傾き・転倒など)
							1						23392(手足の動作)
2	2	8	5	1		1	4		3	1	3		11635(朝晩)
	1			1									14200(衣料・綿・革・糸)
													12590(固有地名)
	3		5	3	2	1	1		2		1	1	21551(統一・組み合わせ)/23860(製造・加工・包装)
					2								13066(判断・推測・評価)
1		3									1		15010(光)
													15402(草本)
		1											15151(風)
								1					14210(衣服)
													15250(川・湖)
									1				13811(牧畜・漁業・鉱業)
	1			1		1	1					1	15152(雲)
1	1			1									11635(朝晩)
			4			1		1	1				13066(判断・推測・評価)
			1										15130(水・乾湿)
1	1		1									3	15155(波・潮)
					1						1		14251(ネクタイ・帯・手袋・靴下など)
				3									14201(布・布地・織物)
		1						1					15153(雨・雪)
				1									15210(天体)
								1					15210(天体)
1		3	1	1			1				1		11635(朝晩)/15210(天体)
		1											15210(天体)
				1									39999(枕詞)
		1		1									15130(水・乾湿)
					4		1		1				15154(天気)
													15155(波・潮)
													15502(鳥類)
									1				14700(地類（土地利用）)
								1					13841(染色・洗濯など)
													14170(飾り)
				1	1								15210(天体)
2		8	2	3	4	1					3	2	11635(朝晩)
				1		1							12590(固有地名)
													14400(住居)
													12590(固有地名)
													12590(固有地名)
		1											15153(雨・雪)
		1	1										15010(光)
			1			2		1				1	14551(武器)
													14551(武器)
4	2	4	4	1	1	2	1				2	2	43100(判断)
		1	2	1			1		1		1		33021(敬意・感謝・信頼など)/33310(人生・禍福)
	2												12590(固有地名)
												1	25030(音)
		1			1						1		35030(音)
					1								35030(音)
1			1							4			11670(時間的前後)
1	1		2	1				2	1				21341(弛緩・粗密・繁簡)/23613(捕縛・釈放)/23680(待遇)
巻8	巻9	巻10	巻11	巻12	巻13	巻14	巻15	巻16	巻17	巻18	巻19	巻20	

見出し	順	漢字	語種	品詞	注記	巻数	合計	巻1	巻2	巻3	巻4	巻5	巻6	巻7
ゆるふ	1	緩		動四		2	2							
ゆるふ	2	緩		動下二		2	4							
ゆゑ		故				15	79	1	7	3	1			4
ゆゑよし		故由				1	1							
よ	1	世			「よに（も）」をふくむ	19	69	4	1	6	5	6	2	1
よ	2	夜				18	173	3	7	10	15	4	5	10
よい		夜寝				1	1					1		
よおと		夜音				2	2				1			
よがらす		夜烏				1	1							1
よき		雪			東語	1	1							
よきぢ		避道				1	1							1
よきみち		避道				1	1							
よぎり		夜霧				3	3						1	
よぎりごもる		夜霧隠		動四		1	1							
よく		避		動上二		2	2							
よぐたち		夜降				1	1							
よくたつ		夜降		動四		2	2							1
よこ		横				1	1	1						
よごえ		夜越				1	1							
よこぎる		横切		動四		1	1				1			
よこぐも		横雲				1	1							
よこごと		横言				1	1							
よこさ		横様				1	1							
よこし		讒				1	1							
よこしまかぜ		横風				1	1					1		
よごと		吉事				1	1							
よこの		横野				1	1							
よごもり		夜隠				3	3			1				
よごもる		世隠		動四		1	1							
よこやま		横山				1	1							
よこやまへろ		横山				1	1							
よごゑ		夜声				2	2							
よさ		良				1	2							
よさみ		依網				1	1							1
よさる		寄添		動四	東語	1	1							
よし	1	由				16	52		2	1	7	1	2	4
よし	2	良		形		17	75	7	3	6	5	3	12	6
よし	3	縦		副		7	10	1	1	1				
よしきがは		宜寸川				1	1							
よしの		吉野				8	21	4		4			6	
よしのがは		吉野川				5	8	1	1					2
よしろ				感	東語	1	1							
よしゑ		縦		副		2	2							
よしゑやし		縦		副		7	17		4					
よす	1	依		動四		2	2							
よす	2	寄		動下二		15	54		1	3	4		2	11
よすか		所縁				2	3			2				
よせかぬ		寄不堪		動下二		1	1							1
よせく		寄来		動カ変		6	14							4
よせづな		寄綱				1	1							
よせもちく		寄持来		動カ変		1	1							
よそ		余所				12	35		1	5	7			
よそひ		装				1	1							
よそひよそふ		装装		動四		1	1							
よそふ	1	装		動四		5	5		1	1				
よそふ	2	寄		動下二		3	3							
よそめ		外目				2	3							
よそりづま		寄妻				1	1							
よそる		寄		動四		8	12				1			

巻8	巻9	巻10	巻11	巻12	巻13	巻14	巻15	巻16	巻17	巻18	巻19	巻20	意味分類
					1				1				21341(弛緩・粗密・繁簡)/23013(安心・焦燥・満足)
			1	3									21341(弛緩・粗密・繁簡)
2	2	5	22	14	6	4	4	2			2		11113(理由・目的・証拠)
	1												11113(理由・目的・証拠)
2	7	2	2	2		4	1	1	2	9	6	6	11621(永久・一生)/11623(時代)/12600(社会・世界)/13310(人生・禍福)
6	7	36	21	14	10	1	13		5	3		3	11635(朝晩)
													13003(飢渇・酔い・疲労・睡眠など)
											1		15030(音)
													15502(鳥類)
						1							15153(雨・雪)
													11520(進行・過程・経由)
			1										11520(進行・過程・経由)
	1	1											15152(雲)
		1											21210(出没)
	1						1						21563(防止・妨害・回避)
											1		11635(朝晩)
											1		21635(朝晩)
													11730(方向・方角)
				1									11521(移動・発着)
													21524(通過・普及など)
			1										15152(雲)
	1												13683(脅迫・中傷・愚弄など)
										1			11730(方向・方角)
				1									13683(脅迫・中傷・愚弄など)
													15151(風)
												1	13310(人生・禍福)
		1											12590(固有地名)
	1										1		11635(朝晩)
			1										25701(生)
												1	15240(山野)
						1							15240(山野)
			1						1				13031(声)
		2											11332(良不良・適不適)
													12590(固有地名)
						1							21560(接近・接触・隔離)
1		2	12	7	1	1	3		6	1		1	11000(事柄)/11113(理由・目的・証拠)/13081(方法)
5	1	10	1	8		2	2	1		1	2		31332(良不良・適不適)
		2	3	1		1							43110(判定)/43140(仮定)
				1									12590(固有地名)
	2	1			2			1		1			12590(固有地名)
	3									1			12590(固有地名)
						1							43010(間投)
			1		1								43010(間投)
		2	3	2	4		1		1				43010(間投)/43140(仮定)
	1					1							21110(関係)
1			7	2	7	5	1		5	2	1	2	21110(関係)/21560(接近・接触・隔離)
								1					11113(理由・目的・証拠)
													21560(接近・接触・隔離)
	3				1		3		2	1			25155(波・潮)
						1							14160(コード・縄・綱など)
	1												25155(波・潮)
		2	3	6	2	1	3		2		2	1	11700(空間・場所)
						1							13084(計画・案)
												1	23850(技術・設備・修理)
	1	1		1									23332(衣生活)/23850(技術・設備・修理)
1		1	1										21110(関係)
			1	2									13091(見る)
						1							12110(夫婦)
		1	4	1	1	2		1				1	21560(接近・接触・隔離)/23020(好悪・愛憎)

見出し	順	漢字	語種	品詞	注記	巻数	合計	巻1	巻2	巻3	巻4	巻5	巻6	巻7
よだちく		役立来		動カ変	東語	1	1							
よち		同年輩				2	2							
よちこ		同輩児				2	3					1		
よぢとる		攀取		動四		1	1							
よつ		四				1	2							
よづ		攀		動上二		1	1							
よど		淀				5	6		1		1	1		2
よとこ		夜床				2	2		1					
よどせ		淀瀬				2	2							1
よとで		夜戸出				1	1							
よどむ		淀		動四		8	14	1	1		2	2		1
よなか		夜中				2	3							1
よなき		夜鳴・夜泣				2	2							
よなばり		吉隠				3	5		1					
よのなか		世中				15	45		2	7	2	11	1	2
よばひ		結婚				2	2							
よばふ		呼		動四		2	4			2				2
よひ	1	宵				11	23	1			1			2
よひ	2	夜日				1	1							
よびかはす		呼交		動四		1	2							
よびかへす		呼返		動四		1	1							
よびこす		呼越		動下二		1	1							1
よびこゆ		呼越		動下二		1	1	1						
よびこゑ		呼声				1	1			1				
よびさか		呼坂				1	2							
よびたつ		呼立		動下二		5	5							1
よびたてなく		呼立鳴		動四		1	2							
よひと		世人				1	1							
よびとよむ		呼響		動下二		4	6						2	
よひな		夕				1	1							
よびよす		呼寄		動下二		1	1							
よひよひ		宵宵				2	2							
よぶ		呼		動四		14	31		1	1	2		4	4
よぶこどり		呼子鳥				4	9	1						
よふね		夜船				2	3							
よみ		黄泉				1	2							
よみあふ		数敢		動下二		1	2							
よみがへる		蘇		動四		1	1			1				
よみち		夜道				2	2			1				
よみみる		数見		動上一		1	1							
よむ		読・詠・数		動四		5	7				1			1
よめ		夜目				1	1							
よも		四方				4	6		1					
よもぎ		蓬				1	1							
よよむ				動四		1	1				1			
よら	1	夜				3	5							
よら	2	欲良				1	1							
よりあひ		依会				3	4		1				1	
よりあふ	1	寄合		動四		1	1							
よりあふ	2	寄敢		動下二		1	1							
よりかつ		寄堪		動下二		1	1							1
よりく		寄来		動カ変		4	4		1					
よりたつ		依立		動四		1	2							
よりぬ		寄寝		動下二		3	3		1					
よりより				副		1	1							
よる	1	夜				16	30	1	4	3	2	2		1
よる	2	依・因		動四		8	17				4		1	
よる	3	寄		動四		16	56	3	9		3		1	4
よる	4	縒		動四		4	6				3			1
よるか		因香				1	1							

巻8	巻9	巻10	巻11	巻12	巻13	巻14	巻15	巻16	巻17	巻18	巻19	巻20	意味分類
						1							21527(往復)
						1		1					12210(友・なじみ)
					2								12210(友・なじみ)
											1		23392(手足の動作)
											2		11960(数記号（一二三）)
1													23392(手足の動作)
	1												15250(川・湖)
										1			14270(寝具)
									1				15250(川・湖)
				1									11531(出・出し)
	1		2	4									25130(水・乾湿)
	2												11635(朝晩)
				1							1		13030(表情・態度)/13031(声)
1		3											12590(固有地名)
1	1		2	2	3		3	1	3		4		12600(社会・世界)/13310(人生・禍福)/13500(交わり)/15700(生命)
				1	1								13350(冠婚)
													23100(言語活動)
3	2	8		2		1	1				1	1	11635(朝晩)
												1	11633(日)
									2				23121(合図・挨拶)
		1											21527(往復)
													23520(応接・送迎)
													21521(移動・発着)
													13031(声)
						2							12590(固有地名)
1	1		1									1	23031(声)
	2												23031(声)
					1								12301(国民・住民)
1		1									2		25030(音)
						1							11635(朝晩)
							1						23520(応接・送迎)
		1		1									11635(朝晩)
3	1	8		1		1	2	1	1			1	23031(声)/23100(言語活動)/23520(応接・送迎)
2	1	5											15502(鳥類)
		2					1						14660(乗り物（海上）)
	2												12600(社会・世界)
					2								23064(測定・計算)
													25701(生)
			1										11520(進行・過程・経由)
			1										23064(測定・計算)
									1	2		2	23064(測定・計算)
		1											13091(見る)
										2	1	2	11730(方向・方角)
										1			15402(草本)
													21570(成形・変形)
		2		1	2								11635(朝晩)
						1							12590(固有地名)
			2										11560(接近・接触・隔離)
			1										21550(合体・出会い・集合など)
			1										21560(接近・接触・隔離)
													21560(接近・接触・隔離)
			1		1	1							21527(往復)
									2				23391(立ち居)
				1		1							23003(飢渇・酔い・疲労・睡眠など)
			1										31612(毎日・毎度)
1		1	3	3	2	1	3		1		1	1	11635(朝晩)
			3	1	4	2		1	1				21110(関係)
	2	2	7	5	5	1	1	8		1	3	1	21560(接近・接触・隔離)/23020(好悪・愛憎)
		1		1									21570(成形・変形)
				1									12590(固有地名)

見出し	順	漢字	語種	品詞	注記	巻数	合計	巻1	巻2	巻3	巻4	巻5	巻6	巻7
よるひる		夜昼				5	7		1		2			
よるべ		寄辺				1	1							
よろぎ		余綾				1	1							
よろし		宜		形		11	12	1	1	1	1		1	1
よろしさ		宜				1	1			1				
よろしなへ		宜		副		4	4	1		1			1	
よろづたび		万度				3	4	1	2					
よろづつき		万調				1	1							
よろづよ		万代				11	44	1	5	5		4	6	3
よわし		弱		形		2	2							
よわたし		夜渡		副		1	1							
りきじまひ		力士舞	混			1	1							
ろく		六	漢			1	1							
わ		我				10	39			2	4			3
わが		我		連体		20	649	22	42	47	51	14	21	39
わかかつら		若楓				1	1							1
わかかへに		若		句		1	1							
わかかへるて		若楓				1	1							
わかき		若木				2	2				1			
わかくさ		若草				8	14		2					1
わかこも		若菰				1	1			1				
わかさ		若狭				1	1							1
わかさぢ		若狭道				1	1				1			
わかし		若		形		6	7				1	1		
わかす		沸		動四		1	1							
わかな		若菜				1	1							
わかのうら		和歌浦				3	3						1	1
わかひさぎ		若久木				1	1							
わかまつ		若松				1	1							
わかめ		若布				2	2							
わかゆ		若鮎				1	3					3		
わがり		我許				3	4							
わかる		分		動下二		13	33			3	2	2		
わかれ		別				6	8				1			
わかれかつ		別堪		動下二		1	1							
わかれかぬ		別不堪		動下二		1	1			1				
わかれく		別来		動カ変		6	9		2					
わかれゆく		別行		動四		2	2							
わき		別				4	5				1			
わきくさ		腋草				1	1							
わきごがみ		若子髪				1	1							
わきばさみもつ		腋挟持		動四		1	2		2					
わきばさむ		腋挟		動四		1	1			1				
わぎへ		我家				10	16				1	2	1	2
わぎめこ		吾妹子			東語	1	1							
わぎも		我妹				11	30			2	3			3
わぎもこ		吾妹子				18	124	2	7	9	13		1	5
わく	1	分		動四		7	7					1	1	
わく	2	分		動下二		3	3		1					
わくご		若子				3	5			2				
わくらばに		邂逅		副		2	2					1		
わくわく		別別		副		1	1							
わけ		戯奴				2	5				2			
わご		我		連体		6	11	1	2				4	
わざ		業				6	7		1		2			
わさだ		早稲田				4	5							1
わさほ		早穂				1	1							
わざみ		和射美				2	2		1					
わざみの		和射美野				1	1							
わし	1	鷲				3	4							
わし	2			感		1	4							

巻数 合計 巻1 巻2 巻3 巻4 巻5 巻6 巻7

巻8	巻9	巻10	巻11	巻12	巻13	巻14	巻15	巻16	巻17	巻18	巻19	巻20	意味分類
	1		2	1									11635(朝晩)
										1			13650(救護・救援)
						1							12590(固有地名)
		2		1	1			1				1	31331(特徴)
													11332(良不良・適不適)
										1			31332(良不良・適不適)
												1	11612(毎日・毎度)
										1			14010(持ち物・売り物・土産など)
3		2			5				5		5		11621(永久・一生)
			1	1									31400(力)
										1			31600(時間)
								1					13370(遊楽)
								1					11960(数記号（一二三）)
	1		4	2	1	12		5				5	12010(われ・なれ・かれ)
43	14	63	58	43	24	20	22	27	21	11	30	37	31040(本体・代理)
													15401(木本)
								1					11622(年配)
						1							15401(木本)
1													15401(木本)
	1	1	2		3				1			3	15402(草本)
													15402(草本)
													12590(固有地名)
													12590(固有地名)
	1	2						1	1				35701(生)
								1					25170(熱)
			1										15402(草本)
				1									12590(固有地名)
				1									15401(木本)
						1							15401(木本)
						1		1					15403(隠花植物)
													15504(魚類)
1			1			2							11700(空間・場所)
2	2	3	2	1			5		2	1	5	3	21552(分割・分裂・分散)/23520(応接・送迎)
				2	1		2				1	1	13520(応接・送迎)
												1	23520(応接・送迎)
													23520(応接・送迎)
				2	1		2		1			1	21527(往復)
	1											1	21527(往復)
		1	2	1									11130(異同・類似)/13062(注意・認知・了解)
								1					15605(皮・毛髪・羽毛)
								1					15605(皮・毛髪・羽毛)
													23392(手足の動作)
													23392(手足の動作)
3	2	1	1						1	2			14400(住居)
												1	12110(夫婦)
2	3	3	5	5	2	1	1						12110(夫婦)
6	6	6	23	17	4	2	15	2		1	2	3	12110(夫婦)
	1	1		1					1	1			23063(比較・参考・区別・選択)
		1										1	21552(分割・分裂・分散)
			1			2							12050(老少)
	1												31230(必然性)
				1									31552(分割・分裂・分散)
3													12010(われ・なれ・かれ)
					1					2		1	31040(本体・代理)
	1		1	1							1		11000(事柄)/13360(行事・式典・宗教的行事)/13430(行為・活動)
2	1	1											14700(地類（土地利用）)
1													15410(枝・葉・花・実)
		1											12590(固有地名)
			1										12590(固有地名)
	1					1		2					15502(鳥類)
								4					43020(掛け声)

見出し	順	漢字	語種	品詞	注記	巻数	合計	巻1	巻2	巻3	巻4	巻5	巻6	巻7
わすらく		忘来		動カ変		1	1							
わする	1	忘		動四		13	29		2	2		2		2
わする	2	忘		動下二		19	62	3	2	2	9	1	1	3
わするさ		忘				1	1							
わすれ		忘				2	5							
わすれかぬ		忘不堪		動下二		10	16	1		1	1			2
わすれがひ		忘貝				4	5	1						
わすれく		忘来		動カ変		1	1							
わすれぐさ		忘草				3	4			1	1			
わすれゆく		忘行		動四		1	1							
わせ		早稲				1	1							
わた	1	海				7	11	1			1	1	1	5
わた	2	腸				5	5					1		1
わた	3	綿				3	3			1		1		
わだ		曲				2	2			1				1
わたくしだ		私田				1	1							1
わたす		渡		動四		8	21		3		1			4
わたつみ		海				9	23	1		3				4
わたなか		海中				2	2	1						1
わたらひ		度会				2	2		1					
わたらふ		渡		動四		1	1		1					
わたり	1	辺				1	1							
わたり	2	渡				9	18	1	1	1			3	
わたりかぬ		渡不堪		動下二		1	1				1			
わたりく		渡来		動カ変		4	4			1				
わたりぜ		渡瀬				5	7							1
わたりで		渡代				1	1							
わたりもり		渡守				2	5							
わたりゆく		渡行		動四		1	1							
わたる		渡		動四		18	61	2	6	4	3	1	1	6
わづかそまやま		和豆香杣山				1	1			1				
わづかやま		和豆香山				1	1			1				
わづき						1	1	1						
わな		罠・輪穴				1	1							
わぬ		我			東語	2	3							
わび		侘				1	1				1			
わびし		侘		形		2	2				1			
わびなき		侘鳴				1	2							
わびをり		侘居		動ラ変		1	1				1			
わぶ		侘		動上二		3	5				2			
わら		藁				1	1					1		
わらは		童				3	4							1
わらはがみ		童髪				1	1							
わらはごと		童言				1	1							
わる	1	割		動四		1	1			1				
わる	2	割		動下二		1	1							
われ		我				20	320	8	17	9	24	7	14	31
われじ		我		形		1	1							
わろ		吾等				1	1							
わわけさがる		破下		動四		1	1					1		
わわらばに				副		1	1							
わをかけやま		和乎可鶏山				1	1							
ゐ		井				6	8	2	1					2
ゐかひ		猪養				2	2		1					
ゐしのぐ		率凌		動四		1	1							1
ゐちらす		居散		動四		1	1							
ゐで		堰				3	4							1
ゐな		猪名				1	2							2
ゐながは		猪名川				1	1							
ゐなの		猪名野				2	2			1				1

巻8	巻9	巻10	巻11	巻12	巻13	巻14	巻15	巻16	巻17	巻18	巻19	巻20	意味分類
						1							23050(学習・習慣・記憶)
1	1	1	4	4	2	2					1	5	23050(学習・習慣・記憶)
2	1	3	13	7	1	3	2		2	2	1	4	23050(学習・習慣・記憶)
			1										13050(学習・習慣・記憶)
						2						3	13050(学習・習慣・記憶)
1			3	3			2	1				1	23050(学習・習慣・記憶)
			1	2			1						15506(その他の動物)
						1							23050(学習・習慣・記憶)
				2									15402(草本)
						1							23050(学習・習慣・記憶)
		1											15402(草本)
			1	1									15260(海・島)
					1		1	1					15604(膜・筋・神経・内臓)
						1							14200(衣料・綿・革・糸)
													15260(海・島)
													14700(地類（土地利用）)
	2	6	1						2	2			21513(固定・傾き・転倒など)/21521(移動・発着)
	3			2			7	1		1	1		15260(海・島)
													15260(海・島)
				1									12590(固有地名)
													21521(移動・発着)
				1									11780(ふち・そば・まわり・沿い)
		4	2		4	1			1				11521(移動・発着)/14710(道路・橋)
													21521(移動・発着)
	1	1									1		21527(往復)
		3		1	1				1				15250(川・湖)
		1											15250(川・湖)
		4								1			12415(運輸業)
							1						21527(往復)
1	4	4	4	2	5		6	1	5	2		4	21521(移動・発着)/21524(通過・普及など)/21600(時間)/23330(生活・起臥)
													12590(固有地名)
													12590(固有地名)
													13063(比較・参考・区別・選択)
						1							14540(農工具など)
						2						1	12010(われ・なれ・かれ)
													13042(欲望・期待・失望)
				1									33014(苦悩・悲哀)
		2											13031(声)
													23014(苦悩・悲哀)
				2					1				23014(苦悩・悲哀)
													15410(枝・葉・花・実)
					1			2					12050(老少)/15605(皮・毛髪・羽毛)
								1					15605(皮・毛髪・羽毛)
			1										13100(言語活動)
													21571(切断)
				1									21571(切断)
5	12	24	43	25	20	5	15	21	7	10	9	14	12010(われ・なれ・かれ)
											1		31130(異同・類似)
												1	12010(われ・なれ・かれ)
													21513(固定・傾き・転倒など)
1													31331(特徴)
						1							12590(固有地名)
	1				1			1					14720(その他の土木施設)
1													12590(固有地名)
													21563(防止・妨害・回避)
	1												21552(分割・分裂・分散)
			2			1							14720(その他の土木施設)
													12590(固有地名)
								1					12590(固有地名)
													12590(固有地名)

見出し	順	漢字	語種	品詞	注記	巻数	合計	巻1	巻2	巻3	巻4	巻5	巻6	巻7
ゐなやま		猪名山				1	1							
ゐぬ		率寝		動下二		2	4							
ゐまちづき		座待月				1	1			1				
ゐゆく		率去		動四		1	1					1		
ゐる	1	居		動上一		11	52			6	7			4
ゐる	2	率		動上一		3	3				1			
ゑ	1	故				1	1							
ゑ	2	絵	漢			1	1							
ゑぐ					植物名	1	1							
ゑひなき		酔泣				1	3			3				
ゑふ		酔		動四		1	1						1	
ゑまはし		笑		形		1	1							
ゑまひ		笑				6	7			1	1	1		
ゑまふ		笑		動四		2	2							
ゑみ		笑				1	1							
ゑみまがる		笑曲		動四		1	1							
ゑむ		笑		動四		7	14				2			1
ゑらゑらに				副		1	1							
を	1	尾				3	5							
を	2	峰			「を（のへ）」をふくむ	6	10							
を	3	緒			「(たまの)を,(としの）を」をふくむ	14	57		1	2	2			4
を	4	諾		感		1	2							
をえ		小江				1	2							
をか	1	丘				11	30	2	5	2			1	1
をか	2	岡				1	1							1
をがき		男餓鬼	混			1	1							
をかきつ		小垣内				1	1							
をがさ		小笠				1	1							
をかさき		岡前				1	1							
をかぢ		小梶				2	2							
をかなと		小金門				1	1				1			
をかのや		岡屋				1	1							
をがは		小川				2	3			2				1
をかび		岡傍				2	2					1		
をかへ		岡辺				5	11		4				2	
をかみがは		雄神川				1	1							
をかも		小鴨				1	1							
をぎ		荻				1	1							
をく		招		動四		3	4					1		
をぐき		小岫				1	1							
をぐさ						1	1							
をぐさずけを						1	1							
をくさを						1	1							
をぐし		小櫛				3	3			1				
をぐら		小倉				2	3							
をぐろ		小黒				1	1							
をけ		桶・麻笥				2	2							
をごころ		雄心				1	1							
をごと		小琴				1	1							1
をざかり		男盛				1	1							1
をさき		小崎				1	1							
をさぎ		兎				1	1							
をさと		小里				2	2							
をさむ		収・治		動下二		8	15		2				1	
をさを		小棹				1	1							
をさをさ				副		1	1							
をし	1	鴛鴦				2	2			1				
をし	2	惜・愛		形		19	95	1	4	3	4	3	4	4
をしか		牡鹿				4	4				1			

巻数 合計 巻1 巻2 巻3 巻4 巻5 巻6 巻7

巻8	巻9	巻10	巻11	巻12	巻13	巻14	巻15	巻16	巻17	巻18	巻19	巻20	意味分類
			1										12590(固有地名)
						2		2					23330(生活・起臥)
													15210(天体)
													21525(連れ・導き・追い・逃げなど)
3		4	7	9	4	3			3		2		21200(存在)/23391(立ち居)
								1			1		21525(連れ・導き・追い・逃げなど)
							1						11113(理由・目的・証拠)
												1	13220(芸術・美術)
		1											15402(草本)
													13030(表情・態度)
													23003(飢渇・酔い・疲労・睡眠など)
										1			33020(好悪・愛憎)
1				2						1			13030(表情・態度)
			1						1				23030(表情・態度)
											1		13030(表情・態度)
											1		23030(表情・態度)
	2		4			1		1		3			23030(表情・態度)
											1		33030(表情・態度)
	1		3				1						15602(胸・背・腹)
1	3	1				1					2	2	15240(山野)
	1	2	15	10	4	3	1	2			4	6	14160(コード・縄・綱など)/15700(生命)
								2					43210(応答)
								2					15260(海・島)
7		6		1		3		1				1	15240(山野)
													12590(固有地名)
								1					12030(神仏・精霊)
	1												14700(地類(土地利用))
								1					14250(帽子・マスクなど)
			1										15240(山野)
	1				1								14540(農工具など)
													14420(門・塀)
					1								12590(固有地名)
													15250(川・湖)
									1				15240(山野)
1	1	3											15240(山野)
									1				12590(固有地名)
						1							15502(鳥類)
		1											15402(草本)
									2		1		23520(応接・送迎)
						1							15240(山野)
						1							12390(固有人名)
						1							12390(固有人名)
						1							12390(固有人名)
	1				1								14541(日用品)
1	2												12590(固有地名)
								1					12390(固有人名)
					1	1							14512(おけ・たる・缶)
				1									13000(心)
													14560(楽器・レコードなど)
													11652(途中・盛り)
	1												12590(固有地名)
						1							15501(哺乳類)
						1					1		12540(都会・田舎)
	2				2			1	4	1	2		21532(入り・入れ)/23600(支配・政治)
1													14150(輪・車・棒・管など)
						1							31921(限度)
												1	15502(鳥類)
10	5	17	8	8	7	3	1	1	5		4	3	33012(恐れ・怒り・悔しさ)
1		1										1	15501(哺乳類)

見出し	順	漢字	語種	品詞	注記	巻数	合計	巻1	巻2	巻3	巻4	巻5	巻6	巻7
をしどり		鴛鴦				2	2							
をしむ		惜		動四		1	1							
をす		食		動四		6	10	1	2				3	
をすて		小為手				1	1							1
をそろ		軽率				2	2				1			
をだ	1	小田				2	3							2
をだ	2	小田				1	1							
をだえ		緒絶				1	2							
をだち		小太刀				1	1							
をち	1	遠				3	3							
をち	2	変若				2	2							
をち	3	遠智				3	4		1					1
をぢ		翁				2	2							
をちう		変若得		動下二		1	1							
をちかた		遠方				3	3							
をちかたのへ		彼方野辺				1	1		1					
をちかたひと		遠方人				1	1							
をちかへる		変若返		動四		3	3						1	
をちこち		遠方近方				8	10		1		1		1	2
をちの		越智野				1	2		2					
をちみづ		変若水				2	3				2			
をつ		変若		動上二		4	5			1	1	2	1	
をつき		小槻				1	1							1
をづくは		小筑波				1	2							
をづくはねろ		小筑波峰				1	1							
をつづ		現				3	4					1		
をづめ		小集楽				1	1							
をても		彼方				2	4							
をど		乎度				1	1							
をとこ		男				2	2			1				
をどこ		小床				1	2							
をとこさび		男				1	1					1		
をとこじもの		男				3	4		2	1				
をとこはか		男墓				1	1							
をとこをみな		男女				1	1							
をとつひ		一昨日				2	3						1	
をととし		一昨年				1	1				1			
をとめ	1	乙女				16	41	2			2	3	2	3
をとめ	2	処女				2	2			1				
をとめこ		乙女子				1	1							
をとめさび		乙女				1	1					1		
をとめはか		乙女墓				1	1							
をな		乎那				1	1							
をにひたやま		小新田山				1	1							
をぬ		小沼				1	1							
をの	1	小野				11	19			2			2	1
をの	2	斧				1	1							
をの	3	小野				1	1							
をのこ		男				1	2						2	
をのと		斧音				1	1							
をは		尾羽				1	1							
をばつせやま		小初瀬山				1	1							
をばな		尾花				5	16							
をばなり		小放				1	1							
をばま		小浜				1	1						1	
をばやし		小林				1	1							
をはりだ		小治田				2	2							
をはる		終		動四		4	4					1		
をふ	1	麻生				2	2							
をふ	2	麻生				3	4							
をふ	3	終		動下二		4	5		1			1		
をぶね		小船				10	12			2			1	1

巻数 合計 巻1 巻2 巻3 巻4 巻5 巻6 巻7

巻8	巻9	巻10	巻11	巻12	巻13	巻14	巻15	巻16	巻17	巻18	巻19	巻20	意味分類
			1									1	15502(鳥類)
												1	23021(敬意・感謝・信頼など)
									2	1	1		23600(支配・政治)
													12590(固有地名)
1													13420(人柄)
								1					14700(地類（土地利用）)
										1			12590(固有地名)
								2					11571(切断)
	1												14550(刃物)
				1			1		1				11670(時間的前後)
									1			1	11527(往復)/15701(生)
					2								12590(固有地名)
			1						1				12050(老少)
					1								25701(生)
			1		1			1					11780(ふち・そば・まわり・沿い)
													15240(山野)
		1											12450(その他の仕手)
			1	1									25701(生)
				1					1		1	2	11700(空間・場所)
													12590(固有地名)
					1								15130(水・乾湿)
													25701(生)
													15401(木本)
						2							12590(固有地名)
						1							12590(固有地名)
									1	2			11030(真偽・是非)
								1					13510(集会)
						2			2				11730(方向・方角)
						1							12590(固有地名)
	1												12040(男女)
						2							14270(寝具)
													11130(異同・類似)
			1										12040(男女)
	1												14700(地類（土地利用）)
												1	12040(男女)
									2				11642(過去)
													11642(過去)
2	3	3	2	1	3		3		4	2	5	1	12050(老少)
							1						12590(固有地名)
			1										12050(老少)
													11130(異同・類似)
	1												14700(地類（土地利用）)
						1							12590(固有地名)
						1							12590(固有地名)
				1									15250(川・湖)
1	1	3	2	4	1			1				1	15240(山野)
					1								14550(刃物)
						1							12590(固有地名)
													12040(男女)
						1							15030(音)
		1											15603(手足・指)
								1					12590(固有地名)
6	1	7						1				1	15410(枝・葉・花・実)
	1												15605(皮・毛髪・羽毛)
													15260(海・島)
						1							15270(地相)
			1		1								12590(固有地名)
			1							1		1	21503(終了・中止・停止)
			1	1									15270(地相)
									1	2	1		12590(固有地名)
		1				2							21503(終了・中止・停止)
1	1				1		1	1	2		1		14660(乗り物（海上）)
巻8	巻9	巻10	巻11	巻12	巻13	巻14	巻15	巻16	巻17	巻18	巻19	巻20	

見出し	順	漢字	語種	品詞	注記	巻数	合計	巻1	巻2	巻3	巻4	巻5	巻6	巻7
をへ		終				1	1							
をみ	1	麻績				1	1							
をみ	2	麻続				1	1	1						
をみな		女				3	3			1	1			
をみなへし		女郎花				6	14				1			1
をみなわらは		女童				1	1							
をみね		小峰				1	2							
をむかひ		峰向				1	1							
をや		小屋				2	3							
をやまだ		小山田				3	3				1			
をり		居		動ラ変		19	80	2	1	2	7	3	1	7
をりあかす		居明		動四		2	2		1					
をりかざす		折挿頭		動四		4	6		1	1		3		
をりかへす		折返		動四		4	5							
をりたく		折焚		動四		1	1							1
をりはやす		折栄		動四		1	1							
をりふす	1	折伏		動四		1	1			1				
をりふす	2	折伏		動下二		1	1				1			
をりまじふ		折雑		動下二		1	1							
をりをり		居居		動ラ変		1	1							
をる		折		動四		11	27			1		2		2
をろ	1	尾				1	1							
をろ	2	緒				1	1							
をろた		峰田				1	1							
ををし		雄雄		形		1	1	1						
ををり		撓				2	2							
ををる		撓		動四		1	2						2	

巻数 合計 巻1 巻2 巻3 巻4 巻5 巻6 巻7

巻8	巻9	巻10	巻11	巻12	巻13	巻14	巻15	巻16	巻17	巻18	巻19	巻20	意味分類
											1		11651(終始)
								1					13820(製造工業)
													12390(固有人名)
			1										12040(男女)
3		4							3			2	15402(草本)
										1			12050(老少)
						2							15240(山野)
1													11730(方向・方角)
			2		1								14410(家屋・建物)
				1		1							14700(地類（土地利用）)
6	2	11	1	11	1	2	5	5	5		6	2	21200(存在)/23391(立ち居)
										1			21635(朝晩)
									1				23332(衣生活)
				1	1				2			1	21504(連続・反復)/21570(成形・変形)
													25161(火)
						1							23850(技術・設備・修理)
													23391(立ち居)
													21513(固定・傾き・転倒など)
		1											21550(合体・出会い・集合など)
								1					21200(存在)
6	1	5				1			2	1	5	1	21570(成形・変形)/21571(切断)
						1							15602(胸・背・腹)
						1							14160(コード・縄・綱など)
						1							14700(地類（土地利用）)
													33430(行為・活動)
1		1											11570(成形・変形)
													21570(成形・変形)

巻8 巻9 巻10 巻11 巻12 巻13 巻14 巻15 巻16 巻17 巻18 巻19 巻20

集 計 表

数値を見ることへのいざない

ここに集計した表のもとをエクセル・ファイルとして，CD のフォルダ“集計表関係”におさめる。
ファイル名は，節の番号と表の符号・標題をくみあわせて，たとえば
２A. 異なり語数・延べ語数・平均出現頻度. xlsx
のようにする。参考にあげたファイルもあり，その符号は α ・ β などとする。

表A　異なり語数・延べ語数・平均出現頻度　（右ページへつづく）

	全体	巻1	巻2	巻3	巻4	巻5	巻6	巻7	巻8	巻9	巻10
異なり語数	6601	629	1006	1184	1008	755	907	1182	791	1032	1241
延べ語数	50056	1222	2449	3036	2975	1602	2120	3159	2333	2072	4766
平均出現頻度	7.58	1.94	2.43	2.56	2.95	2.12	2.33	2.67	2.94	2.00	3.84

1　集計のまえに

本書凡例は「単位のながさ」をさだめる。たとえば，つぎの｜縦線間｜が単位である。

｜籠もよ｜み籠｜持ち｜掘串もよ｜み掘串｜持ち｜……

このように本文を単位にわけてゆくときに，どの部分も，ふたつの単位にまたがったり，単位にとりこまれずにのこったり，することがないように，こまかい規定が必要になる。規定にしたがってわけたひとつひとつを，語彙の観点から**単位語**とよぶ。

凡例は，ついで「単位のはば」をさだめる。自立語をとくに検討するときには，単位語「籠」と「み籠」とをひとつの同じ語の別の姿であるとみなし，同様に単位語「掘串」「み掘串」もひとつの語であるとみなす，といったことである。いろいろな姿の単位語をとりこんでまとめたものを**見出し語**とよぶ。見出し語のかきあらわしかたは，辞典のみだしと一致することが多い。「籠」「掘串」を見出し語とし，また単位語「持ち」に対しては見出し語を「持つ」とする。

見出し語をもうけると，単位語をいくつまとめたかというみかたができる。その単位語の数を，その見出し語の**出現頻度**（または使用度数など）という。見出し語「籠」「掘串」「持つ」の出現頻度は，上に引用したかぎりでは，どれも 2 である。

万葉集巻別対照分類語彙表では，1行にひとつの見出し語をあてながら，万葉集のすべての見出し語をかかげ，見出し列に見出し語の形をあげている。

なお，以下，ことわらなければ，たんに語彙表といって万葉集巻別対照分類語彙表をさす。

2　異なり語数・延べ語数・平均出現頻度

万葉集全体についてでも，巻ごとでても，見出し語の総数を**異なり語数**といい，単位語の総数を**延べ語数**という。延べ語数は，見出し語の出現頻度の合計として計算もできる。このふたつの語数を，省略してたんに異なり・延べともいう。

語彙表では，万葉集全体の異なりは行数であり，延べは合計列の数値の合計に一致する。ある巻の異なりは，その巻の列で出現頻度がしるされているセルの数であり，延べはその出現頻度の合計である。万葉集全体および巻ごとの異なり語数・延べ語数を，**表A**として一覧する。

巻ごとの延べは，巻の大きさを用語の分量の観点からとらえていることになる。最大の巻10は最小の巻1の 3.9倍 =（巻10の延べ4766）/（巻1の1222）と計算できる。巻ごとの延べの平均も 2502.8語 =（万葉集全体の延べ50056）/（巻数20）と計算して，最大はこの平均のおよそ倍，最小はおよそ半分とみつもることもできる。

異なりの大小をくらべることには，どのような意義づけをすることができるか，わからない。延べが小さければ，異なりも，延べをうわまわることはないから，小さくならざるをえない。延べが大きいときに異なりがどのようであるかは，単純でない。万葉集の巻をくらべると，異なりが最大であるのは巻11であって，延べが最大である巻10ではない。

表A　（左ページからつづく）

巻11	巻12	巻13	巻14	巻15	巻16	巻17	巻18	巻19	巻20	
1301	1006	1058	1039	739	810	900	742	938	1056	異なり
4378	3436	2757	2084	2091	1333	2217	1510	2149	2367	延べ
3.36	3.41	2.60	2.00	2.82	1.64	2.46	2.03	2.29	2.24	平均頻度

たとえば巻1の異なりと巻2の異なりとを単純に加算しても，巻1・巻2どちらかに出現する見出し語の数とはならない。双方に重なるものがあるからである。巻1・巻2をとおしての見出し語の数は，1347語 =（巻1の異なり629）+（巻2の1006）−（双方の重なり288）である。そうした重なりをのぞいていって，万葉集全体としての異なり 6601 がえられることになる。

異なりと延べとは，延べ/異なり で関係づけられ，**平均出現頻度**（または平均使用度数など，略して平均頻度・平均度数など）という。見出し語の出現頻度は大きいものから小さいものまで，一様でない。平均頻度はその平均であり，巻のあいだで比較すれば，巻10では同じ語が 3.84回くりかえしてよくあらわれるのに，巻16では 1.64回で，2度あらわれるかどうかは半半のイメージである，といったことになる。万葉集全体の平均頻度 7.58 は，万葉集全部を通読したときに同じ見出し語に 7〜8回出あうであろうといっている。

なお，この集計表では，全体にわたって，数値をしめす際に，小数の下位のほうは切り捨てる。四捨五入はしない。

3　見出し語が出現する巻数

見出し語はそれぞれいくつの巻に出現するか，それを語彙表は巻数列にしめしている。全巻に出現し，すなわち語彙表で巻数列が 20 であるものを，ぬきだして，**表B**とする。52語である。見出し〈漢字，品詞〉の形であげる。名詞は，名詞であるとしるさない。

20巻すべてに出現する語の数 52 のほか，19巻の語数 37，……，1巻にしか出現しない語の数 3684，ということが，**表C**のようにまとめられる。

いくつもの巻に出現する見出し語は，出現する機会のいわばひろさという観点から，重要である。言語学習・教育で，いろいろな場面で使用できる表現が重視されることを，おもいだしてよい。

表B　20巻すべてに出現した見出し語

あが〈吾，連体〉	かは〈川〉	さる〈去・避，動四〉	ひ〈日〉
あふ〈合・逢，動四〉	きく〈聞，動四〉	しる〈知・領，動四〉	ひと〈人〉
あり〈有，動ラ変〉	きみ〈君〉	す〈為，動サ変〉	ふる〈降，動四〉
いたし〈甚・痛，形〉	く〈来，動カ変〉	せこ〈背子〉	まつ〈待，動四〉
いふ〈言，動四〉	くに〈国〉	そで〈袖〉	みち〈道〉
いへ〈家〉	こ〈子・蚕〉	たつ〈立，動四〉	みゆ〈見，動下二〉
いも〈妹〉	こころ〈心〉	たま〈玉〉	みる〈見，動上一〉
うへ〈上〉	こと〈言〉	たゆ〈絶，動下二〉	もつ〈持，動四〉
おく〈置，動四〉	こと〈事〉	とき〈時〉	もの〈物・者〉
おと〈音〉	この〈此，連体〉	とる〈取，動四〉	やま〈山〉
おもふ〈思，動四〉	こふ〈恋，動上二〉	なく〈泣・鳴，動四〉	ゆく〈行，動四〉
おもほゆ〈思，動下二〉	さく〈咲，動四〉	なし〈無，形〉	わが〈我，連体〉
かく〈斯，副〉	さと〈里〉	なる〈成・為，動四〉	われ〈我〉

表C　巻数からみた語数

巻数20	語数 52	巻数15	語数 32	巻数10	語数 62	巻数 5	語数 191
19	37	14	37	9	67	4	282
18	28	13	57	8	99	3	495
17	22	12	45	7	123	2	1018
16	35	11	58	6	177	1	3684

語彙表の巻数列の合計は 19324 である。表Cの 巻数×語数 を計算して，その総和 = (20×52 + 19×37+……+2×1018+1×3684) でもある。この合計から，見出し語ひとつが出現する巻数の平均は 2. 93 = 19324/(異なり語数6601) であると計算できる。平均は，出現する巻がひとつしかない語の数の多さによってひきさげられている。出現する巻数 1 の語の，異なり 6601 の半数をうわまわる多さは，異様に感じられるかもしれないが，実はありうることである。

4　出現比率・出現順位，高頻度語，累積出現比率

出現頻度は，語彙を計量的に検討する際の中心であるといってよい。出現頻度そのものはあつかいにくいところがあるので，延べ語数に対する比率によることが多い。その数値は**出現比率**（または使用比率）といって，百分率%または千分率‰でしめす。比率というよりは正規化といって，延べ語数を 1 とした小数のみであらわすこともできるが，以下，百分率をもちいる。

出現頻度ないし比率が大きいものから小さいものへとならべて，順位をつけることができ，**出現順位**（または使用順位）という。頻度・比率が大きく順位で上のほうにあるものは，高頻度語あるいは上位語のようによぶ。万葉集全体について，および巻ごとに，それぞれ 30位までの高頻度語の一覧を**表D**として，次ページからかかげる。語は 見出し〈漢字〉 の形により，その漢字も省略するものがある。見出しの下の数値は頻度および*比率*であり，比率は百分率で小数第2位までをしめす。左端の数字が順位であるが，同頻度・同比率のあいだではあらわしかたを調整しなければならない。たとえば全体で 4位・5位とした「す〈為〉」「わが〈我〉」は同順位とするのが適当である。30位のところは，ひとしい頻度・比率のものがあることがあり，たとえば，巻1の 30位は，かかげた枕詞「あをによし」のほかに，同じ頻度・比率で動詞「いふ〈言〉」など 10語がある。

＊　語彙表の出現頻度すべてを万葉集全体および巻ごとの比率・順位でかきかえ，CD 内にファイル "4 β. 万葉集語彙表. 出現比率. xlsx" および "4 γ. 万葉集語彙表. 出現順位. xlsx" としておさめる。

万葉集全体でもっともよく出現したのは動詞「あり〈有〉」であり，巻3〜5・15・18で 1位である。巻1〜2・6〜7・9・17〜20で 1位であった動詞「みる〈見〉」は，全体では僅差で 2位となった。全体で 3位の名詞「きみ〈君〉」は巻10〜13で 1位，全体で 4位・5位の動詞「す〈為〉」・連体詞「わが〈我〉」は巻14・巻16で 1位である。全体で 5位以内，巻いずれかで 1位，という様態のなかにあって，巻8で 1位の名詞「はな〈花〉」が全体で 21位であるのが，かわってみえる。

さて，万葉集の全体について，頻度 812・805・737 の語の数それぞれ 1，頻度 649 の語数 2，……，頻度 1 の語数 3315，ということが，**表E**のようにまとめられる。順位は，同じ頻度・比率のものは最小のものにより，たとえば「す〈為〉」「わが〈我〉」をともに 4位として，5位をもうけずに，つぎの動詞「おもふ〈思〉」を 6位とする。この順位は，それより上位に (順位−1) 語 あることをあらわす。

（文章は 4ページあとへつづく。）

表D　高頻度語　（語の下の数値は出現頻度および*百分率*。次ページへつづく）

順位	全　体	巻　1	巻　2	巻　3	巻　4	巻　5	巻　6
1	あり〈有〉 812 *1.62*	みる〈見〉 28 *2.29*	みる〈見〉 49 *2.00*	あり〈有〉 67 *2.20*	あり〈有〉 80 *2.68*	あり〈有〉 38 *2.37*	みる〈見〉 44 *2.07*
2	みる〈見〉 805 *1.60*	わが〈我〉 22 *1.80*	あり〈有〉 45 *1.83*	みる〈見〉 61 *2.00*	おもふ〈思〉 78 *2.62*	うめ〈梅〉 37 *2.30*	あり〈有〉 35 *1.65*
3	きみ〈君〉 737 *1.47*	あり〈有〉 18 *1.47*	わが〈我〉 42 *1.71*	す〈為〉 49 *1.61*	きみ〈君〉 63 *2.11*	はな〈花〉 36 *2.24*	やま〈山〉 27 *1.27*
4	す〈為〉 649 *1.29*	やま〈山〉 18 *1.47*	いも〈妹〉 37 *1.51*	わが〈我〉 47 *1.54*	わが〈我〉 51 *1.71*	す〈為〉 22 *1.37*	きよし〈清〉 21 *0.99*
5	わが〈我〉 649 *1.29*	す〈為〉 14 *1.14*	きみ〈君〉 34 *1.38*	やま〈山〉 37 *1.21*	あふ〈合・逢〉 50 *1.68*	ひと〈人〉 22 *1.37*	す〈為〉 21 *0.99*
6	おもふ〈思〉 578 *1.15*	なし〈無〉 14 *1.14*	おもふ〈思〉 29 *1.18*	なし〈無〉 34 *1.11*	こふ〈恋〉 50 *1.68*	みる〈見〉 21 *1.31*	わが〈我〉 21 *0.99*
7	なし〈無〉 516 *1.03*	やまと 13 *1.06*	しる〈知・領〉 26 *1.06*	ひと〈人〉 34 *1.11*	す〈為〉 48 *1.61*	なし〈無〉 18 *1.12*	おほきみ 19 *0.89*
8	いも〈妹〉 509 *1.01*	かは〈川〉 12 *0.98*	なし〈無〉 26 *1.06*	おもふ〈思〉 28 *0.92*	いも〈妹〉 45 *1.51*	しる〈知・領〉 17 *1.06*	ゆく〈行〉 19 *0.89*
9	ひと〈人〉 455 *0.90*	たつ〈立〉 12 *0.98*	す〈為〉 23 *0.93*	いも〈妹〉 26 *0.85*	あが〈吾〉 44 *1.47*	かく〈斯〉 14 *0.87*	おもふ〈思〉 18 *0.84*
10	こふ〈恋〉 422 *0.84*	おほきみ 11 *0.90*	やま〈山〉 22 *0.89*	きみ〈君〉 26 *0.85*	みる〈見〉 43 *1.44*	わが〈我〉 14 *0.87*	きみ〈君〉 18 *0.84*
11	あが〈吾〉 406 *0.81*	くに〈国〉 11 *0.90*	ひと〈人〉 20 *0.81*	なく〈泣・鳴〉 26 *0.85*	なし〈無〉 42 *1.41*	こ〈子・蚕〉 13 *0.81*	なし〈無〉 18 *0.84*
12	あふ〈合・逢〉 391 *0.78*	いへ〈家〉 9 *0.73*	いふ〈言〉 19 *0.77*	もの〈物・者〉 24 *0.79*	ひと〈人〉 42 *1.41*	はる〈春〉 13 *0.81*	しる〈知・領〉 16 *0.75*
13	やま〈山〉 372 *0.74*	あめ〈天〉 8 *0.65*	こふ〈恋〉 17 *0.69*	おほきみ 23 *0.75*	いふ〈言〉 40 *1.34*	ゆく〈行〉 13 *0.81*	かは〈川〉 15 *0.70*
14	ゆく〈行〉 358 *0.71*	おもふ〈思〉 8 *0.65*	われ〈我〉 17 *0.69*	いふ〈言〉 21 *0.69*	こころ〈心〉 39 *1.31*	さく〈咲〉 12 *0.74*	さと〈里〉 15 *0.70*
15	こころ〈心〉 325 *0.64*	われ〈我〉 8 *0.65*	おほきみ 16 *0.65*	しる〈知・領〉 18 *0.59*	もの〈物・者〉 32 *1.07*	ちる〈散〉 12 *0.74*	ひと〈人〉 14 *0.66*
16	なく〈泣・鳴〉 325 *0.64*	いも〈妹〉 7 *0.57*	ゆく〈行〉 16 *0.65*	たつ〈立〉 18 *0.59*	ゆく〈行〉 26 *0.87*	あが〈吾〉 11 *0.68*	われ〈我〉 14 *0.66*
17	われ〈我〉 320 *0.63*	きみ〈君〉 7 *0.57*	ひ〈日〉 15 *0.61*	いへ〈家〉 17 *0.55*	く〈来〉 25 *0.84*	おもふ〈思〉 11 *0.68*	みや〈宮〉 13 *0.61*
18	く〈来〉 316 *0.63*	その〈其〉 7 *0.57*	みこ 14 *0.57*	こころ〈心〉 15 *0.49*	われ〈我〉 24 *0.80*	よのなか 11 *0.68*	みやこ〈都〉 13 *0.61*
19	いふ〈言〉 314 *0.62*	ひ〈日〉 7 *0.57*	みち〈道〉 14 *0.57*	うら〈浦〉 14 *0.46*	こと〈言〉 23 *0.77*	くに〈国〉 10 *0.62*	あが〈吾〉 12 *0.56*
20	もの〈物・者〉 303 *0.60*	ふる〈降〉 7 *0.57*	あふ〈合・逢〉 13 *0.53*	くに〈国〉 14 *0.46*	いめ〈夢〉 21 *0.70*	すべ〈術〉 10 *0.62*	よし〈良〉 12 *0.56*
21	はな〈花〉 301 *0.60*	みやこ〈都〉 7 *0.57*	くに〈国〉 13 *0.53*	なる〈成・為〉 14 *0.46*	かく〈斯〉 20 *0.67*	なく〈泣・鳴〉 10 *0.62*	くに〈国〉 11 *0.51*
22	しる〈知・領〉 274 *0.54*	ゆく〈行〉 7 *0.57*	とき〈時〉 13 *0.53*	みゆ〈見〉 14 *0.46*	なく〈泣・鳴〉 20 *0.67*	もの〈物・者〉 10 *0.62*	とき〈時〉 11 *0.51*
23	たつ〈立〉 234 *0.46*	よし〈良〉 7 *0.57*	あが〈吾〉 11 *0.44*	かみ〈神・雷〉 13 *0.42*	せこ〈背子〉 19 *0.63*	きみ〈君〉 9 *0.56*	いふ〈言〉 10 *0.47*
24	とき〈時〉 234 *0.46*	おく〈置〉 6 *0.49*	こ〈子・蚕〉 11 *0.44*	この〈此〉 13 *0.42*	ひ〈日〉 19 *0.63*	なる〈成・為〉 9 *0.56*	うら〈浦〉 10 *0.47*
25	この〈此〉 228 *0.45*	こころ〈心〉 6 *0.49*	こころ〈心〉 11 *0.44*	はな〈花〉 13 *0.42*	みゆ〈見〉 19 *0.63*	あれ〈吾〉 8 *0.49*	かしこし 10 *0.47*
26	まつ〈待〉 219 *0.43*	この〈此〉 6 *0.49*	たまも 11 *0.44*	ゆく〈行〉 13 *0.42*	こひ〈恋〉 18 *0.60*	いふ〈言〉 8 *0.49*	く〈来〉 10 *0.47*
27	ひ〈日〉 217 *0.43*	しる〈知・領〉 6 *0.49*	とり〈鳥・鶏〉 11 *0.44*	うへ〈上〉 12 *0.39*	しる〈知・領〉 18 *0.60*	いへ〈家〉 8 *0.49*	せ〈瀬〉 10 *0.47*
28	ふる〈降〉 202 *0.40*	ぬ〈寝〉 6 *0.49*	まつ〈待〉 11 *0.44*	うみ〈海〉 12 *0.39*	いま〈今〉 17 *0.57*	いま〈今〉 8 *0.49*	つき〈月〉 10 *0.47*
29	みゆ〈見〉 201 *0.40*	やすみしし 6 *0.49*	みや〈宮〉 10 *0.40*	こ〈子・蚕〉 11 *0.36*	あれ〈吾〉 16 *0.53*	さかり〈盛〉 8 *0.49*	なく〈泣・鳴〉 10 *0.47*
30	こと〈言〉 185 *0.36*	あをによし 5 *0.40*	あめ〈天〉 9 *0.36*	さき〈崎〉 11 *0.36*	とき〈時〉 16 *0.53*	さる〈去・避〉 8 *0.49*	みよしの 10 *0.47*

表D　（前ページからつづき，次ページへつづく）

順位	巻７	巻８	巻９	巻１０	巻１１	巻１２	巻１３
1	みる〈見〉 70 *2.21*	はな〈花〉 52 *2.22*	みる〈見〉 44 *2.12*	きみ〈君〉 85 *1.78*	きみ〈君〉 114 *2.60*	きみ〈君〉 80 *2.32*	きみ〈君〉 59 *2.14*
2	す〈為〉 54 *1.70*	みる〈見〉 43 *1.84*	す〈為〉 27 *1.30*	みる〈見〉 69 *1.44*	おもふ〈思〉 97 *2.21*	あふ〈合・逢〉 78 *2.27*	なし〈無〉 41 *1.48*
3	あり〈有〉 50 *1.58*	わが〈我〉 43 *1.84*	あり〈有〉 26 *1.25*	なく〈泣・鳴〉 67 *1.40*	いも〈妹〉 84 *1.91*	こふ〈恋〉 73 *2.12*	あが〈吾〉 38 *1.37*
4	ひと〈人〉 39 *1.23*	なく〈泣・鳴〉 36 *1.54*	ひと〈人〉 21 *1.01*	わが〈我〉 63 *1.32*	こふ〈恋〉 79 *1.80*	なし〈無〉 73 *2.12*	おもふ〈思〉 36 *1.30*
5	わが〈我〉 39 *1.23*	さく〈咲〉 33 *1.41*	きみ〈君〉 19 *0.91*	はな〈花〉 60 *1.25*	あり〈有〉 76 *1.73*	いも〈妹〉 72 *2.09*	あり〈有〉 35 *1.26*
6	やま〈山〉 36 *1.13*	ほととぎす 31 *1.32*	ゆく〈行〉 19 *0.91*	あり〈有〉 59 *1.23*	みる〈見〉 68 *1.55*	おもふ〈思〉 65 *1.89*	ひと〈人〉 35 *1.26*
7	おもふ〈思〉 32 *1.01*	あり〈有〉 30 *1.28*	いへ〈家〉 18 *0.86*	ふる〈降〉 59 *1.23*	あふ〈合・逢〉 63 *1.43*	す〈為〉 58 *1.68*	す〈為〉 33 *1.19*
8	なみ〈波〉 31 *0.98*	きみ〈君〉 30 *1.28*	いも〈妹〉 16 *0.77*	さく〈咲〉 49 *1.02*	す〈為〉 62 *1.41*	あり〈有〉 54 *1.57*	いふ〈言〉 30 *1.08*
9	われ〈我〉 31 *0.98*	ふる〈降〉 30 *1.28*	やま〈山〉 16 *0.77*	こふ〈恋〉 47 *0.98*	ひと〈人〉 62 *1.41*	みる〈見〉 53 *1.54*	こふ〈恋〉 29 *1.05*
10	たつ〈立〉 27 *0.85*	やど〈宿〉 28 *1.20*	なく〈泣・鳴〉 15 *0.72*	ちる〈散〉 47 *0.98*	あが〈吾〉 60 *1.37*	わが〈我〉 43 *1.25*	やま〈山〉 28 *1.01*
11	ゆく〈行〉 27 *0.85*	おもふ〈思〉 26 *1.11*	こふ〈恋〉 14 *0.67*	あきはぎ 44 *0.92*	わが〈我〉 58 *1.32*	あが〈吾〉 41 *1.19*	こころ〈心〉 26 *0.94*
12	きみ〈君〉 25 *0.79*	ちる〈散〉 26 *1.11*	わが〈我〉 14 *0.67*	あふ〈合・逢〉 43 *0.90*	なし〈無〉 53 *1.21*	ひと〈人〉 41 *1.19*	ゆく〈行〉 26 *0.94*
13	いも〈妹〉 23 *0.72*	やま〈山〉 23 *0.98*	とき〈時〉 13 *0.62*	いも〈妹〉 42 *0.88*	われ〈我〉 43 *0.98*	こころ〈心〉 35 *1.01*	く〈来〉 25 *0.90*
14	なし〈無〉 22 *0.69*	あき〈秋〉 21 *0.90*	あが〈吾〉 12 *0.57*	く〈来〉 42 *0.88*	もの〈物・者〉 42 *0.95*	いふ〈言〉 29 *0.84*	しる〈知・領〉 25 *0.90*
15	こころ〈心〉 21 *0.66*	あきはぎ 21 *0.90*	あふ〈合・逢〉 12 *0.57*	あまのがは 41 *0.86*	こひ〈恋〉 40 *0.91*	こひ〈恋〉 28 *0.81*	わが〈我〉 24 *0.87*
16	いふ〈言〉 20 *0.63*	うめ〈梅〉 21 *0.90*	おもふ〈思〉 12 *0.57*	やま〈山〉 41 *0.86*	いふ〈言〉 36 *0.82*	みゆ〈見〉 28 *0.81*	くに〈国〉 23 *0.83*
17	ふね〈船〉 20 *0.63*	あが〈吾〉 18 *0.77*	はな〈花〉 12 *0.57*	あが〈吾〉 39 *0.81*	こころ〈心〉 36 *0.82*	いめ〈夢〉 27 *0.78*	あふ〈合・逢〉 21 *0.76*
18	あが〈吾〉 19 *0.60*	いも〈妹〉 18 *0.77*	われ〈我〉 12 *0.57*	す〈為〉 38 *0.79*	まつ〈待〉 35 *0.79*	しる〈知・領〉 27 *0.78*	われ〈我〉 20 *0.72*
19	つき〈月〉 19 *0.60*	ゆき〈雪〉 18 *0.77*	うへ〈上〉 11 *0.53*	おもふ〈思〉 37 *0.77*	く〈来〉 34 *0.77*	ひ〈日〉 27 *0.78*	まつ〈待〉 19 *0.68*
20	みゆ〈見〉 19 *0.60*	く〈来〉 17 *0.72*	く〈来〉 11 *0.53*	はる〈春〉 36 *0.75*	しる〈知・領〉 32 *0.73*	もの〈物・者〉 25 *0.72*	みる〈見〉 18 *0.65*
21	かる〈刈〉 18 *0.56*	この〈此〉 17 *0.72*	くに〈国〉 11 *0.53*	ひと〈人〉 36 *0.75*	あれ〈吾〉 31 *0.70*	われ〈我〉 25 *0.72*	たつ〈立〉 16 *0.58*
22	こと〈言〉 18 *0.56*	の〈野〉 17 *0.72*	すぐ〈過〉 11 *0.53*	よ〈夜〉 36 *0.75*	な〈名〉 25 *0.57*	とき〈時〉 23 *0.66*	いも〈妹〉 15 *0.54*
23	たま〈玉〉 17 *0.53*	いま〈今〉 16 *0.68*	つま〈妻・夫〉 11 *0.53*	あき〈秋〉 35 *0.73*	ゆく〈行〉 25 *0.57*	しげし〈繁〉 21 *0.61*	みち〈道〉 15 *0.54*
24	きよし〈清〉 16 *0.50*	こふ〈恋〉 16 *0.68*	いふ〈言〉 10 *0.48*	とき〈時〉 32 *0.67*	わぎもこ 23 *0.52*	まつ〈待〉 21 *0.61*	かは〈川〉 14 *0.50*
25	この〈此〉 16 *0.50*	なし〈無〉 16 *0.68*	こ〈子・蚕〉 10 *0.48*	もの〈物・者〉 32 *0.67*	ゆゑ〈故〉 22 *0.50*	ゆく〈行〉 21 *0.61*	この〈此〉 14 *0.50*
26	とる〈取〉 16 *0.50*	す〈為〉 15 *0.64*	こころ〈心〉 10 *0.48*	うめ〈梅〉 31 *0.65*	よ〈夜〉 21 *0.47*	あれ〈吾〉 20 *0.58*	すべ〈術〉 14 *0.50*
27	うみ〈海〉 15 *0.47*	ゆく〈行〉 15 *0.64*	この〈此〉 10 *0.48*	ほととぎす 31 *0.65*	この〈此〉 20 *0.45*	いま〈今〉 18 *0.52*	ぬ〈寝〉 14 *0.50*
28	かは〈川〉 15 *0.47*	うへ〈上〉 14 *0.60*	なし〈無〉 10 *0.48*	ゆき〈雪〉 31 *0.65*	ぬ〈寝〉 20 *0.45*	く〈来〉 17 *0.49*	あめつち 13 *0.47*
29	しる〈知・領〉 15 *0.47*	もの〈物・者〉 14 *0.60*	ふる〈降〉 10 *0.48*	いま〈今〉 28 *0.58*	みゆ〈見〉 20 *0.45*	この〈此〉 17 *0.49*	かみ〈神・雷〉 13 *0.47*
30	はな〈花〉 15 *0.47*	あふ〈合・逢〉 13 *0.55*	ひ〈日〉 9 *0.43*	この〈此〉 28 *0.58*	いめ〈夢〉 19 *0.43*	わぎもこ 17 *0.49*	つま〈妻・夫〉 13 *0.47*

表Ｄ　（前ページからつづく）

順位	巻１４	巻１５	巻１６	巻１７	巻１８	巻１９	巻２０
1	す〈為〉 33 1.58	あり〈有〉 52 2.48	わが〈我〉 27 2.02	みる〈見〉 36 1.62	あり〈有〉 26 1.72	みる〈見〉 32 1.48	みる〈見〉 50 2.11
2	ぬ〈寝〉 28 1.34	す〈為〉 51 2.43	あり〈有〉 22 1.65	あり〈有〉 34 1.53	みる〈見〉 26 1.72	わが〈我〉 30 1.39	わが〈我〉 37 1.56
3	かなし〈悲・〉 25 1.19	いも〈妹〉 48 2.29	われ〈我〉 21 1.57	きみ〈君〉 32 1.44	ほととぎす 20 1.32	きみ〈君〉 26 1.20	す〈為〉 34 1.43
4	あふ〈合・逢〉 24 1.15	なし〈無〉 33 1.57	こ〈子・蚕〉 17 1.27	なし〈無〉 27 1.21	きみ〈君〉 19 1.25	はな〈花〉 25 1.16	きみ〈君〉 29 1.22
5	いも〈妹〉 23 1.10	みる〈見〉 32 1.53	す〈為〉 14 1.05	す〈為〉 21 0.94	す〈為〉 17 1.12	ほととぎす 24 1.11	あり〈有〉 27 1.14
6	きみ〈君〉 21 1.00	きみ〈君〉 28 1.33	きみ〈君〉 13 0.97	わが〈我〉 21 0.94	おほきみ 14 0.92	なく〈泣・鳴〉 22 1.02	はな〈花〉 27 1.14
7	く〈来〉 20 0.95	もの〈物・者〉 28 1.33	く〈来〉 13 0.97	おもふ〈思〉 19 0.85	なく〈泣・鳴〉 14 0.92	あり〈有〉 21 0.97	ゆく〈行〉 23 0.97
8	わが〈我〉 20 0.95	おもふ〈思〉 27 1.29	おもふ〈思〉 10 0.75	こころ〈心〉 19 0.85	いや〈弥〉 13 0.86	おもふ〈思〉 17 0.79	く〈来〉 21 0.88
9	こ〈子・蚕〉 19 0.91	あが〈吾〉 26 1.24	もの〈物・者〉 10 0.75	はな〈花〉 19 0.85	やま〈山〉 13 0.86	きく〈聞〉 17 0.79	なく〈泣・鳴〉 19 0.80
10	あり〈有〉 17 0.81	ゆく〈行〉 26 1.24	やま〈山〉 10 0.75	ゆく〈行〉 19 0.85	こころ〈心〉 12 0.79	とし〈年〉 17 0.79	なし〈無〉 18 0.76
11	ころ〈子〉 17 0.81	わが〈我〉 22 1.05	あが〈吾〉 9 0.67	ひ〈日〉 18 0.81	その〈其〉 12 0.79	なし〈無〉 17 0.79	おほきみ 17 0.71
12	いふ〈言〉 15 0.71	あふ〈合・逢〉 21 1.00	いふ〈言〉 9 0.67	ほととぎす 18 0.81	なし〈無〉 12 0.79	ゆき〈雪〉 17 0.79	いも〈妹〉 16 0.67
13	ゆく〈行〉 15 0.71	うら〈浦〉 19 0.90	みる〈見〉 8 0.60	なく〈泣・鳴〉 17 0.76	わが〈我〉 11 0.72	この〈此〉 16 0.74	こと〈言〉 16 0.67
14	あが〈吾〉 14 0.67	く〈来〉 19 0.90	よる〈寄〉 8 0.60	あが〈吾〉 16 0.72	いふ〈言〉 10 0.66	ひ〈日〉 16 0.74	こころ〈心〉 15 0.63
15	たつ〈立〉 14 0.67	たび〈旅〉 18 0.86	あらを 7 0.52	やま〈山〉 15 0.67	たちばな 10 0.66	あしひきの 15 0.69	ひと〈人〉 14 0.59
16	かみつけの 13 0.62	なく〈泣・鳴〉 18 0.86	こころ〈心〉 7 0.52	く〈来〉 14 0.63	ひと〈人〉 10 0.66	す〈為〉 15 0.69	われ〈我〉 14 0.59
17	こころ〈心〉 13 0.62	まつ〈待〉 18 0.86	つくる〈作〉 7 0.52	いま〈今〉 13 0.58	ゆく〈行〉 10 0.66	こころ〈心〉 13 0.60	あが〈吾〉 13 0.54
18	こふ〈恋〉 13 0.62	もふ〈思〉 16 0.76	ゆく〈行〉 7 0.52	しる〈知・領〉 13 0.58	われ〈我〉 10 0.66	さく〈咲〉 13 0.60	おもふ〈思〉 13 0.54
19	な〈汝〉 13 0.62	ふね〈船〉 15 0.71	あぐ〈上〉 6 0.45	ゆき〈雪〉 13 0.58	いま〈今〉 9 0.59	はる〈春〉 13 0.60	いや〈弥〉 12 0.50
20	もの〈物・者〉 13 0.62	みゆ〈見〉 15 0.71	しる〈知・領〉 6 0.45	あしひきの 12 0.54	うら〈浦〉 9 0.59	あが〈吾〉 12 0.55	かしこし 12 0.50
21	もふ〈思〉 13 0.62	わぎもこ 15 0.71	ひと〈人〉 6 0.45	たつ〈立〉 12 0.54	かく〈斯〉 9 0.59	いや〈弥〉 12 0.55	かなし〈悲・〉 12 0.50
22	あ〈吾〉 12 0.57	われ〈我〉 15 0.71	み〈身〉 6 0.45	とき〈時〉 12 0.54	くに〈国〉 9 0.59	ひと〈人〉 12 0.55	さく〈咲〉 12 0.50
23	わ〈我〉 12 0.57	こふ〈恋〉 14 0.66	あふ〈合・逢〉 5 0.37	かは〈川〉 11 0.49	はな〈花〉 9 0.59	くに〈国〉 11 0.51	いま〈今〉 11 0.46
24	こと〈言〉 11 0.52	つき〈月〉 14 0.66	いづ〈出〉 5 0.37	きよし〈清〉 11 0.49	よ〈世〉 9 0.59	とき〈時〉 11 0.51	くに〈国〉 11 0.46
25	この〈此〉 11 0.52	とき〈時〉 14 0.66	けふ〈今日〉 5 0.37	こふ〈恋〉 11 0.49	かみ〈神・雷〉 8 0.52	やど〈宿〉 11 0.51	たつ〈立〉 11 0.46
26	こま〈駒〉 11 0.52	ひと〈人〉 14 0.66	この〈此〉 5 0.37	せこ〈背子〉 11 0.49	こ〈子・蚕〉 8 0.52	ゆく〈行〉 11 0.51	つま〈妻・夫〉 11 0.46
27	たゆ〈絶〉 11 0.52	ぬ〈寝〉 13 0.62	しぬ〈死〉 5 0.37	つき〈月〉 11 0.49	この〈此〉 8 0.52	おほきみ 10 0.46	いふ〈言〉 10 0.42
28	なし〈無〉 11 0.52	よ〈夜〉 13 0.62	その〈其〉 5 0.37	あまざかる 10 0.45	とき〈時〉 8 0.52	かく〈斯〉 10 0.46	おく〈置〉 10 0.42
29	ひと〈人〉 11 0.52	あま〈海人〉 12 0.57	たま〈玉〉 5 0.37	あれ〈吾〉 10 0.45	とし〈年〉 8 0.52	たつ〈立〉 10 0.46	かみ〈神・雷〉 10 0.42
30	あれ〈吾〉 10 0.47	ひ〈日〉 11 0.52	ちる〈散〉 5 0.37	いも〈妹〉 10 0.45	もの〈物・者〉 8 0.52	やま〈山〉 10 0.46	けふ〈今日〉 10 0.42

表E　万葉集全体での出現順位・頻度・比率および累積　（右ページへつづく）

出現順位	頻度	比率	語数	見出し語累積 語数	見出し語累積 比率	単位語累積 頻度	単位語累積 比率
1	812	1.62	1	1	0.01	812	1.62
2	805	1.60	1	2	0.03	1617	3.23
3	737	1.47	1	3	0.04	2354	4.70
4	649	1.29	2	5	0.07	3652	7.29
6	578	1.15	1	6	0.09	4230	8.45
7	516	1.03	1	7	0.10	4746	9.48
8	509	1.01	1	8	0.12	5255	10.49
9	455	0.90	1	9	0.13	5710	11.40
10	422	0.84	1	10	0.15	6132	12.25
11	406	0.81	1	11	0.16	6538	13.06
12	391	0.78	1	12	0.18	6929	13.84
13	372	0.74	1	13	0.19	7301	14.58
14	358	0.71	1	14	0.21	7659	15.30
15	325	0.64	2	16	0.24	8309	16.59
17	320	0.63	1	17	0.25	8629	17.23
18	316	0.63	1	18	0.27	8945	17.86
19	314	0.62	1	19	0.28	9259	18.49
20	303	0.60	1	20	0.30	9562	19.10
21	301	0.60	1	21	0.31	9863	19.70
22	274	0.54	1	22	0.33	10137	20.25
23	234	0.46	2	24	0.36	10605	21.18
25	228	0.45	1	25	0.37	10833	21.64
26	219	0.43	1	26	0.39	11052	22.07
27	217	0.43	1	27	0.40	11269	22.51
28	202	0.40	1	28	0.42	11471	22.91
29	201	0.40	1	29	0.43	11672	23.31
30	185	0.36	1	30	0.45	11857	23.68
31	183	0.36	1	31	0.46	12040	24.05
32	182	0.36	1	32	0.48	12222	24.41
33	177	0.35	1	33	0.49	12399	24.77
34	173	0.34	1	34	0.51	12572	25.11
35	172	0.34	1	35	0.53	12744	25.45
36	170	0.33	1	36	0.54	12914	25.79
37	162	0.32	1	37	0.56	13076	26.12
38	151	0.30	2	39	0.59	13378	26.72
40	149	0.29	1	40	0.60	13527	27.02
41	146	0.29	1	41	0.62	13673	27.31
42	143	0.28	1	42	0.63	13816	27.60
43	141	0.28	2	44	0.66	14098	28.16
45	138	0.27	1	45	0.68	14236	28.44
46	136	0.27	1	46	0.69	14372	28.71
47	134	0.26	1	47	0.71	14506	28.97
48	131	0.26	1	48	0.72	14637	29.24
49	129	0.25	1	49	0.74	14766	29.49
50	128	0.25	1	50	0.75	14894	29.75
51	127	0.25	2	52	0.78	15148	30.26
53	126	0.25	2	54	0.81	15400	30.76
55	125	0.24	1	55	0.83	15525	31.01
56	124	0.24	2	57	0.86	15773	31.51
58	120	0.23	2	59	0.89	16013	31.99
60	119	0.23	1	60	0.90	16132	32.22
61	118	0.23	1	61	0.92	16250	32.46
62	116	0.23	1	62	0.93	16366	32.69
63	113	0.22	1	63	0.95	16479	32.92
64	112	0.22	1	64	0.96	16591	33.14
65	111	0.22	3	67	1.01	16924	33.81
68	110	0.21	1	68	1.03	17034	34.02
69	109	0.21	3	71	1.07	17361	34.68
72	107	0.21	1	72	1.09	17468	34.89
73	106	0.21	1	73	1.10	17574	35.10
74	104	0.20	1	74	1.12	17678	35.31
75	102	0.20	1	75	1.13	17780	35.52
76	101	0.20	2	77	1.16	17982	35.92
78	100	0.19	2	79	1.19	18182	36.32
80	98	0.19	2	81	1.22	18378	36.71
82	96	0.19	1	82	1.24	18474	36.90
83	95	0.18	1	83	1.25	18569	37.09
84	91	0.18	2	85	1.28	18751	37.46
86	89	0.17	1	86	1.30	18840	37.63
87	88	0.17	1	87	1.31	18928	37.81
88	85	0.16	4	91	1.37	19268	38.49
92	84	0.16	1	92	1.39	19352	38.66
93	83	0.16	1	93	1.40	19435	38.82
94	82	0.16	2	95	1.43	19599	39.15
96	81	0.16	1	96	1.45	19680	39.31
97	80	0.15	1	97	1.46	19760	39.47

表Eでは，また，見出し語・単位語について，**累積**の語数・頻度・比率をそえている。累積というのは，1位からそこまでの合計であり，出現頻度1 の最終位のところで異なり・延べに一致して，比率がともに 100.00%になる。表Dに一覧した高頻度語 30語がどのようなものであるか，万葉集全体のものについて表Eでよんでみる。出現順位30 のところを横にみて，その語は頻度185，比率0.36% = 頻度185/（延べ50056），語数は 1 であり，さて，1位からそこまでの見出し語の数は 30，見出し語総数の 0.45% = 30/（異なり6601）に過ぎないが，30語の頻度の合計 11857 = （1位頻度812＋2位805＋3位737＋4位649×2語＋6位578＋……＋29位201＋30位185）は単位語総数の 23.68% = 11857/（延べ50056）にいたる，としられる。万葉集の本をひらいてその 30語に印をつけてゆくと，本文の 1/4ちかくに印がつき，短歌ならば一首に 1句分程度は印がつく感じである。さらに表Eによるならば，頻度 49以上の 183語，異なりの 2.77%で延べの 50%をこえる。頻度 7以上の 1113語，異なりのまだ 16.86%で延べの 80%をこえ，本に印をつけていれば，おおかた印がついて，短歌では印がないところが一首に 1句分程度になる。

表E　（左ページからつづく）

出現				見出し語累積		単位語累積	
順位	頻度	*比率*	語数	語数	*比率*	頻度	*比率*
98	79	*0.15*	5	102	*1.54*	20155	*40.26*
103	78	*0.15*	6	108	*1.63*	20623	*41.19*
109	77	*0.15*	2	110	*1.66*	20777	*41.50*
111	76	*0.15*	1	111	*1.68*	20853	*41.65*
112	75	*0.14*	1	112	*1.69*	20928	*41.80*
113	74	*0.14*	1	113	*1.71*	21002	*41.95*
114	73	*0.14*	2	115	*1.74*	21148	*42.24*
116	70	*0.13*	4	119	*1.80*	21428	*42.80*
120	69	*0.13*	3	122	*1.84*	21635	*43.22*
123	68	*0.13*	3	125	*1.89*	21839	*43.62*
126	67	*0.13*	3	128	*1.93*	22040	*44.03*
129	64	*0.12*	5	133	*2.01*	22360	*44.66*
134	63	*0.12*	1	134	*2.02*	22423	*44.79*
135	62	*0.12*	5	139	*2.10*	22733	*45.41*
140	61	*0.12*	3	142	*2.15*	22916	*45.78*
143	60	*0.11*	2	144	*2.18*	23036	*46.02*
145	59	*0.11*	4	148	*2.24*	23272	*46.49*
149	58	*0.11*	1	149	*2.25*	23330	*46.60*
150	57	*0.11*	2	151	*2.28*	23444	*46.83*
152	56	*0.11*	3	154	*2.33*	23612	*47.17*
155	55	*0.10*	8	162	*2.45*	24052	*48.05*
163	54	*0.10*	1	163	*2.46*	24106	*48.15*
164	53	*0.10*	2	165	*2.49*	24212	*48.36*
166	52	*0.10*	6	171	*2.59*	24524	*48.99*
172	50	*0.09*	8	179	*2.71*	24924	*49.79*
180	49	*0.09*	4	183	*2.77*	25120	*50.18*
184	48	*0.09*	3	186	*2.81*	25264	*50.47*
187	47	*0.09*	1	187	*2.83*	25311	*50.56*
188	46	*0.09*	3	190	*2.87*	25449	*50.84*
191	45	*0.08*	6	196	*2.96*	25719	*51.38*
197	44	*0.08*	6	202	*3.06*	25983	*51.90*
203	43	*0.08*	3	205	*3.10*	26112	*52.16*
206	42	*0.08*	6	211	*3.19*	26364	*52.66*
212	41	*0.08*	3	214	*3.24*	26487	*52.91*
215	40	*0.07*	5	219	*3.31*	26687	*53.31*
220	39	*0.07*	8	227	*3.43*	26999	*53.93*
228	38	*0.07*	8	235	*3.56*	27303	*54.54*
236	37	*0.07*	7	242	*3.66*	27562	*55.06*
243	36	*0.07*	4	246	*3.72*	27706	*55.35*
247	35	*0.06*	10	256	*3.87*	28056	*56.04*
257	34	*0.06*	7	263	*3.98*	28294	*56.52*
264	33	*0.06*	9	272	*4.12*	28591	*57.11*
273	32	*0.06*	8	280	*4.24*	28847	*57.62*
281	31	*0.06*	8	288	*4.36*	29095	*58.12*
289	30	*0.05*	9	297	*4.49*	29365	*58.66*
298	29	*0.05*	8	305	*4.62*	29597	*59.12*
306	28	*0.05*	10	315	*4.77*	29877	*59.68*
316	27	*0.05*	10	325	*4.92*	30147	*60.22*
326	26	*0.05*	3	328	*4.96*	30225	*60.38*
329	25	*0.04*	12	340	*5.15*	30525	*60.98*
341	24	*0.04*	12	352	*5.33*	30813	*61.55*
353	23	*0.04*	17	369	*5.59*	31204	*62.33*
370	22	*0.04*	16	385	*5.83*	31556	*63.04*
386	21	*0.04*	14	399	*6.04*	31850	*63.62*
400	20	*0.03*	23	422	*6.39*	32310	*64.54*
423	19	*0.03*	30	452	*6.84*	32880	*65.68*
453	18	*0.03*	32	484	*7.33*	33456	*66.83*
485	17	*0.03*	37	521	*7.89*	34085	*68.09*
522	16	*0.03*	32	553	*8.37*	34597	*69.11*
554	15	*0.02*	28	581	*8.80*	35017	*69.95*
582	14	*0.02*	34	615	*9.31*	35493	*70.90*
616	13	*0.02*	40	655	*9.92*	36013	*71.94*
656	12	*0.02*	49	704	*10.66*	36601	*73.12*
705	11	*0.02*	53	757	*11.46*	37184	*74.28*
758	10	*0.01*	54	811	*12.28*	37724	*75.36*
812	9	*0.01*	77	888	*13.45*	38417	*76.74*
889	8	*0.01*	107	995	*15.07*	39273	*78.45*
996	7	*0.01*	118	1113	*16.86*	40099	*80.10*
1114	6	*0.01*	152	1265	*19.16*	41011	*81.93*
1266	5	*0.00*	208	1473	*22.31*	42051	*84.00*
1474	4	*0.00*	292	1765	*26.73*	43219	*86.34*
1766	3	*0.00*	480	2245	*34.00*	44659	*89.21*
2246	2	*0.00*	1041	3286	*49.78*	46741	*93.37*
3287	1	*0.00*	3315	6601	*100.00*	50056	*100.00*

出現頻度が大きい見出し語は，累積のみかたでわかるように，本文全体にとって重要である。重要語1千をマスターすれば日用のやりとりのおおかたはすませられる，というのが，言語学習・教育の一般的な経験則のようなもので，その重要語というのは高頻度語である。

出現頻度1 の見出し語数 3315 は，異なり 6601 の半数である。頻度1 の語が異なりの半数前後をしめるのは，通常である。頻度1 の語は，出現した巻数は 1 でしかありえず，それゆえに，3 の末尾で，1巻にのみ出現する語が異なりの半数以上であっても，ありうるとした。1巻にのみ出現して頻度 2以上である見出し語の数は，369語 =（巻数1の3684語）−（頻度1の3315語）である。

＊　巻ごとの，異なり語数に対する頻度1の語数の比率を，CD 内のファイル“2 A.異なり語数・延べ語数・平均出現頻度.xlsx”に，そえてしるしてある。最小が巻10の 55. 68% =（頻度1の語数691）/（異なり1241），最大が巻16の 73. 70% = 597 / 810 である。

出現頻度の構造については，頻度×順位 = 一定 という仮説がしられるが，高頻度語の一覧でそうみえるでもなく，頻度1 の語が多い理由もとけず，といったように不明が多い。

20巻すべてに出現した 52語を，頻度合計によってならべかえ，**表Ｆ**とする。数値として，*順位*および頻度をそえる。全体での順位21・名詞「はな〈花〉」がみえないことがわかり，語彙表にもどって，その出現した巻数は 18 であるとたしかめられる。この表での出現順位最下 129 は，最下といっても，見出し語全体のなかでみなおせば，表Ｅからわかるように，上位 2%あたりにある。

見出し語をならべる手段として，出現頻度が大きいものから小さいものへというのが一般的にあり，この結果を**出現頻度順語彙表**という。

＊　ファイル“万葉集巻別対照分類語彙表. xlsx”に操作をくわえ，結果を CD 内におさめる。ファイル“4 α.万葉集語彙表. xlsx”は，列をいくつか追加して，列「仮名順」は，語彙表本来の，見出しの仮名の五十音でならべた順序をしめし，列「頻度順」は，全巻の頻度の合計つまり合計列によってならべた順序をしめす。その頻度順列をキーとしてならべかえれば，万葉集の出現頻度順語彙表がえられる。頻度が同じばあいの処理はいろいろにありえて，しめしたのは一法である。もとの見出し五十音順にもどすには，仮名順列をキーとしてならべかえればよい。ファイル“4 α.万葉集語彙表. xlsx”では他にも列もくわえていて，それについてはあとでふれる。さきにファイル“4 β. 万葉集語彙表. 出現比率. xlsx”・“4 γ. 万葉集語彙表. 出現順位. xlsx”のことをいったが，“4 α.万葉集語彙表. xlsx”からつくったので，列が多い。

表Ｆ　20巻すべてに出現した見出し語　出現頻度順

出現*順位*	頻度	見出し語	出現*順位*	頻度	見出し語
1	812	あり〈有，動ラ変〉	*28*	202	ふる〈降，動四〉
2	805	みる〈見，動上一〉	*29*	201	みゆ〈見，動下二〉
3	737	きみ〈君〉	*30*	185	こと〈言〉
4	649	す〈為，動サ変〉	*32*	182	こ〈子・蚕〉
4	649	わが〈我，連体〉	*33*	177	さく〈咲，動四〉
6	578	おもふ〈思，動四〉	*38*	151	かく〈斯，副〉
7	516	なし〈無，形〉	*40*	149	くに〈国〉
8	509	いも〈妹〉	*41*	146	いへ〈家〉
9	455	ひと〈人〉	*43*	141	おく〈置，動四〉
10	422	こふ〈恋，動上二〉	*46*	136	なる〈成・為，動四〉
11	406	あが〈吾，連体〉	*47*	134	みち〈道〉
12	391	あふ〈合・逢，動四〉	*48*	131	きく〈聞，動四〉
13	372	やま〈山〉	*49*	129	かは〈川〉
14	358	ゆく〈行，動四〉	*51*	127	うへ〈上〉
15	325	こころ〈心〉	*55*	125	たま〈玉〉
15	325	なく〈泣・鳴，動四〉	*56*	124	おもほゆ〈思，動下二〉
17	320	われ〈我〉	*58*	120	せこ〈背子〉
18	316	く〈来，動カ変〉	*64*	112	そで〈袖〉
19	314	いふ〈言，動四〉	*65*	111	こと〈事〉
20	303	もの〈物・者〉	*68*	110	さる〈去・避，動四〉
22	274	しる〈知・領，動四〉	*80*	98	たゆ〈絶，動下二〉
23	234	たつ〈立，動四〉	*94*	82	おと〈音〉
23	234	とき〈時〉	*103*	78	さと〈里〉
25	228	この〈此，連体〉	*123*	68	とる〈取，動四〉
26	219	まつ〈待，動四〉	*129*	64	いたし〈甚・痛，形〉
27	217	ひ〈日〉	*129*	64	もつ〈持，動四〉

5　語種，品詞

語の特徴をめぐって，計量的にみることとする。

語種は，語源をもとにつくられた概念であるが，語彙論では語源から解放され，語の構成要素が字音のものばかりであれば漢語であるということを軸にして，そのほかが和語・外来語・混種語にふりわけられる。個別の問題はつねにつきまとい，今回も，名詞「いらか〈甍〉」「てら〈寺〉」を和語とし，名詞「くだら〈百済〉」「しらぎ〈新羅〉」「ばらもん〈婆羅門〉」を漢語とする，といった措置をとっている。

語種それぞれが異なり・延べ・平均頻度でどのような分量であるかを集計して，**表G**とし，つぎのみひらきにかかげる。語種すべての合計として，表Aを表Gの上に再掲する。

万葉集ではほとんどが和語であることは，予想するまでもないことである。しかし，巻16に漢語があることはよくしられていて，そのことが，ほかの巻にもわずかながら散在することとともに，表によって視覚的に確認できるであろう。

品詞は，自立語8品詞のほかに枕詞・句をもうける。代名詞・数詞などは名詞にふくめ，指示の代名詞「これ」・連体詞「この」・副詞「こう」などをまとめた指示詞はもうけない。8品詞のうちで，名詞・副詞・形容動詞語幹あるいは感動詞のあいだには，どれと確定しがたいものもあるが，適宜判断する。そのようにして集計したものを，**表H**として，表Gのつぎのみひらきにかかげ，平均出現頻度は表Gの下にかかげる。

品詞は名詞と動詞とが主要であり，異なりでも延べでも名詞が大きいが，こまかくみると，単純でない。異なりでは名詞がどの巻でも 50%をこえるが，延べでは巻4・11・12で 50%をわりこんでいる。延べでは動詞がどの巻でも 30%をこえるが，異なりでは巻1・3・7・12・14・16で 30%をわりこんでいる。平均出現頻度は，動詞が名詞より大きいなかで，巻5・18・19で名詞が大きい。などなど。ほかの品詞についても，接続詞の少なさなど，なにかはいえるかもしれないが，分量が少なく，名詞・動詞をふくめて，的確なことは今後の検討にゆだねることとしたい。

ところで，20巻すべてに出現した 52語は，左ページの表Fをみながら品詞でわけると，下の**表I**のようになる。見出し語としては動詞が優勢であること，連体詞 3語が全巻の連体詞の平均出現頻度の異様な大きさ 163.11 をささえているであろうことを，みてとることができる。

（文章は 5ページあとへつづき，話題もあらたまる。）

表I　20巻すべてに出現した見出し語　品詞別

品詞	語数	見出し語
名詞	(22語)	きみ〈君〉　いも〈妹〉　ひと〈人〉　やま〈山〉　こころ〈心〉　われ〈我〉　もの〈物・者〉　とき〈時〉　ひ〈日〉　こと〈言〉　こ〈子・蚕〉　くに〈国〉　いへ〈家〉　みち〈道〉　かは〈川〉　うへ〈上〉　たま〈玉〉　せこ〈背子〉　そで〈袖〉　こと〈事〉　おと〈音〉　さと〈里〉
動詞	(24語)	あり〈有〉　みる〈見〉　す〈為〉　おもふ〈思〉　こふ〈恋〉　あふ〈合〉　ゆく〈行〉　なく〈泣・鳴〉　く〈来〉　いふ〈言〉　しる〈知・領〉　たつ〈立〉　まつ〈待〉　ふる〈降〉　みゆ〈見〉　さく〈咲〉　おく〈置〉　なる〈成・為〉　きく〈聞〉　おもほゆ〈思〉　さる〈去・避〉　たゆ〈絶〉　とる〈取〉　もつ〈持〉
形容詞	(2語)	なし〈無〉　いたし〈甚・痛〉
連体詞	(3語)	わが〈我〉　あが〈吾〉　この〈此〉
副詞	(1語)	かく〈斯〉

表A　異なり語数・延べ語数・平均出現頻度　（右ページへつづく）

	全体	巻1	巻2	巻3	巻4	巻5	巻6	巻7	巻8	巻9	巻10
異なり語数	6601	629	1006	1184	1008	755	907	1182	791	1032	1241
延べ語数	50056	1222	2449	3036	2975	1602	2120	3159	2333	2072	4766
平均出現頻度	7.58	1.94	2.43	2.56	2.95	2.12	2.33	2.67	2.94	2.00	3.84

表G　語種　（右ページへつづく）

語種異なり	全体	巻1	巻2	巻3	巻4	巻5	巻6	巻7	巻8	巻9	巻10
和語	6565	629	1004	1183	1007	754	907	1182	790	1032	1240
比率	99.4	100.0	99.8	99.9	99.9	99.8	100.0	100.0	99.8	100.0	99.9
漢語	28	-	1	1	1	1	-	-	-	-	-
比率	0.4	-	0.0	0.0	0.0	0.1	-	-	-	-	-
混種語	8	-	1	-	-	-	-	-	1	-	1
比率	0.1	-	0.0	-	-	-	-	-	0.1	-	0.0
語種延べ	全体	巻1	巻2	巻3	巻4	巻5	巻6	巻7	巻8	巻9	巻10
和語	50010	1222	2447	3035	2974	1601	2120	3159	2332	2072	4765
比率	99.9	100.0	99.9	99.9	99.9	99.9	100.0	100.0	99.9	100.0	99.9
漢語	31	-	1	1	1	1	-	-	-	-	-
比率	0.0	-	0.0	0.0	0.0	0.0	-	-	-	-	-
混種語	15	-	1	-	-	-	-	-	1	-	1
比率	0.0	-	0.0	-	-	-	-	-	0.0	-	0.0
平均出現頻度	全体	巻1	巻2	巻3	巻4	巻5	巻6	巻7	巻8	巻9	巻10
和語	7.61	1.94	2.43	2.56	2.95	2.12	2.33	2.67	2.95	2.00	3.84
漢語	1.10	-	1.00	1.00	1.00	1.00	-	-	-	-	-
混種語	1.87	-	1.00	-	-	-	-	-	1.00	-	1.00

表H　品詞　（つぎのみひらきの表の下部。右ページへつづく）

平均出現頻度	全体	巻1	巻2	巻3	巻4	巻5	巻6	巻7	巻8	巻9	巻10
名詞	6.66	1.78	2.35	2.40	2.62	2.17	2.22	2.35	2.85	1.94	3.81
動詞	8.41	2.16	2.44	2.81	3.47	2.06	2.37	3.30	3.17	2.14	3.97
形容詞	11.10	2.12	2.88	2.82	2.70	1.81	3.04	3.17	2.73	1.85	3.52
形容動詞	5.91	1.00	1.66	2.16	2.22	2.50	1.00	2.12	1.60	1.00	2.10
連体詞	163.11	7.60	9.57	13.50	19.00	8.75	9.40	14.00	16.80	6.37	20.57
副詞	6.94	1.43	2.21	1.82	2.35	1.83	2.00	1.61	1.57	1.47	2.09
接続詞	3.50	-	-	-	1.00	-	-	-	-	-	1.50
感動詞	5.83	2.00	1.00	2.00	1.40	1.00	1.00	1.00	1.25	-	2.00
枕詞	8.02	1.80	2.00	1.87	2.00	1.53	2.11	2.12	2.37	1.37	2.85
句	2.40	-	1.50	1.66	1.00	1.00	1.50	1.00	1.33	-	1.00

表A　（左ページからつづく）

巻11	巻12	巻13	巻14	巻15	巻16	巻17	巻18	巻19	巻20	
1301	1006	1058	1039	739	810	900	742	938	1056	異なり
4378	3436	2757	2084	2091	1333	2217	1510	2149	2367	延べ
3.36	3.41	2.60	2.00	2.82	1.64	2.46	2.03	2.29	2.24	平均頻度

表G　（左ページからつづく）

巻11	巻12	巻13	巻14	巻15	巻16	巻17	巻18	巻19	巻20	**語種異なり**
1300	1004	1058	1038	736	784	900	741	938	1055	和語
99.9	99.8	100.0	99.9	99.5	96.7	100.0	99.8	100.0	99.9	比率
-	-	-	-	2	21	-	1	-	1	漢語
-	-	-	-	0.2	2.5	-	0.1	-	0.0	比率
1	2	-	1	1	5	-	-	-	-	混種語
0.0	0.1	-	0.0	0.1	0.6	-	-	-	-	比率
巻11	巻12	巻13	巻14	巻15	巻16	巻17	巻18	巻19	巻20	**語種延べ**
4375	3434	2757	2083	2088	1305	2217	1509	2149	2366	和語
99.9	99.9	100.0	99.9	99.8	97.8	100.0	99.9	100.0	99.9	比率
-	-	-	-	2	23	-	1	-	1	漢語
-	-	-	-	0.0	1.7	-	0.0	-	0.0	比率
3	2	-	1	1	5	-	-	-	-	混種語
0.0	0.0	-	0.0	0.0	0.3	-	-	-	-	比率
巻11	巻12	巻13	巻14	巻15	巻16	巻17	巻18	巻19	巻20	**平均出現頻度**
3.36	3.42	2.60	2.00	2.83	1.66	2.46	2.03	2.29	2.24	和語
-	-	-	-	1.00	1.09	-	1.00	-	1.00	漢語
3.00	1.00	-	1.00	1.00	1.00	-	-	-	-	混種語

表H　（つぎのみひらきの表の下部。左ページからつづく）

巻11	巻12	巻13	巻14	巻15	巻16	巻17	巻18	巻19	巻20	**平均出現頻度**
2.96	2.95	2.45	1.80	2.66	1.49	2.40	2.08	2.31	2.17	名詞
3.93	4.26	2.77	2.43	3.12	1.90	2.47	1.93	2.18	2.30	動詞
3.37	4.11	2.83	2.11	2.75	1.32	2.58	1.85	2.14	2.55	形容詞
3.25	1.69	1.88	2.00	1.66	1.00	1.25	1.33	1.50	1.00	形容動詞
25.50	22.20	13.42	7.57	11.20	9.40	8.50	7.20	12.40	8.57	連体詞
2.52	2.10	1.87	1.73	1.73	1.38	1.87	1.79	1.81	1.74	副詞
1.00	1.00	-	-	-	-	-	-	-	-	接続詞
1.50	1.50	1.00	1.50	2.00	2.00	2.00	2.00	2.00	1.00	感動詞
2.80	2.58	2.26	1.28	2.72	1.35	3.21	1.85	2.78	1.73	枕詞
2.25	2.00	1.00	1.05	1.50	1.50	3.00	2.00	1.00	1.00	句

表A　異なり語数・延べ語数・平均出現頻度　（右ページへつづく）

	全体	巻1	巻2	巻3	巻4	巻5	巻6	巻7	巻8	巻9	巻10
異なり語数	6601	629	1006	1184	1008	755	907	1182	791	1032	1241
延べ語数	50056	1222	2449	3036	2975	1602	2120	3159	2333	2072	4766
平均出現頻度	7.58	1.94	2.43	2.56	2.95	2.12	2.33	2.67	2.94	2.00	3.84

表H　品詞　（右ページへつづく）

品詞異なり	全体	巻1	巻2	巻3	巻4	巻5	巻6	巻7	巻8	巻9	巻10
名詞	3928	386	545	690	540	378	518	744	436	584	669
比率	59.5	61.3	54.1	58.2	53.5	50.0	57.1	62.9	55.1	56.5	53.9
動詞	2046	172	352	350	312	269	283	320	251	341	422
比率	30.9	27.3	34.9	29.5	30.9	35.6	31.2	27.0	31.7	33.0	34.0
形容詞	239	31	36	57	65	48	49	47	41	41	61
比率	3.6	4.9	3.5	4.8	6.4	6.3	5.4	3.9	5.1	3.9	4.9
形容動詞	37	3	6	6	9	4	2	8	5	8	10
比率	0.5	0.4	0.5	0.5	0.8	0.5	0.2	0.6	0.6	0.7	0.8
連体詞	9	5	7	6	6	4	5	6	5	8	7
比率	0.1	0.7	0.6	0.5	0.5	0.5	0.5	0.5	0.6	0.7	0.5
副詞	217	16	33	45	51	37	29	39	38	34	52
比率	3.2	2.5	3.2	3.8	5.0	4.9	3.1	3.2	4.8	3.2	4.1
接続詞	2	−	−	−	1	−	−	−	−	−	2
比率	0.0	−	−	−	0.0	−	−	−	−	−	0.1
感動詞	12	1	2	3	5	1	2	1	4	−	3
比率	0.1	0.1	0.1	0.2	0.4	0.1	0.2	0.0	0.5	−	0.2
枕詞	81	15	23	24	15	13	17	16	8	16	14
比率	1.2	2.3	2.2	2.0	1.4	1.7	1.8	1.3	1.0	1.5	1.1
句	30	−	2	3	4	1	2	1	3	−	1
比率	0.4	−	0.1	0.2	0.3	0.1	0.2	0.0	0.3	−	0.0

品詞延べ	全体	巻1	巻2	巻3	巻4	巻5	巻6	巻7	巻8	巻9	巻10
名詞	26191	690	1283	1658	1420	824	1151	1754	1244	1133	2550
比率	52.3	56.4	52.3	54.6	47.7	51.4	54.2	55.5	53.3	54.6	53.5
動詞	17218	373	861	985	1083	556	672	1056	797	732	1677
比率	34.3	30.5	35.1	32.4	36.4	34.7	31.6	33.4	34.1	35.3	35.1
形容詞	2653	66	104	161	176	87	149	149	112	76	215
比率	5.3	5.4	4.2	5.3	5.9	5.4	7.0	4.7	4.8	3.6	4.5
形容動詞	219	3	10	13	20	10	2	17	8	8	21
比率	0.4	0.2	0.4	0.4	0.6	0.6	0.0	0.5	0.3	0.3	0.4
連体詞	1468	38	67	81	114	35	47	84	84	51	144
比率	2.9	3.1	2.7	2.6	3.8	2.1	2.2	2.6	3.6	2.4	3.0
副詞	1508	23	73	82	120	68	58	63	60	50	109
比率	3.0	1.8	2.9	2.7	4.0	4.2	2.7	1.9	2.5	2.4	2.2
接続詞	7	−	−	−	1	−	−	−	−	−	3
比率	0.0	−	−	−	0.0	−	−	−	−	−	0.0
感動詞	70	2	2	6	7	1	2	1	5	−	6
比率	0.1	0.1	0.0	0.1	0.2	0.0	0.0	0.0	0.2	−	0.1
枕詞	650	27	46	45	30	20	36	34	19	22	40
比率	1.2	2.2	1.8	1.4	1.0	1.2	1.6	1.0	0.8	1.0	0.8
句	72	−	3	5	4	1	3	1	4	−	1
比率	0.1	−	0.1	0.1	0.1	0.0	0.1	0.0	0.1	−	0.0

（表下部　平均出現頻度　は　まえのみひらき）

表A　（左ページからつづく）

巻11	巻12	巻13	巻14	巻15	巻16	巻17	巻18	巻19	巻20	
1301	1006	1058	1039	739	810	900	742	938	1056	異なり
4378	3436	2757	2084	2091	1333	2217	1510	2149	2367	延べ
3.36	3.41	2.60	2.00	2.82	1.64	2.46	2.03	2.29	2.24	平均頻度

表H　（左ページからつづく）

巻11	巻12	巻13	巻14	巻15	巻16	巻17	巻18	巻19	巻20	**品詞異なり**
733	572	585	629	396	487	469	381	472	575	名詞
56.3	56.8	55.2	60.5	53.5	60.1	52.1	51.3	50.3	54.4	比率
403	284	331	272	243	231	304	266	350	354	動詞
30.9	28.2	31.2	26.1	32.8	28.5	33.7	35.8	37.3	33.5	比率
67	59	49	51	44	37	60	40	55	49	形容詞
5.1	5.8	4.6	4.9	5.9	4.5	6.6	5.3	5.8	4.6	比率
8	13	9	3	6	5	4	6	2	5	形容動詞
0.6	1.2	0.8	0.2	0.8	0.6	0.4	0.8	0.2	0.4	比率
6	5	7	7	5	5	6	5	5	7	連体詞
0.4	0.4	0.6	0.6	0.6	0.6	0.6	0.6	0.5	0.6	比率
57	56	49	46	30	21	40	34	38	47	副詞
4.3	5.5	4.6	4.4	4.0	2.5	4.4	4.5	4.0	4.4	比率
1	2	-	-	-	-	-	-	-	-	接続詞
0.0	0.1	-	-	-	-	-	-	-	-	比率
2	2	1	6	2	5	1	1	1	2	感動詞
0.1	0.1	0.1	0.5	0.2	0.6	0.1	0.1	0.1	0.1	比率
20	12	26	7	11	17	14	7	14	15	枕詞
1.5	1.1	2.4	0.6	1.4	2.0	1.5	0.9	1.4	1.4	比率
4	1	1	18	2	2	2	2	1	2	句
0.3	0.0	0.0	1.7	0.2	0.2	0.2	0.2	0.1	0.1	比率

巻11	巻12	巻13	巻14	巻15	巻16	巻17	巻18	巻19	巻20	**品詞延べ**
2173	1693	1436	1138	1055	727	1126	796	1092	1248	名詞
49.6	49.2	52.0	54.6	50.4	54.5	50.7	52.7	50.8	52.7	比率
1587	1211	918	662	760	440	752	516	763	817	動詞
36.2	35.2	33.2	31.7	36.3	33.0	33.9	34.1	35.5	34.5	比率
226	243	139	108	121	49	155	74	118	125	形容詞
5.1	7.0	5.0	5.1	5.7	3.6	6.9	4.9	5.4	5.2	比率
26	22	17	6	10	5	5	8	3	5	形容動詞
0.5	0.6	0.6	0.2	0.4	0.3	0.2	0.5	0.1	0.2	比率
153	111	94	53	56	47	51	36	62	60	連体詞
3.4	3.2	3.4	2.5	2.6	3.5	2.3	2.3	2.8	2.5	比率
144	118	92	80	52	29	75	61	69	82	副詞
3.2	3.4	3.3	3.8	2.4	2.1	3.3	4.0	3.2	3.4	比率
1	2	-	-	-	-	-	-	-	-	接続詞
0.0	0.0	-	-	-	-	-	-	-	-	比率
3	3	1	9	4	10	2	2	2	2	感動詞
0.0	0.0	0.0	0.4	0.1	0.7	0.0	0.1	0.0	0.0	比率
56	31	59	9	30	23	45	13	39	26	枕詞
1.2	0.9	2.1	0.4	1.4	1.7	2.0	0.8	1.8	1.0	比率
9	2	1	19	3	3	6	4	1	2	句
0.2	0.0	0.0	0.9	0.1	0.2	0.2	0.2	0.0	0.0	比率

（表下部　平均出現頻度　は　まえのみひらき）

6　意味分類

語彙表の意味分類列にしるしているものは，国立国語研究所『国立国語研究所資料集14　分類語彙表　増補改訂版』（2004年，大日本図書）の分類項目の番号および名称である。

語があらわすあらゆる意味を，類義・反義や上位・下位・全体・部分といった関係によって数百以上のグループにまとめる。グループごとに，所属する語を一覧し，どのような意味のまとまりであるかをしめす名称をあたえ，また，他のグループと関係しつつ全体のどこをになっているかをしめす番号ないし符号をあたえる。なお，語を一覧するにも，意味を配慮してならべる。――こうしてえられる成果をシソーラス thesaurus といい，分類語彙表もシソーラスのひとつである。

分類語彙表は 4段階の組織になっている。もっとも大きいものは類であり，実質的には品詞分類であって，つぎのようである。整数の番号があたえられている。

1　体の類　　　名詞。
2　用の類　　　動詞。
3　相の類　　　形容詞，形容動詞，連体詞，副詞。
4　その他の類　副詞（一部），接続詞，感動詞。

類の下は部門であり，さらに下は中項目，その下が分類項目である。番号は，類のすぐあとに小数点をおいて小数部になり，小数第1～4位がつぎのようである。

小数第1位1～5　部門。体で 5，用・相でそれぞれ 3 にわかれ，その他ではもうけられない。
小数第2位0～9　中項目。必要に応じて 10 までにわかれる。
小数第3・4位00～99　分類項目。

類・部門・中項目は，一覧すると右のページの**表Ｊ**のようになる。万葉集での語数もしめす。分類項目は，整数 1桁・小数 4桁でしめされることになり，分類語彙表での数は 895である。

さきばしって万葉集の語数をしめしたが，分類語彙表は，もともと現代日本語の用語調査のうちで構想された。それが古典語に通用するかどうかはあきらかでなかったところ，日本古典対照分類語彙表で，見出し語ひとつひとつに分類語彙表の意味分類をあたえるという形で，成果をしめすことになった。3項目「2.9999(意味不明)」「3.9999(枕詞)」「9.9999(意味不明)」を追加したことが，分類語彙表にくわえたわずかな変更である。万葉集巻別対照分類語彙表は，その成果の一面である。分類語彙表および日本古典対照分類語彙表にある部門・中項目で，万葉集に語が出現しなかったところは，表Ｊで語数 0 としている。

さて，意味分類も，語種・品詞などと同様に語にそなわっている特徴である。しかし，あつかいに手がかかるところがある。日本古典対照分類語彙表およびこの万葉集巻別対照分類語彙表は，ひとつの見出し語について，語種・品詞がそれぞれひとつであるとするのに対して，意味分類はいくつかをあたえうるとする。その意味分類は，実現の可能性として記述するのでなく，実際に出現した結果を記述するものとする。複合語については，要素のもとの意味がいきていても軽重があるとかんがえ，文法的な要素のたとえば「…そむ〈初〉」はかえりみないこととしたり，語全体の品詞性によって「…がたし〈難〉」では「がたし〈難〉」のみをみたり，するようなことをしている。

語彙表の意味分類列では，分類項目の番号と名称とをしめす。ただし，番号は小数点をはぶいて数字 5桁のならびとし，名称は（　）にくくり，分類項目ふたつ以上をあげるときには / でくぎっている。

表Ｊ　分類語彙表の類・部門・中項目　および万葉集の見出し語数

体の類	語数	用の類	語数	相の類	語数
1(体の類)	4097	2(用の類)	2283	3(相の類)	624
1.1(抽象的関係)	554	2.1(抽象的関係)	993	3.1(抽象的関係)	313
1.10(事柄)	21	2.10(真偽)	2	3.10(真偽)	18
1.11(類)	32	2.11(類)	10	3.11(類)	20
1.12(存在)	10	2.12(存在)	108	3.12(存在)	8
1.13(様相)	18	2.13(様相)	32	3.13(様相)	73
1.14(力)	2	2.14(力)	0	3.14(力)	5
1.15(作用)	85	2.15(作用)	753	3.15(作用)	14
1.16(時間)	194	2.16(時間)	65	3.16(時間)	72
1.17(空間)	133	2.17(空間)	17	3.17(空間)	0
1.18(形)	19			3.18(形)	4
1.19(量)	40	2.19(量)	6	3.19(量)	99
1.2(人間活動の主体)	1249				
1.20(人間)	125				
1.21(家族)	82				
1.22(仲間)	16				
1.23(人物)	97				
1.24(成員)	69				
1.25(公私)	832				
1.26(社会)	23				
1.27(機関)	5				
1.3(人間活動——精神および行為)	339	2.3(精神および行為)	1014	3.3(精神および行為)	172
1.30(心)	147	2.30(心)	412	3.30(心)	135
1.31(言語)	47	2.31(言語)	72	3.31(言語)	5
1.32(芸術)	3	2.32(芸術)	4		
1.33(生活)	55	2.33(生活)	229	3.33(生活)	8
1.34(行為)	16	2.34(行為)	10	3.34(行為)	14
1.35(交わり)	23	2.35(交わり)	83	3.35(交わり)	2
1.36(待遇)	10	2.36(待遇)	62	3.36(待遇)	6
1.37(経済)	6	2.37(経済)	34	3.37(経済)	2
1.38(事業)	32	2.38(事業)	108		
1.4(生産物および用具)	672				
1.40(物品)	17				
1.41(資材)	73				
1.42(衣料)	162				
1.43(食料)	29				
1.44(住居)	111				
1.45(道具)	125				
1.46(機械)	54				
1.47(土地利用)	101				
1.5(自然物および自然現象)	1283	2.5(自然現象)	276	3.5(自然現象)	58
1.50(自然)	63	2.50(自然)	58	3.50(自然)	40
1.51(物質)	199	2.51(物質)	101	3.51(物質)	8
1.52(天地)	327	2.52(天地)	2	3.52(天地)	4
1.53(生物)	0			3.53(生物)	0
1.54(植物)	397				
1.55(動物)	160				
1.56(身体)	105	2.56(身体)	7	3.56(身体)	2
1.57(生命)	32	2.57(生命)	108	3.57(生命)	4
		2.9(意味不明)	0	3.9(枕詞)	81
4(その他の類)	57				
4.11(接続)	18				
4.30(感動)	10				
4.31(判断)	24				
4.32(呼び掛け)	5				
4.33(挨拶)	0				
4.50(動物の鳴き声)	0				
9(意味不明)	1				

表K　一語の意味分類の数

意味分類数	語数	比率
8	2語	0.03%
5	3	0.04
4	15	0.22
3	51	0.77
2	288	4.36
1	6242	94.56

ひとつの見出し語にあたえた意味分類の数は，**表K**のようである。比率は異なり語数 6601 に対するものである。意味分類をとりあつかうには相応の作業が必要であったが，結果として，いわば単義語が 95%ちかくをしめることになった。また，この表から計算すると，語彙表であたえた意味分類の総数は，7062＝(8×2＋5×3＋……＋2×288＋1×6242) であり，表Ｊで語数としているものの合計は，類・部門・中項目それぞれでこの 7062 である。見出し語ひとつあたりの意味分類数は 1.06 ＝ 7062/6601，分類項目ひとつあたりの語数は 7.86＝7062/898 と算出される。

意味分類が多い語を，意味分類とともにあげる。巻数・合計出現頻度もあわせてしめすが，意味分類の数の多さとつよくは関係していないようである。語彙表からぬきだしたので，分類項目の番号で小数点をはぶき，項目を / でくぎっている。

見出しなど	巻数	頻度	意味分類
――意味分類数　8			
たつ〈立，動四〉	20	234	21210(出没)/21513(固定・傾き・転倒など)/21521(移動・発着)/21600(時間)/23142(評判)/23391(立ち居)/25152(雲)/25155(波・潮)
たつ〈立，動下二〉	15	38	21211(発生・復活)/21513(固定・傾き・転倒など)/21521(移動・発着)/21553(開閉・封)/23142(評判)/23823(建築)/25030(音)/25155(波・潮)
――意味分類数　5			
うへ〈上〉	20	127	11741(上下)/11750(面・側・表裏)/11780(ふち・そば・まわり・沿い)/13410(身上)/41110(累加)
おく〈置，動四〉	20	141	21240(保存)/21513(固定・傾き・転倒など)/21600(時間)/23850(技術・設備・修理)/25130(水・乾湿)
つく〈着・付，動四〉	12	24	21211(発生・復活)/21521(移動・発着)/21525(連れ・導き・追い・逃げなど)/21560(接近・接触・隔離)/23003(飢渇・酔い・疲労・睡眠など)
――意味分類数　4			
うつろふ〈移，動四〉	14	30	21500(作用・変化)/21521(移動・発着)/21552(分割・分裂・分散)/25020(色)
おと〈音〉	20	82	13031(声)/13122(通信)/13142(評判)/15030(音)
さす〈指・点，動四〉	13	19	23042(欲望・期待・失望)/23630(人事)/23851(練り・塗り・撃ち・録音・撮影)/25161(火)
す〈為，動サ変〉	20	649	21211(発生・復活)/21220(成立)/23066(判断・推測・評価)/23430(行為・活動)
すう〈据，動下二〉	12	15	21513(固定・傾き・転倒など)/23333(住生活)/23630(人事)/23810(農業・林業)
すぐ〈過，動上二〉	18	102	21250(消滅)/21503(終了・中止・停止)/21524(通過・普及など)/21600(時間)
なか〈中・仲〉	13	23	11652(途中・盛り)/11720(範囲・席・跡)/

			11742(中・隅・端)/11770(内外)
にほふ〈匂，動四〉	15	44	25010(光)/25020(色)/25040(におい)/25701(生)
みかど〈御門・帝〉	13	28	12320(君主)/12710(政府機関)/14400(住居)/ 14420(門・塀)
みゆ〈見，動下二〉	20	201	21527(往復)/23061(思考・意見・疑い)/23091(見る)/ 23092(見せる)
もと〈元・本〉	13	22	11111(本末)/11642(過去)/ 11780(ふち・そば・まわり・沿い)/15410(枝・葉・花・実)
やど〈宿〉	16	120	12650(店・旅館・病院・劇場など)/14400(住居)/ 14460(戸・カーテン・敷物・畳など)/14700(地類（土地利用）)
よ〈世〉	19	69	11621(永久・一生)/11623(時代)/12600(社会・世界)/ 13310(人生・禍福)
よのなか〈世中〉	15	45	12600(社会・世界)/13310(人生・禍福)/ 13500(交わり)/15700(生命)
わたる〈渡，動四〉	18	61	21521(移動・発着)/21524(通過・普及など)/ 21600(時間)/23330(生活・起臥)

部門・中項目の語数は表Ｊですべてをみたが，語数が多いものをぬきだすとつぎのようになる。

部門	語数	中項目	語数		
15(自然物および自然現象)	1283	125(公私)	832	151(物質)	199
12(人間活動の主体)	1249	215(作用)	753	116(時間)	194
23(精神および行為)	1014	230(心)	412	142(衣料)	162
21(抽象的関係)	993	154(植物)	397	155(動物)	160
14(生産物および用具)	672	152(天地)	327	130(心)	147
11(抽象的関係)	554	233(生活)	229	330(心)	135

分類項目で語数が多いものは，**表Ｌ**のようになる。もっとも多いのは「12590(固有地名)」805語であり，多さが突出している。その多さが，中項目「125(公私)」832語の多さをささえ，部門「12(人間活動の主体)」の多さにおよんでいる。

意味分類の語数 2位「15401(木本)」142語・ 3位「15402(草本)」137語および 5位「15410(枝・葉・花・実)」87語の植物関係の多さも，目をひく。表右上の51位「15403(隠花植物)」27語をくわえ，さらに表外の「15400(植物)」4語をくわえると，中項目「154(植物)」397語の全部である。中項目「154 (植物)」の例として，かな「あ」ではじまる見出し語をあげてみる。

——15401(木本)
あからがしは〈赤柏〉　あからたちばな〈赤橘〉　あきかしは〈秋柏〉　あきはぎ〈秋萩〉
あしび〈馬酔木〉　あぢさゐ〈紫陽花〉　あづさ〈梓〉　あどかはやなぎ〈阿渡川楊〉　あふち〈楝〉
あべたちばな〈阿倍橘〉　ありそまつ〈荒磯松〉　あをやぎ〈青柳〉　あをやなぎ〈青柳〉
——15402(草本)
あかね〈茜〉　あきくさ〈秋草〉　あさ〈麻〉　あさがほ〈朝顔〉　あざさ〈阿邪左〉　あさぢ〈浅茅〉
あさで〈麻手〉　あさな〈朝菜〉　あし〈芦〉　あそやまつづら〈安蘇山葛〉　あは〈粟〉　あふひ〈葵〉
あやめぐさ〈菖蒲草〉　ありますげ〈有馬菅〉　あをな〈青菜〉
——15403(隠花植物)
あしつき〈芦付〉
——15410(枝・葉・花・実)
あきつは〈秋葉〉　あきもみち〈秋紅葉〉　あをば〈青葉〉

語数 4位「15240(山野)」133語は，「15260(海・島)」72語・「15250(川・湖)」67語・「15210(天体)」26語などとともに，中項目「152(天地)」327語の多さをささえる。

表Ｌ　語数が多い意味分類

意味分類	語数
12590(固有地名)	語数805
15401(木本)	142
15402(草本)	137
15240(山野)	133
15410(枝・葉・花・実)	87
15502(鳥類)	86
21527(往復)	83
39999(枕詞)	81
25701(生)	77
21560(接近・接触・隔離)	74
15260(海・島)	72
23392(手足の動作)	70
15250(川・湖)	67
23020(好悪・愛憎)	65
21521(移動・発着)	57
21210(出没)	56
11635(朝晩)	53
21513(固定・傾き・転倒など)	53
12390(固有人名)	52
23520(応接・送迎)	50
14700(地類（土地利用）)	43
12110(夫婦)	41
21522(走り・飛び・流れなど)	40
15155(波・潮)	39
14210(衣服)	38
14710(道路・橋)	38
12030(神仏・精霊)	37
15130(水・乾湿)	37
21524(通過・普及など)	37
14660(乗り物（海上）)	36
15501(哺乳類)	34
23031(声)	34
23332(衣生活)	34
23091(見る)	33
15605(皮・毛髪・羽毛)	32
23391(立ち居)	32
21552(分割・分裂・分散)	31
31346(難易・安危)	31
31920(程度)	31
21532(入り・入れ)	30
12050(老少)	29
14410(家屋・建物)	29
15151(風)	29
12040(男女)	28
14460(戸・カーテン・敷物・畳など)	28
21503(終了・中止・停止)	28
21600(時間)	28
23003(飢渇・酔い・疲労・睡眠など)	28
23014(苦悩・悲哀)	28
23030(表情・態度)	28
15403(隠花植物)	27
14270(寝具)	26
14551(武器)	26
15152(雲)	26
15210(天体)	26
33020(好悪・愛憎)	26
11730(方向・方角)	25
13020(好悪・愛憎)	25
14201(布・布地・織物)	25
14540(農工具など)	25
14160(コード・縄・綱など)	24
21570(成形・変形)	24
23013(安心・焦燥・満足)	23
31911(長短・高低・深浅・厚薄・遠近)	23
14420(門・塀)	22
15020(色)	22
21540(上がり・下がり)	22
25020(色)	22
33014(苦悩・悲哀)	22
11960(数記号（一二三）)	21
15601(頭・目鼻・顔)	21
21541(乗り降り・浮き沈み)	21
21550(合体・出会い・集合など)	21
23100(言語活動)	21
23810(農業・林業)	21
23830(運輸)	21
25130(水・乾湿)	21
11700(空間・場所)	20
14720(その他の土木施設)	20
15010(光)	20
15111(鉱物)	20
15603(手足・指)	20
21200(存在)	20
21635(朝晩)	20
35030(音)	20
12010(われ・なれ・かれ)	19
14200(衣料・綿・革・糸)	19
14400(住居)	19
14550(刃物)	19
21525(連れ・導き・追い・逃げなど)	19
23360(行事・式典・宗教的行事)	19
31600(時間)	19
31910(多少)	19
15153(雨・雪)	18
21580(増減・補充)	18
23050(学習・習慣・記憶)	18
23061(思考・意見・疑い)	18
23067(決心・解決・決定・迷い)	18

語数 7位「21527(往復)」83語は，「21560(接近・接触・隔離)」74語・「21521(移動・発着)」57語・「21513(固定・傾き・転倒など)」 53語・「21522(走り・飛び・流れなど)」40語・「21524(通過・普及など)」37語・「21552(分割・分裂・分散)」31語・「21532(入り・入れ)」30語などとともに，中項目「215(作用)」753語の多さをささえる。

語数 8位「39999(枕詞)」81語というのは，万葉集ならではの多さであるとみうけられるが，万葉集巻別対照分類語彙表のみでは結論することができない。日本古典対照分類語彙表によって他作品もみて，そのような結論をみちびきだすことになる。

中項目で語数が多いものとして，「230(心)」412語・「130(心)」147語・「330(心)」135語という，類をこえたつながりも見られる。表Lでは，「23020(好悪・愛憎)」65語・「33020(好悪・愛憎)」26語・「13020(好悪・愛憎)」25語を軸とするようにして，「23031(声)」34語・「23091(見る)」33語・「23003(飢渇・酔い・疲労・睡眠など)」28語・「23014(苦悩・悲哀)」28語・「23030(表情・態度)」28語といったものがみられる。

ひとつの分類項目に所属する語について，どのような関係にあるかということを検討しなければならないが，機会をあらためることとしたい。

20巻すべてに出現した52語を，意味分類の項目番号によってならべかえ，**表M**とする。意味分類がいくつかあたえられていれば，くりかえしてかかげる。漢字・品詞のあとに分数で 2/3 のようにあるのは，かかげた全回数のうちのいくつめであるかをしめす。意味分類の項目数および語数は，体の類で 39項目46語，用の類で 42項目60語であり，表Ｉの動詞優勢がさらにあきらかであるようにみえる。表Mでは，ひとつの多義語が，近接した意味分類によくあらわれるということがみてとれ，意味が地道にひろがって多義にいたったのであろうと想像させられる。なお，表Mには*合計出現頻度*をそえたが，その意味分類での出現頻度ではなく，すべての意味分類での出現頻度を合計した，語としての出現頻度である。

見出し語を意味分類でならべたものは，**意味分類順語彙表**である。

＊　CD に，みとおりの意味分類順語彙表をおさめる。

ひとつは，ファイル“4α.万葉集語彙表. xlsx”に列「分類順」をもうけて，意味分類列でならべたときの順序をしるしている。分類順列でならべかえれば，意味分類順語彙表がえられる。ただし，多義の語でも，かかげるのは1回のみである。なお，ファイルでは，意味分類列の左隣の列「分類数」に意味分類の数をしるしている。

別の表は，あらたなファイル“6δ.万葉集語彙表. 意味分類展開. xlsx”として作成している。意味分類がいくつかあるものは，意味分類ひとつひとつに1行をもうけ，そのうえで意味分類の順序で全体を配列している。表Kに関係して算出したように，行数は 7062 である。

いまひとつの表は，ファイル“6ε.万葉集分類語彙表.pdf”である。“6δ.万葉集語彙表. 意味分類展開. xlsx”の見出し列および漢字列のみを取り出し，分類項目ごとに列挙している。体裁が他とことなるのは，日本古典対照分類語彙表に収載した古典分類語彙表が紙幅を小さくしようとし，それに準じたからである。

なお，分類語彙表の類・部門・中項目・分類項目のすべてを，万葉集の語数とともに，ファイル“6Ｊ. 分類語彙表の類・部門・中項目・分類項目_および万葉集の見出し語数.xlsx”として一覧している。

表M　20巻すべてに出現した見出し語　意味分類順

意味分類	見出し語	
11000(事柄)	こと〈事〉1/1	111
	もの〈物・者〉1/2	303
11600(時間)	とき〈時〉1/3	234
11611(時機・時刻)	とき〈時〉2/3	234
11623(時代)	とき〈時〉3/3	234
11633(日)	ひ〈日〉1/2	217
11741(上下)	うへ〈上〉1/5	127
11750(面・側・表裏)	うへ〈上〉2/5	127
11780(ふち・そば・まわり・沿い)	うへ〈上〉3/5	127
12000(人間)	ひと〈人〉1/1	455
12010(われ・なれ・かれ)	きみ〈君〉1/2	737
	われ〈我〉1/1	320
12100(家族)	いへ〈家〉1/2	146
12110(夫婦)	いも〈妹〉1/2	509
	せこ〈背子〉1/3	120
12130(子・子孫)	こ〈子・蚕〉1/3	182
12140(兄弟)	いも〈妹〉2/2	509
	せこ〈背子〉2/3	120
12210(友・なじみ)	こ〈子・蚕〉2/3	182
	せこ〈背子〉3/3	120
12320(君主)	きみ〈君〉2/2	737
12510(家)	さと〈里〉1/3	78
12520(郷里)	くに〈国〉1/2	149
	さと〈里〉2/3	78
12530(国)	くに〈国〉2/2	149
12540(都会・田舎)	さと〈里〉3/3	78
13000(心)	こころ〈心〉1/1	325
13031(声)	おと〈音〉1/4	82
13080(原理・規則)	みち〈道〉1/3	134
13100(言語活動)	こと〈言〉1/2	185
13122(通信)	おと〈音〉2/4	82
13142(評判)	おと〈音〉3/4	82
	こと〈言〉2/2	185
13300(文化・歴史・風俗)	みち〈道〉2/3	134
13410(身上)	うへ〈上〉4/5	127
14000(物品)	もの〈物・者〉2/2	303
14240(そで・襟・身ごろ・ポケットなど)	そで〈袖〉1/1	112
14400(住居)	いへ〈家〉2/2	146
14710(道路・橋)	みち〈道〉3/3	134
15030(音)	おと〈音〉4/4	82
15111(鉱物)	たま〈玉〉1/2	125
15210(天体)	ひ〈日〉2/2	217
15240(山野)	やま〈山〉1/1	372
15250(川・湖)	かは〈川〉1/1	129
15505(昆虫)	こ〈子・蚕〉3/3	182
15606(骨・歯・爪・角・甲)	たま〈玉〉2/2	125
21131(連絡・所属)	たゆ〈絶, 動下二〉1/3	98
21200(存在)	あり〈有, 動ラ変〉1/1	812
21210(出没)	たつ〈立, 動四〉1/8	234
21211(発生・復活)	す〈為, 動サ変〉1/4	649
21220(成立)	す〈為, 動サ変〉2/4	649
	なる〈成・為, 動四〉1/2	136
21240(保存)	おく〈置, 動四〉1/5	141
21500(作用・変化)	なる〈成・為, 動四〉2/2	136
21503(終了・中止・停止)	たゆ〈絶, 動下二〉2/3	98
21513(固定・傾き・転倒など)	おく〈置, 動四〉2/5	141
	たつ〈立, 動四〉2/8	234
21521(移動・発着)	たつ〈立, 動四〉3/8	234
21527(往復)	く〈来, 動カ変〉1/2	316
	さる〈去・避, 動四〉1/3	110
	みゆ〈見, 動下二〉1/4	201
	ゆく〈行, 動四〉1/3	358
21571(切断)	たゆ〈絶, 動下二〉3/3	98
21600(時間)	おく〈置, 動四〉3/5	141
	く〈来, 動カ変〉2/2	316
	たつ〈立, 動四〉4/8	234
	ゆく〈行, 動四〉2/3	358
21630(年)	さる〈去・避, 動四〉2/3	110
21635(朝晩)	さる〈去・避, 動四〉3/3	110
23013(安心・焦燥・満足)	ゆく〈行, 動四〉3/3	358
23020(好悪・愛憎)	おもふ〈思, 動四〉1/3	578
	こふ〈恋, 動上二〉1/1	422
23030(表情・態度)	おもふ〈思, 動四〉2/3	578
	なく〈泣・鳴, 動四〉1/2	325
23031(声)	なく〈泣・鳴, 動四〉2/2	325
23061(思考・意見・疑い)	おもふ〈思, 動四〉3/3	578
	おもほゆ〈思, 動下二〉1/1	124
	みゆ〈見, 動下二〉2/4	201
23062(注意・認知・了解)	しる〈知・領, 動四〉1/2	274
23066(判断・推測・評価)	す〈為, 動サ変〉3/4	649
	みる〈見, 動上一〉1/3	805
23091(見る)	みゆ〈見, 動下二〉3/4	201
	みる〈見, 動上一〉2/3	805
23092(見せる)	みゆ〈見, 動下二〉4/4	201
23093(聞く・味わう)	きく〈聞, 動四〉1/2	131
23100(言語活動)	いふ〈言, 動四〉1/2	314
23102(名)	いふ〈言, 動四〉2/2	314
23142(評判)	たつ〈立, 動四〉5/8	234
23391(立ち居)	たつ〈立, 動四〉6/8	234
23392(手足の動作)	とる〈取, 動四〉1/2	68
	もつ〈持, 動四〉1/2	64
23430(行為・活動)	す〈為, 動サ変〉4/4	649
23520(応接・送迎)	あふ〈合・逢, 動四〉1/2	391
	まつ〈待, 動四〉1/1	219
	みる〈見, 動上一〉3/3	805
23532(賛否)	きく〈聞, 動四〉2/2	131
23543(争い)	あふ〈合・逢, 動四〉2/2	391
23700(取得)	とる〈取, 動四〉2/2	68
23701(所有)	しる〈知・領, 動四〉2/2	274
	もつ〈持, 動四〉2/2	64
23850(技術・設備・修理)	おく〈置, 動四〉4/5	141
25130(水・乾湿)	おく〈置, 動四〉5/5	141
25152(雲)	たつ〈立, 動四〉7/8	234
25153(雨・雪)	ふる〈降, 動四〉1/1	202
25155(波・潮)	たつ〈立, 動四〉8/8	234
25701(生)	さく〈咲, 動四〉1/1	177
31010(こそあど・他)	あが〈吾, 連体〉1/1	406
	かく〈斯, 副〉1/1	151
	この〈此, 連体〉1/1	228
31040(本体・代理)	わが〈我, 連体〉1/1	649
31200(存在)	なし〈無, 形〉1/1	516
31920(程度)	いたし〈甚・痛, 形〉1/2	64
33001(感覚)	いたし〈甚・痛, 形〉2/2	64
41110(累加)	うへ〈上〉5/5	127

7　類似度

作品間の似通いの度合いを，用語にかかわる数値という観点からしめす。そのために提案された方法には，見出し語がどのように重なって異なり語数のどのくらいの比率になるか，それに出現頻度を考慮して延べ語数のどのくらいの比率になるか，といったものもあり，他にもある。ここで提示するのは**類似度**というものであり，もともと，その類似度を計算する基礎として宮島達夫『古典対照語い表』（1971年，笠間索引叢刊 4）を作成したのである。

万葉集の巻ふたつのあいだの類似度は，共通に出現した語の，巻それぞれでの出現比率による。ただし，この比率は，百分率・千分率にはあらためず，整数部 0 の小数とする。ひとつの語のその比率をみくらべて，大きくないほうを記録し，共通する語すべてについて作業をかさねて，記録した比率を合算する。巻1と巻2とでは，つぎのようである。

	巻1頻度	比率=頻度/1222	巻2頻度	比率=頻度/2449	記録する比率
あが〈吾，連体〉	2	0. 001636	11	0. 004491	0. 001636=2/1222
あかねさす〈茜刺，枕〉	1	0. 000818	2	0. 000816	0. 000816=2/2449
あき〈秋〉	3	0. 002454	5	0. 002041	0. 002041=5/2449
……					……
をし〈惜・愛，形〉	1	0. 000818	4	0. 001633	0. 000818=1/1222
をす〈食，動四〉	1	0. 000818	2	0. 000816	0. 000816=2/2449
をり〈居，動ラ変〉	2	0. 001636	1	0. 000408	0. 000408=1/2449
合計					0. 417237

この合計の数値 0. 417237 がふたつの巻の類似度である。類似度がどのようなものであるかをイメージすることは，見出し語の単純な重なりなどと違って，むずかしい。見出し語の重なりなどでは，一方からみると他方は似ているものの，他方からはそうでもない，といった非対称性が普通である。類似度は，ふたつの似通いとしてどちらからも拒否されないもっとも堅固な部分を，一意であらわそうとする計算方式である。0以上 1以下の範囲にあって，高いほど似通いの度合いが大きいことになる。

万葉集のふたつの巻のくみあわせ 190 すべてについて類似度を計算して，**表N**とする。つぎのみひらきの上半分である。

表Nでは，最下行に，類似度を拡張した*数値*をくわえる。ある巻に対して，他の19巻全部を一体のものとみなし，ある巻が他の全体とどのようになじんでいるかということを計算することになる。語ひとつひとつについて

a：その巻における出現頻度　　　　c：その巻の延べ語数

b：他の 19巻における出現頻度の合計　　　　d：他の 19巻のそれぞれの延べ語数の合計

とすると，当然，a+b が万葉集全巻におけるその語の合計出現頻度であり，c+d が万葉集全巻の延べ語数 50056 である。そこで，その巻にも他の巻にも出現する語について，

a/c　と　b/d　とをくらべて，大きくないほうをその語の数値とし，

すべての語の数値を合計する。

この合計の数値が，その巻と他の 19巻とのあいだに拡張された類似度である。

表N　万葉集の巻のあいだの類似度　（右ページへつづく）

	巻1	巻2	巻3	巻4	巻5	巻6	巻7	巻8	巻9	巻１０
巻2	.417237	巻2								
巻3	.437798	▲484552	巻3							
巻4	.354880	.449735	▲483620	巻4						
巻5	.320486	.370319	.412062	.398979	巻5					
巻6	.441903	.450799	▲495197	.408848	.361729	巻6				
巻7	.405218	.425267	▲502976	.458606	.354256	.463459	巻7			
巻8	.347433	.381821	.414427	.427579	.385144	.374744	.403394	巻8		
巻9	.390583	.416664	▲472176	.430323	.367020	.430700	.460255	.404595	巻9	
巻１０	.357035	.405154	.427326	.455648	.383872	.399121	.435963	▲618302	.435080	巻１０
巻１１	.337736	.455097	.449166	▲615404	.374269	.389727	.469397	.391383	.423407	.451318
巻１２	.342502	.441999	.446280	▲620234	.354176	.377974	.459702	.391409	.423462	.452104
巻１３	.388884	.466804	▲470776	▲490837	.373851	.414079	.450237	.375823	.434024	.412624
巻１４	.283639	.332362	.360589	.368799	.289720	.301329	.366950	.314403	.349771	.331224
巻１５	.366217	.415005	.456634	▲506076	.377871	.414888	.450075	.404499	.436346	.442304
巻１６	.280425	.324527	.338368	.341549	.294982	.314484	.345959	.304883	.320141	.310250
巻１７	.372815	.411557	▲470702	.465895	.415493	▲474344	.443661	.456154	.446152	.466537
巻１８	.365733	.393761	.448598	.396273	.386086	.410964	.385526	.404953	.404843	.393925
巻１９	.354308	.407525	.440678	.396079	.398799	.421339	.390260	.464958	.403927	.450359
巻２０	.378889	.418273	.453189	.425281	.390130	.429277	.419963	.426265	.443516	.439464
他全巻	*.416832*	*.507264*	*.557731*	*.554282*	*.429151*	*.487742*	*.524690*	*.494101*	*.513602*	*.536514*
	巻1	巻2	巻3	巻4	巻5	巻6	巻7	巻8	巻9	巻１０

ふたつの巻の類似度について，大きいもの，および小さいものを，それぞれ 20組ぬきだすと，つぎのようになる。大きいものは，表中でも小数点を ▲ にかえる。

.640053	巻11・巻12	.490837	巻 4・巻13
.620234	巻 4・巻12	.484552	巻 2・巻 3
.618302	巻 8・巻10	.483620	巻 3・巻 4
.615404	巻 4・巻11	.483281	巻11・巻15
.506565	巻17・巻19	.482799	巻12・巻13
.506076	巻 4・巻15	.476781	巻17・巻18
.502976	巻 3・巻 7	.474344	巻 6・巻17
.498145	巻12・巻15	.472176	巻 3・巻 9
.495197	巻 3・巻 6	.470776	巻 3・巻13
.492333	巻11・巻13	.470702	巻 3・巻17

.324527	巻 2・巻16	.306601	巻14・巻19
.320486	巻 1・巻 5	.304883	巻 8・巻16
.320141	巻 9・巻16	.301479	巻14・巻16
.318407	巻16・巻20	.301329	巻 6・巻14
.314484	巻 6・巻16	.301124	巻15・巻16
.314403	巻 8・巻14	.294982	巻 5・巻16
.314005	巻16・巻17	.294503	巻14・巻18
.312407	巻16・巻18	.289720	巻 5・巻14
.311279	巻16・巻19	.283639	巻 1・巻14
.310250	巻10・巻16	.280425	巻 1・巻16

類似度が大きいものでも，特に上位 4組が突出している。突出した理由についてはいまたちいるいとまがない。それに関係した巻のうちで，巻4・巻11・巻12は上位20組のうちにもくりかえしてみえ，その上位 20組には巻3・巻13・巻17 がよくからんでいる。表でも，▲ のラインとして，巻3・巻4のものおよび巻11・巻12・巻13・巻17 のものをたどることができる。

類似度が小さいものでは，巻16 が非常につよく，ここの下位 20組のうちで巻16にからんでいないものは，巻3・巻4・巻7・巻11・巻12・巻13であって，類似度が大きいところにみえた巻によくかさなる。下位20組のうちには，巻14もしばしばみえている。

表N　（左ページからつづく）

	巻１１									
巻１２	▲640053	巻１２								
巻１３	▲492333	▲482799	巻１３							
巻１４	.395631	.376176	.350304	巻１４						
巻１５	▲483281	▲498145	.433733	.356023	巻１５					
巻１６	.351056	.328784	.328534	.301479	.301124	巻１６				
巻１７	.446775	.438797	.444134	.331441	.460643	.314005	巻１７			
巻１８	.382679	.374883	.382662	.294503	.386517	.312407	▲476781	巻１８		
巻１９	.377368	.377309	.404031	.306601	.391391	.311279	▲506565	.460888	巻１９	
巻２０	.410559	.406814	.417609	.373989	.426483	.318407	.457431	.434999	.465034	巻２０
他全巻	*.550318*	*.533530*	*.524091*	*.404787*	*.508832*	*.371304*	*.537710*	*.471711*	*.491425*	*.509226*
	巻１１	巻１２	巻１３	巻１４	巻１５	巻１６	巻１７	巻１８	巻１９	巻２０

ある巻と他の全巻との類似度を，大きいものからならべる。

.557731	巻 3	.533530	巻12	.508832	巻15	.471711	巻18
.554282	巻 4	.524690	巻 7	.507264	巻 2	.429151	巻 5
.550318	巻11	.524091	巻13	.494101	巻 8	.416832	巻 1
.537710	巻17	.513602	巻 9	.491425	巻19	.404787	巻14
.536514	巻10	.509226	巻20	.487742	巻 6	.371304	巻16

大きいものの巻は，ふたつの巻の類似度で大きいほうにみえた巻にかさなり，小さいものの巻は，ふたつの巻での小さいほうの巻と，かさなっている。

＊　CD 内のファイル“4β. 万葉集語彙表. 出現比率. xlsx”を利用して，巻ふたつのあいだの類似度を簡略にもとめることができる。ただし，そのファイルでは数値に切り捨ての処理をほどこしてあるので，誤差が生ずる。

『古典対照語い表』の作成はすべて手作業でおこない，書籍末尾の統計表でもまずかかげたものは，類似度を算出するために出現頻度を比率に換算する表であった。その出版以降は時代がコンピュータ処理にうつり，換算表をもちいることもないであろうが，念のため，巻ごとの頻度30以下の比率を，ファイル“7ζ. 万葉集語彙表. 出現頻度・比率対応. xlsx”で一覧する。頻度30をこえるところは，ファイル“4β. 万葉集語彙表. 出現比率. xlsx”あるいは表Dでしることができる。

編者紹介

宮 島 達 夫（みやじま　たつお）

1931年、茨城県水海道町（現・常総市）生まれ。1953年、東京大学卒業。国立国語研究所勤務ののち、1991年より大阪大学教授、1995年より京都橘大学教授、2009年退任。国立国語研究所名誉所員。

主要著書

『単語指導ノート』（むぎ書房　1968年）
『古典対照語い表』（笠間書院　1971年）
『動詞の意味・用法の記述的研究』（国立国語研究所報告43　秀英出版　1972年）
『類義語辞典』（共編　東京堂出版　1972年）
『専門語の諸問題』（国立国語研究所報告68　秀英出版　1981年）
『角川小辞典　図説日本語』（共編　角川書店　1982年）
『雑誌用語の変遷』（国立国語研究所報告89　秀英出版　1987年）
『フロッピー版古典対照語い表および使用法』（共編　笠間書院　1989年）
『語彙論研究』（むぎ書房　1994年）
『現代雑誌九十種の用語用字　全語彙・表記』（国立国語研究所言語処理データ集7　三省堂　1997年）
『「長塚節「土」会話部分の標準語訳と方言による朗読』（編集　「環太平洋の言語」成果報告書　大阪学院大学情報学部　2003年）
『日本古典対照分類語彙表』（共編　笠間書院　2014年）

本書には、Excel ファイル・PDF ファイルを収めた CD が付いています。

万葉集巻別対照分類語彙表

2015（平成27）年1月31日　初版第1刷発行

編　者　宮 島 達 夫
発行者　池 田 圭 子
発行所　有限会社 笠間書院
東京都千代田区猿楽町2-2-3
〒101-0064
Tel. 03-3295-1331　Fax. 03-3294-0996

Wisdom／モリモト印刷

ISBN978-4-305-70751-2
落丁・乱丁本はお取りかえいたします。
出版目録は上記住所までご請求ください。
http://kasamashoin.jp/